牢骚局长

李明春 著

四川文艺出版社

图书在版编目（CIP）数据

半罐局长/李明春著. — 2版. — 成都: 四川文艺出版社，2019.3
ISBN 978-7-5411-5274-0

Ⅰ.①半… Ⅱ.①李… Ⅲ.①长篇小说—中国—当代
Ⅳ.①I247.5

中国版本图书馆CIP数据核字（2019）第027996号

BANGUANJUZHANG

半罐局长

李明春　著

责任编辑　王其进
责任校对　韩　华
封面设计　张　妮
版式设计　张　妮
内文插图　周　七

出版发行　四川文艺出版社（成都市槐树街2号）
网　　址　www. scwys. com
电　　话　028−86259285（发行部）　　028−86259303（编辑部）
传　　真　028−86259306

邮购地址　成都市槐树街2号四川文艺出版社邮购部　610031
排　　版　四川胜翔数码印务设计有限公司
印　　刷　三河市华东印刷有限公司
成品尺寸　169mm×239mm　　　　　开　　本　16开
印　　张　21.75　　　　　　　　　字　　数　370千
版　　次　2019年3月第二版　　　　印　　次　2019年3月第一次印刷
书　　号　ISBN 978-7-5411-5274-0
定　　价　58.00元

目录

一 **"令半罐"** *001*

令狐阳认为，生命在于响动，人弄出了响动，那叫名头。单位弄出了响动，那叫声誉。

二 **"将军"** *016*

这人就活一口气，气鼓起时又大又粗，只消针尖大个眼，一漏气就瘫成一张皮。

三 **月光债** *032*

令狐阳："在座各位是教育上的行家，肚子里学问装得满满的，像下棋一样，都是高手，缺少半罐水，所以组织上派我令半罐来了……"

四 **我要读书** *046*

令狐阳低头看了看盛琳那白酥酥的一身肉，闭上眼睛做了个比较，感觉还是没有山耗子肉嫩，想着想着又吞了一次口水。

五 **啼笑招牌** *059*

令狐阳满肚子冤屈涌上脸："哪是我要改嘛，是上级教育部门逼着要你改，搞啥子中小学分设，校长要两个，校门要两个，操场、厕所也要两个，恰像给她妹子办嫁妆，全是成双成对地要……"

六 **贷入正册** *070*

令狐阳一想起教书的缺饭钱，心里就不是滋味，从古到今，这教书的咋就摆脱不了一个穷酸命？说是"弟子事师，敬同于父"，咋挨饿的总是当爹的？

七　　死者不安 089

实物、货币、徭役，是从古到今农民负担的三种形式，
你硬是舍不得丢一样，修学校全用上了。

八　　诸葛判词 105

抢饭吃是为了生热，掌嘴也能生热。都不错，用哪一
样？由饿汉自己挑选好了。

九　　现场会 120

什么叫本事？有钱办事不叫本事，要没有钱也把事办
成，那才叫本事。

十　　情感附加 138

盛琳说："话说转来，老公少来点也好。我屋里那个骚
东西，你若是迁就他，他会骑在你身上通宵不打瞌
睡。"

十一　　佛说，放下 153

见令狐阳输了是气，赢了也是气，龙文章笑着问道：
"你不是皈依佛门了吗？"
令狐阳苦笑着说："和尚下棋也争输赢的。"

十二　　经验与假话 170

有一种假话像是预言，过去没有的事，一旦说了，保
不定今后就有了。

十三　　胎气 186

盛琳一下醒悟过来，顿时觉得世上少了一个笨人。

十四　王南下"走"了 207

令狐阳对老部长说："离婚费时间，我忙都忙不过来，哪有空去做那事啰。"

十五　县长接待日 222

听说宕中考差了，肉老板随手割了一坨五花肉在秤上约了约扔在案板上，见校长夫人眼光困惑，肉老板一脸不屑："考恁差，吃点五花肉也可以了。"

十六　涨价风刮来 239

令狐阳接住先前话说："我分得清楚，你们是头，我们是屁股。出头露脸是你们的事，挨打受压该我们。可下手时得悠着点，屁股打肿了，你们也坐不稳。"

十七　祸不单行 255

月亮动了容，失魂样在山坳里徘徊。大地被泪水浆洗过，惨白一片。凄凉的秋风卷起落叶，纸钱一样抛撒。

十八　婚变 272

村民开他的玩笑：上山像个砍柴的，下河像个推船的，凑拢一看，原来是令乡长下村来了。

十九　委培归来 285

赵先玉用职业养成的习惯，不紧不慢说："刘县长，我知道你学的是伟人的签法。但你要学，就学全，伟人在'已阅'后面是加了'照办'的哟。"

二十 **万一有失** 299

这次令狐阳的反常让盛琳打了个冷噤,隐隐约约感觉到爱情游戏要结束了。分手再不是猜想,好像确切无疑会在明天发生。

二十一 **"官""关"相连** 310

令狐阳无所谓的样子,说:"反正我这个局长,也是拉壮丁来的,我不在乎。都说教育是太阳底下最光辉的事业,我看没了人们的看重,就成了烫手的炭圆谁也不愿沾手。"

二十二 **蝶变棋王** 334

人哪,可以不要名不要利,甚至可以不要命,没法不要的是父母给的本性。真到了那一步,明知遍地是刺,你也会一脚踩下去,只要有口气,你还会往下走。

一 "令半罐"

令狐阳认为，生命在于响动，人弄出了响动，那叫名头。
单位弄出了响动，那叫声誉。

1.

令狐阳从床上起来，掀开窗帘，一片晨光哗一声扑进屋来，仿佛被人推了一把，便有些恍惚。

窗外有棵槐树，花已谢尽，一只鸟儿在枝叶间呆立，若有所失。令狐阳忽记起有两天没吵架了，似觉不惯，不由得回头看床上。盛琳正起身穿衣，露出两肩，脸颊有些潮红，如同抹了一圈淡淡的胭脂。正觉诧异，盛琳微闭双眼说："老娘大姨妈来了，没心情，要不，你跟自己吵？"

令狐阳不出声，很是有点失望，轻轻咳了一声，抬脚走了。

那鸟却叫起来，如同嘲笑。令狐阳张嘴要骂你妈的。想想又觉可笑，总不能跟一只鸟吵架。

令狐阳肠胃犯病三天了，没胃口，就想吃点稀饭后下两盘棋。盛琳说稀饭喝得饱，风都吹得倒，哪有银耳汤营养！起床炖好银耳汤，煮上两个鸡蛋端上，瞬时让令狐阳眼睛瞪得比鸡蛋还圆。

上小学的儿子端稀饭出来，将令狐阳眼线引开，他对儿子说："斌斌，给我也舀碗出来。"盛琳眼睛一瞪，指着银耳汤吼道："争啥！把这碗喝了再说。"

令狐阳看看盛琳那张富裕的脸盘，再看看比脸盘还大的一碗银耳汤，兀自骂道："你这个婆娘好心狠！我病了想吃碗稀饭，要了三天没到手。"说着，憋了几天的气终于喷发，一巴掌拍下去，银耳汤一个趔趄，桌子委屈得滴滴答答直掉泪。

鸟儿"扑"一声惊飞，影儿掠过，将那一团胭脂散满盛琳整个脸庞。

盛琳解下弄脏的围裙，狠狠地扔在桌上，骂道："狗坐轿子不识抬举！哪是汤不好，分明是嫌人不好。若是你那心爱的煮来，一坨臭狗屎，你也会舔得干干净净。"

令狐阳睃了她一眼，说："还跟心爱的比。随便从街上扯个女人来，都比你这个'蛮婆娘'生的强。"

盛琳回道："别骂我妈个子大。你那妈再好，是你令狐家用麻布口袋抢回去的。你妈倔着头拜的堂，才生你这么个倔头倔脑的混账东西。"

令狐阳的外公是秀才，他妈是他当土匪的爷爷抢上山做儿媳的。令狐阳常被人戳，长了老茧不觉痛，回骂道："还明媒正娶。人家说你是山上的不讲究，你还以为是夸你，咧开个嘴儿笑圆了。生就是贼婆娘变的。"

盛琳反讥道："别骂我是贼，你也是山上窝棚出来的。不信牵个狗来闻闻，一身的匪气，臭得熏人。"

令狐阳回道："男人有点匪气，那叫豪爽。你一个女人疯扯扯的算个啥？你看你周围的女人，哪个像你走个路张牙舞爪的？"

盛琳回道："除了你那心爱的，我周围的女人没有哪个你看得惯。"说到这儿，挨着点起名来，"宦丹丹算秀气文雅吧！你说人家哆哆的，媚里媚气像个妖精。"

令狐阳回道："妖精也比你好，好歹有个女人味。"

盛琳继续点名："何泽凤又漂亮，又有气质，你说人家是官太太派头。"

令狐阳回道："官太太也没你管得宽，十处打锣九处有你。"

盛琳点了一个最厉害的出来："秦洁该没说的吧！县妇联主席加县委常委，要人才有人才，要学问有学问。你说人家是搞地下工作的，全靠身份掩护。"

令狐阳仍然有说头："那是夸她低调，不像你打个喷嚏响几山应几塆。"

盛琳实在忍不住："只有你那心爱的没说的，模样俏，脾气好，恰合你的口味。那样好，她咋不嫁给你呢？"说到这儿，盛琳发现自己衣服上也被汤弄脏了一块，急忙起身往里屋换去。

重新落回树枝的鸟儿，像是记恨先前的惊吓，叽叽喳喳接着一阵反驳。

令狐阳没同鸟斗。他感到口干舌燥，找出暖水瓶倒水喝。水杯才"咚咚"作响，从里屋飞出一药盒，"啪"的一声掉在客厅中间，接着又是一塑料药瓶飞出，在令狐阳脚边打个滚站住。斌斌放下碗，捡起药盒药瓶，递给令狐阳说："爸爸，吃药。"

令狐阳摸摸他的头，说："儿子乖！"

盛琳换好衣服出来，竖起一双眉毛狠狠瞪了令狐阳一眼，对斌斌说："吃了饭做作业，不懂的记下来，明天问老师。"斌斌说："爸爸在家，我问他。"盛琳用鼻子哼哼："他心里哪有你，象棋比他爹还亲。"话完"砰"的一声摔门，随同鸟儿一起走了。

令狐阳动手把桌面地上污物，连同心中烦恼打扫干净。静下心来时，想想盛琳也是一份爱心。令狐阳就见不得盛琳把爱心当奖金发放，全然不顾别人感受。每当领受这种排山倒海扑面而来的爱，令狐阳就吓得往后退，感到的是寒战不是心热。每每到此，令狐阳心里就想下棋，总觉得象棋比老婆更吸引人。

眼前儿子的学业也让他揪心。这小子虽在城里出生，比令狐阳小时候在山上还野。令狐阳想起了他妈留下的法宝，从里屋拿出一个精致的小木匣，再把儿子叫过来，说："斌斌，这是你婆婆生前传给爸爸的宝贝。想不想要？"斌斌巴想不得，踮起脚来抢。令狐阳一手按住，说："慢着，你现在人还小，怎宝贵的东西别弄丢了。你先看看。"说完打开木匣，取出一个红绸子包裹，展开有个信封，小心翼翼抽出一张素笺，上面写有弯弯拐拐一句咒语。令狐阳问儿子，认识吗？斌斌摇摇头。令狐阳原样放好，仍用手按住，说："从此后，它会保佑你好好读书。你每年看一次，若有一天你认得了这几个字，你就啥都有了。"见儿子乖乖地点点头，又吩咐几句，收藏好木匣起身出门，往茗枰茶园下棋去。

2.

小县城里有巷子便有茶园，大的十来张桌子，小的四五张。茶园不同，一样的老鹰茶，茶客喝进去吐出来的话不同。狮子巷茶园鸽友的话飘起飘起不着地；石子岗茶园搬运工的话汗津津带股咸味；马家巷茗枰茶园棋友的话里杀声一片……

茗枰茶园老板余茗深得经营之道，谙熟棋坛规矩，更添本县棋坛老大任棋王全力扶持，没几年便声名远播。外地棋友纷纷来访，本地棋友更是趋之若鹜。常来的除棋王之外，还有那四大护法，十二小妖。这些称号虽说不是正规职称，与体委颁发的业余大师、一级棋士挨不上边，却也不是凭空虚得，须是一盘棋一盘棋拼杀赢来，不仅在小城棋界享受荣耀，还负责接待外地棋友拜访挑战，有守土护棋的担当。像《水浒传》里的山寨，棋王是山大王，主持大计，十二小妖是巡山喽啰。每逢有外地棋友来访，先由十二小妖探明来意，若是江湖上游走的散仙游侠，赢几个小钱谋生，便由小妖们与之切磋。若对方是高手，由四大护法依次接招，棋王则坐山观战。待杀到棋王跟前，或坦然应战，或握手言和，断不能怯战或傲视慢待客人。

茶园后面有一小屋，常年设有床位，是专为那些"发霉"的客人备着。逢上棋运不济，连续几天不见进账的棋客，余茗还得安排食宿，安慰情绪，防饿防冻防自杀。

也有常来常往的江湖棋客，与棋王、护法是老对手，互相棋艺了解，若在钱上较了真，恐怕抹不下脸面，便逗引那不服的上来碰碰运气。客人总是先要想出各种招数示弱，把胜负掌控在一兵一卒之间，生怕挫了对方锐气，断了自己财路。被让者通常是城内棋痴，是街头巷尾棋摊上常年争争吵吵的"高手"，一到茶园声音小了、人也矮了几分，成了拱来拱去的一窝猪崽。这些人瘾大本事小，每天不杀上几盘，瘾发了难受不亚于戒毒。一旦听说有来访棋客，棋痴们丢下饭碗就往茶园跑，唯恐迟了挤不进去。时常有看得兴起的，脖子上青筋鼓起，挽袖上场。其中也有属猴的，悟性高，棋艺精进，逐渐修成正果，棋园中排位日渐上升，以至后来成了小妖。

棋友瞧不起小妖，统称他们是半罐水。用的是一句老话，喻义满罐水不见响，半罐水响叮当。以此嘲讽小妖们棋路野，心态浮，功夫浅，低手面前满面春风，高手面前一脸阴霾。

被人称作"半罐水"，小妖们总是不爽。有性急的，逢人便想回馈这称号，指着对方叫阵："不服气不是？坐上来，看谁是半罐水？"

说来也怪，真还有抱着"半罐水"称号当钦赐诰命的不愿丢。头一个便是令狐阳。他刚从区委书记任上回城当政策研究室主任。这是他第二次进城，第一次是从乡党委书记任上回城，在县委办公室给书记当秘书。那时的书记叫苏奇，也是一个棋迷。每年县委机关在苏奇倡导下，都要举办一次象棋大赛。因苏奇要抽空参赛，比赛得抽空举行，苏奇也就抽空拿冠军。一次，苏奇实在抽不出空来，漏了一轮比赛。按常理缺一轮积分，进前名次都困难。偏那一轮比赛邪门，凡是比苏奇分数高的都输了，结果还是他的冠军。

令狐阳来了后，听苏奇时常吹嘘这事神奇，暗自发笑，那是我没参加！要是我参加定然不会出这妖怪。

一次令狐阳陪苏奇下乡，住乡招待所里。招待所的厕所在后面。晚上洗了脚后一起去上厕所回来，路过服务台，见台上一副象棋摆着。苏奇像鸦片烟瘾发了，招呼令狐阳："来来，杀两盘再睡！"

寒冬天气，两人胭上都脱了线袜，穿双拖鞋出来，走路都在蹦蹦跳。偏偏两人棋瘾大，脚寒挡不住心热，硬是呵着气，厮杀开来。你走一步棋跺一下脚，我走一步棋也跺一下脚，靠把棋盘当战鼓敲个砰砰响来驱寒。苏奇先前只知道令狐阳当乡党委书记不错，后听令狐阳说会下棋，早就想让这小子见识见识冠军的厉害。令狐阳也是憋足气，成心要让苏奇知道，你那抽空得来的冠军有空就要让位。两人行子如飞，很快便见分晓，苏奇的老帅成了裸体，惨遭奸杀。苏奇擦了擦眼镜，仔仔细细瞧了瞧令狐阳，你小子几时把棋艺练精了？不服！再下。直到深夜，苏奇想赢，偏又赢不了；令狐阳想让，无奈棋一上手只认得红棋黑棋，再也认不得上级下级。害得苏奇越输越要下，越下越是输，始终没尝到赢棋是啥滋味。气得苏奇呵气跺脚全身发抖，实在受不了，咯着牙说："你小子狠！安心冻死我不是？"令狐阳想笑又笑不出来，早被冻得龇牙咧嘴，只在心里说：活该！自己想当冠军呢。

令狐阳认为， 生命在于响动， 人弄出了响动， 那叫名头。 单位弄出了响动， 那叫声誉。

令狐阳回来，在茶园把这事边笑边比画着同棋友说，余茗听后只管摇头，搓着双手感叹："你娃儿可惜了，大好前程被你这几局赌气棋给毁了。半罐水呀！半罐水！"这是令狐阳初次被人叫作"半罐水"，还居然就此一鸣惊人。通街打听，问谁是令狐阳？摇头的多。问谁是"令半罐"？大人细娃都把手指向茶园。

没多久，令狐阳被安排到一个十多万人口的大区——龙湾区做区委书记。

为这事，说啥的都有。有说苏奇重才的，令狐阳那几年模范党委书记没白当；有说令狐阳运气好的，一头蠢驴被苏奇当作千里马了。只有余茗唏嘘不已，说令狐阳这半罐水因祸得福，遇上了一个输棋不输人的高手。

而今，令狐阳回来了。没有升也没有降。区委书记到政策研究室主任属平级调动，从级别到工资是水一样平，有人就说他是顺着曲江水流回来的。明眼人一看就知道，是这小子"混"得不好，给打发回来坐冷板凳了。水平水平，水要不流才平。区委书记与政研室主任相比，就像曲江上游与下游，说是一个水平面，相差也不是一点两点。

茶园棋友只识得棋盘上进退，不计较官场得失，令狐阳照样享受"半罐水"待遇。经这番周折，令狐阳在棋友中地位却辗转上升，说来仍是一个"半罐水"，但在棋友心中排位靠前了，成了一个"总半罐"，统管所有半罐水。对令狐阳这个总半罐，没人去奉承或怜惜。全当一盘下酒菜，该下手时痛下杀手，哪怕痛得令狐阳泪水长流，也只有快感没有怜悯。遇上那些"真情实意"想弄死他的对手，令狐阳的半罐水晃荡得更凶。

有人劝过令狐阳，晃荡时斯文点行不？别把响动弄那么大。令狐阳不以为然。令狐阳认为，生命在于响动，人弄出了响动，那叫名头。单位弄出了响动，那叫声誉。

3.

令狐阳的单位有六个人。令狐阳是主任，两个副主任，两个办事员和一个打字员。全年任务是陪领导下乡调查研究。办有一个内刊《参阅》，将调查情况整理整理登在上面。令狐阳将单位自比为一盘残局，棋子不多，事儿不少，一举一动，关系全局。

搞研究本就一个干良心活的事儿。心情好，愿多干，累死你也有干不完的活儿。心情不好，你就研究不好的原因，制定一个消愁解闷的私人政策。书记下乡，你跟着去坐席。书记开会去了，你跟着悠闲，想干啥就干啥，捂着被子像蚕蛹，睡到脱层皮再醒来也行。

对令狐阳来讲，是到茶园下棋的绝好时机。这不能怪令狐阳偷懒不愿多干，更不能说是令狐阳棋瘾大误正事儿。令狐阳在机关、基层都干过，太了解这其中的根根底底。常说烧菜煮饭，就看咸淡。立身处世这个味儿拿捏不当，说明你娃为人手艺差。就拿他手中这份《参阅》来讲，不负责表彰鼓励的事儿，干那事儿有县委《工作简报》。也不负责批评纠风的事儿，干那事儿有县委办的《情况通报》。《参阅》既不说好也不说坏，专门负责那些说不清是好，也说不清是坏的事儿，写出来供当头儿的空闲了看几眼。令狐阳说这事儿好比千年无解的经典棋局"野马操田"，既不保证赢更不能保证输，还不能保证和，只保证这棋还能继续走，一切皆在研究中。

就这参考意见，你也得拿捏到位。数量上多不得，也少不得。一天出一期，会让头头们烦。一个月一期，会让头头们忘了你。上届主任吴为的经验是，一周一期最好。令狐阳不认同，若是最好，你怎么"下课"了？在内容上更得讲究分寸把握。《参阅》每期要向地、县两级呈报，有特殊的，同时要向上面的上面呈报。上面采纳多少，是年终"发糖果"的凭据。地区每月要公布凭据。少了，年终要挨屁股，政研室上上届主任就因此下了课。多了，"糖果"就多，当主任的脸上自然五彩斑斓。可千万别忘了，你脸上放光的同时得让县上头头们脸上也放光，至少他脸上不能成黑色。

吴为在《参阅》上披露了拖欠农村教师工资的问题，被上面的上面黑体大标题采用了。上头专门来人查访，又是查县财政收支账目，又是查领导尊师重教的思想认识。弄得县委书记脸色一下从关公变成包公。又是检讨，又是开会纠正。吴为脸上也由五彩斑斓变成五花脸。到年底时，吴为从地区开总结会回来，一手拿着市政策研究室的奖状，一手拿着工作调动通知，默默离开了。

政研室的人都为吴为喊冤，只不过说了一句老实话就下了课。令狐阳不以为然："冤啥？长个猪脑袋尽干傻事。大家都知道的事，说了又没法解决，你去说它干啥？有人早就说过'全国此类事甚多，容当统筹解决'，统筹解决你懂吗？把棋弄成了僵局，还喊什么冤*"

大家想想也是，反映归反映，拖欠归拖欠，区乡照样给教师发酒抵工资。不过，哪些可以反映呢？闲棋都不走一步，年终挨屁股的滋味也不养人。

"唉！"令狐阳面对一样木头木脑的部下直叹气，说了多少次要有创意。下棋要有新招，干工作更要有新意。令狐阳顺手拿起桌上课题研究计划，指着上面课题问大家："农民负担重不重？"得到一致回答："肯定重噻！大家都知道的事。"令狐阳捏住众人的话说："大家都知道的事还要你研究个屁。若是我，不写不说，要写，就写个大家都不知道的结论出来。"

这课题原是一个副主任负责，正愁无法下笔。听令狐阳一说，马上喜笑颜开看着他，话中有话："令狐主任，这事就你来写个有创意的。若是被上面采用了，我们也好长个见识。"

这副主任是令狐阳的好朋友，从来说话没个高低。他这话明是将令狐阳的军。令狐阳被逼到墙角转不了身，索性三天不吃饭，也要充个卖米汉，一拍胸脯说："行！我来写，你赌个什么？"

看热闹的从来不嫌事天。大家一起哄，赌一顿心肺汤圆。令狐阳还煞有介事地说："不行，每人外加一个凉粉锅盔。"

回家后，令狐阳静下来一想，才知牛皮吹大了。从上到下，从官到民，一口腔说农民负担过重导致干群关系紧张。这样一个铁板钉钉的事，能格外说出个啥来？令狐阳后悔一时口快。赌注好说，就一顿心肺汤圆外加凉粉锅盔。可说话不算数从来不是令狐阳的个性。怪就怪他加了一个锅盔凉粉，好吃好买，就是不好赖。急得他像猴子样在家里转圈。老婆被他转得头晕，担心他若睡不着，全家都会闭不上眼。拉他去看电影散散心，专门挑选两口子都爱看的战争片。盛琳劝令狐阳，说你文的不行去学点武的回来也好。片中农民推着小车送军粮上前线的画面，让令狐阳一个激灵醒悟过来：那时农民负担重不重？肯定重啊！咋干群关系那样好？

花了几个晚上，一篇题为《论基层干部工作作风问题》的文章出来了。令狐阳以事例和数据证明，自新中国成立以来，农民负担逐年减轻，但干群关系却逐年紧张，认定干群关系紧张不是农民负担惹的祸。

文章以《农民负担又一说》的新标题，被上面的上面用了。庆功宴上，面对包满凉粉的锅盔，令狐阳肠子都悔青了，自己怎么这样贱！外加一个什么不好，偏偏加一个吃了既不管饱又不营养的凉粉锅盔。

后来有人说令狐阳像条泥鳅，是烂泥巴里都要钻出名堂的滑头。这话不仅政研室的人不舒服，连茗枰的棋友都为令狐阳抱屈。一个不下"和棋"只下"惊险棋"的半罐水，注定要晃荡出大响动来。响动大了要担风险的，令狐阳不怕。常说什么叫风险，风险就是犯错的机会多。人非圣贤，孰能无错？但犯错你得犯高级点，在海中淹死与在澡盆里淹死，各是一回事。世事如棋局局新，犯错误也得一个比一个不同，不能扭住一个石头跌跟头，要有足够的智商和情商含量。同是翻墙偷情，多少人成了强奸犯，被论罪处罚，独有《西厢记》里张生，有了爱情和才学作添加剂，那就合了世人口味。不仅老夫人没法治罪，几百年来还为世人传颂。

这套有关犯错误要创新的真知灼见，令狐阳不止是对人说说，还敢于实践示范。

政研室任务少，办公业务费也少，每年区区 2000 元。除了办公用的电话费、报刊费，打印用的油墨、纸张费，水电费外，所剩无几。几双眼睛全盯着的，管钱的人稍有一点没说清，便有了众多嫌疑。众人怀疑他贪污拿回了家。家里又说没见他拿钱回来，怀疑是养了情人；情人又说没用着钱，怀疑他是另有新欢。你说冤不冤？

令狐阳明明白白告诉大家，从公款里抠点用点太老套了，不新鲜。2000 元算什么？你就全贪了，纪检机关立案都瞧不起你。有本事你去生点钱出来，再发明个所有规矩都套不上的用钱理由，查出来不仅没法处理，说不定还会把你的交代材料当研究成果重视。单位上的人听评书样专心听着，你看看我，我看看你，然后，大家眼光一齐射向令狐阳，有本事你生点钱出来让我们看看？令狐阳读懂了大家的眼神，说，你们还别不信。生儿我不行，生点钱还办得到。给我点时间，不能张口一说，伸手就要，生儿还得怀十个月呢。

没用十个月，钱钻出来了。在全县路线教育运动中，令狐阳的一篇调研文章《穷为什么穷？富为什么富？》出来了。令狐阳发问发得好！政治上没有了压迫，经济上没有了剥削，你为什么穷？他为什么富？教育没抓好，缺知识呀！很快在上面的上面机关刊物登了。新来的县委书记郑华一下记住了令狐阳这个名字，也顺便记住了政策研究室这个单位。后来研究农村社会公益事业建设，令狐阳被郑华点名叫了去。会上确定要搞一个电视汇报片。县委办公室说这是民政局的事，民政局说这涉及电视广播部门，是宣传部的事。足球样踢来踢去。令狐阳读懂了郑华的眼神，一把将这事儿紧紧搂在怀里："这事儿大家不干我们干，我们不行你们来，你们不行他们再接着来。"他把自己当成愚公，别人成了子子孙孙。

事儿是捧回来了，大家嘴里不说，心里都抱怨这"半罐水"没事儿揽事儿干。令狐阳见大家脸色不对，唾沫四溅地开导大家说："豆子越炒越香，你们懂不懂？一个县委大院都走不出去，还成天喊啥冲出亚洲走向世界。"

嘴儿两张皮，说话不费力，问题是谁来弄？令狐阳问谁干过？全室的人都吃了摇头丸，脑袋直晃。发动大家四处打探，文化局，广播局，教育局……都没人弄过这事。大家担心令狐阳晓得后会绝望自杀，没想到他反倒高兴得拍着巴巴掌说："画鬼容易画人难，没人见过菩萨，我就是大仙。"令狐阳像一盘棋局找到了招数一样兴奋，给大家分了工：一个副主任找人拍摄，另一个副主任找人派车，两个办事员联络基层安排伙食。自己把胸膛一拍，脚本我来弄！

令狐阳钻进小屋子里，闭关一周弄了个"秘籍"出来。既像电视剧，又像新闻简报，还有点像刑侦案件勘查记录的味道。有人说，最像医药广告。取了个《农村事儿农民办》的片名。看令狐阳兴致勃勃去报喜，大家手心捏把汗。见他从领导那儿出来直喊头晕，只当是给训的，吓得大家掐人中，灌开水，忙活半天，他终于缓过气儿来。没等人安慰，蹦起来喊了声："绝杀！"大家这才知道他是高兴昏了。有人叹气，唉！这令狐阳咋有范进的毛病，受不了抬举。

这事新鲜，一下获得上面的上面的上面嘉奖。政研室这下有名了，郑华特别看重，手下的人也得看重。当然，钱也得看重，办公业务费当年就翻了番。出了名，各个"衙门"都来找。令狐阳很爽快，你们不是县委书记，全得付"银子"，一口价1000元一部，另加终审费300元。林业局、国土局、农业局……排好不许插队。主任、副主任、办事员，依着轮次写。打字员文字功夫不行，负责终审，只要人家把费交齐了，就在脚本最后打上"全片终"三个字。

4.

汇报片成了令狐阳的名片，连秦洁见面都要报以灿烂，柔柔地求他："令狐阳，几时也给我们写个汇报片。"令狐阳眉头一皱，佯装生气："你叫我啥？""令狐阳呀！""错了。"令狐阳板着脸把话扳过来："该叫老庚。"秦洁迷糊了，嘴儿一咧，笑着说："喔哟！我几时成了你老庚了？"令狐阳问："你属啥的？""我属虎，咋的？"令狐阳说："我也属虎，这不同岁（睡）吗！"秦洁不知道令狐阳的油嘴儿占她便宜，爽快说："同岁就同岁嘛，你答应写不？"令狐阳乐了，再来一句确认："你答应与我同睡，我才答应写。"秦洁回答干脆："我答应与你同岁……"突然发现不对劲，四周的人笑得前仰后合，这有啥值得笑的？秦洁鼓着双大眼睛正迷茫。保卫科熊科长笑着把话挑明："令狐阳占你便宜了，同睡，床上同睡。""哦……"秦洁醒悟过来，指着令狐阳说："好你个令半罐，洗涮起我来了。回头叫郝仁把你弄到幼儿园去，回炉学学礼貌。"何泽凤的爱人叫郝仁，是教育局长。

说到郝仁，令狐阳头摇圆了："你别叫他教我，他自己都焦得不行了。"

看秦洁迷惑不解的样子，令狐阳指指街对面，县政府大门前，黑压压地挤满了人。

秦洁这才注意到对面围满了人，只当是上访的。全县正在企业改制，下岗职工找县大老爷要饭吃的多，与郝仁有啥关系？

熊科长说话了："郝仁摊麻烦了。全是学生家长来上访，你没看那举着的牌子上写的啥？娃娃要读书！"

秦洁看清了，不光是"娃娃要读书"，还有"到财政局新楼上课去"，"少买辆车吧！多修几间教室！"这分明是指财政局新修的宿舍楼，县上四大家领导新买了小车。晓得是老问题来了，县城几十年来没添学校，入学儿童人数放风筝似的上升，学校装不下，每年小学新生入学都要闹一次。阵仗从没有今年这样大，半边街挤满了人，少说也有好几百。

秦洁快步走进保卫科，电话上把何泽凤拨出来，急匆匆地提醒她："学生家长闹事了，叫你家郝仁快点来平息，不然事闹大了不好收场。"

何泽凤反倒很冷静,说:"郝仁到龙湾区了。"

秦洁听她慢吞吞的语气,太监替皇帝着急,说:"你还不快点叫他回来!他分不清哪边事大,哪边事小?"

电话那头,何泽凤终于憋不住了,"哇"的一声哭出来,抽泣着说:"那边事更大,今早汽车压死了两个学生,呜⋯⋯"

秦洁搁下话机,坐在藤椅上,不无感慨地说:"这人背时呀,祸事牵起线子来,你说这汽车咋开进学校去了呢?"

令狐阳是龙湾区的人,还当过那里的区委书记,晓得情况。十分肯定说:"不是汽车开进学校,是学生到公路上跑操,遇上了。"跟着也是一声叹息:"那个学校再不搬出去,还会出大事!"

龙湾中学,原本是一个富商的大宅院。庭院虽多,小小天井不能做操场。每天早上,住校的学生只好到就近的公路上跑操。哪知遇上个没睡醒的司机,眼屎遮住了眼睛,径直朝学生队伍冲来。

令狐阳当区委书记时,想用计划生育罚款把学校搬迁了,无奈资金缺口大大,只好将钱用到别的学校。

明知爱人听了会压力更大,何泽凤还是给郝仁打了电话,告诉他城里学生家长在闹事。郝仁在电话里没吱声,不知是惊呆了,还是难住了,何泽凤只听见急促的喘息声。怕他急出病来,催他快回来到医院检查一下心脏。郝仁在北京工作时,白白胖胖的。回来没几年,人瘦了,心脏还出了问题。

何泽凤再三催促,郝仁开口了,说这儿也走不开,也是学生家长在闹事。虽说责任在司机,司机家穷,买车的贷款还没还清。现在死者家属扭住学校要赔偿。财政局长钱友不答应,说该司机负责的事,政府不能大包大揽。请示县长奉志,奉志责成郝仁妥善解决,既要做到学生家长满意,又要坚持原则,不能留下后患。难啊!

郝仁还说记者来了一大批,成天围着要采访,问为啥要到公路上跑操?说学校没操场。又问学校为啥没操场?说没钱修。又问为啥修操场没钱买车有钱⋯⋯郝仁口都说干了,最后对何泽凤说:"我也想回来呀!宣传部领导不让走。""那城里的事咋办?"何泽凤问。郝仁无奈,说:"我也不晓得!"何泽凤关切地问:"你身体咋样?"郝仁说:"就是堵得慌。"

吃夜饭时,郝仁回来了。没等宣传部的头儿同意,县医院去了一辆救护车给拉回来了，直接送到急救室，直到半夜才缓过来。住了一周的院，直到龙湾中学的死者掩埋了，城里闹事的学生家长不上街了才出院。办手续时，何泽凤拉着主治医生纪青的手，焦虑地问："纪医生，你我是好朋友说个实话，这病到底严不严重？"

纪青看了一眼郝仁，话不好明说，笑着对何泽凤说："没啥大碍。我这有一剂药方，你拿回去试试看。"话完，在处方笺上画了几个字，撕给何泽凤，向她使了个眼色。何泽凤会意，接过来赶紧揣在包里。

待回到家里，何泽凤避开郝仁，掏出字条一看，上面写着：命比官要紧。

窗外一阵秋风吹来，处方笺如秋叶黯然落下。

5.

自当"编审"后，打字员小徐的熟人多起来。全仗令狐阳的器重，凡是来政研室的人，哪怕是局长、主任，都会给他敬烟。小徐打心眼里感激不尽。他把令狐阳同吴为做了对照，说令狐阳是半罐水，却把单位名气晃荡得叮当响。吴为像个闷鸡公，只会吃虫子，叫起来不中听。横竖比较还是令狐阳这个半罐水好。凡是令狐阳的事，他格外跑得快些。这天快下班时，组织部来电话通知令狐阳去谈话。小徐搁下电话就往茶园跑。人未进蔡家巷，就听见一个鸭子嗓音在唱："谢谢你，给我的爱，今生今世不忘怀……"跑调跑得远，没过几句一钉耙又抓回来了。能把跑了的调抓回来的，全城就只有令狐阳，这首歌是他快要赢棋的前奏曲。走拢一看，才发现唱歌的是令狐阳的对手。再看令狐阳神色凝重，喉咙里不断咽口水，像是清清嗓子要来个对唱。估计此时他要是唱歌，伴奏肯定是哀乐。

小徐从身后对他施以援手，说："令狐主任，别下了，组织部叫你去。"

令狐阳盯着棋盘没转眼，不耐烦地说："别管那些！又是找我写材料，一分钱得不到。"

余茗打趣道："令半罐，你牛呀！组织部叫你都不去，非得纪委叫你才去呀！"

令狐阳终于想好了招数，两根指头夹起棋在额头上按了按，松了一口气说："纪委叫我更不得去。那几爷子又是叫你去讲棋，教一百回都没长进的货色。"

小徐急了，说："是组织部叫你马上去，好像是要调动你。"

令狐阳仍不急，说："别慌，这盘走了再说。"把棋子放在棋盘上潇洒地往前一推："奏哀乐！"话完站起来，过足棋瘾，扭了扭身子，拍拍灰尘，恰秋风拂来，倍感凉爽，随风哼出一阵舒坦：天凉好个秋！

话音未落，四周众人连同对手轰的一声笑起，笑得令狐阳脑袋发蒙，低头一看，双眼一闭，"唉！"气得直跺脚。原来他的"車"油门轰大了点，与对方的老将擦肩而过，没将成。

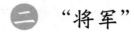
这人就活一口气，气鼓起时又大又粗，只消针尖大个眼，一漏气就瘫成一张皮。

1.

院内古榕树刚过三百年大寿，嫩叶舒展，叶面晶莹，叶尖尚呈淡淡栗红。一片一片，一层一层，为大院遮避四季风雨。阳光或月光，从叶缝中洒落下如金似银的光点，为这儿的人们点缀锦绣前程。

令狐阳在向上爬，到四楼组织部要倒三道拐。每倒一次，令狐阳心中嘀咕一次，莫非像唐僧样又要倒换通关文牒？这次不知又要倒到哪儿去。倒最后一道拐时，上面飞下来一人，是郝仁。彼此很熟，常打趣寻乐。令狐阳是饿个三天不知愁的人，看不惯郝仁成天苦大仇深的样子。今天不同，令狐阳脸色凝重，郝仁反而一脸喜色，隔着几级台阶，就伸出了往日随时揣在口袋里，难得一见的手，连说："难为你了，难为你了。"

令狐阳握着他的手，诧异地问道："你离婚了？还是中奖了？这样高兴。"

郝仁是怕老婆出了名的"炮耳朵"。令狐阳曾向他发誓：若哪天郝仁被老婆虐待死了，令狐阳一定要请人做道场超度他，早点到西天成佛，下辈子再也别娶老婆。

郝仁不好意思笑道："哎！令狐主任就爱开玩笑，我到宣传部做副职，终于离开教育局了。"

令狐阳看看他，露出不可理喻的神态，说："教育局又不是'医院隔离室'，说声离开，你高兴得嘴儿都合不拢？"

郝仁笑笑说:"你去了就知道了。"松开手跑下楼去,唯恐慢了跑不脱。

令狐阳一下回过神来,喔!搞了半天是安排自己到教育局去顶他的差。心中气往上涌,我得罪谁了?把我弄到火上烤羊肉串。双脚打起架来,争着抢着往组织部部长王南下的办公室奔去。身后传来郝仁笑声,甚是开心、洒脱。

2.

郝仁一路笑呵呵地回到家中。拿出纸笔来,用楷书工工整整写上"本人已调离教育局",抹上胶水,拉开门,将先前贴在门上的"谢绝公事拜访"的告示一把扯下,把刚写的这张端端正正贴上去,按了按四角,再偏着头满意地看了又看,这才进屋关上门,坐在沙发上,悠闲地削起苹果来。

不知几时,门外响起脚步声,然后一阵尖厉的斥责声,是何泽凤的女高音:"你眼瞎了?不看看上面写的啥?老郝已不是局长了,各自快点走开!"

这些话显然没起作用,就像过去从来没起作用一样。听话的是个"上访油子",教育上出了名的"烂棉絮"伍佗。上班时在办公室门前,下班就在局长家门前,不吵不闹,像夺命的鬼魂样依附在门枋上,让你睡觉都做噩梦。

无论郝仁写啥"告示",伍佗只当没看见,照来无误。何泽凤也暗地里请巫师来驱鬼画符,巫师说他阳气未绝,桃符不起作用。何泽凤刚才那样的斥责,像脱硫厂的废气燃烧,天天喷发,天天无效。刚开始时,何泽凤火气很旺,进门出门时都"哐"的一声把门狠命关上示威。有一次关门时,把"烂棉絮"手指砸出了血,"烂棉絮"杀猪般号叫起来,任凭郝仁一家怎么劝说,他就不到医院去。捂着鲜血长流的手指,挨个去找县委、人大、政府、政协喊冤,滴一滴血喊一声:"教育局长打人啰!……"弄得郝仁两夫妇跟在他后面通街挨个解释。打那以后,何泽凤进出关门,如操作精密仪器,看了又看,小心了又小心,生怕再挨着他哪一根汗毛。

"烂棉絮"是龙寨小学退休的炊事员,两个儿子无工作,初中没毕业要求当教师。政策不许,情理不合,权力还不够,前几届局长都怕解决了一个,不愁没有第二个。全县此类事多,郝仁没胆量也没能量来统筹解决。

听外面吵得太凶，郝仁实在忍不住，加上今天心情好，心想不当了，也该跟人家办个交接，还是开门出来见了面。郝仁客客气气对"烂棉絮"说："这些年承蒙你天天照看。从今天起，我已不是局长了，请你饶过我好不好？"

伍佗把郝仁从头到脚看了两遍，跟昨天没两样，面带疑问："是不是真的？"组织部没给他通气，不能怪他不晓得。

郝仁指了指门上告示说："我都贴门上了，那还有假？"

伍佗鄙夷地说："你扯谎弄假的时候多，哪个敢信！"

何泽凤急了，尖着嗓子喊："不信你到教育局去问嘛，长个嘴儿做摆设呀？"

伍佗瞪了这夫妇一眼，颇感冤枉，说："那你不早开腔？害得我白站了半天。"

这时，从何泽凤身后站出来一个年轻人，厉声说道："现在晓得也不迟，还不快点滚开！"

伍佗见年轻人态度粗暴，根本不吃这一套。他两手往袖子里一拢，伸直脖子，就要往年轻人怀里拱："你要打人不是？我今天就不走了，看你垮台局长又能耍个啥花样出来！"

何泽凤晓得这个马蜂窝惹不得，急忙把年轻人拉进屋去。

郝仁赶紧降下调来，赔着笑脸说："他人年轻，你别跟他一般见识。新局长下午就要上班。哦，我忘了给你说，新局长是你们龙寨的人，叫令狐阳。我已经把你的困难做了介绍，你找他去，啊……"

直到伍佗下了一层楼，郝仁才像冤魂脱身样松了一口气，把门牢牢地关上，转身对年轻人说："对那些人最好别惹，惹上了就湿手沾面粉，甩都甩不脱。"

年轻人是何泽凤娘家侄子何五娃，站起来怯怯叫了声："姑爷！"等郝仁在沙发上坐好，自己仍不敢坐。郝仁说："还客啥气？坐！沾亲带戚的用不着。"

何泽凤在厨房里弄饭，听到这话，锅铲在锅沿敲了一下，连讽带刺地说："这下知道是亲戚了。过去找你办个事，脚都要跑大，嘴皮磨起茧巴你都舍不得答应。这会儿下了课，就晓得是亲戚了。"

"唉！"郝仁叹了一口气，晓得是说何五娃改行的事。拿起先前削好的苹果，用刀划了一半，再用一根牙签轻轻挑起递给何五娃，说："此一时，彼一时。不是不愿帮，是不愿当老师的太多了。现在乡下正缺老师，你们盘山乡凉垭村，还有一个七十多岁的私塾先生在代课。我岂敢轻易放人哪？"

"你不敢放人？我看也有那么多人改行，上个月百货公司就进了两个老师改行当售货员。偏偏把我侄儿挡起。"何泽凤越说越生气，把个锅沿敲得叮当乱响。

何五娃见姑爷难堪，忙打圆场："姑爷也为难，全是些关系户，拿着领导批的条子，他能得罪哪个？"

听这话，何泽凤更是气："我还不是有领导的条子，厚着脸皮找刘强书记签的字，你还是不认账！"锅铲叮叮当当作响，节奏紧急如鼓点，讨伐的意味压过了锅里的炒菜香味。

郝仁隔着墙对锅铲诉说委屈："哪是不认账，你拿来我就签了字放行，是财务上要收改行费，你不给，才挡下来的。"

郝仁的苦色，一下传染到何五娃的脸上，说："姑爷，我们乡下学校的情况你都晓得，工资没兑现，全是发乡镇企业酒厂的土灶酒，哪来钱交改行费。"

何泽凤提起改行费又来气了，恰好炒菜起锅，该涮锅煮汤，连锅带铲父子俩一起丢进洗碗池里，新铲叮当脆响，老锅瓮声瓮气："是哪个烂心肺出的主意。老师吃饭都困难，改行出去寻个生路，还要收三四千的改行费。他有钱交改行费，还来求你寻魂？"

郝仁护住胸口，稳住心跳，像是凭着良心在说："别乱说哟！县政府定的。你还莫嫌高，就这样都还没当住要改行的。"

何泽凤换了家什，"唰唰"声响，涮锅像在磨刀，狠狠地说："既然挡不住，你又去挡啥？专门挖苦我何家屋里的人？"

郝仁想站起来，无奈双腿差点骨气，试了下又坐回去分辩："这哪儿来的话，把你放在我这位子上也要顶影响。"

何泽凤将一瓢水"嗞"的一声倒进锅里，有了水语气也柔和下来，说："就是晓得你在这位子上为难，我才没逼你。现在你不在位子上了，这下不会为难了吧！五娃儿，把报告拿出来给他重新签。"

郝仁刚缓过气来，想起了该笑，总觉苦涩，说："我都没当了，还签什么字嘛，不是更叫我为难吗？"

说话间，何泽凤从厨房出来，接过何五娃手中的报告，塞给郝仁，命令道："别说空话，签！写前几天的日期，我拿去找你们财务室办。"

郝仁拿起笔，在妻子的逼视下，一脸无奈，喃喃自语道："签了还不是白签，没有用的。"胡乱下笔应付，竟把"仁"的单人旁写小了，形同"郝二"。

何泽凤拿起来瞟了一眼，指着他训斥："这'人'到哪儿去了，官不当就把人弄丢了，真是个'二'！"

何五娃不敢言语，姑姑的家风看来比姑父的校风管得更严。

3.

组织部在大楼第四层东边向阳处，古榕树正对其中，高枝翘楚。部长办公室好找，不用看门牌，只消看过道里离垃圾篓最近的那间就是。办公室主任几次提出要把垃圾篓子挪远点，王南下不同意，说他的垃圾产生多，放近点图个清理方便。

令狐阳推开门，一股烟味直往外冲。烟雾中，他好容易才看清王南下坐在藤椅上批材料。面前烟灰缸堆满烟屁股，旁边茶水杯子搁了好几个，全有残茶未倒。这一不怕乱二不怕脏的习惯，与令狐阳相同，两人所以谈得来。王南下叫令狐阳进来，见令狐阳出气不匀，微微一笑，说："别急，喝点水再说。"

王南下太了解令狐阳。他看着令狐阳从生产队长一步步干到现在。去年换届，令狐阳作为县级领导人选，是他陪地区组织部的人去考察的。郑华刚来，听人说令狐阳是出了名的半罐水，还专门来问过王南下。王南下笑着解释，那是说他下象棋猴抓抓的不沉着。郑华说，棋品如人品，看来还是不成熟。王南下认真辩护起来，说彭老总下棋还悔棋呢，在战场上照样打胜仗。王南下说得再多，终归无效。郑华认定令狐阳是个半罐水，最后还是把他从候选人中刷下来了。

王南下知道令狐阳为这事窝着火，现在又安排他去一个难搞的部门，料定他火气大。王南下做了心理准备，要让他泄泄火才会心情平和去上任。

令狐阳呷了一口茶，急火火地问："老部长，谁推荐我去的？你不能瞒我。"

王南下见他急，偏来个慢节奏。故意问他："推荐你到哪儿去？"

令狐阳最怕这种火燎裤裆喊暖和的人："当教育局长呗！"

"谁告诉你的？我咋不晓得。"王南下装着一脸茫然。

令狐阳耐不住了："唉！老部长，别逗我了，你就跟我直说，谁的主意？"

王南下收起笑容，磨他性子也得适可而止："县委的决定，当然是县委书记的主意。"

令狐阳把茶杯一推："我就知道是他，我不去！提拔的时候嫌我是半罐水，这下要我去蹚地雷，就不嫌我是半罐水了？请转告郑书记，就说我令狐阳干一行，爱一行，喜欢上研究室了，哪儿我也不去。"

王南下拿过烟盒弹出一支取来含着，再弹出一支递给令狐阳。令狐阳直摆手不要，着急地说："老领导，我谢谢你，不抽烟说说话行不？"

王南下把已擦燃的火柴甩灭，从嘴里取下烟，与火柴一起放在茶几上，对令狐阳说："行，我不抽烟，听你说！"

"我说过了，我是半罐水，当不下来。"

"就这理由？等会儿我去向郑书记说，就说你说的，郑书记看不起我这半罐水，我也不去为他蹚地雷。"王南下学令狐阳的口气说。

"唉！老部长也是的，这个话你圆得过来。学历不够哇。中学校长个个都是本科毕业，我才一个电大专科生，一天书没教过，服不了众。"令狐阳言辞恳切，由不得人不信。

王南下笑笑说："令狐阳，你这是在说自己呢，还是在挖苦别人？明知道我是一个小学生，郑书记也就一个高中生，按你的说法，不都该下课？"

令狐阳见扯到县委书记身上，急了："我没有说你和郑书记。不说学历，换个说法，就说我性格暴躁，不会与知识分子打交道。真的，你知道我们家是土匪出身。像我这号人，从胎中就带有匪气。一直在农村工作，跟农民打交道那一套我懂，袖子一挽，拿酒来，只要酒喝通了，啥事都通了。现在叫我去跟教书先生抠字眼，哪能行？我从小见了先生就尿急，别说领导他们，见面气势上就输了一截，自己丢脸是小事，误了工作是大事。"自毁，有时也是遁法，只图说脱，顾不得体面。

王南下把脸一沉，说："不行！你小子莫耍滑。管你是土匪还是强盗，只要安排你做好事，你就得做好人，不会，学都要学会。有困难说困难，有要求说要求，别在这里讲价钱，发牢骚，听见没有！"

令狐阳不听他这一套，仍是嬉皮笑脸地说："老领导，我是你一手提起来的，我真栽在教育这烂泥坑里，你脸上也无光。"说到这，把脸上笑容一收，"组织上安排总不能扁担做裤腰带——硬扳，你总得让我明白任命理由吧！"说着跟王南下扳起指头来，"这次不能算提拔吧，一个级别；轮换又不到年限；说锻炼吧，我才从基层回来；就算处分嘛，纪委也得给张纸角角哟。下棋还讲个棋规，你总不能马飞田，车翻山嘛？这不明不白的，我不去！"

王南下从他一通牢骚话中听出几分委屈来，说："令狐阳，教育上虽说眼前困难点，比你那个政研室还是天地宽些，够你施展手脚的。给你这个机会你不要，今后别怪谁把你埋在一个凼凼里憋屈了你。"

先前发泄一通后，令狐阳气也消了一些，把声音放软下来说："老部长，我这些日子，在政研室闲惯了。上班读读书，写写文章，空闲下来喝喝茶，下下棋，无忧无虑多自在。你看那《西游记》里描写的神仙生活。"说到这里，令狐阳用说书人的腔调，抑扬顿挫评说起来，"遥望苍松翠柏之下，几位仙翁品茗对弈。神仙不也就是喝茶下棋。俗话说，讨口三年不当官，闲惯了的人把那名也好，利也好都看淡了。我妈临死时对我要求也低，说只要不像你爷那样当土匪，干啥都行。"

王南下说："教育局长又不是土匪，正合你妈的心意。"

令狐阳脸一掉，再回过来说："别气我。我妈死时若是知道有个教育局更难搞，肯定会说，就当土匪算了，也比当那玩意儿干不好丢人现眼强。"

话说到这里，王南下不想与他再瞎掰啥，回了句："行！你回去吧，我给郑书记汇报了再通知你。"

今夜月朦胧，令狐阳愣在月影里，与天上星星相互眨巴着。令狐阳晃了晃头，眼前街灯明亮，远处山水模糊。

4.

觅食归来的鸟儿歇满了古榕树，巢里雏鸟叽叽喳喳向大鸟讨食。

书记办公室的灯亮了，郑华正接受新华社记者采访。

县委宣传部部长田智向记者介绍了教师工资兑现情况，说通过全县上下共同努力，到教师节前，已基本兑现教师工资，杜绝了打白条现象。当记者问到，部分乡镇用酒抵工资的事怎么解决？田智看了看郑华，这个事他确实没想到，即使想到了，他也不能擅自对外说。

郑华从田智眼神中看出了难处，把话头接过来说："县委就此事做了专门研究，采取了组织措施，由年富力强的政研室主任令狐阳同志任教育局长。县委给他第一项任务，就是半年内务必解决拖欠教师工资的问题。令狐阳同志已立下军令状，到期不完成任务，他自动辞职……"

正说着，王南下打来电话，刚说了句令狐阳不愿干，就被郑华打断，说我这里有客人，等会儿你过来。

像送大爷样送走了记者，郑华搓搓手想，教育上这一大摊子事儿，得快点催人去领着。这才记起王南下在电话上说令狐阳扯皮的事，心里发毛，这小子狗坐轿子不识抬举！一个电话把王南下找来，劈头问道："令狐阳为啥不去？"

王南下说令狐阳才调动不久，他不想离开政研室，还说下棋都要讲个棋规，总不能马飞田车翻山？郑华皱了皱眉头说："还扯上象棋了，生就是个半罐水。"

王南下接着郑的话说："令狐阳说像他那样穿衣服撩衣扎袖的人，最适合在农村干。与知识分子打交道，他那半罐水缺少那份耐心。"

"什么半罐水，这是赌气话，冲我来的。"郑华把手中茶杯重重一搁，"这小子还使性子，出个通知，先把他政研室主任给撤了，看他去不去？"

窗外"扑哧"一声，几只夜鸟惊飞，黑影一个接一个掠过。

王南下不吭声，伸手去包里摸烟，一想到郑华不抽烟，手又缩回来放在桌上，说："据我的了解，这招对他不灵。"

郑华一脸正色说："你以为我在吓他不是？他再说个不字，你就按我说的去做。"

王南下不好坚持，说："好的，我按书记说的办，就是怕……"话到此打了个顿。

"你怕什么？还怕他上山当土匪不成。"

"那倒不是。我就怕他思想不通，去了出工不出力，班子等于白调整了。"

郑华压了压火说："那你说该怎么办，总不能组织上去给他个人道歉，去给他封官许愿。"

王南下知趣地站起来告别："我这就回去发通知。"

郑华想了想，把王南下叫回来，伸出手向下点了点说："先别忙，你看看还没有说话他愿听的人，请来一起做做工作。"

王南下说："有一个人的话，他肯定听。"

"谁？"

"政府办公室的龙文章。"

"扑棱棱"飞鸟在黑暗中盘旋几圈后，重新落在古榕树上抖抖身子，夜重归于寂静。

5.

县政府办公室龙文章是令狐阳初中的班主任，极温和一个人，看他黑脸如同看日全食一样少见。听说郑华找，龙文章丢下手中笔就赶到县委去。

郑华把令狐阳的事跟龙文章说了。

龙文章说："郑书记交代的事，确实没把握。令狐阳从小是个淘气包。常常自吹说，别人说得再凶，我自岿然不动。有一次上语文课，我有意抽问他，'岿然不动'咋解释？他说就是'不卵（理）他'的意思，弄得我哭笑不得。我虽说是他班主任，他从来没把我当老师，全当是社会上朋友一样，哥们儿长哥们儿短的。说点小事估计没问题，说到政治上的去留，王部长都没做通工作，他恐怕也不会卵我！"

郑华听龙文章叫苦，心中很是不舒服。见他唯唯诺诺的老实样子，心中有火不忍发出来，再多说下去也无益："你试试看，通不通给我回个电话。"

龙文章出门后，郑华思前想后，很不是滋味。选一个人当局长，弄得像拉壮丁似的，若不是顾及自己形象，早就换人了。

而今干部要年轻化，知识化，专业化，文凭比金子还贵重。前届领导专门从北京动员回来两个名牌大学毕业生。一个是宣传部长田智，一个是郝仁。郝仁因为在学校干过，做了教育局长。郝仁教学管理没问题，提到危房改造、拖欠工资、教师改行就头痛，说他在学校没学过。长期被上访人员指指戳戳骂，他也规规矩矩听，不知情的还认为是他在上访。这次教育上又是闹事，又是安全事故。正是用人时，他却知难而病，还没追究他的责任，他的辞职书倒抢先递上来，逼你换人。

谁去？物色了四五个，懂行的更懂得困难，一个个听到消息就四方托人说情不当。本一个无人愿干的事，当王南下推荐令狐阳时，常委会上像油锅里丢了一把盐样炸开了。大家先是愣眉鼓眼把王南下盯住不说话，那眼神分明是在质询：

你怎么提这样一个怪模怪样的人选？令狐阳在大家心中就是一个半罐水，若说是边防上打起来，要组织人上前线，选他当个敢死队长没说的，就像当年送他爷爷到台儿庄一样。让他到知识分子成堆的地方去当头，大家不仅是不信任，简直就认为这是细娃娃办家家，当儿戏。

纪委书记宋季说："令狐阳当教育局长，开玩笑嗦！这个人多野，弄到山上打猎撵野兔差不多。他做事从来不按章法来，无论在哪个岗位上当头，那告状信成雪片飞，他自己都说是月月被告，年年被查。用这样的人当教育局长，是嫌纪委案子少了不是？"

分管教育的副书记刘强取下眼镜，用衣袖擦了擦，重新戴上，对左右点点头，表示对这个人选感到好笑，说："教育局长过去叫啥？叫庠老，叫教谕，得斯文儒雅才行。就他那衣冠不整的邋遢样，进酒店都会被赶出来。回机关不到一年，除了几个书记外，与谁打招呼都是哥们儿兄弟，连妇联秦主席都成了他哥们儿。还一个叫，一个应的。就这样一个人当教育局长，进学校不被轰出来才怪。"

王南下听了不以为然：当教育局长还扯上衣着了。你刘强穿着倒挺光鲜，从头到脚擦得油光光的，还不照样在县中被轰出来过。

同样不以为然的还有秦洁。她看了一眼刘强，心中嘀咕道：哥们儿又怎么了？哥们耿直。不像你姓刘的花花肠子多。

郑华看反对意见这样多，再说下去还不知又钻出些什么来，会把事情搅黄。非常之事得用非常之人。先前几位提的都是事实，只是把特点和缺点搞混淆了。会议不能失控，他咳了一声，跟奉志交换一个眼色，说："我们现在定的是一个局长，属政府序列，今后长期要同奉县长打交道，我们还是来听听奉县长意见。"

奉志也咳了一声，算是回应郑书记。他是县委第一副书记，声音居高发出："说到令狐阳，别人不了解，我还是了解。先前老宋说得不错，告他的人是不少，月月都有，你们也年年在查。查的结果怎样呢？"

宋季答了一句："那小子滑，尽是踩着线走。前几年挪用计划生育款三十多万，按《条例》处分他绝对够格。后来苏书记说他用来修了学校就算了。也说得过去。但若大家都像他那样干的话，全县都要乱套。"

奉志笑了，接着他的话说："告状信不是选票，不能数张数来定人好坏。"话完，喝口水把脸转向刘强说："令狐阳不修边幅穿着随意惯了，别说你刘书记看不顺眼，她婆娘看了几十年都没看顺眼。衣冠不整可以改，至于能不能进高档酒店，会不会被学校赶出来我不知道，我只知道他当区委书记时，那个区八个乡的教师好几百人，那是特别喜欢他。"

刘强嘀咕了一句："抓款修学校，教师当然喜欢他。"

奉志没理睬，只顾说："从令狐阳过去看，每一个岗位都干好了的，我相信这一次他照样能干好。对不对，郑书记定。"

郑华赶紧说了句："我也说说个人意见。我们定人不能离开事。我们教育上有什么事？拖欠教师工资，危房大量存在，教师改行成风，成天为这些事上访的人不断。我们需要一个人顶上去。只要能把这些事办好，学历也好，方法也好，叫庠老也好，叫响马也好，还有什么什么……"他用手指了指刘强，示意要他提醒一下。可没等刘强提醒，他自己想起来了："唔！对了，穿着形象也好，都不是问题。只要他能把这些事办好，别说衣冠不整，就是穿个开裆裤，我也没意见。"大家一下笑出声来，郑华自己也笑了，继续说："他这个人好不好，我没有你们了解。他把这事办好了，我就认为好。若是办砸了，我就认为不好。至于他不依章法乱来，犯了哪一条，你宋书记就以哪一条治他。若是哪一天教师们看他不顺眼，把他轰出来了，刘书记你也用不着送到我这儿来，直接找个差使给打发就行了。"

回想到这儿，郑华端起桌上的茶水抿了一口，把心中的火气压压。真没料到，县委费心费力把令狐阳定下来，这小子却耍赖了。郑华捋捋头发，拿起电话通知王南下，要他去把令狐阳给找来，他要亲自跟这个人谈谈。

下雨了，淅淅沥沥掉进河里，水面满是编织好的连环。

6.

令狐阳在龙文章家里，两人正关在卧室里交谈。连茶水也没一杯，直奔主题。性急的令狐阳先开口："老师，你真的答应郑书记了？"

"我答应他来做工作，可没答应保证做好工作。"

"这就对了。就是一棋子，也不能由人任意摆来摆去。嫌弃半罐水的气，我还没怄醒呢。"

"我知道你在将他军，逼老帅出来见面。"

"也不全是，我真不想去当他那个狗屁教育局长。"

"唔！教育上活路是苦了点。"

"不是怕苦，我就一个下苦力的命，到哪也是干苦活。教育上实在太难了！"

"也是，拖欠工资，危房改造，教师改行，件件都是硬骨头。"

"这些还是眼前的小麻烦，再等几年问题更大，更难办。"

"唔？"

"喂！你看过《人口普查报告》没有？"

"我这里有一份，还没来得及细看。"

"你看了就知道。现在全县每年招小学新生 1.5 万人，再过四五年，就这样多。"话完令狐阳合拢五指甩了甩。

"五万啦？"

"现在全县在校生 15 万，再过七八年就是这样子。"令狐阳张开五指翻了翻。

"三十万，天啦！"

"你算看，要多少教室来装？要多少老师来教？先别说什么教师学历达标，就是凑足人数都难。"

"那有啥，有多少教室办多少班，有多少教师收多少学生。"

"有那样轻松又好了。国家已立了法，要普及九年义务教育，你不收完走不脱。今年县城闹事，你晓得吗？"

"晓得呀！是我去解决的。学校连过道都加了位子，硬挤下去的。"

"那明年呢？"

"唔！"龙文章沉思了一会儿，说："郑书记那儿还见不见？"

"不见怎么行，躲是躲不脱。"

"我认为见面说清好。我这就打电话给他，就说你要求见他。"

"行！"

龙文章对令狐阳说："见了郑书记，你若是真心不愿干，啥理由都可说，千万别说先前那些困难。你说得越凶，他越不放手。若是你想通了愿干，公家的事，以后再说，千万别忘了你个人的退路要说好。不能太油，别说崩了。"

令狐阳点点头，说："我晓得，下和棋。"

7.

雨住了，江面归于平静。一位钓者稳坐磐石垂钓，静候鱼儿上钩。

令狐阳敲了敲门，郑华在里面喊了一声："进来！"令狐阳推开门一看，郑华正与秘书王伟下象棋。知道是令狐阳进来，郑华头也没抬，盯着棋盘问了一句："说是你也会下棋呀？"

令狐阳不知这话含义，"嘿嘿"一笑说："说来不怕郑书记笑话，我是全县出了名的半罐水。郑书记你也有这个瘾啦？"

"说的啥话！"王伟纠正道，"这叫雅兴。"

令狐阳硬生生地被一个小秘书纠正过来，闪了腰样不舒服。想起老师才提醒过，领导面前不能油，马上改口说："说快了，叫雅兴，雅兴！"

"你有没有这个雅兴来一盘？"郑华漫不经心地说道。

郑华话落地，王伟马上让出位置。令狐阳棋瘾再大，这时也没心思下棋。无奈位置已让出，又不能扫郑华的兴，只得坐下去，小心翼翼地露出话来试探："郑书记，你找我说啥事？"

郑华一边摆棋，一边随意说："别慌，先下盘棋再说正事。"

而今的令狐阳，再不是几年前与苏奇下冻棋时的令狐阳，知道对面坐着的是谁，再不能逞强使狠，暗暗下定主意要不露声色让郑华赢个高兴。要知道，令狐阳让棋的本事不比赢棋的本事差。

没走几步，令狐阳就知道郑华是个才入门的新手，顶多也就一个"少半罐水"，便暗中用心。先是把他当作《西游记》里的鲤鱼精，变换花样送子上门给郑华吃。郑华连看都不看一眼，一副正人君子相，拒绝行贿受贿，仍按自个的思路行棋。令狐阳偷看了一下郑华的眼色，见他既不动心又不动情，索性再亮开胸膛让他杀。郑华拘礼样东躲西闪，就是不杀。这盘棋让王伟看得稀奇，好比两剑客对阵，郑华手持一把利剑，令狐阳则露出胸膛往剑上撞，只消一剑就可了结。郑华偏偏剑走偏锋，东一下，西一下，尽往对方屁股上扎，直到令狐阳两瓣屁股扎得稀烂，血流干净才死。

令狐阳心中隐隐不快。见过不领情的，没见过这样不领情的，露出胸膛你不杀，偏要杀屁股，非要弄得人难堪你才安逸，忍不住眉头一皱。郑华装作没看见，仍是随意地说："这棋是不是你让的？"

令狐阳憋住火说："不是不是！是郑书记下得好。"心里也得承认这棋不能算让，人家并没有按你让的招数来。不过这话也实在伤人，我不让，就你笨拙拙地扎屁股，能赢了我？心中骂道：娘的！让你二两姜，你还嫌我不识秤。若再下一盘，定要赢你个白眼仁朝天！

郑华用眼角瞟了瞟令狐阳说："不服气是不是，再来一盘！"话完自个先动手摆棋。

这盘一开始，令狐阳把一段怨恨使在手上，一招比一招狠。郑华很快便处于下风，令狐阳接着使出一个绝招，眼看对方必输无疑。但见郑华沉稳地提起一个马，走了一个全中国都没有的奇招！马飞了个田字把令狐阳一个车吃了。令狐阳一看呆了，马走日字，怎么飞起田字来？令狐阳瞪眼看着郑华，他却一本正经地说："看啥看？走棋！"

令狐阳好想发作，一想到今天是来谈事，又强忍回去，心里骂道：娘的，跟老子不讲规矩嚓！又继续走下一步。

接下来的一着棋，更让令狐阳眼里冒火。按棋规，车走直路炮翻山，可郑华一个车，隔着三个棋子把令狐阳的另一个车又吃了，口里还一个劲地催促："走棋！走棋！"

这下令狐阳再也忍不住了，冲口一声："娘的，跟老子不讲规矩嚓！"

此话一出，马上被一旁观棋的王伟厉声喝道："令狐阳，你不像话，怎么骂起书记来了！"

这一喝，让令狐阳一个激灵清醒过来，脸上挤出笑来赔不是："对不起！口快了。"

郑华脸上仍是一潭静水，把棋子轻轻一拂说："不下了，谈正事。"兀自一人从沙发上离开坐回办公桌后面，指指办公桌对面椅子，对令狐阳说："你过来坐。"

令狐阳半是懊丧半是不安，拖着脚步过去，慢慢坐下，先前准备好的话一句也记不得，心想要杀要剐，只求快点，早死早超生。

郑华用平和口气问令狐阳："你先前骂的什么？再来一遍。"

令狐阳自知理亏，笑得很僵硬："过都过了的事，我早就忘了。真的，郑书

郑华脸色骤然一变，一团和气成了满脸怒气，将桌子一拍，用令狐阳的腔调一声棒喝：

"娘的，你跟老子不讲规矩嗦！"

记，我这个人记性差。"

"唔！你记性差不是？"

"真的记性差，我就这毛病改不了。"

"那以前的半罐水，你咋记得清清楚楚的？"郑华的话意味深长。

"哎！郑书记你的记性好，我早就忘完了。"

"你忘了，我还记得，你骂我不讲规矩是不是。"语气仍是平和，"你骂得对，是我不讲象棋规矩，你该骂。"话完，郑华脸色骤然一变，一团和气成了满脸怒气，将桌子一拍，用令狐阳的腔调一声棒喝："娘的，你跟老子不讲规矩嗦！组织上调你敢不去，共产党规矩还赶不上你象棋规矩了？！"

令狐阳额头上虚汗直冒，口里直说："嘴快了，对不起！"

这人就活一口气，气鼓起时又大又粗，只消针尖大个眼，一漏气就瘫成一张皮。

王伟"扑哧"一声差点笑出来。见郑书记拿眼睛瞪他，赶紧捂着嘴出去把门关上。

他俩在里面说了很久，说些什么，没人知道，只知道令狐阳第二天就到教育局上班了。后来在棋园里被人问起与郑华下棋的事，他极不情愿地说了一句："郑书记棋下得好。"此外再无别话，如罐底被震裂漏了水，再晃荡起来，声音嘶哑了许多。

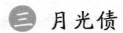

三 月光债

令狐阳：“在座各位是教育上的行家，肚子里学问装得满满的，像下棋一样，都是高手，缺少半罐水，所以组织上派我令半罐来了……”

1.

令狐阳来当局长的消息，像一挂二百响鞭炮在教育局炸开，又有点像打麻将，洗牌时总要"哗哗"响一阵。不了解的人竖起耳朵四处打听是何方神圣下凡，知情的人则四处仙女散花，发布独家消息。令狐阳做过一届区委书记，几位副局长都接触过，互相略知一二，要说知根知底，莫过于曹达。他们是一个乡的人。曹达瞧不起令狐阳，理由很充足。曹家几代书香门第，出门人家叫先生或老师。令狐家是土匪出身，出门人家叫"老二"（土匪俗称"棒老二"），雅俗立见。倒不是文的瞧不上武的，也不全是正邪之分。主要是令狐家那股味儿——蛮悍，举手投足没个斯文样。在曹达记忆中，从没见令狐阳小时候穿过鞋子，一双赤脚山上山下，牛粪猪屎到处乱踩。最令他不服气的，就这个捡狗屎的娃儿，居然随着他初中、高中、大学读书的节奏，也同样从生产队长、大队支书、乡党委书记在仕途上行进。而今殊途同归，马和驴居然拴在一个圈里来了，驴还排在马前面，搁谁都会生气。

这气还得压着，闷气压不住，会成酸气冒出来。晓得令狐阳打小瞧不起他那股酸味。当人们向曹达打听令狐阳情况时，他只能哼哼说："基层来的，精力旺盛，领导不会看错人。"

不管看没看错，王南下领着令狐阳上任来了。

党委会仍由郝仁主持，王南下宣读了任命通知，然后向令狐阳逐个介绍教育局领导。"这是曹副局长，曹达同志，大学本科学教育学专业，分管教学。"

令狐阳与曹达彼此点了点头，笑着说："一个崖脚下出来的。"

"这是副局长欧启同志，省师院本科毕业。这是副局长钟山川同志，地区师专毕业。这是副局长宋汇同志，县师范毕业。这是办公室主任刘君同志，大学本科学中文的……"

令狐阳随着郝仁手势，指一下，点一下头，然后笑笑，算是招呼，也表示记住了。

王南下和郝仁离开后，会议由令狐阳执掌。

令狐阳在一群不停眨巴或死死盯住的眼神中，吐出了开场白："在座各位是教育上的行家，肚子里学问装得满满的，像下棋一样，都是高手，缺少半罐水，所以组织上派我令半罐来了……"

一番话让众人舌头直了，集体失语。令狐阳对这种会议秩序满意，像土匪样抢劫了众人笑容，同时也掏空了他们皮包、口袋、甚至心里的东西，全摆在桌面上，还让众人帮他清理。

曹达用轻松语气拎出汇重话题："我管这块，就两个事急一点，一个普九，省上规划我们县五年达标，现在谁也没提这事；二是教师不配套，教画画的也在教三角，就这样搭配还差人，看令局长想啥法把人数凑齐……"

说到教师不够，钟山川开口了："我也只说两个事，到处都缺教师。每期开学时校长来要教师，差点把门挤破。再一个就是教师职称、住房、孩子就业没法解决。告状上访人员不断。"话完者了指门外，"'烂棉絮'在外面'值班'。"

提到钱，欧启开了金口："说来说去都是缺钱，我也说两个事，一是教育局没权管钱，全县教师工资无法兑现；二是全县危房多得吓人，校校都有报告，期期都在垮房子，局里没有一分钱维修费。"

宋汇最后一个发言："我也有两个事……"令狐阳心里咯噔一下，不会是冲着我是"老二"出身来的吧?! 怎么所有问题都是"二"个。

看大家一本正经样，令狐阳放心总结说："谢谢大家看得起我，把这么多问题配好对交给我解决。我呢，别的本事没有，从小打赤脚惯了，走稀泥巴路的本事还是有。宕县教育上这盘棋再难，最终还得靠我们自己把它下活。具体走哪一步，等我到下面转了回来再说。这些天还请你们多撑起，该做啥做啥，都是成年人晓得规矩。散会!"

大家收起桌上包包，带着会没有开够，话没有说完的感觉，一个挨一个往外走。刘君拦住令狐阳，指了指外面，低声说："'烂棉絮'在外面等着缠你，你稍等会儿，我先把他引开，你再出来。"

令狐阳把脸一掉，这话他不爱听。头天上班就要与人藏猫猫，今后日子怎么过？他把刘君的手拨开，说："这种人我在乡下见得多，他是'烂棉絮'，我也不是一缸油，是一滩烂泥浆，他愿来滚就让他来试试。"

话虽这么说，令狐阳也在心里打主意。一出会议室门，"烂棉絮"就往他面前拱，刘君赶紧拦住说："跟我走，先把中午饭吃了再说。"

令狐阳正回办公室放公文包，听说要管"烂棉絮"的饭，转身对刘君招呼："刘主任，哪来规矩给他管饭，从今天起，吃饭他自己掏钱。"

刘君想，好心替你解围，却被当成驴肝肺看了。他尴尬地笑了笑，退后让开，任由"烂棉絮"朝令狐阳奔去。

曹达停下脚步，闪在一旁，让过"烂棉絮"。暗想你娃今天有好戏看了，打着抿笑悄悄离开。

欧启和宋汇一群人见状，返身回来，拉的拉，扯的扯，把"烂棉絮"弄到一边，同时递眼色叫令狐阳快走。"烂棉絮"索性坐在地上，呼天抢地喊救命。

令狐阳见他们乱成一团，倒忍不住笑起来："你们用不着劝架，我两个是老乡，不会打起来。"他把"烂棉絮"从地上拉起来，指着自己办公室说："你先进去坐着。"转过身反劝众人说："你们先回去，我这里不会有事，都走都走！"大家一步三回头离开。欧启仍不放心，悄悄把刘君喊到一边嘱咐，要他留在自己办公室里，以防万一。

曹达睡了个惬意的午觉，下午有意晚点上班，估计戏演到高潮了，他才慢慢地走进办公楼。一路上还在想象"烂棉絮"耍赖的样子，全是些旧镜头："烂棉絮"一边揪住局长衣领，一边高喊局长打人啰！局长打人啰！局长则费力扳住对方手，口里也在喊，丢开呀！有话丢开再说。只不过局长由郝仁变成了令狐阳。想起局长那个狼狈样子，他就忍不住想笑，可还得绷起脸不能笑。憋不住内心喜悦，逢人便打招呼，连平时最看不惯的司机张远，他也堆起一个笑脸问好，弄得张远一脸疑惑，今天曹达中邪了？

爬上楼来，曹达发觉气氛不对，少了应有的"热闹"，没人打堆议论，一个个在自己办公室忙着。再悄悄走到令狐阳的办公室门外，门也敞开着，再往里瞧，办公室小吕正在打扫卫生，看不出有打斗痕迹。心想怪了，主角呢？

办公室传出笑声，刘君边说边打哈哈，像看了喜剧小品才回来。

曹达好奇地走进去问："啥事？这样高兴。"

旁边有人忍不住说："'烂棉絮'今天出大洋相，把尿屙到裤裆里，一路跑回去换裤儿了，恐怕这下再不会来了。"

曹达感到新奇，拍了拍刘君的肩膀："你先别忙笑，说出来我听听。"

刘君一说一笑，好容易才把事情说完。

刘君说，他在办公室等着，心里也不踏实，尖起耳朵听局长办公室那边的动静。先还听见"烂棉絮"在喊在说，后来不见响动了。他悄悄走过去，在门边停下来听，里面没啥动静。刘君心里有点发慌，就怕里面出大事。正想敲门进去，里面传出鼾声来，他把耳朵贴在门上再听，又是一阵咳嗽声，这咳嗽声太熟悉了，是"烂棉絮"。那打鼾的一定是令局长。

过了一会儿，里面有窸窸窣窣拨弄锁的声音，鼾声未停，那弄锁的人一定是"烂棉絮"。不知咋的又打不开。刘君怕他撞见，退后来站在走廊拐角处。又过了一会儿，"烂棉絮"的声音传出来，在喊令局长开门，声音越来越大。令局长瞌睡好大呀，任凭"烂棉絮"又喊又叫，他就是没醒。刘君后来听见"烂棉絮"带着哭腔在求饶，把门擂得砰砰响。刘君怕里面出事，赶紧找来钥匙。刚把门打开，"烂棉絮"一头从里面冲出来，差点把刘君撞倒。只见他头上冒汗，脸色难看，双手捂着下面直奔厕所，一路湿印跟着。

令狐阳抬头见是刘君，咧开嘴像个细娃儿做鬼脸。当他俩走出办公室，看见"烂棉絮"从厕所出来，一阵小跑下楼去了。刘君忍不住好奇，问令狐阳是怎么回事？令狐阳笑笑说，我也不知道。令狐阳说先是"烂棉絮"讲狠，扬言要抓他去跳河，令狐阳笑他打的啥背时主意，都是老乡，你真我实的，谁不晓得我令狐阳会游泳，跳下去淹不死。令狐阳说"烂棉絮"你真心要死的话，可以陪你去跳楼。"烂棉絮"不干了，心想跳河可以，没等你淹着就会有人来救。这跳楼不一样，掺不得假，"咚"的一声下云，捡起来就用不得。只有说晓得你令狐阳啥事都做得出来，今天就扭住你要饭吃，你走哪儿，我跟到哪儿。令狐阳说，我不走了，"烂棉絮"也说不走了。令狐阳坐下来劝"烂棉絮"，这样做，你不划算。我三十几岁，你六十几岁，你熬得过我？"烂棉絮"还是不依，说他老了，死了也划算。没办法，令狐阳只好将就他啰。见"烂棉絮"拖把椅子坐在门边防他逃跑，为让"烂棉絮"放心，令狐阳索性用钥匙把门反锁了，坐在椅子上打起瞌睡来。

说到这里，刘君学令狐阳的样子双手一摊："你说我咋晓得发生了什么事儿！"

曹达一脸惊讶，这是教育局长干的事么?！

一只游隼从古榕树上掠过，鸟儿一阵惶恐。

2.

小阳春里，一连七八天的大太阳，秋暖如春日，花儿也迷惑，一些不知时令的野花，零零星星夹在菊花里偷开。令狐阳伸长脖子寻着菊花四处转悠。

第一站，令狐阳选择了老家龙湾区。有啥讲究？令狐阳没想过。刘君仔仔细细替他想了，人在外面发达了，若不回家，古人说是"锦衣夜行"。衣锦还乡，光宗耀祖，令局长也不会免俗。

司机张远历来对刘君的话信不过，说："你又不是令局长肚子里蛔虫，你晓得他咋想的？"

刘君自信地说："不然我们打个赌，令局长肯定要去上坟，祖宗跟前好好生生表白一番。张大司机，赌不赌？"

张远不傻，无论如何不会与顶头上司打赌，输了是输，赢了也是输。只是微微一笑，说："又不是清明月半，他上啥坟？听说令局长父母早走了，老家已没人，他回老家也就是看看学校，没你说的复杂。"

吃过晚饭，谢绝了区上教育干事挽留，令狐阳叫打道回城。

车来到岔路口，令狐阳说声："回老家看看去。"

时逢金秋月圆，天地一色素绢铺陈，像被洗过擦过一样。凉风习习，车和人浮在月光中，洁净，沉寂。

刘君不禁吟起诗人梁上泉的名句：巴山的月，又小又皎洁……

月光的阴柔中，令狐阳打了一个冷噤，将外衣拢了拢，掉头问刘君："月光很美是吧？"

刘君只道是欣赏他，随口牵出一串辞藻来，显示中文系出来的文采："太美了，月华如泻，天地一色，秋风轻拂，无尘无染，山野空灵，万物安详。纵有千般愁绪，万般烦恼，经这月光沐洗，也会神清气爽，心地洁净，不知对也不对？"

令狐阳没回答，却问张远："掌方向的，你感觉呢？"

张远感到突兀："我一个开车的，找不到感觉。开车就恨两样，一是雪，再一个就是这大月亮，弄得四处白茫茫一片，看不清坑坑洼洼……"话没落脚，车屁股"噔"地撅了一下，算是应证。

刘君很是扫兴，对他讥讽道："你娃儿只知道月亮走，我也走，我把影子当黑狗……"

张远知道笑他俗气，也无意去争高雅，盯着路面回了句："你也莫得意，令局长有好东西还没拿出来。"

刘君应道："令局长自然高雅，还用你来说，各自好生听着。"

令狐阳正了正身子，重又将头放回背靠上，虚眯双眼，将眼前世界挤压成一丝光亮，漫不经心地说："我的感觉就一个字——'假'。"

"假？"刘君眨巴眨巴眼睛，怀疑是不是听错了。张远方向盘偏一下，汽车也打了个愣。

令狐阳没在乎他们的表情，只顾说下去："你看这白乎乎一片，像不像乡下人粉刷房屋，一桶石灰水四周上下一刷，白得晃眼，改变了什么？土墙还是土墙，茅房还是茅房，只是改变下人的心情。"令狐阳睁开眼，用下巴朝前方努了努说，"月光洒下来，就如天老爷倾了一盆石灰水，整个世界粉饰一新，人看上去也舒服。可改变了什么？除了心情，什么都没改变。你刘君现在看来兴致不错，只要想想白天我们看的那些烂教室，烂厕所，石课桌，石凳子……月光再好你心情也不会好起来。"

刘君还在品味，张远反应过来了，故意说给刘君听："令局长，我们还到学校吗？"

令狐阳答道："不到学校到哪去？当真这山上的月又小又皎洁嗦。"

刘君回过神来："令局长说得对，从来赏月就有不同的心境，有见月就发狂的，也有见月就发愁的，就如李白一会儿举杯邀明月，一会儿低头思故乡，还是局长见解独到。"

令狐阳笑笑："啥独到？我与月光不投缘，月光照在我身上就发霉。爷爷出征时是一个大月亮，说好家乡月圆时他会回来，结果在台儿庄一个月圆夜战死，据活着回来的人说，那晚上川军将士的鲜血把月亮都染红了。"

听令局长谈起身世，刘君和张远偏起头听他深情叙述："我爹也是月圆之夜死的。听我妈说，爹患痨病，死时脸上没一点血色，苍白如月光。妈妈走时，我不到十岁，家里啥也没有，就月光满屋乱窜。我从小就感到月光有股阴气，哪怕是六月天，在月光下我都会打冷噤。"

刘君带着几分愧疚说："对不起，我不该提月光。"

"唉！关你啥事，花好月圆原本就美，只不过我无福分享受。十五不行，初一我还是喜欢。"

刘君不解了，问："初一没月亮呀！黑黢黢的你喜欢啥？"

令狐阳说："我就喜欢黑黢黢的夜色，不像月色假，说好十五的月亮十六圆，到时刮风下雨它才不来了。初一的黑夜可是从来不变，哪怕是暴风雨中，雷电把天地撕成几块，它也瞬间修复如初，照样不改一个黑。"

刘君好激动，说："令局长，你肯定读过泰戈尔的《飞鸟集》。"

令狐阳很有几分遗憾道："哪有那眼福。他咋说？"

刘君马上吟了泰戈尔的几句诗："独觉黑夜美，其美无人知。恰如所欢来，正当灯灭时……"

令狐阳哈哈一笑，说："吧，还有人跟我一口腔？曹达说我生就是土匪窝里出来的，喜欢月黑风高好杀人放火。"话到这里，令狐阳兴致来了，在副驾驶位上侧过身子，兼顾两个听众，说："大家都怕黑，偏偏我不怕，我妈说我从小就不怕。生我那天是初一，夜黑得伸手不见五指。家里没钱买油点灯，等我老汉从下边院子端个灯回来时，妈已把我包好搁床上了。一见灯光，我就哭个不停，怎么哄都不行。后来，一阵风把灯吹灭了，怪事，我一下就不哭了。就是现在，有了灯光我就睡不着。我搞不懂，人们怕黑暗什么？生命在黑暗中产生！妈肚子里不可能给你点个灯。若黑暗不好，那下地后见了光明你该笑吧？可个个下地都是哭。乡下人说人死如灯灭，生命还得回到黑暗中去。若是黑暗不好，那个个又去干啥？对一般人来讲，什么时候最安宁？夜深人静的时候。若有人因黑暗不安稳，要么有鬼，要么有病。"

张远不同意说："令局长，我不赞成，小娃娃心里哪来的鬼，走夜路照样唱歌壮胆怕得很。"

令狐阳纠正说："小娃娃心里也有鬼，只不过这鬼是大人给他的。大人不讲鬼故事，小娃娃走夜路哪来的怕？我小时候常听人讲，爷爷当年拉棚子时，经常在坟林里过夜，我们一帮小娃娃就不知有啥鬼不鬼的，照样在坟林里捉猫猫玩。"

刘君顺着局长话说："想来也是，黑暗给人感觉就是一个看不清，心里不踏实，莫名其妙害怕。以至后来看不清事物，找不到出路的时候，都说成像在黑暗里摸索。"

令狐阳接过刘君的话说："这话有理，我走夜路长大，全凭一个自信，遇到坡坡坎坎，坑坑凼凼，走不走得用脚蹚两下就知道。比如眼下教育问题一大堆，看不到路在哪儿？我就相信自己的脚，走下来蹚两下，踏实了就大胆跨出去……"

月亮听懂了厌恶，羞涩地用云纱捂住半边脸，好一会儿没露出来。

3.

闲话间，到了龙寨乡小学。

车灯照射下，操场上砖、沙、木料横七竖八摆满。旁边有个窝棚，钻出来一个老头，问清是谁，扯起嗓子喊道："吴校长，教育局令局长来了。"

校长叫吴媛，清清瘦瘦的个子，一张娃娃脸，大眼睛透露出干练。头正掩在秀发里批改作业。听说令局长来了，脸上一阵红晕泛起，立即起身往外走。刚跨出门外又停住，折转身来重新坐下，对旁边教导主任肖凯说："你去看看，管他哪个，引进来就是。"

等了一会儿，茶泡好了，还不见客人进来。吴媛又叫一个老师出去看看，临走时还特意吩咐说："问他们方便不？免得进来后又往外跑。"

令狐阳由肖凯在前面引路。先去大殿上看毕业班上晚自习。一百四五十个学生，密密麻麻挤在一起，两旁柱子上挂着的马灯像一对眼睛盯着。正中隐隐约约露一黑板。没有上课，老师坐在黑板前凑着煤油灯挑字眼。他再到厢房用电筒照看学生寝室。男女生各一排屋，用树棒棒搭成一个通铺，乡下自织的竹篾席二尺来宽，一人一张挨着放。铺上面一排铁钉上挂满背篼，里面塞满杂物。

手电光在一个墙角停住，那里有个鼠洞，一只老鼠刚伸出头又缩回去。令狐阳感觉那一双鼠眼好熟悉，说："我读书时那个洞就在，你堵这里，它就在另一个地方掏一个洞出来，甚至就在你睡的铺下面打洞。龙老师说，你让它三尺又何妨。后来一直没堵。大路朝天，各走半边。"

肖凯说："吴校长昨天还提起这事，说你们那届同学中，就你不怕老鼠。还说你带的食物来，老鼠闻着气味躲多远。"

跟着的人一惊，令狐阳带的啥东西连老鼠都怕？

令狐阳苦笑了下，"这吴媛尽揭人短。我那里面就有山耗子肉，它咋不躲嘛。"

肖凯问令狐阳方便不？令狐阳摇摇头，转身朝办公室走去。他也是这里走出去的学生，母校的路走来格外亲切。

令狐阳才跨进办公室，走在前面的肖凯对大家说："老师们，县教育局令局长看大家来了，欢迎欢迎！"话完，屋里四五个教师站起，"哗哗"拍起掌来。

吴媛没动，仍埋头忙自己的，一头秀发冲着客人，蕴含深沉。

肖凯感到吴媛今天有些不对劲，走到她面前提醒说："吴校长，令局长来了。"吴媛抬头看了看，站起身来指指面前的空椅子，说："唔，我道是谁来了，原来是新局长驾到，请坐。"

刘君心中嘀咕，全县校长中，就数这个女校长待人最热情，平时有客人到学校来，她总是第一个出校门迎接。今儿个咋回事？还端起架子来，不知令局长厉害？想是英雄救美心切，刘君挤上前来解围，说："令局长，这是我们县唯一的女校长，大美女，现在还单身呢！"想引出令狐阳调侃话来，活跃一下气氛。

哪知一向爱逗乐的令狐阳反倒拘束起来，像办公室来的不是局长，是一个犯了错的学乛，手脚动作小了，没头没脑说了一句："我过来看看。"

肖凯过来请令狐阳坐下，笑着说："我们乡下学校，乱糟糟的，没啥好看的。"

"好好，你们还在搞建修，是我今天唯一看见的建修工地。"令狐阳连声说好。

吴媛坐下来，笑了笑说："你看够没有？我还以为你不会进来，看够了，就悄悄溜回城去呢！"

令狐阳对这轻松示好也正正规规回答："就是看不清楚，电筒光还是不行。你们哪来的钱？"

吴媛像跟钱有仇，提起就不舒服，冷冷地说："哪来的，捡的送的，反正不是偷的抢的。"

一屋人对吴媛今天的反常表现感到诧异，这女人是不是例假来了，这么冲？

刘君也来提醒她："吴校长，这是我们新来的令狐阳局长。"

令狐阳嫌刘君多嘴，说："她知道，她是我中学时的班长，从小就属她管辖，这办公室里，我被她弄进来站了无数回。"到这时，令狐阳手脚捎带舌头才灵活开来。

"哦！"大家一下醒悟过来，原来令局长遇到"老领导"了！

"你看了半天，有啥指示？"吴媛笑着说。先前因令狐阳没及时进来所生的气渐渐消解。

令狐阳一笑，说："有啥指示，就下来听听你们诉苦。"刘君感到令局长这时的笑多了几分温馨和胆怯。

提到一个苦字，吴媛眼睛湿了，说："你还知道我们苦啊？我那工地已停了几周，你们不来管。"

"唔？你说说看为啥？"

"为啥？这里的生产队长要包工修房子，说是他的地皮，任何人也修不成。学校不答应，他就找人阻拦施工，双方打伤了好几个人。"说着说着，眼泪就出来了，哽咽着说，"肖主任去劝解，说这是人家垫钱修，不可能给你，看在吴校长面上……"说到这里，吴校长身子往令狐阳面前一倾，像是要倒在他怀里，突然意识到众人在场，将头又缩回来埋在桌上，伤心地哭出声来。

令狐阳慌了神，伸手想去扶，又触电似的缩回来，说道："你别哭了，有话慢慢说。"

肖凯接过来说："那个混账队长骂人，说吴校长又咋的？她再好看，又不是我婆娘，凭啥我要看她面上。"

令狐阳牙齿咬得紧紧的，好久问了一句："你们学校电话在哪儿？把廖胖子找出来。"

肖凯赶紧把吴媛旁边的电话机抱过来。

刘君走过去拨通乡政府的电话，对方懒洋洋地应道："喂，哪一位？"

令狐阳站起来从刘君手中接过电话，压住气说："我，令狐阳！"对方一听，语言马上一把火烧热："哦！是令书记呀，有啥指示！"

令狐阳说："廖胖子在不在？"

对方说："廖书记吗？刚刚散会出去，我去给你喊回来。"

令狐阳说："你叫他马上到乡小学来一下，说我在这儿等。"

放下电话，令狐阳对张远说："你跟肖主任去接一下。"见两人出去，接过刘君递来的茶盅，令狐阳喝了一大口，对吴媛说："你也是，这样大的事，该给局里说一下。"一上气，令狐阳再不拘束，连往日的女班长也敢抱怨起来。

吴媛哭着说："打了电话的，局里说要送个报告去。"

令狐阳气没消："写就写嘛，写个报告又不死人，派个专人送去就是。"

吴媛一听，哭得更伤心，捂着嘴巴抽泣，欠起身从抽屉里摸出一个信封递给令狐阳。令狐阳抽出来一看，正是龙寨小学的报告。再一细看，脸色变青了，把报告往桌上一扔，指着刘君大声吼道："你看你们干的好事！"

刘君一脸茫然，从桌上拿起报告一看，报告上面有领导的批示。

曹局长批示：请郝局长定。

郝局长批示：请按曹局长的意见办。

下面是刘君签的处理意见：请学校认真落实局领导批示。

刘君看完，脸倏地一下红了，嘿嘿几声，像是解释，又像是自言自语："这样的事多，光是侮辱殴打教师案件，压下来的就有十几件，教育局管不了，平时也就没认真看，只管批给下面就了结。"

令狐阳不满意了："你就是放屁，也该有个响声，有个臭味。你这有啥？你在揎鼻涕呀？甩脱了事。"

刘君不敢再有声响，静坐一边。

见令狐阳大声武气在训人，吴媛晓得这是把他惹毛了，又怕伤了局里的人，今后不好见面。边抹眼泪边说："你能干你就给解决，莫去怪这个那个。你今天不解决好，我不准你走。"

这话恰被跨进门的廖胖子听见，他是龙寨乡党委书记廖忠贵，体形厚实，生性好乐，成天找人逗趣，哪怕见了天上王母娘娘，也要扯拢来开个荤玩笑。听到吴媛的话，哪肯放过，咧开口笑着说："不走正好，令书记今晚就跟吴校长搭铺睡。"

吴媛把眼泪一抹说："廖胖子，管你说啥子，今晚不解决好，你也跑不脱。你以为我不知道，队长背后就是你支持的。"

令狐阳脸色阴沉得如古董，死盯着廖胖子。一见老领导老哥们样子吓人，廖胖子忙赔笑说："令书记，你莫生气。你也莫在这里过夜，有影响不说，我还懒得招待你吃早饭。"转过脸对着吴校长："吴校长，明天保证你开工。我一大早就来，看哪个龟儿子敢来搞二搞三的。"转身对一同来的乡文书说："你去把巫队长给我吼上来，就说令书记来了，要喝酒骂人。"

不等文书出门，巫队长就在外面应道："莫去吼，廖书记，我在这儿呢！"巫队长听见汽车响，上来看热闹，正好撞上。

廖胖子将脸上笑容一收："你来了就好。"指着令狐阳问巫队长，"你看看这是哪一个？"

队长忙挤上前来，打着哈哈儿说："令书记嘛，我哪个会不认得吖！他当乡上书记那年，还保过我，天天念着他的好处呢。只是他现在官大了，记不得我这个小队长。"

令狐阳看着眼前这个人好面熟，使劲才想起，那年抓纲治国，全县正开公捕公判大会，这家伙偷婆娘被人家老公捉个现行，按强奸犯一路扭打送到乡上来。那时逮捕人的权力下放到乡里，乡上书记一句话就可以抓人放人。令狐阳看女方哭哭啼啼不说话，连责骂男方的话都没一句，情知是私通。那时没这个说法，只要抓住，通通按强奸论处。就在这次公判大会上，枪毙了好几个强奸犯。也是令狐阳心软，一看巫队长婆娘领着一群娃儿在乡政府外面哭，不忍心下笔。就怕真个一枪毙了他，这一家人就惨了。后经查清实情，暗示女方反口不认，定了个查无实据把人放了。记得把他队长撤了的，他什么时候又当上了？早知这个混账东西今天这样可恶，当初就该把他一绳索捆进城去枪毙了才好。

廖胖子见令狐阳气没消，便一双眼睛鼓起像个蛤蟆，对队长训斥道："你个毬卵，还想包学校工程，你家破个猪圈都要用棒棒撑起怕倒了，哪个敢拿工程给你修？"

巫队长还是舍不得这笔财，嘀咕道："我不会修，总会请人修嘛！"

廖胖子见他顶撞，气更大："你请毬个人，老子今晚上就开会，叫你龟儿子明早起来就不是队长，看你还请得动哪个来修。"

巫队长不敢硬顶，口气软下来："你廖书记不准修，我不修就是了。那打伤了的人总要给点医药费。"

廖胖子正是气头上，又是一嗓子："打死你该背时，哪个叫你去生事的？"

肖凯过来说道："不是不要你修，学校没钱，人家是垫钱来修，你有没有钱垫嘛……"

令狐阳心中气没消，他气的不仅是队长生事，更生他骂人的气，见吴媛那要哭不哭的样子就心疼。打断肖主任话问队长："说你骂人了，你骂吴校长什么了？"

巫队长嘿嘿干笑几声："这山上人嘴里有啥好话，都是孬话，令书记你就别计较了。走我那去喝两杯，我跟他们个个老师赔个礼就是。"

令狐阳也不能对这几个老部下过分，毕竟不是这里区委书记了，只得软中带硬说："你五十多的人，把三十几的吴校长又叫婆又叫娘，她受得了吗？回去给农民说清楚，这学校是大家的，修好了是教大家的娃娃。把有钱垫的人撵走了，你们家家户户都要凑钱来修。"说到这里，口气又缓了一下，"今晚上酒就不喝你的了，等把学校修好了，以后进城来我请你喝酒。"

巫队长连声答应："是！是！是！"

廖胖子是令狐阳当区委书记时提上来当乡党委书记的，见老领导来了，无论如何要意思意思，说："令书记消消气，这个混蛋的酒不喝，我的酒一定要喝。有一年多没在一起吹聊斋了，走，到乡上去喝个高兴！"

令狐阳看了一眼吴媛，心想，去一下也好，让这些东西今后规矩点。

廖胖子见令狐阳看着吴媛，伸手来拉吴媛："走走，吴校长一路去，我敬你两杯酒消消气。"

听说喝酒，吴媛赶紧往后退，边退边说："我正事还没说完，哪有闲心去喝酒。他有那瘾，你陪他去。"

令狐阳听得出来，吴媛不想去，转过身来拒绝廖胖子："老廖，今天就不去了。我现在管这一摊子事，你得给我维持好。办好了，我请你喝酒。这夜深了，你们也抓紧回去，我这边说几句也要走。"话完对刘君说："叫张远送一送。"

廖胖子知趣，借势告辞，令狐阳送他们出去。巫队长见令狐阳离开，慢慢走到吴媛跟前小声说："吴校长，你给我解决点医药费。我这下晓得你跟令书记好，以后打死我也不为难你了。"

这句不着边的话弄得吴媛哭笑不得，赶紧说："回去，回去，有事明天再说。"

令狐阳送客转来，学生下了晚自习，老师们都到寝室里去了，办公室里只有肖凯和刘君。令狐阳对吴媛说："等张远转来，我也要走，还有啥事你抓紧说。"

吴媛说："缺电，缺老师，明年给我们分配几个老师来。学生住的地方你也该去看看。"

肖凯接过话来说："我已陪令局长看过了，连食堂，还有上面大殿上都看过了，令局长答应一定想办法解决。"

令狐阳纠正道："是我们共同想办法解决。你们这里还算好，好歹还用几根树棒棒搭了个床，好多学校直接在地上铺稻草睡觉。我们当年就是这样子睡，过了二十年连耗子洞都没变，实在不好意思说出口！回去一定想办法。电的问题，我回去给你联系电力局，请他们来人解决。"

"还有那个中小学分设，你们能不能不搞?"吴媛抓紧说。

令狐阳不懂，看着刘君。刘君连忙解释，这是从省上布置下来的任务。说是中小学生生理特点和课程设置不同，要求中学小学分设，三年达标。下面反映大。

吴媛指着门外说:"你也在这学校读过书，抱都抱得起的一个庙子，要改成两个学校。一个球场都要分成两半，说缓几年都不行，成天像催命样要搞分设。合在一起教师都不够，还非要分开，哪来人教?"

令狐阳从来是办不了的事就不办，当即对刘君说:"回去发个通知，中小学分设暂不忙搞。"

刘君提醒他，这是上面要考核的，叫停，你得找个理由才行。

令狐阳睃了他一眼，"那就找个理由嘛。"稍顿，想起了啥，问刘君，"九年一贯制你懂不?"

刘君摇摇头。令狐阳一下得意起来，你都不懂就对了，"就跟下面说搞九年一贯制，干脆不分中小学更省事。"

正说着，吴媛给肖凯使眼色，肖凯走过来悄声问令狐阳:"令局长方便不?"令狐阳笑着说:"你们今天干啥哟? 不管吃的，专管屙的。"

吴媛抿住嘴笑笑，嗔怪说:"你去一下嘛，免得把你憋死。"

刘君扯了扯令狐阳的衣袖:"去看看，他们厕所修得好，地板都是水磨石的，墙上还安了瓷砖。"

令狐阳"唔"了声:"你早点说嘛。"

……

回城路上，车子飘浮在月光里，令狐阳飘浮在脑海里，任凭颠簸也挥之不去，一个女人，一个学校，一群孩子，一片昏黄的煤油灯光。

四 我要读书

令狐阳低头看了看盛琳那白酥酥的一身肉，闭上眼睛做了个比较，感觉还是没有山耗子肉嫩，想着想着又吞了一次口水。

1.

令狐阳回到县城已是深夜。正街上人和灯都成了三毛，稀疏起来。鸡肠巷勉力睁着一只昏黄的独眼，注视着几只流浪狗在垃圾桶旁恍恍惚惚地游荡。令狐阳住的那栋楼，窗户亮着，像人害了面瘫，长得有失标准，一层一个妈生的，大小多少没个定数。就为这房子怪模怪样，房管局连门牌号码都舍不得给。好处是长得独特，来客好找。

盛琳喜欢这房子宽敞，房间虽不方正，间数有四个，比县上头头的房间还多。令狐阳说她是狗吃牛屎图多。房子原是盛琳单位一个同事私自搭建的，房产证难办，能办证的人又嫌地段冷僻，一直空闲着。盛琳晓得后，恰好做生意手上有活钱，拍蚊子样一巴掌下去，又快又准，三万元搞定。

对房子再不满意，令狐阳也得去住。老婆搬进去了，他得跟着进去守着。好在他每天待在里面的时间不长，通常是一大早出门，中午随便在哪儿整点吃的。晚上灯不亮，巷子里休想见他的影子。盛琳早已习惯令狐阳的早出晚归，在乡下是这样，进城仍是这样。以前她不管，现在更懒得管。有事要找人，循着下棋的"砰砰"声找去就行。

今天有事找他，棋园里没找着，盛琳气得直瞪眼，骂骂咧咧走出棋园，气呼呼在家等着。

事是娘家大舅子哥盛青从山上带来的。令狐阳当局长的事儿，被风传得哗哗响，山上猫儿狗儿都知道了。支书三叔找上门来，对盛青说："对了对了！我们山上终于有人当官了。你进趟城，找你妹夫要点钱回来，把村小修一下，要不然垮了砸着人，我当村支书的走不脱，他当局长的也脱不了干系。"盛青好高兴，从屋里找出一包晒得跟他脸支一样焦干的野山菇，楼枕上取下一串绯红的山货，连同村支书的话包在一起，给妹妹妹夫带来了。盛青上午进城，令狐阳下午到龙寨，两人岔了路。

等到夜深，盛琳正絮叨着令狐阳，令狐阳恹恹地回来了，像被盛琳念符咒回来的样。令狐阳同重新起床的盛青打过招呼，径直进卧室去放公文包。盛琳端茶水出来，见没人陪他哥，冲着令狐阳吼起来："你鬼撺起来了，藏到屋里做啥？客来了把电视打开嘛！"

令狐阳对盛琳的声音过敏，听见浑身起鸡皮疙瘩，不知山上咋就出这么个悍婆娘，她自己就在电视机旁，偏要别人来开。令狐阳拐个弯应了声："你把开电视机的钥匙给我。"

开电视哪需钥匙，盛琳最恨令狐阳调侃她，一句粗话回过去："说你二爷那铲铲！"顺手把电视机打开。看自家哥哥双眼放光盯着电视，说声慢慢看，又回灶屋去了。

没等鬼来撺，令狐阳自己出来了。在客厅里，令狐阳直截了当问盛青："有啥事吗？"这话被厨房里的盛琳听见，好不舒服："你这个人怪得很，我娘家哥哥没事来耍不得，非要有事才准来！"

盛青知道妹子那脾性，发火用的是天然气。从小妈就骂她吃牯牛肉长大，说啥话脑壳都是犟起的。今天他是来找妹夫办事，生怕这两口子忙着拌嘴，会把他的事给误了。忙用话来拦住："听说老弟升官了，支书三叔叫我来贺个喜。"

盛青毕竟是客，不能冷落了，令狐阳极不情愿地放弃与婆娘拌嘴的游戏，坐正身子问道："听谁说的？"

盛青笑着说："听三叔回来说，妹夫现在发达了，山上山下几十万老师学生都归你管，比部队上一个军长管的人还多。还说你爷爷当年拉棚子时才管方圆几个乡，现在你要管一个县几十个乡的地盘。"

令狐阳伸出食指在空中点了点说："又是那狗日的廖胖子散布的，到处败坏我。"稍后，变了个声调对盛青说："老哥子，别信那些话，我连你妹妹一个人都管不了，哪管得了人家屋里的人。全县教师发不起工资，都成叫花子了，我就一个叫花子头，丐帮帮主。"

盛青说："看老弟说的，哪有讨口子坐小车的哟！"话完，神秘兮兮地从茶几下拖出一个麻布口袋，解开袋口，从里面掏出绯红一串山货，对令狐阳悄声说："你看看，我给你带啥来了？"

令狐阳一看，嘴儿笑圆了："好东西！好久没这口福了。"将流到嘴边的口水咕噜一声吞回去，拎起那串东西就往厨房走，边走边嚷道："快点，弄出来下酒！"

人才进去，里面的暴吵声就传出来了："吃你二爷那铲铲，给我拿出去摔了！看到都发呕。"接着"啪"的一声，给扔出来了。

楼下传来喊打声，一只流浪狗"嗷嗷"惨叫。

山货是一串阴干了的山耗子肉。山耗子有一尺多长，吃野山果野草籽长大，肉味鲜嫩，同野兔、野鸡一样属于山珍。山下的人没吃过，山上的人也不愿吃，就为名字听起来恶心。令狐阳小时候是逮山耗子的能手，全靠吃它度荒月。读中学时，选那大的肥的打整干净，去掉头和四肢，阴干了，逢年过节拿来送人，还没有吃了不说好的。只是千万记住别说漏了嘴。

盛琳虽是山上的，饿急了也是见啥吃啥，偏偏不吃山耗子肉，见了就恨死了。听大人说，她两三岁时，被山耗子咬断了右脚小脚趾，至今大热天都不敢穿凉鞋。盛青晓得妹子忌讳，进门时偷偷塞在茶几下，指望令狐阳悄悄拿出去加工吃。哪知令狐阳当了官后，说话还是不忌生冷。

令狐阳心痛那山货，走出厨房，弯下腰正想去捡，被盛琳看见，赶过去一脚踩牢，再尖起手指拎起来，从窗口探出身子，稍加瞄准，隔着几层楼朝垃圾桶扔去。偏了点儿，半截在里面，还有半截搭在外面晃悠。

楼下几只狗，闻着味围过来，瞬时撕咬争斗，闹得周围住户齐声喊打。

令狐阳摇摇头坐回沙发上，双手一摊，耸耸肩对盛青苦笑："这下吃个铲铲。"

2.

河对岸山梁后，半只月亮爬上来，悠悠闲闲蹚水过河。

令狐阳斜倚在床靠上，瞪大眼睛出神。月光透过窗棂，在书桌上布下棋盘，窗外枝叶摇曳，影如棋局演绎。

盛琳洗完澡，一丝不挂地往被窝里钻，边钻边问令狐阳："我哥那事，你啥打算？"见令狐阳没应声，欠起身看令狐阳在发呆，天然气又冒出来了："我问你话呀！我哥的事你咋想的？"说完还用手摇了摇令狐阳。

"唔，"令狐阳被盛琳把魂从龙寨小学摇回来了，揉揉眼睛说，"摇啥，以后有了钱给村上解决几万就是了。"低头看了看盛琳那白酥酥的一身肉，闭上眼睛做了个比较，感觉还是没有山耗子肉嫩，想着想着又吞了一次口水。

盛琳放下身子，咕了一声："来不来？不来我睡了。"见令狐阳没动，山耗子样缩进被窝，翻转身子独自睡去。

一觉醒来，见令狐阳还大瞪着眼睛发呆，又咕了一句："想你二爷那铲铲，命中不该你得的，想也是白想。"说完转过身，又吹着鼾音做她的美梦。

那轮弯月还在水中彷徨，仿佛要从水浅处浮出。

令狐阳是夜游神没胎，生就一双夜猫子眼，一到晚上就放光。小时候为了混口饭吃，十来岁就给人家守灵。整个一座山的小伙伴，没人敢与他赌啥，知道这世上没有令狐阳不敢做的事。后来的婚事，让山上的人更惊讶，说这娃胆子真大，敢娶盛琳做老婆。

盛琳也是龙寨山上的人。婆婆是山上出了名的"土匪婆"，玩枪当玩烧火棍，长枪短枪打得准，走路一股风。她爷爷最怕她婆婆眼睛一睖，把烧火棍当剑使，又是劈，又是戳，到时想逃都逃不脱。她婆婆怕她妈。她妈也是一个名人，叫"蛮婆娘"，身板比两个"土匪婆"还厚实。有一次，"土匪婆"要打"蛮婆娘"，烧火棍还没舞圆，就被"蛮婆娘"缴了械，扯过人来用手一挟，就在院子里转圈，弄得"土匪婆"两脚在空中没抓拿。

"蛮婆娘"又怕盛琳。盛琳是山上出了名的"恶五妹"。有一次，"蛮婆娘"招惹到"恶五妹"，恶五妹跑到山上林子里，一天一夜不见她妈面，扬言要当"白毛女"，吓得"蛮婆娘"从此不敢对她说半句重话。

就是那次离家出走，盛琳一把抓住了令狐阳。后来，每当有人问起他们恋爱过程，盛琳总是很得意地说：林子里抓的。

那年秋，正是"文化大革命"中最乱的时候，全国学校都停课闹革命。唯有这龙寨乡，山高皇帝远，革命的扫帚一时还未扫到。学校是清一色的逍遥派，老师照常教，山上孩子本分，照常跟着老师念：弯弯的月儿小小的船……

没过几年，愁烦的事儿来了。吴媛、曹达等一批教师子女小学毕业后，没地方上中学。看着孩子们成天闲着打泥巴仗，当老师的父母着急，凑在一起找吴媛的父亲吴福正校长商量，开办小学附设初中班，别让孩子荒废了学业。吴福正做不了主，找公社革委会负责人廖胖子请示。

廖胖子刚从部队转业回来，是全县最年轻的公社武装部长。那时从上到下实行军事化，公社是武装部长说了算。廖胖子看了学校报告，想想自己就因缺文化没提上去，把手一挥，从屁股后面摸出公章，杵上红印，事就成了。吴校长立即到各大队发招生通知，悄悄购买教材，添置桌凳……

报名那天，令狐阳去了，穿一身民政发的救济衣服，腰间绑一根棕绳，打双赤脚，蓬着头发，站在报名桌前。负责报名的是曹达的父亲曹通老师，他问令狐阳要大队的介绍信。令狐阳说没有。这几年初中没招生，想读的人多。那时不准考试，由大队生产队推荐入学。少了介绍信，曹通说不行。令狐阳就赖在报名处不走。曹通只得把吴福正找来。吴福正认识令狐阳。他去五大队检查教学情况，听代课老师说起过，晓得令狐阳成绩好，是个孤儿，对曹通说："你给他先登记，然后叫他回去补一个介绍信来。"

曹通说令狐阳不光没介绍信，还没钱。是孤儿更不敢乱收，这得要生产队同意给他分粮的证明。不然办不了粮食供应手续，到时没吃的找谁？

吴福正劝令狐阳回去，把大队生产队工作做通再来。令狐阳埋着头说："他们不准我来。"说着，眼角湿了。吴福正以为是名额不够，不想放弃这个成绩好的学生，叫令狐阳回去对大队的人说，学校给你们大队增加一个名额。曹通忙提醒吴福正，"这指标是定死了的，多一个，粮站不会认。"吴福正说："没关系，把我家吴媛的名额让出来，反正她也是吃国家供应粮的。"曹通点点头，说："也可以，只是居民是25斤，学生是30斤。"吴福正说："每个月少个三斤五斤没关系。"

令狐阳用感激的目光看着吴福正，腿却没动。曹通催促他："你还不快点回去办来！"令狐阳仍是不动步，说："你们给指标，他们也不会同意。"

"那为啥？"吴福正和曹通异口同声。

令狐阳说他是生产队记工员兼会计，队长老了，再带他搞两年，就要他当队长。

吴福正有点生气了，这才多大个娃娃，就当大人使唤。就要你当干部，也得让读书，多点知识才行呀！"这样子，你去找找廖部长，保证行！"吴福正说。

令狐阳埋着头走了几步又回来，吞吞吐吐地说："我还要欠学杂费，到期末我一定还清。"生怕人不相信，抬起头又说："我挑炭砍柴卖，一定交清。"

吴福正正要开口，曹通忙提醒他："这口子不能开，山上的困难学生多，大家都欠，我们添置仪器图书就没法了。"

令狐阳看着吴福正的嘴张开又闭上了，知道犯难，便说："你们要添置啥仪器？我去给你们找，找回来抵我的学杂费行不行？"

曹通认定不可能的事，随口接过来："可以呀，你找来，我们认账。"

山顶多云，山脚多雾。令狐阳的话云遮雾罩没人在意。待一场大雾降临，龙寨乡漫天晨雾笼罩。雾深处，三个黑影晃晃悠悠联袂飘进校门。吴福正凑拢才看清，令狐阳挟云带雾如担山力士，嘿咻嘿咻挑了两麻袋东西到学校办公室。天平，马蹄磁铁，测绳，地球仪，教学圆规，量角器……两张乒乓球桌摆得满满的，吓得吴福正赶紧把门关上，问令狐阳是从哪儿弄来的？

令狐阳边擦汗水边喘气说："龙湾中学找的。学生搞武斗，仪器室砸得稀烂，我拣好的装了两麻袋回来。"

听他一说，一屋人你看我，我看你不说话。这到底算啥，算偷？抢？拣废品？好像都不是。吴福正把令狐阳引到他的寝室，叫爱人冷老师弄点水给他喝，自己又跑回办公室来。

曹通主张，这来历不明的东西，坚决不能要！岂止是这些东西，连人都不能要，收进来恐怕会把其他学生带坏了。

龙文章已确定是初中班的班主任，不赞成曹通的观点。令狐阳挑这么多东西回来，他本人一件没要，这就是大公无私的表现。教学仪器就是用来教学的，只不过挪了个地方。他有啥错？

曹通说令狐阳的行为就是为了不交学杂费，归根到底还是私心作怪。龙文章反驳，人家从街上挑几十里路回来，就你那两块半学杂费，还不够他的脚力钱。若是为私，他随便拿一件卖了都不止那几个钱。

两人面红耳赤争起来。

吴福正急了，用手指竖起，放在嘴边长长地"嘘"了一声。等两人静下来，吴福正悄声说："此事对外兑不得，要给令狐阳指出危害性。东西暂时存放在学校。"话完，带点后怕的意味说，"幸好没被造反派抓住，若是被打死了，我们这下半辈子怕是睡不着。”

窗外雾渐渐转淡，山顶已有太阳红光透出，山脚河面仍是一片朦胧。

曹通问郖学杂费还收不收？

龙文章一句话："不能收！说了话要算数，由学校在购置费中开支。"

吴福正说："在公家报账不行，一查就要暴露，这学期算我私人拿。"

龙文章说："那下学期算我的。"

曹通见两人表了态，也说道："好，若是这两学期他改了这毛病，第三学期算我的。"

吴福正回到寝室，见令狐阳就着才露面的阳光，正张牙舞爪地讲述他的英雄壮举，如何翻墙入室如走平地，如何借着浓雾装神弄鬼恫吓武斗人员……听得吴媛一愣一愣的，仿佛战斗英雄杨子荣就在面前，竟把她妈妈给令狐阳的开水盅抱住不松手，忘了给大英雄润喉。

吴福正进屋，见令狐阳正讲到兴头上，皱着眉头带有几分怜惜对令狐阳说："今天这事，你就不要再到别处说了。东西先放在学校用一段时间。等你们毕业了，再给送回去。你学杂费先欠着，也等毕业后一齐算账。"

令狐阳笑嘻了，说声"谢谢"就要往外走。吴福正留他吃了饭走，令狐阳从怀里掏出几个烤洋芋，说："我这里有。"冷老师看到心疼，赶紧从令狐阳手中夺过洋芋，说："这冷的咋吃得？我去给你热一下。"

吴媛听说令狐阳要在自家吃饭，忙搁下茶盅进灶屋去。见妈妈正把三碗饭匀作四碗，上前说声："我来端。"等他妈一转身，将自己碗里的拨了大半在客人碗里。被冷老师悄悄看到，笑了笑。吴媛好不自在，红着脸故意揉了揉胸口说，我胃不舒服，不想吃。等冷老师把洋芋热了端上桌。吴媛伸手去拿了一个来学着令狐阳的样子，皮都不剥就往嘴里送。她妈板着脸说她："你胃不舒服，就别吃洋芋，吃了胀气。"

吴媛小嘴儿一撇："我尝尝嘛，又不真吃。"

令狐阳见自己面前冒冒尖尖一碗白米饭，比他们多了许多，两手在桌沿上搓着不敢动筷子。吴福正见他发愣，说："吃吧！吃了还要赶路回去。"令狐阳做贼样轻轻地捏住筷子，小心刨了一口，抬头看了看三位，像是在问，这样子吃行吗？见三人无反应，小心地又刨了一口，一颗饭粒掉在桌上，令狐阳下意识伸出手指去拈，忽又停住，抬头看看，没人注意，闪电般拈起饭粒送进嘴里，吮了吮指头。

　　吴嫒见先前一个大英雄，竟被一碗白米饭弄得缩手缩脚的，禁不住"扑哧"一声笑了，差点把手上的筷子弄掉。她妈干咳了一声，用眼神止住吴嫒。她忙用手捂着嘴，"哽"的一声咽下食物。正正身子，收起笑容，举起筷子正说夹菜。抬眼一看令狐阳小心翼翼刨饭的样子，想笑又怕妈说，只得把嘴唇抿得紧紧的。笑声关住了，但笑意从眼角还是流了出来。那眼神从此刻在令狐阳的脑子里，十多年光阴打磨愈发清晰锥心。他一直在揣摸，至今也没悟透，是爱慕？是怜悯？是青涩？都像，都不像。反正在其他女人眼里没见过，在老婆眼里也没见过。记忆中，母亲的眼神里有那味道，旦又不全是。几十年了，每次见着吴嫒，那眼神又重现眼前，让令狐阳勾起那一刻记忆，倏然心热，怦怦乱跳。

　　月亮经游鱼衔着云纱轻轻擦拭，将那亮丽融进万家灯火。

　　想到此，令狐阳感到口干，起来找了杯开水喝下，压了压火气。令狐阳脱光衣服准备睡，关了灯。见月光挤进来，转身去拉窗帘。这时盛琳一个翻身，把一床踏花被压在身下，赤条条全露在上面，光溜溜的胴体上没了那股悍味。令狐阳才压下去的火焰又呼地一下蹿上来，一把将这个白人身翻过来，像头狮子扑上去……眼前还是吴嫒那猜不透弄不懂，却又不时在脑子里明明白白显现出来的眼神。

3.

　　战斗过后，记忆仍在踏花被里进行。那天，在吴嫒家吃了饭出来，令狐阳又到公社找廖胖子磨了半天口舌，廖胖子才答应盖章出通知。进山时已是明月当空，秋风徐徐，山腰淡淡的一抹轻纱缠着林子，慢慢牵着大山入梦。令狐阳裹着一身月色，舞着两个空麻袋，迎着跳跃扑来的溪水，腾云驾雾往山上飞去，越飞越高，越飞越快，整个躯壳像是包不住那颗狂欢的心，生怕慢了，心会没入云里。飞着飞着，轻纱中透出一串火光，吐着猩红的火舌，舔蚀层层薄雾，越来越近。依稀人影中，有依稀的叫喊声："五妹吧——"

　　叫喊的地方叫盛家坪，是四大队一队的地盘，与令狐阳家隔着一道山梁，是令狐阳赶场到公社必经之地。据老人说，盛家坪的风水阴盛阳衰，母的凶悍出名，连鸡踩蛋都是鸡母骑在鸡公上面。眼前林子里的人大呼小叫"五妹"，估计是找一个叫五妹的山妹子，这五妹莫非就是那个人称"蛮婆娘"的女儿，几座山都响遍的"恶五妹"？听说除了山耗子外，五妹啥都不怕，十来岁就敢一个人捉蛇上街去卖。现在遍山喊她做啥？是魂掉了，还是连人带魂一起掉了？

山风阵阵吹拂，树梢哗哗作响。

令狐阳渐渐进入林子，月光拦在了外面。令狐阳进入了自己的童话世界，两只眼睛开始放光。他仗着路熟，一手提一只口袋，在扑面而来的各种树影中穿行。在大山空灵的怀抱里长大，令狐阳能凭朦胧中的细小晃动，风中任何细微声响，做出准确分辨。

山风里传来一阵异响，是人的移动声。令狐阳停住脚，向四周看了看，路对面一棵树影下，兀地粗了一节。不是她是谁？小丫头终归还是胆怯，不敢往林子深处去。令狐阳平静地对着人影说了句："五妹，快点回去，你妈老汉都等着你。"话停脚未停，转眼从她旁边走过。

"给我转来！哪个叫你走的？"声音恶狠狠的，像唤自家的狗儿猫儿样，货真价实的恶五妹。自从父亲死后，再没人大声吼叫过令狐阳，这女娃娃想干啥？令狐阳继续走自己的，头没回，只回了一句话："我要赶路，没时间送你回去。"

"我叫你回来呀！"接着一阵树叶擦挂声传来，令狐阳将身子往旁边树影中一闪，只听"砰"的一声响，一节木棒砸在路对面的树干上。

一只夜鸟惊飞，从令狐阳头上掠过，林子里夜间觅食的小动物四处乱窜。

令狐阳靠着树干吼起来："恶五妹，你叫春啦，抢起男人来了。"

"我叫你站住，再走我给你一青冈棒槌，这下不是前一下，非把你脑瓜儿砸下来。"

话像一条蛇扑来，让令狐阳心里一惊。这木棒槌长一尺左右，山里人用来击打野物。令狐阳是使用棒槌的行家，平常用它打野兔、山耗子，是一打一个准，深知它的厉害。今夜遇上这不讲理的恶五妹，若一味只逃，恐怕真从背后挨上一下，别说伤到头，就是脚上挨一下，明天也管保去不成学校。她怕是疯了乱咬人，硬要逼得我一口袋把她装回去。

打定主意，令狐阳把一只口袋别好，另一只提在手上，身子一转闪回来路。没等恶五妹回过神来，麻布口袋已从头上罩下来，直到腰上，将她双手一下裹得

令狐阳靠着树干吼起来："恶五妹，你叫春啦，抢起男人来了。"

紧紧的，凶悍的喊叫声也在口袋里捂着。

令狐阳解下腰间棕绳，抖开足有一丈多长，三两下连人带口袋捆个扎实。这活路儿，是干土匪的家传手艺，从小打架时经常用着，早已是技熟手痒。

恶五妹"哇"的一声哭起来，泪水把凶悍味冲刷得一干二净。

令狐阳将恶五妹靠在树干上，弯下腰来扛，手才搭上，肉酥酥，嫩滑滑的，心中一股热流上涌，往下一摸，发觉她两只腿从上到下光溜溜的。山里人穿卷腰裤，裤腰很大，没有裤绊，贴身系一根腰带，布的、线的、麻绳的啥都有，穿时将裤腰对折一下，再卷进裤带就行。方才令狐阳笼麻袋时用力猛了点，她裤儿已滑落下来。

令狐阳做了贼样，赶紧将她裤子提上来，塞到她手里。烦躁地问她："是把你扛回去，还是搁在这儿？"

恶五妹不答，只是抽泣。

不远处树根下，窸窸窣窣几只黑影移动。令狐阳拎起脚边棒槌，一声"嗖"响过去，只听"吱"的一声，击中一只，其余四散逃去。

令狐阳指着倒下的山耗子说："你不开腔不是？老子走了。就等那山耗子来咬你。"话完急着转身要走。突然，口袋里一声喊叫，依然是恶狠狠地："令狐阳，你个起瘟的，我明天要到学校告你！"

"嗨！嗨！你还有理了，你告我啥？"

恶五妹带着哭声说："告你把我那个了。"

捂在口袋里的声音有点闷沉，字字句句令狐阳听得清清楚楚，心中又气又恨。亏她说得出口，毛吼道："我几时把你那个了，你再说一句，老子把你那个割下来喂山耗子！"

恶五妹有点害怕了，语气软了下来："你垮我裤儿的。"

"你那裤儿是自己落下去的，哪是我垮的！"

"你不笼我口袋，我裤儿咋会落？"

"你用棒槌砸我做啥？"

"要你留下来帮我。"

"帮你啥？"

"我要读书！"话完大哭起来，原来她也要读书！这句话对令狐阳的震动，比先前那句讹诈话还大。

又是一阵山风吹过，树梢晃动，月光瞅准缝隙钻进林子，无数个小精灵在地上蹦跳。静默了一阵，直到风住了，所有小精灵消失。令狐阳将恶五妹解开，取下口袋，轻声问她："我咋耍你？"

恶五妹又哭起来："我妈不准我去，嫌我是个女娃儿……"

又一阵风过，令狐阳的心与树梢一起动了，从树缝透下来几分同情，夹带几分说不清的无奈："你妈不同意，我也无法帮你呀！"转身就走。没走几步，回头见恶五妹一步不落跟在身后，没好气地说："我回家，你跟着我做啥？"

恶五妹说："我是你婆娘，你走哪儿，我跟到哪儿。"

"你几时成了我的婆娘！"

"你垮了我裤儿的。"

气得令狐阳一把抓住她的手往回扯，说："走，找你爹妈去！"

"去呀！去了我就说你把我那个了。"

令狐阳恨得牙痒痒的，抡起巴掌只想扇过去。

恶五妹偏起头把脸递过去："你打嘛，打死了都是你的死婆娘，你打呀！"

令狐阳收起手，怕到她家里真说不清楚。来硬的不行，只好缓了口气："莫说啥婆娘不婆娘的，我要回去背铺盖，办粮食证明。你莫缠着我。你不是要读书吗？你先回去把铺盖准备起，办好粮食证明，就在这路上等我，好不好？我明天过路时带你一起去。"

先前呼呼的山风，此时也柔和许多。

恶五妹终于停下脚步，说声："你不能哄我，你要哄我的话，我就到学校去闹。我读不成，你也读不成。"

令狐阳见她停下来了，只管摆手说："要得，要得，你快点回去。"

等恶五妹走了，令狐阳又转身往回走。没走几步，又回头看看，确信那傻女娃子没跟来，又边走边把空口袋舞起来。

4.

长长一声鸟儿啼鸣，唤醒熟睡的大山，一山青绿配衬一天蔚蓝。

令狐阳打开房门，只见门边坐着恶五妹和一个大男子，旁边放着一个大背篼。里面铺盖、席子、换洗衣服，连带碗筷，一应俱全。恶五妹见令狐阳出来，兴奋地对大男子喊道："哥，他起来了！"

她哥哥一下站起来，长宽高都比令狐阳大一轮。他对令狐阳嘿嘿笑了两声，瓮声瓮气地说："我把妹妹给你送来了。"话完，转身要走，比送公粮还急。

令狐阳看着这两个憨娃，哭也不是，笑也不是。比不得昨晚，多了一个大男子，令狐阳少了说硬话狠话的底气，生怕恶五妹又说当婆娘的傻话来，心中不快地说："说好了在路上等，你们不嫌路远，跑这儿干啥？"

"怕我妈不同意，得绕道走。"

"你妈不给你办证明，你去了也白去。"

"证明办好了。哥，你拿出来给令狐阳看看。"大个子摸摸索索从怀里掏出来几张纸片，大队、生产队的都有。令狐阳扫了一眼，指着学校的通知书说："去也没用，是你哥的名字，盛林，你认得不？"

恶五妹嘴儿一撇："你不说穿，哪个晓得我叫啥名字。"

三人来到学校，好在通知书上只有名字，无男女，没费多大事就办成了。从此两兄妹的名字互换。盛林变成了盛琳，由妹妹用；盛清变成了盛青，哥哥用。

那年秋天，山上枫叶如霞。小阳春里竟开了几朵映山红。

令狐阳想到这里，长长地叹了口气，心中好生懊丧，不知当初自己咋那样笨，不晓得可以体检，她说我那个了就那个了？

令狐阳满肚子冤屈涌上脸："哪是我要改嘛，是上级教育部门逼着要你改，搞啥子中小学分设，校长要两个，校门要两个，操场、厕所也要两个，恰像给她妹子办嫁妆，全是成双成对地要……

1.

曲江水刚刚转清，云雾山早白了头。一场雨夹雪后，城里一片泥泞。县环卫所的洒水车正在县委家属院为清洗道路。一排青瓦屋面中，突兀而起一栋五层小楼，专为退下来的离休老领导建的。曹达随岳父住在这儿。曹达大学毕业后一直在教育局干，仕途还算顺。不知咋的，到了副局长这个位置就卡住了。每次掉换局长都是人选，就差点运气。上次主持工作期间，高考上线人数滑坡，少考了几个人怪到他头上。县上特地从北京把郝仁引进回来。虽说同是本科毕业，郝仁是名牌大学，品牌效应。郝仁辞职后，曹达看来大有希望，哪知半路杀出个令狐阳。数七数八，咋就数到他令蛤蟆？听说令狐阳还不愿来。事情就这样怪，不愿当的捆着绑着押上台来，想当的又挡着拦着踩在下面。

刘强安慰曹达说，看令狐阳那个傩神样子，管不了几天。不信叫曹达放开眼量看，保证他笑着进来，哭着出去，结果不会比郝仁好。

前几天，宦丹丹劝慰丈夫说："你急啥？刘书记、宋书记都是爸提上去的，自会知恩图报。教育局长这把奇子没有人坐得稳，终归是你的，只是早点迟点的事。"宦丹丹十分相信父亲的威望，虽说现在离休了，当年的部下在位的还不少。除了"文化大革命"中，宦丹丹从没见过父亲说话不算数的。

曹达当年大学毕业分回来去人事局报到，隔多远，宦丹丹就一眼看上他那身形。后来打听到曹达有了女朋友，叫吴媛，在乡下教书，就是为了这桩婚事，曹达才被父母要挟回县城工作。宦丹丹回家在母亲面前装作不经意地夸了曹达几句，当妈的哪会不晓得女儿心事，悄悄给老头子一说。宦德说这儿女私情，我出面过问怕不合适。话传到宦丹丹耳中，先是在父亲面前撒娇，差点把她爸的骨架摇散。然后是不吃饭。接着是她妈吃不下饭，再接着是她爸没饭吃……

没多久，曹达就上门来求婚了。

这次听到郝仁辞职的信息，宦丹丹没有绝食，老头子是真的没权力办了。也不敢再去摇老头子，怕真的摇散了架。宦丹丹夫妇俩联合老太婆，一齐找老头子出面求人。老头子尽管不舒服，经不住围攻，只好跟着女儿女婿去市上"看望"老领导，原市委书记洪亮，刚退居二线休息，威望还在。郑华在他身边工作过，是洪亮亲手提拔当的县委书记。

一进洪家门，两位老人先是握手，后是捶肩，像是刚从战场上下来重逢。宦丹丹是洪亮看着长大的，此时跟在父亲身后甜甜地叫了声"洪伯伯"。洪亮赶紧过来拉起丹丹，挨着自己坐下，从孩子读书到丹丹夫妇俩工作情况，挨着问了个遍。过去在位时，洪亮忙，别说这样挨着说闲话，就是汇报公事，也得由办公室安排，约定时间和话题。现在退下来了，老人从烦客来，变成盼客多，连声催促家人安排吃饭。

宦德叫曹达把带来的土特产送进厨房，笑着对老领导说："知道你戒烟酒了，就送点当地的土特产来尝尝。"

洪亮深有感慨地说："唉！老了，几十年烟酒不离，现在被医生一句话给禁了。你拿来这些土特产，也没有口福尝了，鸡蛋都不能多吃，这人还能吃啥呢？"

宦德也笑着说："过去想吃点好的，还得悄悄默默地背着人，顾影响。现在放开了，又不能吃了，你说这人哪来的口福！"

洪亮指着宦丹丹说："还是丹丹他们好，吃啥穿啥选着来。"说到此，话头一转说，"人一生啦，还是要干点事，光说吃那不成了一个懒叫花子变的。特别是丹丹他们这代人，要以事业为重，趁年轻多干点事。"

曹达抓住话头说："我们也有这个想法，可惜没机会，这次来就是向洪伯伯汇报自己想法，请洪伯伯给郑书记举荐举荐。"

洪亮说："前段时间小郑还来过我这里，摆谈了你们教育局的事。说新上了一个局长，本人不愿意当，常委中不少人也反对他当，小郑说那个人叫什么？"

曹达忙说："叫令狐阳。"

洪亮说:"对,就叫令狐阳,说他爷爷当过土匪,本人也是一身匪气,但那人鬼点子多,小郑想用他来解决教育上的老大难问题。我还夸小郑用人有方。非常之事,用非常之人。"

宦丹丹小嘴儿一撇,说:"洪伯伯,郑书记肯定是信了组织部王部长的假话,用一个一天书没教过、满口粗话的'棒老二'后人,把有经验、有学历的教育局领导排斥一边,全县的干部群众都有意见,只是没人敢当面说。洪伯伯,你可要提醒郑书记,别上了个别人的当。"

宦丹丹的妈也插话说:"我们这次来,就是想请老首长在郑书记那里说道说道,让孩子多干点事儿。"

洪亮这才明白了他们的意图,"唔"了一声,表态说:"下次小郑来,我一定把丹丹介绍给他,请他多多培养。"

"洪伯伯,不是我,是曹达。"宦丹丹摇着洪亮的手纠正。

"对对,是曹达,曹达。"

洪家小院子里,一桌酒菜摆好,两家人你推我让围坐一起,把那些陈年旧事掏出来,在阳光下重新晒一晒。

3.

令狐阳到区乡转了一大圈,所到之处总要许上一大堆空口愿,保证这样保证那样。上上下下的人眼巴巴望着他想出法子兑现。他回来了,打听他兑现消息的电话成天响个不停。刘君用'令局长正在想办法'的理由支吾了一周;用'还没有开会'又支吾了一周。第三周星期一追问的电话又打来了,刘君哭丧着脸去请示令狐阳咋回复?令狐阳气呼呼地冲了一句:"说令狐阳死了。"刘君吓了一跳,这话回得呀?这个月才说县委政府两个大院没老师上访了,你这话传下去,要不了两个钟头,保准两个大院像赶场样闹热。明知是气话,刘君没动步,仍死死望着令狐阳,那眼神传递了一百多所学校的期冀和苦衷。令狐阳口气软下来说:"就说上午正在开会研究。"刘君没动步,仍望着他。令狐阳急了,"你去呀!"刘君说:"那下午又咋说呢?"令狐阳有点火了,"你还想得远呢。下午嘛就说会还没开完。"

"那明天呢?"刘君索性把明天的答复一下问了。令狐阳咬咬牙说:"明天嘛,开会结果就出来了。"刘君听蒙了,问哪来的结果?令狐阳转过身去,隔着身子扔了一句,"下午开了会就有了。"

刘君走了,令狐阳关上门闷头发呆。他原本想回答刘君,明天又调查去了。但看刘君那眼神,期待的可不是他一个人的期待。下象棋还规定三步棋内必须变招,可眼下的局势除了拖,好像没招数可变。如同病人害病,症状大家都看清楚了,方子呢谁都可以开,可是缺药。这药就是钱。就是师资,就是土地。

拖是一个办法,但久拖也不是办法,更不是令狐阳的个性。眼下走投无路的境况,有点像他妈死那年,病人躺在床上没钱抓药,还缺吃的。成天床前放一碗白开水,渴了喝它,饿了喝它,发热发冷还是喝它,喝得老人脸手肿得发亮。眼前教育不仅缺钱抓药,不少学校还缺水喝。酒倒是多,个个老师寝室里都成箱成件堆码着。可酒能解决什么问题?除喝醉了邀约起上访外,再就是喝醉了捂头睡大觉,连天地日月一下麻木了。令狐阳在纸上信手涂画,水,白开水,钱,工资,危房,写好一个叉一个,叉了一个又重写一个。一张纸画满了,撕掉再画……

正紧张画着,电话响了,是县委办公室的,说有一大堆教师在县委大院闹事,要他去领人。令狐阳一下从藤椅上弹起,将笔一丢,叫上刘君过去了。

为首的是盘山乡小学的何老师,何泽凤的侄儿何五娃。跟着来证明、来请愿、来帮忙的有二三十位老师。何老师好不容易有了女朋友,女方家里人嫌他当老师穷,每次上门送礼都是酒,而且是当地酒厂的低档酒。好了两年,家里就是不给户口本,要女儿回了这门亲事。介绍信没人敢开,手续办不了。女儿不干,真心爱上了何五娃,死活要嫁他。女方家里退让一步,托人给何五娃找了个乡供销社售货员工作,逼他去办改行手续。何五娃托姑姑何泽凤把手续办了以后,正说去办证,令狐阳到他学校去了,拍着胸膛说工资没问题,再不发酒了。何五娃犹豫了,没再提改行的事。这下惹恼了女方家的父母,劝女儿又不听,叫上一帮江湖混混,到学校把何老师打了,连寝室也砸了,还打伤了阻拦的校长和老师。当地派出所与女方家里人熟,以家务事不好管为由,搁在一边不理。激起了全校教师,男男女女一下坐车到县里上访。

令狐阳到时,公安局王局长已坐在那儿,何泽凤正拉着他诉说,"啥年代了,还干涉婚姻自由?我们妇联决不会放过这事。"

令狐阳同王局长熟，一咬耳朵，先由王局长说硬话宽老师们的心，后由令狐阳说软话收尾，只图把老师们劝回去上课再说。

王局长说："老师们，先回去。我马上组织人调查，对肇事者绝不姑息，一定严惩。"话很硬，但很空。

话完，老师们又闹起来了，"那不行！必须惩办凶手，抓出幕后唆使者，追究派出所所长的责任。"

王局长不管不顾，朝令狐阳一抬下巴，自己撤到一边。令狐阳恨姓王的太滑了，一顿空话屁作用不起，把祸事照样甩过来。行！你不说，我帮你说，就在县大老爷门前说，看你往哪儿溜？

令狐阳上前，紧闭嘴唇半天不开口。直等老师中没人吱声了，他才上前恭恭敬敬向老师们鞠了三个躬，然后语气沉重地开口说："老师们，我对不住你们，是我没出息，让你们受委屈了。谁都晓得，天地君亲师，这是要供在神龛上的。今天敢打老师，明天就敢打领导，后天就敢打父母。今天敢砸学校，明天就敢砸公安局。王局长这个人你们不了解，他是一个说话算数的人。在他的管辖内，出现了扰乱学校，致使教师上访、学校停课的事，他绝不会放过的。先别说追究什么责任，责任王局长看得轻，他看重的是脸皮。他下面的人伙起来出他的洋相，这是在打他的脸，臊他的皮，小娃娃都受不了的事，王局长能受得了？阮良校长没有来，听说受了伤。你们给他带信，就说我令狐阳敬他是一条汉子，遇上欺压侮辱殴打教师的，就是要站出来抗争。我们不要怕，我们有政府，有强大公安干警做后盾。"

听到说公安干警，下面议论起来，指责嘲讽的话挡不住往王局长耳朵里灌。令狐阳用手压了压说："老师们，不要乱议论。王局长治警从来就严。我的儿子同他的儿子在一个班上读书，汪主任向老师对我说，我的儿子在班上抬不起头，说他爸当教育局长不给教师发二资发酒。王局长的儿子经常是昂首挺胸，说他爸爸把坏人都抓光了。我儿子不懂事冒了一句，说好多教师挨了打没人管。两个小家伙打起来了，扭到向老师那里解决，老师肯定会向着教育局长呀！"话到此，下面一片笑声起来了。连何老师都捂着肿起的腮帮子咧开嘴儿露出笑意。

令狐阳没笑，一脸正色道，"你们别笑，向老师很认真的，当一件大事跟双方家长打了电话。对我说，令局长，你把我调到乡下去吧。城里当官的孩子我管不了，也保护不了。我安慰她，别放在心上，警察的儿子打土匪的儿子很正常，就怕两个伙起干。后来听说她又找了王局长，向老师对他说，王局长，你的儿子我教育不了，你叫回去教吧。反正你也不缺教育人的地方。"听到这儿，王局长很尴尬地笑了笑。老师们没人笑，脸上鄙视之意顿显。

令狐阳这才收尾："今天这事我还不敢回去说，免得两个小孩子明天又打架。大家回去吧，好好上课。相信王局长一定会让肇事者戴着手铐到学校来赔礼道歉。"

掌声终于响起来，人们开始交头结耳。突然有人喊起来："令局长，这事我们听你的。我们的工资几时解决?"

令狐阳的脸色暗下来，瞬间又转亮了，说："是我的事到我那里去说。"老师们不干，齐声喊起来，就在这里说，几时兑现工资。秘书王伟过来对令狐阳小声说，书记们要散会了，你快点把人领走。令狐阳点点头，腮帮子一鼓，斩钉截铁说，下个月兑现，办不到，我不当这玩意儿了。话完，伸手在头上抓了一把，再狠狠地往地上一摔。

没过一周，刘君告诉令狐阳，说盘山乡小阮良校长要见你。令狐阳只当是上次学校集本上访的事，他也想了解教师回去后的反应，让刘君叫来。

阮良进来了，人尚未坐下眼泪先出来了。令狐阳最怕见人滴泪，忙拿言语劝慰："有话就说，大男人哭啥? 不就几个老师想不通上来闹闹事吧! 没啥了不起的。"阮良用手揉揉眼角，说："不是的，是建修的事。"令狐阳更奇怪了："搞建修好哇! 你盘山乡有钱搞建修，打起灯笼火把都难寻的事儿，你哭啥?"

听阮良断断续续说来，是他那里在省城做事的一个老乡，叫阮丛全，有个妹子叫阮丛洁，在山上一个村小教书。这位老乡愿捐十万元给乡小，条件是把妹子调出村小。钱未到位，揽活路的来了。乡上书记说这事是他牵线搭桥促成的，这工程他要派人做。乡长说工程不给他的人做，休想得到一寸土地。阮丛全的隔房弟弟来说，钱是他堂哥给的，若不给他修，钱就要收回去。阮良太想要这笔钱修学校，可这五马分尸的酷刑他又受不了，只好来找令狐阳寻求一个万全的方子回去。

令狐阳恨阮良没出息，有钱无钱你都哭，还活不活了? 索性来个崩溃疗法，再给他个难受："阮校长，你哭兮兮的哪个会喜欢你? 你还哭，我再给你派个建筑队来，让你哭个够。"

这话当真还管用，阮良擦干眼泪，可怜巴巴地望着令狐阳。

令狐阳有意把话缓一缓问："上次打人的抓没抓？"

见问这个，阮良带着泪笑了。连声感谢令局长撑腰，那家人听说要抓到县上去关押，自己求上门来，婚姻答应了，赔礼道歉也做了，损失也赔了。弄得何老师反过来求派出所高抬贵手。所长还板着脸不答应，非要阮良亲自说情才答应。

令狐阳见他放松了，又才捡起先前的话题说："你也是个老实人，别为这事把你憋坏了。这个样子，那个女老师叫什么名字？"

"阮丛洁。"阮良小心翼翼地回答，不知令狐阳问这个干啥？

令狐阳心里也没啥别的，只想把这个关系拉上，日后好派上用场。对刘君说："把阮丛洁调到八庙乡小去。"转脸对阮良说："你回去对乡长说，人由教育局安排到八庙乡，钱也调往八庙乡了。"

不等话完，阮良的苦情又涌上来了，哀求令狐阳，"钱你可千万别调走，山上找点钱不容易呀……"令狐阳又气又笑，"谁动你的钱了？我不要你一分钱。人我跟你调走，你再回去这么说说，让书记乡长来求我，啥事都好办了。"

阮良笑了："还是局长有办法。"

4.

茗枰棋园新近来了立夕地高手，与任棋王大战三天三夜不分胜负。有这好事，绝不会少了令狐阳，没有他就如中药处方里少了一味药。这天，令狐阳在棋园屁股还没坐热，找他签字的人一个接一个来，令狐阳是来者不拒。同意就同意，不同意就签个不同意。棋局完了就搁在棋盘上写，棋局没完就把大腿抬起在上面签。实在不行，就叫签字的人转身过去，搁在别人背上签了也算数。

刘君找来了，悄悄对他说："地区燕局长来了，中午安排在喜来登吃饭，你去不去陪？"

令狐阳摇摇头，对刘君说："就说没找着我。他来检查中小学分设情况，曹局长在分管，有他陪就够了。"话未落地，又大声吼叫起来："哪个半罐水敢坐上来，赢了，中午我请客！"

在刘强办公室，地区教育局局长燕宏正与他交换意见。燕宏来宕县检查中小学分设工作，曹达陪他到全县各学校转了转，情况岂止不妙，简直糟糕透了。过去，在郝仁主持下，曹达亲自抓，此项工作一直是全地区13个县市区中抓得最好的，多次获省市奖励。自令狐阳接手后，是王小二过年，一年不如一年。工作用的是《南征北战》的方法，不是大踏步前进，而是大踏步后退。在令狐阳手上，不仅没再分设一所学校，反以办九年制学校为名，将已分设的学校合并了二三十所。燕宏说县上再不采取措施，不用两个月，令狐阳会将余下的全部合并，前一届辛辛苦苦几年挣来的工作成果，被他猪八戒一钉耙倒打回去。

这事儿，刘强早听曹达鼓吹过，曾专门同田智商量，田智可是正宗名牌师范大学毕业，也认为是个大问题。两人专门找来令狐阳，问他九年一贯制学校是咋回事？令狐阳回答干脆，从小学一下贯满九年，不再分中学小学。问是从哪里学来的？令狐阳挠挠头，回忆了半天，说好像是在哪本苏联小说中看到过。刘强说你这家伙，放着各级教育部门的指示决定不执行，自己想精想怪地搞一套，用一本不知名的小说把上级部门的文件通通给否定了，这怎么得了！两位不客气，训斥加劝说，把他好好打磨一顿，责令他回去立即纠正。最后，刘强还语重心长地告诫令狐阳，新到一个单位要谦虚谨慎，要尊重老同志，尤其要尊重像曹达这样懂行的老同志，遇事多同他商量才行。

令狐阳偏起耳朵，对两位领导的批评笑嘻嘻地听着，如获至宝地照单全收。临走时，对刘强突然冒一句："曹达不能算老同志，他比我还小一年，论当官我比他还早。"像个小孩论起资格来，弄得刘强哭笑不得。

原认为令狐阳回去后，会很快纠正了。从燕宏他们检查的情况来看，这家伙根本没改·还在继续搞他那套。刘强耐着性子听完燕宏的抱怨，指责，只管陪小心不是。末了，刘强代表县委表态："一定在最近的时间内纠正过来，不换思想就换人。再不能任由令狐阳这种人目无组织领导，一意孤行下去。"挽留燕宏一行人多耍一天，说："下班后，我亲自来陪燕局长进晚餐。晚上，还是安排点文化娱乐活动。不会休息，就不会工作嘛。"

送走客人，刘强气冲冲来到郑华办公室，把燕宏的意见和令狐阳的表现数落得清清楚楚，着重强调对令狐阳这样阳奉阴违的人，不认真给予教训，无论对令狐阳个人，还是对党的事业都没有好处。

郑华神色凝重地听完后，让王伟打电话把令狐阳叫来，当面锣，对面鼓，给刘强说个清楚，不尊重分管领导这还得了！搁下电话，郑华打了个捱笑，对气鼓气胀的刘强说："别跟那个'棒老二'见气，这个东西惹的麻烦还多，我看他咋收场？"说着从桌上拿过文件夹，递给刘强说："这是才到的，我还没来得及细看。"

刘强接过来一看，哭和笑在脸上撕扯，冲击不亚于钱塘江大潮。文件是一个电话通知，说邻近南郡地区专员，要率领几个县分管教育的领导，到宕县来学习搞九年一贯制学校的经验。上面地委书记、专员批示一个不少，要宕县做好接待工作，并认真总结推广经验，不能墙内开花墙外香。刘强看完后，把通知甩得"哗哗"响，连声叫苦："这这、这咋整？人家来了我们咋个说？"转脸对郑华说："又是令狐阳吹出去的！"

郑华摆摆手，说："我问过，不是令狐阳主动说的，318国道两旁的学校，清一色挂的九年一贯制学校招牌。人家过路看见了。下车问过校长，校长还故意稳起不说，说是局长办了招呼不准乱说，弄得人家只好正儿八经通过地委来学习取经。"

刘强急得直搓手，这事儿可不是演戏，说哭就哭，说笑就笑，才指着鼻子训斥了令狐阳，又要改口夸他，恐怕舌头还转不过来。眼前这情景，他能怎么说？说是经验，自己都不知好在哪里。说是失误，地委书记、专员都肯定了，还敢另外说个花样出来？恨得牙齿痒痒地直说："叫令狐阳这个惹事的东东来……"

郑华也是苦笑一下："令狐阳这个东东呀，真不是个东东。啥事到他手上都会弄得阴阳难分。刘书记你也别着急，贼有贼道，这事就交给令狐阳去办，看他咋收场。"

令狐阳屁颠屁颠跑来了，见两位书记嘟嘴黑脸盯着自己，不知哪里祸事发了？只当是从棋园来晚了他们不高兴。"嘿嘿"干笑两声说："我才去坐一会儿，茶都没喝上两口，你们一叫我三步并作两步就赶过来了。"话完自己找个边角位置坐下。刘强实在忍不住："令狐阳，你那九年一贯制学校叫你停，为啥不停下来？"

令狐阳仍是一张店小二的卑微面孔："文件都拟好了，马上发下去叫停。"

刘强见他又是嬉皮笑脸那一套，气不打一处来："你停的啥呀？昨天又挂了两个学校的牌子，地区燕局长已在城里招牌店数过了，做好了的就有七八个，你又准备几时挂出去？"

令狐阳历来认错态度诚恳："我马上去收回来。怪我没有及时传达领导意见，下面的人整起瘾了刹不住车。都怪我。从明天起，保证不再挂一个牌子出去。就是已挂了的，选个日子全部取下来烧了，今后啥牌子都不挂了。"

郑华看令狐阳油嘴滑舌的，刘强拿他没办法，有心要治治这小子："令狐阳，马上到年终了，地区考评教育的燕局长与刘书记交换了情况，就为你搞九年一贯制这个玩意儿，影响了地区在省上的考评，接下来，必然影响地区对全县的考评。晓得你惹这个祸有多大吗？"

令狐阳一听祸惹大了，这考评牵涉全县年终奖，脸上笑容全被郑华没收了。一脸无辜样："不可能哟，就挂了个招牌，教材、课程、老师，连桌子板凳都原模原样没动，会有个啥影响？不信的话，下去复个盘，真的啥都没动。"

郑华没好气训他："你撑饱了没事干，把个学校招牌改过去改过来好看哪？"

令狐阳满肚子冤屈涌上脸："哪是我要改嘛，是他们逼着要改。搞啥子中小学分设，校长要两个，校门要两个，操场、厕所也要两个，恰像给她妹子办嫁妆，全是成双成对地要。不然就说你小学不像小学，中学不像中学，他们一个二个看见后心里难受。下面校长找我想办法拨款，我哪来的钱？心想那伙人要的是名分，就给他个名分。我们穷，改不起校门，就只有改招牌。为了节约，我还专门招呼下面，全部在旧招牌上重新写。那招牌店老板又不是我丈母娘，没事我给她拉啥生意嘛！"

郑华见令狐阳急的像猴样抓耳挠腮，心中暗笑，你小子也有怕的时候，嘴里继续施压："我不管你咋做的，全县若是为你这事儿影响了考评，我就拿你问责。"

令狐阳好无奈："是哪个长舌头舔肥说空话嚼的。两位书记放心，这事算我的，保证不影响县上考评。"

刘强生气了："你拿什么保证？燕局长提到你都是气，喊明要扣全县的考评分，你能用根帕子把他嘴堵上，不准他回去说？"

令狐阳心中明白是曹达在使坏。按他的布置，九年制学校的事只做不说。就换个招牌的事，曹达要把它往外捅，是安心出他洋相。令狐阳晓得曹达与燕宏关系铁，心想口子是你撕开的，你就把裤子拆了，也要把口子给我缝上。年初有个责任书摆在那里，他才不怕曹达会捅篓子。心中想好，把脸上的笑又找回来说："两位书记放心！这事儿不管有多大，我们局里曹局长都能搁平。他在分管这摊事儿，他肯定要办好。"

刘强想说什么，还没开口，郑华说了："还是这个事儿，你把牛皮吹出去了，人家要来学习经验，我看你又拿什么对人家说？这事别往曹达身上扯。"

令狐阳听说有人来学习，嘴儿一下咧开乐了，故作惊讶道："吧！还翻盘了。没问题，顺风棋好下，咋傻的就咋说。"

刘强抓住话柄顶了一句："你不是说就换了个招牌，啥都没做吗？你哪来说的？"

没料到，令狐阳轻轻松松回了两句："不怕两位书记批评，这压根儿就是一个扯谎做假的事儿。当时只图省事，换块招牌不搞分设了。哪晓得这下好事坏事都省出来了。要我说好的，就说是为了省事；要我说孬的，也说是只图省事，免得东说西说产生幻觉。"

刘强被令狐阳一番的话怔住了，想不到令狐阳脸皮竟比城墙倒拐厚。

郑华想了想，也只有这个办法。不放心又问了一句话："你不怕得罪上面教育部门？"

令狐阳回话很干脆："我又不当着教育上那伙人说。"

当天晚上，令狐阳没去棋园，叫上局里"四大天王"，来到教育工会大会议室。那是教育局机关开展联谊活动的地方，也是接待上面来客，唱唱歌、跳跳舞的场所。曹达知道燕宏喜欢唱歌跳舞，特地在城关学校找了几个女教师助兴。

令狐阳喜欢拿着话筒，五音不全地唱红歌。当他站在场中间，伸直脖子吼叫时，曹达附着燕宏的耳朵说："知道我们教育局歌坛的四大天王吗？"燕宏摇摇头。曹达指着令狐阳说："那是'歌皇（黄）'。黄腔黄调，红歌都给他唱成了黄歌，一开口准把文化局扫黄队引来。"逗得燕宏哈哈大笑。马上追问，另三位呢？

曹达继续介绍，他指着宋汇说："那是'歌霸'。麦克风一到他手里，决不会轻易交出来，霸着唱到底。"

曹达的手又挨着指向欧启说："那是'歌圣（剩）'。他唱的歌都是大家挑选后剩下的，谁都不会唱的歌，所以也没人知道他唱得准与不准。还有一位……"他指指钟山川说："那就'歌后'了。他唱的歌，总是比伴奏慢半拍，歌后呀！"

燕宏笑得前仰后合，眼泪都出来了。

等燕宏笑过后，曹达抓住时机对他说："这次的事儿，请燕局长不要回去说，免得影响了全县的考评。真弄出问题来，受影响的还不只是令狐阳，第一个就是我，接着是分管领导刘书记，宣传部田部长。"话完，在昏暗的灯光下，把一个信封塞进了燕宏的包里。

时值深秋，天公热情散尽。曲江紧缩眉头默默远去。

六 贷入正册

令狐阳一想起教书的缺饭钱，心里就不是滋味，从古到今，这教书的咋就摆脱不了
一个穷酸命？说是"弟子事师，敬同于父"，咋挨饿的总是当爹的？

1.

钱友的小车，吐着白汽在院中咕噜着，客厅的大吊灯在晨雾中翻着白眼。老
婆纪青破例起了个早，从街上买回油条、豆浆，督促丈夫吃完喝光，仍嫌量少了
点，又灌了许多话进去："你下乡呀，还是要到处走走，不要扭到一个八庙乡逛。
晓得的，会说你在抓工作；不晓得的，会说你是旧情复燃，婚都离了还藕断丝
连。恨你财政局长的人多，我两个耳朵都灌满了你的新闻，别嫌漏洞多了没人
捅，到时想堵都堵不住……"

钱友满肚子委屈："你以为我想下乡？县上那些领导，一个二个走哪里都把你
当散财童子带上，这里那里表态叫给钱。今天是教育上'令半罐'把奉县长撺掇
起，要我下乡看看学校，又是教师欠工资的问题要我表态。我有啥法，区乡财政
收入组织不起来，我哪来的钱？不去还不行。令狐阳那人是全县出了名的半罐
水，把他碰响了，你躲进庙里变了菩萨他都会来吵你。"

纪青的话永远带着体温，说："我不是反对你下乡，也不是怕外面的人说啥。
我只怕郑书记奉县长那里产生误会。也不是不准你照顾桂珍，可别为了她把自己
给毁了。这个家里还有个儿子要你多当几年局长才行。"

钱友应了一声："我有分寸，知道哪头轻哪头重，你放心好了。"

钱友晓得老婆是干啥的，县医院第一把刀，哪怕要在你身上划一刀，也不会
让你感觉痛。前妻是个老实巴交的乡下女人，离婚时不吵不闹，默默地盖手印，

只是要求把女儿桂珍安排好，她有个盼头。钱友别的都放得下，就对这娘俩愧疚，刀刻样在心上。先是把女儿弄出来代课，后转正。去年听说要了男朋友，也在大山上教书，于是找郝仁给调下山来。早想抽空去看看，又怕纪青知道了。正愁没机会。今天去检查教育，想方设法要去看看，顺便把小伙子引荐给令狐阳，让令狐阳培养培养。

下乡是奉志安排的。

当初，奉志力挺令狐阳当教育局长，认定他是个高级泥水匠，补漏抹平的功夫好。令狐阳也从来是把自己当抹布使，哪里有污疤黑迹，他就抢先去抹干净。哪里出了娄子在冒泡，他就去堵。自他上任后，再没人去烦书记县长，即使有不知情，走错路的，令狐阳马上以局长的身份大包大揽过来。变了泥鳅不怕糊眼睛，干上烦的事了，哪能怕烦？令狐阳生来不怕烦，别人不烦他，他也会去烦别人。令狐阳把"烦恼"当作馅，像过年团汤圆样，外面裹上光光生生的理由，在手中团来团去，团成一个元宝后，再递给奉志。

令狐阳表态一个月内解决教师拖欠工资的第三天。令狐阳溜进奉志的办公室，煞有其事地汇报："奉县长，我遇到件难整的事儿，想找你求个方子治一治。"奉志觉得新鲜，你令半罐还有难事儿要来求人？他指指旁边的沙发说："你坐下来，说给我听听，是来求人，还是来挖苦人？"

令狐阳没有忙于坐下，像自己家里一样，自个在奉志办公室里找出杯子、茶叶来，给自己泡上。然后，又去给奉志杯子续上水，对埋头看文件的奉志说："这教师一个二个在讲台上打胡乱说，咋整？"

这话触动了奉志的政治神经，他放下手中的文件夹，抬起头来专心听他说下文。令狐阳啜了一口茶水，把溜进嘴里的茶叶嚼了嚼，吞下去，考验一下县长的耐心，说："也没什么大的问题，就是知识全整颠倒了，2＋2＝5。"

奉志松了一口气，说："你瞎扯些啥，哪有这种老师。"

令狐阳一本正经地说："真还有，我查到好几个了。"

奉志仍是不信："真有这种老师？"

令狐阳一口咬定，牙劲之好，估计一根铁钉都能咬断："真有！"

"那肯定跟你一样，喝醉了打胡乱说！"奉县长微微一笑说。

令狐阳"啧，啧"咂了两下嘴儿，说："所以说你该当县长，料事如神。一个二个喝得醉醺醺的，走上讲台，学生喊声：'起立，老师好！'老师把粉笔盒端起，回了一声：'哥们好，干杯！'"

奉志听令狐阳说得有板有眼，不由得不信，生气地说："真有这号酒疯子，查清楚了给个处分，叫他一辈子不敢再沾酒。"

令狐阳叹口气说："难啊！别说处分，就连说他几句，人家都不接受。"

奉志更生气了："咳！他还有理了？不守师德，误人子弟，还说不得他，怪事！"

令狐阳见奉志动气暗中喜，生怕他这一口气断了，像救人样一口气接一口气地给他续上："是呀，我当时也生气，责令其写检讨，讨论处分。这些人对我说，你是谁呀？你还敢叫我检讨。老子喝酒是奉县长同意了的，按月发给我喝。"

奉志蒙了，事情竟扯到自己头上，更加生气："这些酒疯子，我还给他发酒喝……"说到这里，他突然醒悟过来："你个令半罐，编个故事来套我。"话停了一会儿，禁不住说了句，"这拖欠教师工资是个大问题。唉！姓令的，县委专门安排你当局长，就是要你解决这个问题，你想出了啥办法没有？"

令狐阳说："我办法再多，只要不是你亲生的，你都不会认。"

奉志看着令狐阳，知道他想要说什么了。之前，龙文章已多次转达过令狐阳的想法，就是将全县教师的工资改由县上统一发放。奉志也问过钱友，钱友说："奉县长，你千万别上令半罐的当。这拖欠教师工资，是缺钱，又不是区乡有钱不发。换个人发，钱未必就钻出来了？现在区乡财政巴想不得你收到县上来，按月发不出工资，直接闹你县长。"奉志听了这话，暗自庆幸没上令狐阳的当。自此把令狐阳当江湖骗子，提防他祸事上交。现在令狐阳当面提出来了，又不能一口拒绝，那样会让人感觉他这个当县长的没有担当。既不能把这个祸事揽到自己头上，还得把拖欠教师工资的骂名推开，于是对令狐阳说："这事龙主任已建议过，县政府办公会议也议过。钱友坚决反对，他说无论谁发工资，都差钱，县上发和区乡发一样要拖欠工资。"

令狐阳曾找龙文章说过多次。龙文章说，话我可以向县长转达，工作还得你去做。我当政府办公室主任，不能把下面的祸事揽到县上来。哪天真出了啥乱子，我也不好交代。你不能害老师。令狐阳想想也是，老师一辈子谨慎小心，树叶落下来都怕砸破头，做事生怕得罪了谁。这个恶人还得自己来做。奉志既然把话都挑明，自己没啥顾忌了，说："钱友说的也有道理，换成我也会那样说。但这些话，我们当局长的可以随便说，你当县长的说不得。"

奉志睖了令狐阳一眼，说："怪事！我当县长低人一等？你说得，我就说不得。这样子，你现在就是县长，该怎样说，你说来我听听。"

令狐阳此时也顾不上得罪人了，大言不惭地说："我若是县长，我就雄起！反正是缺钱，反正要靠卖酒发工资，与其欠两个人的，索性只欠一个人的。"

奉志一听，啥意思？顺口就说："那就欠你们教师的，你答应吗？"

令狐阳说："可以呀！你只要说出个子丑寅卯来，我肯定二话不说。"

奉志说："这话区乡干部也可以说。欠谁的工资都没道理，教师、区乡干部，手心手背都是肉，都要一样对待。"

令狐阳抓住奉志的话讫："说得好，手心手背都是肉。一个巴掌伸出来，五根指头还有长有短。卖酒如同下棋，红棋黑棋是一样，但棋手不一样，结局不一样。同样是卖酒，教师肯定不如区乡干部。你我都在区乡干过，我这话不假吧。"

奉志没话说，心中觉得是理。但要优先保证教师，钱友那边还得做通工作，毕竟财政收入主要是区乡干部在抓，不能让收钱的不如用钱的。

令狐阳看出奉志有顾虑，认定他担心钱友不同意，主动说："我看还是老办法，你花一天时间，把钱友叫上，到基层学校看看，我来想办法做他的工作。"

奉志怕令狐阳话来陡了，与钱友说僵，叮嘱令狐阳："事先别忙说穿，等看了再说。"

2.

三辆小车在县政府门前汇齐，奉志问令狐阳："今天看哪儿？"令狐阳心想到哪儿都是个差，口中应道："县长定，你说哪儿就到哪儿。"奉志又问钱友："你说呢？"钱友顺势说："八庙乡。前几天校长打报告叫困难，要钱修教室。"奉志一声"好！"三辆小车径直向八庙小学奔去。

八庙小学坐落在一个山梁上，由一个古庙改建而成，是三个和尚没水吃的地方。

听说领导要来，校长李士林早早在操场上等候。车子才停稳，像有人送礼来了，一双手老远就伸出迎住。钱友握着他的手低声说："多陪县长看看，等会儿座谈时当面把困难摆出来，他表态，我就拨钱。"李士林边点头边低声说："谢谢！谢谢！"

视察从教室开始。全校九个教室，一个年级一间教室，塞得满满的，过道都摆了课桌，学生从窗子外向里看，十足的旁听生。钱友递了个眼色给李士林，李士林会意，开始絮叨起来："奉县长，你看这教室装不下了，明年学生还要增加，不知到时候课桌搁哪里？急需建一栋教学楼。"奉志点点头，继续往前去，看学生宿舍。

学生宿舍是一排比教室稍大点儿的旧厢房，在地上铺上稻草，用几根木棒拦在边上挡住稻草，算是床了。稻草上面，排得整整齐齐一溜儿2尺宽的篾席，一个挨一个紧紧挤着。

走出学生宿舍，再看厨房。屋正中，一个用水泥砌成的一人多高的圆形水泥大灶，炊事员正站在凳子上往里放蒸饭的餐具。一个大石板搁成的大案板上，重重叠叠摆满了学生蒸饭的搪瓷盅盅，偶尔还有几个大土碗，一撮米，几根红薯泡在水里。几个帮厨的学生正协助炊事员，一个班一个班地往灶里装。钱友看了又看，厨房空空荡荡的，好奇地问炊事员："你的家什在哪儿？"

炊事员也好奇，这人咋提这个问？双手在围裙上擦了擦，停下来反问道："啥家什？"

钱友说："锅、碗、瓢、盆那一套呀！"

炊事员自己先笑了，不知是笑自己，还是笑问的人，他说："我们哪来那些家什。"

钱友认为是学校抠钱，把脸转向李士林。李士林不好意思地跟他解释，不是不买，买来用不着。学生自己带饭来蒸，又不炒菜，又不烧汤，所以连菜板菜刀都一并省了。

一行人默然，静静地跟着李士林走进操场。在操场边上，有一个大圆池，四周用毛条石砌成，靠边一道石梯下到底。令狐阳故意问李士林："消防池修大了点吧？"李士林不好意思笑笑说："不是消防池，是水池，全校的吃用水都靠它。"奉志站在水池旁，看着水中发绿的青苔，问："水从哪来？"李士林说："全靠天上落，房子上的、操坝里的都流到这里面蓄起。"奉志沉默许久，转过身来对钱友说："能不能给点钱解决一下？"钱友点点头说："他们有个报告，你签个字就行。"李士林赶紧说："谢谢！谢谢！"令狐阳恨了他一眼，提醒道："还有哪些地方要看的，抓紧。"李士林回过神来，忙说："有！有！"领着一行人往教师宿舍走去。

说是宿舍，也就四五平方米大的一个"鸽笼"，搁下一张床，床前摆一课桌，老师就坐在床沿上看书批改作业。这"鸽笼"还是奢侈品，新来的教师只能在附近农户家里打游击。

奉志问："赵先玉老师在学校吗？"

李士林说："在。病好久了。"

"啥病？"奉志急切地问。赵老师是他小学时的班主任。

"没查出来，在床上躺着起不来。"李士林说。

奉志听后，说声看看去。一行人跟着来到了一个"鸽笼"前。屋里容不下多的人，李士林陪着奉志和钱友进去，令狐阳和其余的人，只能站在门外，看不见里面情况，全凭耳朵感受县长的关怀。

赵老师拉着昔日学生的手，说："承蒙你还记着老师！"说着话，尽力保持着往日的尊严，一颗泪珠在眼角打转，始终没掉下来。

李士林介绍，赵老师结婚晚，爱人在外面工作，前年出事故走了。孩子去年高考落榜后在家待着。一个人的工资，除了药费，维持两个人的生活都很艰难。

奉志问钱友："能不能把药费解决了？"

钱友说："解决一个人没问题，就怕后面的人跟着要。"

赵先玉恳求说："学校还有两个老病号，能解决的话，最好一并解决了。"奉志没开口。赵先玉拉着奉志的手，眼巴巴地望着他。

令狐阳挤进去，对赵先玉说："你的事连同那两位的药发票，局里一下解决，你就不要为难县长了。"

外面有旁观的老师在议论，赵老师的命好，教了个县长学生出来。我有那福分，就不担心害病吃不起药了。李士林瞪了一眼，说声："就你话多，别的不想，想吃药。"说话的老师默默地走开了。

晓得要座谈，李士林早通知调了课，将一个班的学生赶出去上体育课，腾出一间教室来当会议室。一群大人挤进摆满桌凳的教室里，一个个坐不下去，就站在座位旁，听校长诉了一通苦。奉志一言不发，先前已表过一次态，再不敢开口。只说了句："学校抓紧把报告写上来，我们回去再研究，尽量给予解决。"

钱友催促奉志早点离开，嘴上说是不要影响学校上课，实则是怕校长留他们吃饭。那些发绿的池水，叫人心惊胆战。

偏李士林没懂起，一再挽留吃饭。令狐阳对他说："饭就不在你这里吃了，上面拨下款来，就按我们上次扯的方法，先把自来水厂办起来，算是校办企业。办大点，连街上居民的水一下解决，两年就能把本钱收回来。有了钱再做其他的事。把土地看紧点，任何人在这里修水厂都不准。你松了口，我叫你校长都当不成。"学校地势高，是建水塔的必选地。李士林的头像鸡啄米样，不停地点。

一行人离开了学校，令狐阳默默跟在奉志和钱友身后。今天所见的一切，他这段时间都已见过了，比这还糟糕，还让人睁不开眼的地方多的是。他知道奉志、钱友包里也掏不出多少钱来，说得再多也是白说。最终还得靠自己想办法解决。当务之急是如何兑现教师工资。令狐阳一想起教书的缺饭钱，心里就不是滋味，从古到今，这教书的咋就摆脱不了一个穷酸命？说是"弟子事师，敬同于父"，咋挨饿的总是当爹的？

来到区所在的镇上吃午饭时，令狐阳实在咽不下去，终于把工资的事摊在了饭桌上。钱友为未来女婿调动的事，有求于令狐阳，不愿与他闹翻。耐着性子听令狐阳说完后，把脸掉向奉志说："我听县长的，县长说收上来就收上来。不过我得把话说在前头，收上来我还是没办法按月发放。"

奉志瞪了钱友一眼："说了半天，收上来的目的就是要你保证教师工资，你不保证，哪个来保证。"

钱友用手指合成一个圆，说："饼饼就这么大一个，保证了教师的就保证不了区乡干部的。"

令狐阳担心奉志被顶回去了，赶紧拿话挡住："旧话说得好，'一日为师，终生为父'，你把这碗饭先端给你爹吃，哪点不好？你把这事搞好了，宕县子子孙孙都记得你。"

当着奉志的面，钱友压着的性子也窜上来了，梗着脖子说："单是教师这一块我也不能保证。莫说是县长，就是省长来了，我也这么说。"

这话有点过了，奉志看着钱友说："嫌我官小了不是？有困难说困难，光讲狠话算啥能干。"

钱友见无意中伤了县长，赶紧软口解释："奉县长，这里有个时间问题。你晓得的，我们是农业县，财政主要靠农业税收入。小春在五月，大春在九月。平素时金库都是空的，特别是年终决算后，账上干净得灰尘都不沾一点，接着是春节，个个要钱过年，我到哪儿去偷去抢那么多钱来保证？"

　　奉志听钱友说来句句实情，见令狐阳眼睛睁得鼓鼓的，担心两人打起来，说声："吃饭，在这儿扯不清，回到县上再说。"

　　两人算是压住了，个个闷着头谁也不理谁，三扒两下放了碗，各自钻进车里回城。

　　钱友跑在最前头，车子没按来路回去，在一处岔路口停下来。钱友下车对奉志说："这里有个村小，我们去看看。"

　　令狐阳心中有气，心想你几个看了又不能解决问题，懒得陪你白看。无奈奉志已下车朝村小走去，令狐阳只好窝着气跟在后面。

　　钱友的目的是想看看女儿的男朋友，有心把他引荐给令狐阳。走了一圈没见着人，转身往外走。奉志内急，转了转没见厕所，问一个小男生，给他指了指两块麦地，说远处那块是女的，近处这块是男的，别走错了。见状况比乡小更糟，看起心里堵，奉志忍着也转身出去了。

　　令狐阳和刘君两个人还在一个教室、一个教室地查看。他们来到一个高年级教室里，学生在做作业，老师正专心看书，不知有人走进来。令狐阳走过去，问清老师姓毛，要过他手中的书来一看，是《自学考试复习资料》，心中有些不快。上课时间怎么能做其他的事，脸黑了下来，把书递还毛老师。伸手拿过讲桌上的学生作业本，随手翻看。开学已有几周，学生写了两篇作文，上面却不见老师的批改痕迹。

　　令狐阳本就憋着一肚子气，一下发泄出来，将毛老师叫到一边，指着作文本说："你是来教书的，还是来读书的？学生的作业不批改，只顾自己挣文凭。像你这种师德，文凭挣得再多，都是枉读了的。"转身对刘君说："你记住，回去对自考办的人打招呼，取消他的考试资格。"毛老师是个才从中师学校毕业出来的新老师，一门心思想挣个大学文凭，好离开村小调到乡小去。哪知竟撞到教育局长的枪口上。胆怯怯地接受局长批评，眼巴巴地看着令狐阳离去。

　　走出村小校门，见沿田埂一溜站着几十个学生，一个个瓜兮兮地盯着客人想说啥。令狐阳感到奇怪，上课时间，这些学生出来做啥？叫刘君前去问问，孩子们七嘴八舌说开了，才知是教他们的魏老师三天没来上课了。令狐阳眼睛眙起来，想起了什么，火苗一下从脑门窜出来，头发像电打了样竖起，站在路边对刘君吼道："去！去把吴金湖和李士林叫来。看看他们管……管理成啥样子了！"他本想骂"管理他娘的铲铲"，见有学生在场，忙改过口来。

钱友从车上下来劝令狐阳:"走,老弟,回去消了气再说。这里交给李校长去处理。"

越劝,令狐阳越起劲,像挖了他家祖坟样:"这样子的老师非处分不可,你们先走,等我处理后再回城。太不像话,吆鸭儿的也要把棚棚守到嘛,不行,我非要处理了才走。"

钱友见令狐阳横得像条发疯的牯牛,自己劝不动,只得把奉志请下车来,叫到一旁嘀咕了几句。奉志笑着走过来劝道:"我回去有事,别在这儿耽搁。"

令狐阳气还未消,对奉志说:"你们先走,我要处理了了才回来。"

奉志招呼令狐阳:"你过来,我跟你说两句。"

令狐阳看奉志笑嘻嘻的样子,知道他想说情。若是平时,令狐阳早屁颠屁颠跑过去了。今天不同,他要抓住钱友这步瞎子棋,处分这个擅离职守的魏老师,不惜冒犯县长的尊颜,倔着头就是不去。弄得奉志也不好过分说他,加上内急,只好笑笑对钱友说:"管他的,我们回去再说。"话完钻进车里,伸出头来对令狐阳说:"我们先走了。"车屁股一冒烟,绝尘而去。钱友也摇摇头,无奈地跟着走了。

没多久,区教办主任吴金湖和李士林赶过来。听完令狐阳一顿训斥,李士林想申辩,被吴金湖扯了扯衣角,任由令狐阳说够了自动熄火,才轻声说:"令局长,这个魏老师是⋯⋯"正要说下文,被令狐阳一句话斩断:"别跟我说那些,我也不想听。他再大的靠山,大不了他岳父是皇帝老倌,在这儿干一天,都得好好干。你几个听着,李士林回去就安排人来把他的工作接了,明天再没老师上课,你就到这儿上课。吴金湖明天安排人到局里来拿调令,他哪里来的就回哪里去。告诉他,下次再这样,就请回到他妈妈的怀抱。"话完,拉开车门坐进去,对吴金湖和李士林说:"我这车也不送了,各自走回去。好好利用这个典型,抓一下教学管理。下次再碰到这类事情,就该轮到你两个挨板子。"隔了一会儿,还是把先前咽下去的那句话骂了出来:"你几个管的个铲铲!"

吴金湖见令狐阳一口气说了这么多,自己没能插上一句话,心里仍不罢休。他上前抓住车门,硬是把心中那句话说了出来:"令局长,你忘了我先前跟你说过的,他就是钱局长未来的女婿。"

令狐阳眼睛一睐,说:"你把他说出来体面些?告诉你,你先前说的我忘了,你现在说的我也忘了。你压根就没有说,我压根就没有听见。你认认真真按我说的办就是了。"

李士林担心表了态的钱会飞了，也想挤上来说几句情，被刘君一句话挑明："还想说啥嘛，这还不懂？安令局长的办了，多的钱都会有。"末了，刘君对李士林说："想法弄个厕所，太不像话了。"李士林苦兮兮地说，乡小厕所都没钱维修，哪顾得上村小？

3.

令狐阳回到城里，首先与奉志通了电话，告诉他处理结果。奉志在电话上要令狐阳网开一面，并直接告诉了魏老师与钱友的关系，还说令狐阳处理不好，会让人怀疑是利用这事儿来要挟钱友。令狐阳口里直喊冤枉，反怪钱友小气，有话不明说，原本悄悄批评几句就能了的事，现在亮开了。社会上如有闲话，肯定会说，钱友有县长撑腰，教育上的工资他说欠就欠，他的人犯了错，教育上摸都不敢摸一下。真传开了，全县教师带退休的一万多人，很可能闹出大麻烦来。

奉志见令狐阳不松口，为了缓和两人的矛盾，没再逼他，说了句："你哪儿来那么多废话，把我当小孩吓唬。我叫钱友来给你低个头，双方把话说明就行了。不要为公家的事，伤了私人感情。"然后把电话挂了。

放下电话，令狐阳偷偷笑了。他把刘君叫来，催促他赶紧把魏老师的调动通知送来。他知道钱友的病根在哪里？他要亲自牵着这根牛鼻绳。不一会儿，钱友的电话果然打来了，再三邀请令狐阳吃饭。令狐阳再三委婉拒绝，声称教师送的酒喝多了，提到喝酒就想吐。哪儿也不想去，只想吃"恶五妹"的菜稀饭下红豆腐。弄得钱友哭笑不得。

钱友又打电话去求奉志。奉志在电话上对令狐阳毛吼了一顿："你娃牛个屁！真把钱友气病了，下个月拨款发工资时，你就知道了。"令狐阳口气软了，答应在家等钱友面谈。

吃过晚饭，"恶五妹"把桌上的碗筷还没收进厨房，钱友领着魏老师来了。让坐、泡茶、寒暄，过场走完后，钱友让魏老师向令狐阳当面做检讨，认了错，请求令局长法外开恩。

令狐阳一脸为难，像要逼他当青楼女子样，把公文包里的调动文件拿出来给两人看。再三说，这事儿不好办。不处理，下面的上万教师拿眼睛盯着他，若听说当局长的怕事，不敢处理财政局长的人，他令狐阳还有没有脸在教育上混？

钱友见令狐阳把话挑明，索性也开门见山明说："令局长，工资收不收上来，我都无所谓，县长一句话就行。只是我这个口还不能松，奉县长再三要我咬紧，真收上来，作难的是他当县长的。县上文件一出，出天大的事，也伤不到我姓钱的一根汗毛。"

令狐阳听钱友把话摆明了，也来个爽快："你钱局长把这个好事做了，全县教师都会原谅魏老师，我就是把魏老师调进城，大家也没话说。"

听说能调进城，魏老师显得很兴奋，把眼睛转向钱友："钱叔叔，这次旷工，你也知道是为梅姨生病造成的。若能进城，梅姨也可以接进城来治病，我和桂珍也就两个老人都照顾了。"

钱友犯难了，前妻真要一路回城万万不行。让纪青知道了，那还得了。忙打断话说："进城的事，等你们今后结了婚再说。令局长，眼前这个调动通知就不发了。至于教师工资收上来发的事，我个人保证再不说半句反对意见。奉县长那里同不同意，就看你的本事。"

令狐阳说："要得，这样痛快。你们回去，我明天通知区上吴金湖和乡上李士林，把你调到乡小去耍几天，等事情消停了，就在乡小给你安排工作。"

令狐阳这才晓得挡路的是奉志这块大石头。等钱友前脚才离开，他马上把电话打到郑华家里，像个怨妇一样对郑华诉说一番。求郑华开口，将教师工资收到县上来发。郑华口里"喔、喔"地应着，等令狐阳苦诉完，只回了一句："我跟奉县长说说看。"仍是一个悬在半空不落实的话。

其实郑华与奉志已商量过多次，怕收上来，到时发不出工资，当县长的日子不好过，当书记的照样不好过。安排钱友出来挡令狐阳嘴巴，就是郑华给奉志出的主意，目的就是要逼一下令狐阳，让令狐阳抱着头憋几天，兴许就会憋出个主意来。不然，千挑万选让他来当这个局长做啥？

令狐阳在郑华那里没讨着个实信，想到离承诺解决的期限只有二十来天，实在睡不安稳，半夜里爬起来打电话把奉志吵醒，要奉志表态。当官的最不愿听半夜电话响，十之八九凶多吉少。等奉志一身鸡皮疙瘩从热被窝里钻出来，一听是令狐阳的声音，又是找他说工资，心里那个气呀，像是钻穿了一个大气田，汹涌喷发："令半罐，你个赊日的，生成是棒老二变的，专拣半夜三更说事。"

令狐阳说："奉县长，我急呀！"

奉志没好气地说："你怎急，当年咋不从你妈的肚脐眼钻出来？明天说！"

话完就把电话"啪"的一声挂了。还没等他的手缩回来，电话又响了。他抓起电话就吼："令半罐，你安心……"话没说完，对方一句话就把他的火气灭了："是我，不是令半罐。"

奉志像个川剧演员，变脸也快："对不起，郑书记，我以为是令半罐。"

郑华一声苦笑，说："我也被他折腾了半天。先不跟他计较。这教师工资的事，拖着也不是办法。收上来后，问题到底有多大？"

"主要是1—4月，小春没入库财政无钱，谁也无法解决。"

"向上级财政借点，能不能保证？"

"每年都在借，各县都在借，上面哪来的那么多。"

"令狐阳说，只要小春入库后能给他结清账，1—4月的教师工资不足部分，他想办法垫。"

"那当然可以。问题是令狐阳到哪儿去找那么多钱来垫？我信不过。"

"这个人有些鬼名堂，我们就信他一次，怎么样？"

"那好嘛！郑书记说了的，我们就信他一次。"

奉志电话才搁回去，又"丁零零"一阵乱响。奉志以为是郑华还有话没说完，"喂！"了一声，谦恭地说："还有啥事吗？"

电话里传出令狐阳的声音："奉县长，我的亲爹，你就答应了嘛！"奉志哭笑不得："你才是我亲爹，半夜三更都要起来伺候你。你跟我说清楚，你哪儿来的钱垫？"

令狐阳一听有门了，低调变成了高调："这个你别管，我卖婆娘都要保证。"话没完，就听电话里传来令狐阳"哎哟"一声惨叫。肯定是"恶五妹"动手了，奉志"哼"了一声："该背时！"

放下电话，令狐阳揉着屁股吼了一句："死婆娘，你想掐死我呀？"

盛琳在被窝里嘀咕："哪个叫你卖婆娘的？你再说，我还要掐。"

令狐阳没好气地说："一句趣话听不懂，像个猪一样只晓得吃。"

盛琳不服气："啥趣话我不董，你咋不说把吴媛卖了呢？"

令狐阳瞪圆了眼睛说："她把你啥惹着了？你又把她扯进来。"

"你看你看，只要一说到她，你就丫起两只手来护着。只有我才贱，半夜三更都要四处打电话，非要把我卖了你才睡得着。"

令狐阳不想与她胡缠，兀自在想，到哪儿去弄钱垫？随口说道："你要是真的能卖脱就好了。"盛琳又伸手要掐，被令狐阳按住，吼她："你还有完没完，我又没说真卖你，你掐起瘾哪？"

盛琳把手挣脱，说："你这比卖还挖苦人，我就那么讨人嫌，卖不脱你怕要送了，倒贴钱你怕都要干。"

令狐阳又转过去想自己的，眉头皱成个包子褶子，嘴里叹了一口气："这到哪儿去找钱来垫呢？"

盛琳见令狐阳愁正事，没敢再闹，轻声嘀咕了一句："看你那愁眉苦脸的一个瓜娃子样，好像明天没有早饭米了。啥垫不垫的。你说出来听听，是床垫，还是坐垫。"

令狐阳轻蔑地看了她一眼："缺钱发工资，你有吗？"

盛琳只当差点小数目，说道："我没有嘛，银行有哇。找熟人贷个三五万还是得行。"

令狐阳随口应道："三五万，还不够解渴。"缓了一口气说："不过银行这条路走得。"他想到了有个初中同学康建全，是本县城市信用社的副主任，找他可能有办法。马上伸手去抓电话机。

盛琳听说三五万不够，问道："三五万不够解渴？你要好多？"

令狐阳边拨电话边说："几百万，你有吗？"

盛琳瞪大了眼睛，要这么多钱做啥？"给你爹烧纸钱呀？几百万，冥币差不多。"

令狐阳没搭理她，把老同学拨出来了："建全吗？你好！不好意思，打搅你了，我想在你那里贷点款，你有没有法子？"

建全回话道："要多少？公家用还是私人用？"

"好几百万，给教师发工资。"

"难！"对方回答很干脆，"上面有明文规定，政府机关，公益事业，凡是欠贷无法清算的都不能贷。这样子，你明天来一下，我带你去见见张主任，看看他怎么说。"

奉志哭笑不得: "你才是我亲爹, 半夜三更都要起来伺候你。"

令狐阳只好应了声："好嘛！"无奈地挂上了机。才拉灯睡下，突然又想起一个人来，翻身爬起来拉灯，又想打电话。

盛琳一下把他扯下来，说："先人，你不睡觉，还要不要别人睡觉？天大的事明天再说。"不由分说，把灯拉熄了。

夜，浓浓的化不开，烦恼在鼾声中消解。

4.

薄薄的晨雾渐渐变厚，从曲江漫延开来，将大地裹个严严实实。人在猜疑中行走，朦胧中生出无限惆怅。一切都显得凝重，阳光、花朵、笑容，凡是轻快的景象都隐匿了。一切又显得浮躁，山脉，楼阁，都飘浮在风中。

令狐阳从梦中进入雾中，早早地把康建全约出来，就在信用社对面的"好又来"餐厅，点了小笼包子和豆浆，打包提到建全办公室，慢吞吞用饮食调节情绪。火上来了喝口豆浆，气上来了狠命咬口包子。令狐阳心中跟眼前景象一样，若明若暗。工资收上来有望了，套牢了领导的同时，也套牢了自己。关键看能否贷到款。听说金融部门的规矩大，关口多，贷笔款没个三五个月办不下来。垫工资就是个救急的事，说到口就要拿到手，缓了就坏事。令狐阳想到此，心里不踏实，问对面坐着的老同学："建全，你看这事靠得住不？"

康建全说："我也不敢打包票。难！肯定是难。你看你这贷款，数额大，又时间急，又没抵押，又是明文禁止的，啥缺点你都占齐了。不是要魔术，手一招钱就来了。"

令狐阳心里凉了一截，嘴儿还是硬扎。硬也有他硬的道理，"你也别说那么难，我看也有啥家当没有，屁事没办，也几十万几十万地贷出来了。说起那样斗硬，你们那么多呆账死账哪来的？老同学，啥事当了真，尿都憋死人。"

"啥意思？还扯上屙尿了。"建全说。

令狐阳解释说："我就一个比喻。你看屙尿也有规矩呀，得讲究地方，讲究清洁，讲究姿势，讲究场所。都讲究了，非把人憋死不可。"

康建全忙办招呼："这话在我面前说说可以，等会见了张主任，你这个腔调要不得。"

令狐阳很自信："我晓得，老婆婆生娃儿，还用着你儿媳妇教？你只需告诉我张主任的口味就行，是吃荤的，还是吃素的？"

康建全说："张主任口味重，荤素不论。你敢吗？"

令狐阳头一偏："把老子逼急了，荤素都敢上。"

康建全笑了："那好，把你屋里'恶五妹'叫来陪他三天，保证给你办成。"

令狐阳有点泄气："埃！我家那个母老虎还敢放出来？别说他张主任，就是武松见了都要躲远些。我都是在为社会做牺牲，舍命陪她。"

康建全装出一副怜悯相："好可怜呀！你若有个三长两短，你家'母老虎'不知要害死多少人。老同学，你可要为天下众生好好保重身体呀！"

令狐阳正要开口，张主任进来了。令狐阳与他喝过酒，只是没有深交。今天一见，双方不知哪来的热情万丈，手握着甩了又甩。泡好的茶水倒了不要，张主任从他的抽屉里摸出一个扁平金属盒，通身光亮，商标尚未贴上，说是县茶厂的新品种实验，这二两装的要二三百块钱。

发烧的个中缘由只有康建全知道，全是情真意切，三昧真火。这边令狐阳迫切想贷款，他的热情是急出来的。那边张主任的热情却是欲火烧出来的，家里早已硝烟弥漫。张主任放着老婆不用，同盘山乡小学一个姓鲜的未婚女教师勾搭上，还许诺将她调进城。而今鲜老师肚中有了孩子，给张主任出了个选择题，要吗当爸爸，要吗调她进城，由她自己去给孩子找爸爸。张主任正愁得吃不下饭。前不久，不知从哪儿打听到康建全的同学当了教育局长，再三要他去找令狐阳，可一直没联系上。而今令狐阳却送上门来，自然喜出望外，热血沸腾。

按常理，建全将两人的需求一摊明，撮合撮合，像婚姻一样，由当事人双方自己去谈，下面的事与媒人无关了。可建全这个媒人嫌事情简单了无味道，他要从中多吃喜糖。令狐阳这边不能白帮忙，他也要搭车调个人进城。他知道张主任那边的处境，明知是一件风险极大的事，他要极力怂恿张主任大起胆子去做。做成了，说不定张主任因违规贷款下台他好取而代之。做不成，他把张主任的底细端给令狐阳，由令狐阳去收拾张主任，最终还是他得利。因此，有意没把话给两边说透，就怕在电话上谈黄了。现在两人走拢了，他得见机行事。

三人把门关上，康建全先打开场锣："两位也是有缘，都在托我要见个面。今天终于走到一起。我就把话挑明了说，张主任呢，有个女朋友在龙寨乡一个村小教书，想请令局长帮忙调进城。"

不等康建全话完，令狐阳把桌子一拍："没问题！"

张主任还是不踏实，说："听说教师调进城要由县长签字，我与奉县长不熟。"

康建全在一旁说："令局长的个性你不了解，一点雨，一点湿（实），他既然答应了，你啥事都不用操心，由他一手办完。"

张主任一听，心里悬了很久的一块石头，总算落了地，感激不尽地说："令局长，这忙帮到了，我一定重谢。有什么地方用得着我的，绝不推辞。"

令狐阳早就等着这一句话，趁他话还未冷，说："是朋友，就不去说什么谢不谢的。我也正有一件事求张主任帮忙，还等张主任一句话。"

张主任一听，真还找上自己了，心想无非个人贷几万块钱，小事一桩。也学令狐阳把桌子一拍，马上表态："令局长找到我帮忙，那是看得起我。你说，只要我办得到，没问题，一定办。"

令狐阳万万没想到事情会这么简单，故作轻松地说："不说你都知道，就是想贷点款，短期周转三四个月。"

张主任见令狐阳语气轻松，以为数额不大，大大方方地说："你说要多少？"

令狐阳说："不多，三百万左右。"

张主任以为听错了，问道："多少？"

令狐阳举起三根指头："三百万，只用三四个月。"

张主任的豪气一下没了，语气微颤地说："令局长，你做啥事用得了这么多？"嘴里没说，心里已在打退堂鼓，莫非是干什么见不得人的事，自己可别陷进去了。

令狐阳看透他的心思，仍是轻松口气说："你别吓着了，就是教师工资一时半会儿差点，周转三四个月。"

张主任这下明白了，像喝了一碗醋下去酸得脑壳直摇："不得行，上面明文禁止的事，我就拿上去也批不准。"

令狐阳赶紧说："我叫财政局出个担保的文件给你压着，也就三几个月内，周转一下，没啥担心的。"

张主任指了一下建全："康主任可以做证，就是前些年财政担保的那些款项没收回来，上面才出了文件严禁财政担保贷款。我若把你的报告打上去，钱没贷下来，我这主任的撤职通知先下来了。"

令狐阳见张主任态度坚决，回首看了看建全。建全把眼闭着，只当没看见。令狐阳晓得这是暗示有办法。

令狐阳掉转过脸来对张主任说："我知道这事难，若是不难还用得着找朋友吗？什么叫朋友，就是再难的事都要办。先前张主任托我的事同样难。奉县长那人认真得很，他要审查出来有什么问题，我也一样要滚下台。有危险，我为啥还要办？就因为张主任是朋友。不仅要办，还要办好，就是今后查到我头上来了，宁愿说那娃娃是自己的，都不会出卖朋友。你放心，我姓令的，说得到，做得到。"

令狐阳的一番话，张主任不是傻子，自然听得明明白白，那意思是朋友就要帮忙，啥事都好办，不帮忙就认不得这个朋友，那啥事都不好办。张主任听闻过令半罐的传说，心中直恨建全怎么带这么个人来，忘了是自己找建全见令狐阳的事。只得好言好语解释："令局长，不是当朋友的不愿帮忙，实在是办不了。就算我愿意帮忙，上面不批，我也拿不出钱来。我那件事，若令局长为难，也就当我没说。事情不成仁义在，今天中午我请客，就算是我耽误了令局长，赔个礼。我的话若有半点假，可以请你同学建全做证。"

令狐阳见张主任把话说到这个分上，实在办不成也只好另想办法。他掉过脸看着康建全，意思是问，该走人了？中午饭肯定不会吃他的。

康建全慢慢开口说："说来两边都与我好，一个是老同学，人也义气，听说我要找他帮忙，二话没说就满口答应了。一个是我的领导，事情难办，也是实情，总不能为了你公家的事，让张主任担惊受怕去弄假吧！"

令狐阳听出了老同学是在暗示：只要弄假，事情也不是不能办。

张主任急了，这康建全到底是在帮谁？怎么把内部私密透给外人？忙插话来堵："建全，弄假那可是犯法的事，一旦款收不回来，那是要坐牢的。"

令狐阳见老同学捅了个娄子，自然不会让张主任轻易堵上，说："张主任，你别怕钱收不回来，后面还有财政站着的。"

张主任说："财政说话不算数的多，前一届胡主任手上就有一千多万没收回来。那时是上面表态承担了责任，现在哪个敢表态？风险太大，我不敢。"

令狐阳牢牢抓住张主任的话，不容他滑脱："我说张主任，干啥事都有风险，下棋都有输的时候，怕噎住饭还不吃了？关键是要想清楚，一旦摆上桌面后自己承不承担得起，值不值得冒这个险。"

张主任仍是摇头："这个险我承担不起，不敢冒这个风险。"

令狐阳暗想，不能一味软说，还是得有点硬话才行。他站起来，装着要走的样子："看来这事办不成，我也不能为难朋友。没关系，再说两句就走。张主任这也怕，那也怕，怕怕怕，终究挨一下。你以为你不办这笔款就没风险了？我看不见得。我可以负责给你说，不办，风险更大。不出一周，管保有人来找你。"说完转身就去开门。

张主任晓得他说得出来做得出来，回去真把姓鲜的一查，啥事都出来了，赶紧一把拉住令狐阳说："你先别急着走，这事风险确实太大，你得让我好好想一想才行呀！"

令狐阳重又坐下来，思量不能再逼，真逼死人了，比发不起工资还麻烦，得给他减减压，"其实这事也没啥风险。你听我说，这款是用来发了教师工资的，你我没沾一分，能用什么罪名来治你我？我们贷款发了教师的工资，那教师的工资还在呀！不用来还贷，还会被人吞了？是欠贷的罪名大，还是私吞教师工资的罪大？真要是上面查起来，书记县长把裤儿衣裳卖了都要给你还了。即使天塌下来，还有这么多比你官大的陪着。当官如下棋，坐上来了，就不要怕输，你说是不是？"

张主任想想说："就说到这里，让我再想想。今天内给你回话。"

当天晚上，张主任来电话告诉令狐阳："办嘛！你先把鲜老师调了再说。"

月亮圆了又缺，少了的那块，到时会从深邃处出来，还你一个圆满。

七 死者不安

实物、货币、徭役，是从古到今农民负担的三种形式，
你硬是舍不得丢一样，修学校全用上了。

1.

风呼呼地刮，像是耍把年终剩下的几天打捆刮走。

奉志搓了搓手，一拳头擂出一个指令来："通知没完成财政收入任务的乡长，到县上交账！"

决算就是决战。一年四季这样战役那样战役不断，各种辉煌都得在财政的账面上体现出来。奉县长很是犯愁，教师工资收上来发，大笔一挥，一纸通知就办到了。可这笔钱真要收上来，却把吃奶的力气都用上还嫌不够，至今还有几个乡没完成任务。钱友一狠心，把这几个乡的吃饭钱硬砍下来，痛得下面一塘蛤蟆乱叫。

降霜了，大地绷起一张冷冰冰的脸，平时活泼欢快的小溪，也挂着泪珠，发出金属样的声响。

廖胖子正给小分队做动员，想让他那火星四溅的鬼火化解山乡的霜冻。他敲着桌面说："外面冻了，我这儿还没冻，县大老爷不准冻。今年公粮、提留，包括修学校的义务工折款，一样不准少，统统要收上来，再不搞上清下不清那一套。你们看清楚了，我廖胖子不是打肿脸冒充的。这个月上面没拨款，你们收上来了就发工资。收不上来，对不起。"廖胖子又开五指，在面前甩了甩："我只有两把白萝卜。"

窗外一阵寒风吹来：众人一个冷噤。

龙寨乡是大山区，乡上用几个钱就指望农业税和提留款。以前集体经营好办，开个会就收齐了。包产到户后，一分一厘都得从农户手上拿，遇上哪个干部不检点，说话做事不到位，就有哪个性倔的农户捏住钱不交。也有确实因天灾人祸交不起的，各样情况掺和一起，日积月累越欠越多。往年东拉西扯只须凑齐上面的就行。今年教师工资改由上面发放，县财政要下面一帕包上去。这一斗硬，家底全露出来了。乡上干部一分钱不发，也很难凑足上交的部分，急得廖胖子一声喊："要吃饭，斗硬干！"把乡上的干部全赶下去催款。村上干部平日里收款时，受了些闲气，憋在心里就等着哪天发泄。廖胖子这一声吼，好像开了禁，一个二个横眉竖眼，到那平日里扯筋的，装怪相的，看不顺眼的家里，再没有一句好话，有钱钱交割，无钱物交割，新账旧账一齐算。挑粮食，牵猪儿羊儿，吵架抓扯，再无顾忌。

　　"烂棉絮"伍佗的老婆孩子在农村，经常与邻居为一点小纠纷，闹得不可开交。乡上村上的干部去解决过无数次，"烂棉絮"总说不公平，为这事已有五年没交提留了。每次见到催收提留的就骂，让村乡干部钱收不到不说，还背一身骂名回去。这次小分队下去，首先就拿他开刀，十来个人拥进院子，摆出阵势让"烂棉絮"瞧。

　　"烂棉絮"有孙子在村小读书，极力鼓吹修村小，除缴清18个义务工折款，还另捐了六根檩子。他刚从村小捐檩子回来，见乡村干部气势汹汹奔来，心知来者不善，两个儿子又不在家，赶紧和老伴进屋把门闩上，爬上二楼与小分队叫阵对骂。

　　小分队这次下了决心，再没与他多说，两脚踹开大门，进屋就挑粮食，牵猪儿羊儿。临走时留下一个缴款清单，几个人合伙在上面签个字，把税收提留收据压在桌上。刚跨出门，只听上面"哗"的一声，一桶尿水劈头淋下，乡村干部个个一身湿透，臭气烘烘，像从粪坑里爬出来一样。顿时把怒火点燃，几个人跑上二楼，把"烂棉絮"连拖带拽弄下来，一顿耳光扇去。"烂棉絮"被打倒在地上不能动弹。待廖胖子知情时，"烂棉絮"已被送进了乡医院。

　　院长给他全身做了检查，悄悄对廖胖子说，虽没伤着骨头，脸上外伤随处可见。六十多岁的人，平常就疾病缠身，吃药打针不断，留在乡医院治，怕是有个三长两短不好交代。送县医院去，这鼻青脸肿的样子，又怕是影响不好。送与不送，请廖书记早点定。

廖胖子没当回事，随口一句："先在乡医院治两天，看看再说。现在送进城去，赢道理都会弄成个输道理。"

不知"烂棉絮"是啥命？吴媛刚转达令狐阳的话，打算安排他儿子去学校做零工，事还没办，这事就来了。当天晚上，"烂棉絮"发高烧，说胡话。廖胖子忙安排人往县医院送，半路上"烂棉絮"就离开人世走了……

这下惊动大了，区上的、县上的、地区的领导都来了。省上领导没来，但批示来了。一句话，严惩！下面各级领导像戏剧中大堂两边的衙役，跟着一声"威武"，全是从严从快处理。几个打人的，悉数被关进县里看守所。廖胖子也被停职检查。为安抚死者家属，钱友口袋里的钱，像流水一样"哗，哗"往外淌。

在县城交账的乡长，全部"释放"。

太阳出来了，阳光照到的地方，冰霜开始融化。

2.

计财上来电话说老师的工资划到了，令狐阳先替全县老师笑了。心里念着领导的好，包里揣着调魏老师进城的通知，喜滋滋地去给钱友道谢。心里还在嘀咕，什么时候请郑华和奉志喝酒道声谢才对。

到钱友办公室门前，久敲无人应。隔壁办公室的人告诉他："别敲了，钱局长有急事，跟奉县长到龙寨乡救'火'去了。"

听说是家乡出事，令狐阳追问一句："出啥事了？"

"出天大的事了，催收小分队打死了人！"

听到这话，令狐阳三步并作两步，赶去龙文章那里。龙文章说有这事，奉县长已带一帮人下去了。

令狐阳又把电话打到龙寨小学找吴媛。吴媛结结巴巴地说："伍佗被打死了。廖胖子遭了！"

令狐阳为"烂棉絮"感到冤。上次"烂棉絮"回去后，令狐阳专门给吴媛和廖胖子办了招呼，给予照看。没想到为几百块钱丢一条命，大不该呀！他也为几个进去了的乡村干部感到冤，一天忙到黑，工资没领到一分，反倒一身尿臊气进去了。他夸廖胖子是条汉子，不躲不闪敢担当，领个处分值。最看不起的是奉志，恰像个下臭棋的，棋势稍差点，就慌了神，乱走子。若是他令狐阳去处理，局势肯定不是这样。

令狐阳这没大没小的话，传进龙文章耳朵里，痒痒的怪不舒服。他说："令狐阳呀，不是当老师的说你，这些话是你当下级该说的吗？这个那个都冤，就奉县长不冤？为了给你们教育上筹工资惹出事来，还得不到你一句好话，你说他冤不冤？"

令狐阳不以为然，撇着嘴儿说："只怪他当县长的手艺太差，再冤也是他自找的。"

龙文章有点来气了："啥事是他自己找的，未必人是他打死的？"

令狐阳仍不改口："他不逼下面，下面会那样横吗？假话是逼出来的，横事儿也是逼出来的。"

龙文章拿这白眼儿狼没法，心想不逼一逼，钱能收上来吗？你那教师工资哪来钱发？再没搭理令狐阳，甚至连斜眼也没睨他一下。掉头打开窗户，冬日的阳光挤进来，暖暖的。龙文章深深地吸了一口气。

令狐阳知道老师脾性，不理人表示他在发火，真生气了。令狐阳放低声调对他说："奉县长是个好人，我知道。他为教师工资抓收入，我们也该感他的情。可这事儿没处理好，处分不说，还要法办一大帮人，大家把怨气结在教育名下，今后谁还愿为教育办事了？"

龙文章听他口气软了，转过身子对他说："你还有理了，这事儿就坏在你身上。"

令狐阳感到莫名其妙，说："冬瓜奈不何扯藤藤嗦，赖到我头上来了？"

龙文章没好脸色："我问你，是不是你叫廖胖子多收了建校款的？每人平均30元，是不是你的主意？"

令狐阳感到惊奇："你听谁说的？"

龙文章说："先别管谁说的，你说有没有这回事？"

令狐阳急忙分辩："事有这回事，没有你这种说法。不是我叫廖胖子多收，是政策允许收。每个劳力每年三个义务工早就有规定，那些年是吆喝人上公路砸碎石，现在不砸碎石改修学校，哪点儿不对呢？"

窗外融化的冰水，被风撩起，斜斜地滴落在窗台上，临窗的沙发上湿了一大块。

龙文章掩上窗子，叹了一口气，感慨地说："不是那些年，是上千年的章法了。"

令狐阳性急地说："难为你老先生，能不能说明白点儿。几个义务工怕攀扯不上那么远吧？用不着长吁短叹的。"

龙文章忍不住教育他几句："你知道均田制吗？知道租庸调吗？实物、货币、徭役，是从古到今农民负担的三种形式，你硬是舍不得丢一样，修学校全用上了。"接着一声感慨："啥时候才不向农民要这要那。"

此后不到十年，龙文章的预言应验了，农民种田再没了这三种负担。当时令狐阳压根没想到，他这是千百年来最后一次徭役，说："不就一个农民负担问题嘛，我不认为农民负担重。写过文章，还获了奖的，噫！你看过的嚓。"

龙文章不屑的口吻："你那文章哄那不知情的可以，当着农民去念，肯定会挨扁担。别再提你那奖了。"

令狐阳不服："你这话我不爱听，我那文章没半句假话，所有数据都是经过查证的。涉及的事例也是核实了的，比如淮海战役……"

龙文章打断他的话说："先别说淮海战役，你那数据就差一大截不来。农民负担只说了上面文件规定了的，下面县、区、乡、村加码的，你算过没有？不信你再去查查，比你写的要多得多。还获奖呢！"

令狐阳说："这无法算，只要农民愿意，再多都不算多，比如修学校集资……"

龙文章开门瞧了瞧外面，见没有人，重新关上说："这次坏就坏在你那教育集资上。你才人平30元吗？据说死者那个村，人平达到了150元！没有钱就砍树去抵。死者就是为这逼的，你晓得不？"

一阵风吹来，"吭"的一声，窗户吹开，阳光与冰水争着拥进来。

令狐阳越听越是气："我咋不晓得，我就是那个乡的人。我跟你实说，为了修村小，村上是集了2万多元，那树是不算钱自己捐的。死了那个伍佗，其他该交的提留都欠起，唯独建校款是用钱交清了的，另外还捐了几根檩子。"

龙文章不相信："你又在编故事，拿道听途说来哄人。"

令狐阳嫌风吹起冷，过去又把窗户关上锁牢，回过头来说："我答应给村上解决几万块钱，现在还没想到法。村上的人隔几天就把盛琳的哥哥支来催讨，你说我晓不晓得？"

龙文章说:"我不与你争这个。真也好,假也好,先把伍佗的事了结才行。"

门被推开条缝,伸进个人头,问:"龙主任,中午陪记者你去不去?"

龙文章摆摆手说:"不去,别忘了请田智部长出面陪下。"人头缩回去了,门重新掩上。

令狐阳继续说:"人死了,首先得把死因弄清楚,该解剖得解剖。分清打人的该负多大责任,医院延误医治该负多大责任?你奉县长该负多大责任?都得弄明白,祸事大家惹的大家担,不能一锅面糊端出来,尽往乡村干部脸上糊一通。即使赔偿,也不能只想到钱。"

龙文章开口了:"不赔钱赔啥?把你爹赔给他吗?"

令狐阳说:"我爹与伍佗害的倒是同样病,可惜早死了。"

龙文章说:"废话!不死人家也不要。人家不要钱要活人。"

令狐阳说:"我说嘛,错就错在这里。人家不要钱,你又偏偏给他钱,这不顶起碓窝耍狮子,费力不好看?"

龙文章说:"直接说,依你的怎么办?"

令狐阳说:"不给钱,给他两个儿子农转非,安排个固定工作,把老太婆接到一起住。"

龙文章不信,"搁得平吗?"

令狐阳满有把握,"均田制、租庸调我不懂,那伍佗的情况我还不了解?是个老病号,药当饭吃的人。他那两个儿子像他们妈,厚道本分,在外打工没挣几个钱。伍佗死了,剩下孤老太婆在家,若有个伤风感冒,端药的人都没有。若依我的,我打包票,什么事都能搁平。"

龙文章看了看令狐阳,说:"你有那份好心肠,伍佗上访时咋不给他安排了?"

令狐阳很无奈,"当时,他无理由,我也无权。眼下不同了,县大老爷出面,正大光明的理由,堂堂正正地解决。"

龙文章喜出望外,忙拖过电话来拨。可惜晚了,钱已发到伍家人手上了。

根据从重从快的原则,几个乡村干部判了三到五年的徒刑,廖胖子记大过。奉志挨个严重警告,两年内不得提拔任用。

奉志很窝火,听说令狐阳还在指责他这不是那不是,更是鬼火冒,当着郑华的面发了几回气,说世界上还有令狐阳这翻脸不认人的东西,为他出了错,他反来伤口上撒盐。

郑华倒是想得开，说别管令狐阳那个臭嘴说什么，我们倒是要想一想，咋防止下面再闹出这样的事儿来。

3.

常言男人不说空话，油桐不开空花。桐花开的时候，郑华的话不幸言中。八庙乡一个电话打来，说他们那里一个村民为交提留款，跳河自杀，尸体现停放在乡政府。

令狐阳听说这事后，叹了一口长气，这奉志的命咋这样孬？祸事像是被他包了的，一个接一个来，还不断线似的。不等他这口长气叹完，龙文章就通知他到县委开会。

令狐阳一头雾水踏进会议室，见常委们十八罗汉样，神态各异，怪怪地看着他。笑和不笑，他都觉得不正常。路上，他问过龙文章找他有啥事，龙文章回答也是一句话，你去了就知道。可现在来了，令狐阳还是不知道。

郑华点了下头，示意他坐下。王伟送上茶水。奉志脸绷得紧紧的，估计敲一下都会砰砰响。郑华一句话打破沉默："令狐阳，今天找你来商量做个事。"

令狐阳咧开嘴儿一笑："有事做多好，不晓得我干不干得下来。"令狐阳听说找他商量做事，心里起了疙瘩，暗想：又不知是哪里油篓子碰倒了，要我去抹干净。接着又嘿嘿一笑，故意岔开说："不会是市上办象棋比赛，叫我去带队吧？"

王南下眉头皱了皱，这娃儿一天尽想好事，有常委一班人集体研究你下象棋的事儿吗？瞧瞧郑华没吭声，自己端起茶杯吹了吹又搁下，不好提醒令狐阳。

"这事儿最适合你干，别人想干还轮不上。"这话从刘强嘴里轻飘飘出来，分不清是夸是贬，多少有股看师热的味。

郑华说："上次龙寨乡出事，听说你有好招数没用上，我们想听听你对这类事的处理意见。"

令狐阳认定是要清算他对奉志的指责。话是自己说出来的，原本就没有打算收回，既然郑华提出来了，索生痛痛快快倒出来心里才舒服："说到龙寨乡的事情，我是有不同看法。只说乡村干部打人，没有说打人的原因，所有的板子打在乡村干部身上，县上没为他们分担一点责任，我认为不够哥们儿。"

奉志忍不住想插话，刚要开口，被郑华用手势止住。他问令狐阳："照你的说法，那几个打人的是抓错了？"

令狐阳说："我不敢说那个话。有句话我敢说，他们那些认错的话都是假的！"

刘强插话了："你能干，这儿又有件事，你去做个样子给我们学学。"

令狐阳不信他的话，哪有下级给上级下指导棋的事儿。见刘强一脸严肃的样子，又对自己的不相信产生怀疑。把脸转向王南下，王南下点点头。令狐阳再转向郑华，郑华说："县委有这个意思，你农村工作经验丰富，八庙乡这次出了事，先由你去解决。"

令狐阳惊叫起来："八庙乡又打死人了？"

宋季说："就是要你去现场调查处理。"

令狐阳不干了，这扯死人经的事不是好事，拿钱去磕响头。这可不是拜菩萨，菩萨还讲个自愿，死者家属办起蛮来，会按着你脑袋往下啄，捣蒜一样。这不是人干的事，更不是令狐阳管的事儿。令狐阳站起来说："咳！你们逮住黄牛当马骑，我是教育局长，不是公安局长，更不是纪检部门，我下去算哪门子神？人家会两耳光把我给扇回来。"

提到纪检部门，宋季说话了："你还别想滑，这事听说就与你教育有关。纪检部门肯定要参加，只是叫你先去摸一摸情况。"

郑华马上纠正："在摸清情况的基础上，县委县政府授命你全权处理。"

奉志终于说话了："你表态算数。你说过，教师工资收上来发，出了问题你负责。现在就是叫你负责处理，钱也好，人也好，都由你定。"

令狐阳头摇个不停："我没哪本事，我把学校围墙内的事管好就不错了。"

刘强不容他滑脱，好不容易看一场令狐阳的蹩脚戏，岂能随便错过机会："令狐阳同志，你嘴里还有个实话没有？当初叫你当教育局长，你说你只会做农民工作。现在正要你去做农民工作，你又说你没这本事。你几时能说句实话出来，让人信一信？"

宋季也有意看一看令狐阳在火上烤的样子。对书记县长安排令狐阳去处理这事儿，宋季先是觉得不妥当，级别不够不说，职责还不清，教育局长怎么做起纪检公安的事儿来。后来一细想，这是本县第二次催收款项逼死人的事儿。先前龙寨的事还没干疤，这儿又弄出血了。安排谁去都是个冒险，找这么个半罐水打头阵，再合适不过。解决不了问题探探路也行。宋季搭上腔从另一面围堵上来："我说令狐阳啊，平素时大家都说你是个硬汉，办事不图名不图利，只图一个高兴愿意。这处理死人的事，正好没名没利。你若是拒绝了，大家可要认为你不图名不图利是假。不高兴不愿意干是真，莫非是想看县委政府的笑话？"

不等令狐阳回话，奉志对他说："看不看笑话由他。我不会躲，是祸躲不脱。你先去一下，要我出面随时打个电话回来就行。"

奉志的多心，带出令狐阳的担心，忙给予澄清："我哪敢看你笑话，我自己的笑话都闹不完。是怕坏了领导的大事。"

郑华见火候到了，再用言语促了促："这事儿过了要好好总结一下。教师工资收上来发，的确是增加了乡村干部收款的压力，若实在没有办法坚持下去，还是放下去好，给农村干部减轻减轻工作压力。"

令狐阳赶紧站起来反对："郑书记，你这说法我不敢赞成。教师工资不管在上面发，还是在下面发，同样要催收款。要出事，照样要出事。出了事大家来解决就是了，不要动不动就说放下去的话。"

郑华说："还说大家来解决，叫你去摸一摸情况都不去，还有哪个大家来解决？"

正说着，王伟进来，在令狐阳跟前说了句："隔壁有电话找你。"令狐阳冲郑华笑笑，郑华点点头，说声快点回来。令狐阳一溜烟不见了。郑华看看奉志，说："他不去怎么办？"

室内一阵沉默。

"没有人去，我又去嘛。"不知几时令狐阳又钻回来了。

"你不是说不去吗？"有人讥讽他。

令狐阳分辩道："我不是不去，就担心解决不好误了大事。"

郑华马上拍板："别说恁多了，要去马上就出发，拖得越久越麻烦。"

"轰隆隆！"天边一阵雷声碾过，寒风呼啸，天老爷冻桐子花开始了。

4.

　　寒风里，令狐阳闭着眼睛，任凭车子一再颠簸，心里始终不离死人的事。听说这次收款乡上没去人，只有几位村干部去的。一没骂，二没打，好像还是欢欢喜喜交的款，怎么又死了人呢？大凡这借死人压活人的事中，尸体就是死者家属的武器，无论如何得先把尸体弄走，缴了对方的械，下一步才好说赔偿和追究谁的责任问题。对方也十分清楚这一点，不会轻轻松松让你移走尸体的。硬来是绝对不行，只有动员当地乡村干部多说些话。自从上次龙寨乡处理了一批乡村干部后，乡村干部个个像霜打蔫了，这次下去，还不知有没有人管饭……

　　路过区上时，没见着区委书记和区长，听说他们已到八庙现场。只有吴金湖在区公所门前，焦急地等待着。

　　上车后，吴金湖激动地对令狐阳说："令局长来就对了！我们最担心你不来，别人来了会坏大事。"

　　令狐阳板着脸训他："你能干啰，电话打到县委来找我。你说清楚点，到底咋回事？"吴金湖见令狐阳生气了，忙凑过去低声说："这祸是李士林惹出来的。"

　　"啥？咋回事？"令狐阳瞪大眼睛看着他。

　　吴金湖继续说："修水厂还差点款，李士林想了个主意，布置预收下期书款。每个学生 50 元。死者有两个娃儿读书，回去要书款，家里拿不出钱来。死者的老公责怪她把钱拿去交了提留款，两口子打起来。后来女的气不过就跳河死了。"

　　令狐阳问："这事乡上晓不晓得？"

　　吴金湖说："不晓得。死者家里为了要赔偿，一口咬定是乡上催款逼出来的。我们就怕县上来别人，查出来是学校乱收费造成的走不脱。这下你来了就放心了。"

　　令狐阳说："学校一期收得了多少钱？"

　　吴金湖说："不少吧，有了几千学生也是一二十万。这些年学校全靠这些钱来周转，不然早就玩不转了。"

　　令狐阳若有所思地说："书款终归是新华书店的，只能周转几个月。能有个政策收点就好了。"

吴金湖接过话来，"那当然好，可哪个敢出这样的政策？现在预收点书款都像做贼一样，生怕上面的人知道了。"

"唔！"令狐阳的心思又回到眼前死人的事上，"这预收书款的事，还不能摆上桌面来，不然被死者家属捏住没个完。"

刘君说："对的，等会儿吴主任要安排李校长去给死者家属说好，扭住乡政府别松手。扭学校穷，没搞头。"

令狐阳瞪了刘君一眼："我来解决问题，你去给乡政府添麻烦，不就是给我找麻烦？你们不要乱来。"

李士林惶惶不安地在路旁等着，上车同令狐阳打了招呼。见令狐阳没有责怪他，还以为令狐阳不知情，惴惴悄问吴金湖："说了没？"

吴金湖说："别乱来，令局长心中有数。"

尸体停放在乡政府门口，头朝里向着，怨气直逼。亲属喊明要向乡政府讨个说法。对令狐阳的到来，人们反应意外冷淡。早就听说来的个教育局长调查情况，料定他表不了态，大家只是多看了令狐阳几眼。死者家属也没上来纠缠。乡村干部个个不理不睬的样子，摆出架势，看你县上来的人凭啥处理人。连街上居民都懒洋洋的，路过时，晒太阳的人连头都没抬一下。区上来了一个人，引着令狐阳从后门进了乡政府。会议室里坐满了人，一个个也是憋着气，阴着个脸，没人搭理。

令狐阳在上首坐下来，对区委领导说："哪位先介绍一下情况？"

乡长把嘴上烟头掐灭，有气无力地说："我来嘛。"

估计是先定了的，乡长也不愿多说，背书似的，三言两语说完，又摸出一支烟点上，自个儿吸去。

据他说来，上午村上一帮干部到死者家，死者夫妇还热情让坐端茶。说起欠款，男的说眼下手紧，要求等几天再说。村干部再三做工作，女的开口说：家里还有 200 块钱，是不是暂时交上这些，余下的以后再说。男的也没反对，村干部当然同意。双方完清手续后，夫妇俩还把村干部送到大路上。哪知下午尸体就抬到乡政府来了，说是乡上给逼死的。

令狐阳环顾四周，没人表示补充，只好自己来提问："死者是怎样死的？"

乡长回答："自己跳河淹死的。"

"有没有人看见？"

乡长觉得这句话问得有点多余："有人看见就不会淹死了。"

令狐阳没计较乡长的不耐烦，仍平和地提问："没人看见，你咋知道是跳河淹死的？"

乡长感到意外："这还用得着问吗？不是她自己跳河，哪个还推她下河去？"

令狐阳仍不动气，继续问："这自己跳河淹死，是听谁说的？"

乡长有点厌烦，净问些没用的话，略带生气地说："她家里人说的。现在通街都是这个说法，不信，你去问一问嘛！"

令狐阳对乡长的抵触情绪理解。出了事后，下面听到的都是上面的责难，批评，满肚子委屈没处诉说。幸好是他一个教育局长来调查，若是纪检监察部门查，恐怕抵触会变成抵抗了。令狐阳这才意识到郑华要他来的用心。突然，令狐阳下意识想到，郑华会不会还晓得了学校预收书款的事儿？上次收建校款，没让郑华晓得，全靠廖胖子顶起。这次暴露了怕会要算总账。顿时，他和乡村干部的命运绞在一起，更不敢计较乡长的态度，到嘴边的硬话一下软了下来。平静了一下心态，说："出了事儿大家心里有气，我理解，但不能一生气就昏了头，棋没看清就摸子走棋。人死了首先要弄清死因，都说是自杀淹死的，证据在哪？既没人证，又没尸检，凭啥定她是自杀？是淹死的？"

一屋的人开始茫然地看着他，不知他否定自杀有啥用意。

令狐阳继续说下去："首先要排除是不是他杀。方法有两个，第一步送进城进行尸检，看身上有没有伤痕，有没有搏斗痕迹。再检查胃里有没有毒药，总之，要查清是什么原因致死的。第二步开展调查，若有伤痕，是谁打的？若是毒死，是谁下的毒……"这是令狐阳在车上打定的主意，无论如何先把尸体弄进城再说。

话未完，人们已显躁动，如一潭死水被搅翻，大家一下醒悟过来。几个村干部异常兴奋，七嘴八舌争着说："她两口子中午打了架的，院子周围的人都可以做证，下午死者还到镇上来弄的药。"

乡长脸上泛出红光来，忘了令狐阳的存在，指着街道主任说："你马上去找医生，把死者身上的伤弄清楚，伤在哪里？死者生前说了啥？都要一一写清楚，快去！狗日的，他把婆娘打死了来赖我们。"

派出所所长站起来说："这事儿我们得去人才行，他那个院子里也要去取证。"

令狐阳对派出所长说："所长你不要去，另外安排人。你去向死者家属宣布，说案子有了新线索，必须验尸查明凶手。"

说完转身过来悄悄对乡长说："乡上找一个跟死者家要好的人，把信带过去，若是他们自己能把尸体治走，啥事都能了，若不然，就一定要查明情况严惩凶手。到时候看他怎样对娘家的人交代。"

令狐阳又想了想，对刘君说："你给县政府办公室龙主任去个电话，请通知死者娘家的乡政府领导共同来做工作，防止她娘家的人乱来。"话才出口，又挽回来说，"算了，还是我自己去说。"

令狐阳用乡上的电话向郑华汇报了情况，只是没提学校收费的事。

郑华听完后说："情况明了，你可以先回来。后面的事儿，县上另外来人处理。"

令狐阳生怕学校收费的事给捅穿，坚决要求留下来，说半途而废不是他令狐阳的个性。态度与先前在常委会上大不同。郑华回了一声："你愿意留下来也可以。"

令狐阳又打电话给奉志，说事情是查明了，但处理起来要用点钱。奉志对死者家属闹事恨得牙痒痒的，说："不能给赔偿。再不把尸体拉走，治他家庭暴力罪。"

令狐阳说："不是给赔款。死者有两个孩子在学校读书，如果父亲逃了或者被抓了，没人照管会出事。我想给学校解决点钱，由学校把两个孩子代管起来，防止再出意外。"

奉志很爽快，说："我给我友办过招呼，你直接找他拨款就是了。"

直到殡仪馆拉尸体的车走了，令狐阳才离开八庙乡。走时对李士林校长说："你把预收书款的事，写个材料来。"

见李士林满脸狐疑，很是紧张。令狐阳又对他说："你如实写来，我不会把你吃了。这次我给你要的这3万元，连同上次给的一齐，一个月内把自来水厂办起来。两个孩子要当你亲生的一样照看好，学校收费通通免了，最好住读，直到毕业。有事找乡上。我这次帮了他们的大忙，他们一定会帮你的。"转过身来对刘君说："回去给两个娃娃买几套校服送来，今后有啥事就找你办。"

5.

阴冷的月光，将世界冰封雪凝，凛冽的寒风中，黄色的纸钱上下飞舞，追逐着亡灵，哀乐时断时续从前面的殡葬车传来。令狐阳禁不住凄凉，将外套紧了紧，耷下眼皮，由眼前的两位孤儿，想到自己儿时，想到妈妈在时，眼前浮现一盘山区的火塘，红红的，四周烤满洋芋，偶尔几声炸响，满屋弥漫焦香。

令狐阳正迷糊着，汽车"吱"的一声急刹。令狐阳一下惊醒，头差点撞在挡风玻璃上。正要训人，张远已下车去了。令狐阳推开车门，边下车边问："你猴抓抓的，出啥事儿？"

张远掀开车盖，一股热浪裹着回话涌过来："开锅啦！"

刘君与吴金湖也下了车，他四处望望，农户离得很远，心中气上来，说张远："你搞啥名堂，出车没把水加满呀？"

张远回了句："水箱漏了。"叫了声："吴主任，你陪我一下，到前面去找点水。"

两人渐渐远去，令狐阳问刘君："这车用了多久？"刘君说："四五年，已成老病号了。"

车是个改装车，把北京吉普车的帆布顶篷掀掉，几个修配厂的老工人用锤子敲出个铁皮轿子安上，取个名字叫"江鹭"牌。就这样的拼装车还不好买，每月只能产几辆，没熟人还买不到。全县三四十个局级单位，有小车的没几个。教育局有这样一个车子，足以显示第一大局的地位。新组建的国土局日渐风光，接了一辆新北京回来，据说是与美国合资生产的。车子是国土局的，可一年四季难得在国土局待几天，县上四大家领导排着队借用。国土局长背地喊冤，说是买了个公交车回来，借车出去还得捎上司机，贴上油钱和修理费，比没车还烦。

说话间，张远和吴金湖一人端着一盆水颠颠簸簸地回来了。张远喊道："让开点！"自己端着一盆水，小心地往水箱盖上慢慢淋下去，只听得"滋、滋"声响，热气上冒。好一阵子，响声没了，张远拿一块抹布垫着手，使劲拧开水箱盖，又是一股热气"呼、呼"响着上冒。直待响声没了，张远就着月光，端起另一盆水小心灌下去。很快拧紧盖子，合上车盖，说声："抓紧！"自己抢先上了车，麻利地发动起车子，未等三人坐稳，车子已动起来，飞速地蹦跳前进。

令狐阳刚刚坐稳，刘君对他说："我们回去整点钱，换台新车，这铁匠打出来的东西是坐不得。"

张远说："要换就换台桑塔纳，坐起安静得多，不像这瘟车，一脚油门下去，又是咳又是喘的，躺包车！"

令狐阳感叹了一句："哪个不想买好的，就是钱不好找，一辆好车要十几万。"令狐阳几句话还没说完，只听"吱"的一声，车又刹住了。张远推开车门下去，照老法子先掀开车盖散热，然后叫上吴金湖，拿上先前用高价从农民那里买来的两个盆子，找水去了。

就这样，开一段路，灌一次水。后来，见张远实在太累了，刘君和令狐阳也轮流着去端水。三十多公里路，走走停停花了近五个小时。进城时，卖早点的铺子已在生火和面了。

6.

令狐阳回到家里，又冷又饿又累。到厨房看了看，全是冷的，心想只好进卧室去抱着肚子饿吧！走到卧室门前用手推门。把手转不动，门锁得紧紧的，狠狠敲了一阵，里面蚊子叫声都没一点儿。令狐阳累得没了吵架的心思，从柜子里找床棉被，合衣躺在沙发上。说是沙发，也就一个竹凉椅上搁个泡沫垫子，人累了，蜷缩着也将就，好在令狐阳已习惯了。知道盛琳生气，嫌他没按时回家，令狐阳懒得解释，眼皮一合鼾声就飘出来了。

令狐阳刚刚走到梦境边沿，觉得一阵狂风刮来，让他猛地惊醒，睁眼一看，身上棉被早被掀开。盛琳叉着腰站在面前，两眼冒青烟："睡！我让你睡个铲铲。"

这阵仗，令狐阳见得多，两人自打结婚，就在这样的风雨中结伴而行。令狐阳揉揉眼睛，伸手去拉棉被，想蒙着头继续睡。盛琳一把抓住，厉声问道："你说，这大半夜，你死到哪去了？"

看样子是睡不成了，令狐阳只好坐起来，说："我在八庙处理死人的事，不信你打电话去问就晓得了。"

盛琳听后，眉毛竖了起来，说："我不晓得问，还用你来教？人家说你一点钟就走了，这点路你爬也早该爬回来了。你给我说清楚，这四五个钟头你到哪儿去了？"

令狐阳压住气说："车坏了。"

盛琳说："车坏了还开得回来？在哪个野婆娘那里弄昏了头，连个谎都扯不圆。"

令狐阳好无奈，想吵又嫌累："不信你去问刘君和张远！"

盛琳说："我问他们？都是一伙的。我就问你，是不是又到龙寨去了？"

令狐阳见她又想往吴媛身上扯，火气一下点燃："你个贼婆娘，麻鹬子打饱嗝——鸡娃吃多了，你一天不攀扯人家过不得日子！"身子一翻站了起来，瞪了盛琳一眼，气冲冲地开门出去，反手将门一摔，"砰"的一声，把身后盛琳的叫骂声牢牢地挡在房内。

街上行人渐多，早点铺子已是热气腾腾，油条的焦香扑面而来。令狐阳想吃，眼皮却睁不开，肚皮和眼皮都在往拢缩。一夜的折腾，急需找个地方躺下。这大清早的，人家正起床，你来找睡处，走哪儿去都很难给人解释。脑子还没想好地方，脚已找到了地方，信步到了棋园。把余茗叫了起来，同时也把他吓了一跳，蓬头垢面的令狐阳，脸色灰白，睡眼蒙眬。见余茗开了门，二话不说，狗一样往屋里拱。余茗见他大清早来投宿，晓得是家里那锅水又开了，也没多问，抱了床新棉被给他。令狐阳见床就倒下，被盖尚未盖牢，鼾声就在飘扬。余茗替他盖好被子，摇摇头说："这半罐水呀，局长当得也窝囊。"

八 诸葛判词

抢饭吃是为了生热，掌嘴也能生热。都不错，用哪一样？由饿汉自己挑选好了。

1.

太阳胀红脸爬上山梁，阳光将教学楼的火炬点燃，在吴媛双眼中熊熊燃烧。她感到燥热，从阳光里走进办公室，拖过电话拨了几个号码，想到对方可能还没起床，又住手。直到上课铃响，教师都上课去了，她抱着电话拨个不停。先打令狐阳办公室，没人接。又打教育局办公室找刘君，接电话的人说他没来上班。找司机张远，说昨夜出车累了，还在家休息。对方问她是谁，吴媛一声没吭。电话搁了心没搁下，站起来走了两步，又坐下来把电话打到乡上找廖胖子。廖胖子因"烂棉絮"的死，挨了记大过处分，才恢复职务没几天。拿起电话一听是吴媛的声音，没心情开玩笑，客气地问了问："有事吗？"

吴媛说："我找令狐阳，你知道他在哪儿？"

廖胖子这次遇险，全靠令狐阳在城里上下奔走，连奉志都得罪了，才帮廖胖子把官帽子找回来。廖胖子听说八庙乡出了事，格外关心令狐阳去处理的结果。现在吴媛打电话来问，廖胖子以为也是这事，说道："我也正要找令狐阳，等问清楚了再告诉你。"

吴媛等不住了："盛琳找你了？"

廖胖子感到莫名其妙："盛琳找我干吗？你找我差不多。"

吴媛说："我没心思跟你说笑。那个女人太不像话，昨晚半夜三更打电话找我要令狐阳，说什么不要耍久了，是时候把令狐阳给她放回去。你说说，这是个啥女人？她自己的男人守不住，找我要。"

廖胖子这才明白是调料店里醋瓶子打倒了，随口劝道："你别跟她一般见识，她那股醋劲你还不知道，只要令狐阳多看哪个女人几眼，那个女人回去耳朵准会发烧。"

吴媛仍未消气，说："我看才不是。县妇联那个姓秦的与令狐阳嘻嘻哈哈打笑，嘴儿凑到脸上去了，她盛琳看见当没看见，吭都不吭一声儿。"

廖胖子感觉出另一股酸味，说："盛琳晓得是说笑，她不会去计较。"

吴媛不爱听，说："你的意思是盛琳就该找我生事儿对吗？喂，廖胖子，你是不是这次处分轻了，还改不了打胡乱说的毛病……"

廖胖子晓得话没捋顺，赶紧解释："喂，喂，我不是那个意思，我是说令狐阳对你，对秦主席各是一回事，盛琳看得出来。"

这话是实话，吴媛心里认，嘴里可不能认："哪来的各一回事。你是晓得的，令狐阳在这儿当几年区委书记，我与他见面玩笑话都没一句，她盛琳看出什么了？"

廖胖子不细说还不行："哎！盛琳跟你是同学，你还不晓得她的个性，说话做事没脱一个山气，粗野得很。不过肚子里也有她的一套。我听令狐阳说过，他那个婆娘别的本事不行，管老公的花样多得很。"

凡是说令狐阳的话，吴媛都想听："除了山蛮子话，她还有个啥花样？"

廖胖子只好学给她听："盛琳说，令狐阳开玩笑不分老少男女，只有两种人他不乱说。"

吴媛不容停顿，追问："哪两种人？"

廖胖子答道："一种像你这样，他看得起的；一种是盛琳那样，他看不起的。这下你明白盛琳为啥找你生事儿了吧。"

这话吴媛爱听。每次看到令狐阳在自己面前规规矩矩的样子，她也是这个感受。暗自笑了笑，得意地说："她还有点自知之明。闲话莫扯远了，告诉我，令狐阳在哪里？我有正事找他。"末了，还带出一句来，"一个大男人，半夜三更不回家，也不是个好品行。"

廖胖子想了想说："你打这个电话试试。"随后报了一个电话号码。

吴媛记下电话号码，说了声："谢谢！我挂了。"

阳光挤进屋内，在她身后拽下个瘦长的披风。

一束阳光从窗前沿桌面磨蹭到床上，令狐阳被余茗叫醒，告诉他有一个姓吴的女人电话上找他。令狐阳"呼"的一声从床上跳下来，张开五指把蓬乱的头发捋了几下，抓起电话回了过去。吴媛有些生气，第一句话就是："你昨晚到哪儿去了？"令狐阳说到八庙去处理死人的事了。吴媛又问："那后半夜为啥不回家，害得盛琳到处找人。"令狐阳说车坏了。吴媛口气软了下来，关心地问："那咋回去的？"

当听说是一盆水一盆水地把车"侍候"回去的，吴媛替他后怕，说："幸好是县内，若是在外地，遇上荒无人烟的地方怎么办？"令狐阳笑了，荒无人烟的地方，我去那儿做啥？给石头砂子办教育？令狐阳纳闷，这女人咋都盯着男人的夜生活，连问话的顺序都一样。不过口气硬软有别，一个如火，炙烤得人心里烦躁；另一个如水，浸泡得人筋骨酥软。

余茗过来催令狐阳吃饭，吴媛才想起问正事："'普九'现场会还开不开？"

令狐阳说："开呀！通知都发了。"

吴媛说："要开，你还不着急？也不下来看看现场准备得怎么样？有啥不满意的，改还来得及。"

令狐阳说："马上下来……"正要说下去，余茗又来叫吃饭，吴媛只好说："你快点下来啊！"两边的话筒好容易挣脱纠缠各自回到原处。

2.

曹达一上班就来到刘强的办公室。前几天洪亮来电话告诉宦丹丹，已给郑华说过曹达的事，郑华当时点头应允了。以后的事要靠曹达自己争气，把工作干好别出纰漏。今天，曹达听人说刘强找他，估计是好事，径直来到县委办公大楼。

刘强果然笑眯眯的，招呼曹达坐下，叫秘书倒上茶水，自己坐在对面，说："洪书记在郑书记面前提起你了，你可得好好干。"

曹达努力压住心中喜悦，尽力保持平静说："还得刘书记多关照才行。说到好好干，我再努力也不行。廷令的那个性，独断霸道，什么事他一个人说了算，我是有力也使不上。不知郑书记晓不晓得这些情况？"

刘强笑了笑："你说呢？郑书记心里明白得很，别看有时口上为令狐阳说几句话，那是要他卖劲干事儿。若论教学，郑书记还是认为你才是内行。"

曹达听说郑华欣赏自己，心中暗喜，口上说："还承刘书记举荐！可再是内行，现在这状况，我也使不上劲。就怕高考滑坡，对不起你们领导。"

刘强点点头说："你也别管令狐阳干什么，你就抓好你的教学工作，每年为宕县多送几个大学生出去，上上下下都好交代。今年的情况怎么样？"

曹达摇了摇头说："刘书记，还是生源质量问题不好解决。初中毕业生中，好的尖子生都报考中师中专去了，普通高中生的录取线比邻近县要低十来个大分，而中师录取线要高出三十个大分，起点就输了，我们怎么抓嘛？"

刘强问道："宕县人也怪，眼光咋这么短浅？一个中师中专生能有多大前途。"

曹达说："还不是穷怕了，想早一点出来参加工作，贪图上师范不拿钱。这个问题不解决，高考上线率就冲不上去。"

刘强说："我向郑书记汇报教育工作时，郑书记就多次说过宕县是个大县，历来在外面做大官、办大事、做大学问的人多。据说全县在外厅级以上的领导有一百多人，就在于过去上大学的人比别处多。若是在我们手上考大学的人少了，今后出不了人才，后人会骂我们的。"

曹达苦笑了下："这没办法，人家不报普高，你有啥法？"

刘强问："那其他县呢？他们怎么在抓？"

曹达说："人家是硬卡。对各区乡学校考核时，中专中师上线的不纳入考核，只考核普高上线人数，逼得下面学校做工作，把学生往普高赶。"

刘强眼睛一亮："好办法！我们也可以这样做呀。"

曹达说："我们往年试了试，效果还可以。自从令狐阳来了，说是抓普九，要改过来。还要开现场会，就是要下手改这个事。"

刘强说："这个你不能让他改，要据理力争。"

曹达说："争了也是白争。他就一个土匪老大的个性，一个人说了算。副局长中没有哪个敢吭声。欧局长管财务，不同意他挪用专项资金，拨款稍迟了点。他一声招呼下去，就把拨款权收了。现在计财上凭他一句话就拨款，看都不给老欧看一眼。"

刘强说："那成什么话？老欧不找他理论？"

曹达说："找了，令狐阳一句话说死，我年轻，多干点事，多担点责任。说老同志在一旁多看着点就行了。你拿他有什么办法呀？"

刘强好不舒服，闭上眼睛忍了忍，终归忍不住说："这不行，我得给郑书记汇报。现场会我要参加，不能任由他一个土匪脾气横行下去！"

3.

吴媛很忙，临近现场会，突然来了两拨头儿。

令狐阳带着教育局里大小头目先到，廖胖子作陪，吴媛在前面领路，挨着验看了新教学大楼。教学大楼共3层24间教室，内含式，一层两排，每排4间，居中一间教研室。全磨石地面。栗红色实木课桌凳排得整整齐齐。黑板正在上漆。三个大玻璃窗，光线充足。正立面一改过去火柴盒样式，每间教室外观呈六角形，一波三折，别致美观。乳黄色小方形瓷砖砌墙，光彩耀人。从大楼出来，又去验收了厕所，这是全县第一间新式厕所，上下两层，白色瓷砖上顶。一色的蹲式便盆，洁净干爽。这样的教学设施，就放在省城也不落后。在验收会上，众人赞赏不已。

客人们在底层的一间教室里坐下，正待把赞赏话捧出来。肖凯匆匆进来，对吴媛说，又来了一辆小车，不知是哪位到了。

吴媛出去不久，把刘强和曹达带进来。教室里众人一齐站了起来，先是股长们一阵蠕动，挪出位子给副局长们。然后是副局长们一阵挪动，空出一个位子。最后是令狐阳挪了一下屁股，把首座让出来。刘强由吴媛领着，来到正中坐下。

令狐阳笑着问刘强："外面看了没有？"

刘强点了点头，说："还用得着专门去看，隔多远就晃得人眼睛睁不开了。"这话出人意外，明显对这栋新楼有气。管教育的对学校增添了新楼，高兴还来不及，哪来的气？几十双眼睛全被弄困惑了，个个屏住气，生怕稳不住露出什么来。

令狐阳狗一样嗅到气味不对，马着脸端端正正地坐着，眼睛直视前方，用一只耳朵对着刘强，静听他的下文。

吴媛想说点什么，先前准备的话，全被刘强的眼神吓没了。随着没了的还有脸上的笑容，她怔怔地看着刘强，实在不知今天对或错在哪里。

刘强成了一只蛤蟆，"春来它不先开口，哪个虫儿敢吱声？"长长的几秒钟后，蛤蟆开口了："吴校长，你这栋楼花了多少钱？"

吴媛正要开口，见令狐阳微微摇了摇头，话到嘴边又止住。

肖凯会意，说："还没结算，一时还没个准数。"

刘强脸色更严肃："说个大概数听听。"

令狐阳把脸掉过来，平静中有股厌恶说："包工头就在这里，这数字你就别问了。说多了，他就要那么多。说少了你又不会相信，是不是？肖主任。"令狐阳怕吴媛吓着了，把话递给了肖凯。

刘强把脸转向令狐阳，一切心中有数的口气说："总不会是个小数目。这一大笔钱学校从哪儿出？乱收费？乱集资？再逼死一个人来？……"说这话时，还拿眼睛瞟了瞟廖胖子。廖胖子一改平日吊儿郎当的个性，危襟正坐，目不斜视，一点反应没有，仿佛冰雕一个。

刘强把语调降了降，说："我是抓教育的，心里也想把学校修漂亮点。可钱在哪里？有多少钱办多少事，这是我们党的老规矩。一味地铺摊子，今后谁来还？到时还不上钱，包工头把门一锁，又到哪儿去上课？"

令狐阳扯了扯廖胖子的衣襟，用嘴朝杨揽头（当地人称包工头为揽头，意指揽活路的头）努了努，再向外一抬头。廖胖子会意，站起来对杨揽头说："不听他们扯教育上的事，我们走。"起身把杨揽头拉了出去。

刘强见两人出去，心知是避开，索兴敞开说："也好，他们走了我们说话更直接些。吴校长。"

吴媛应了一声："呃！刘书记，我在听。"

刘强继续说："不是你在听，而是我要听。你说说看，这笔债怎么还？"

吴媛正要开口，下意识地看了看令狐阳。见他在往刘强身上使眼色，知道了他的用意。苦着脸说："怎么还？就望刘书记拨钱下来还。到时候还不起，刘书记总不能见死不救。"

刘强说："我哪来的钱？教师的工资都不能保证按时发放，哪来的钱给你还债？若只是你一个学校，还说挤点钱出来。你们现在这样子喊起号子干，是安心号召全县向你们学习。校校都要这样敞开干，都欠一大笔债，找谁要？到时开机器印钞票都来不及。"话未完，掉头过来对令狐阳说："令局长，我来时把你们开现场会的想法给郑书记汇报了。郑书记明确说，不能一哄而起，不能乱摆摊子，需要好好研究一下才行。郑书记要我下来调查看，若是你吴媛校长有能力还这个债，全县就在这开现场会。包括我在内，大家都来向你学习。若不行，令局长，我看还是谨慎些好。你说是不是？"

令狐阳咧开嘴儿，挠着头，对刘强打了个哈哈，话里带着酸味："刘书记说的话哪有不是的。"转过脸对众人说："刘书记说得对，办事得有个计划，想好再干。有多少钱办多少事，有多少教室收多少学生。"

吴媛听出令狐阳话中有话，忙插话道："是那样说又对了哟！现在入学人数一年比一年多，教室又没有钱修，学生不收完还不行。每年收新生时，吵不完的架。廖书记在这里，不信问他嘛。"说到这，没听到廖胖子出来证明。四下一看，见他正走进来。吴媛忙对着他喊道："廖书记，下半年开始，按上面说的，有好多教室招好多学生啰！"

廖胖子嘿嘿一笑："今年修了恁大一栋楼，你不拿来用，给你准备做新房呀！"

吴媛脸起一丝羞赧，说："说正经的。你要用，请你拿钱来。没钱休想用。"

廖胖子生气了，正想说我已给了你十多万。令狐阳用手势止住廖胖子："别再吵了，听我说。刘书记的指示，我们要照办，我们要完完全全地传达下去。现场会也还是要开，龙寨乡小学要做个反面典型，在会上做检讨，还要把他们的补救措施也说出来。"

吴媛听说当反面典型，不干了："啥补救措施哟？我没得！我只有一个笨办法，哪个要用教室，哪个拿钱。"

令狐阳说："我说的就是你这个笨办法。学校负责教学，建修教室是政府的事，学校不要操这份心。学生装不下，刘书记自会找乡政府想办法。"话完直视着刘强的眼睛。

刘强听出来了，令狐阳兑的是反话。心想真到那个时候，学生多了装不下，作难也是郑华、奉志的事，轮不到他着急。若学校到处摆摊子，这里要债，那里关门，作难的可是他这个分管书记。孰轻孰重，他分得清清楚楚。何况这搞建修，谁不知道有油水，就眼前这栋楼，校长不落个三万两万的，她有那样积极吗？自己油汤没喝上一口，犯不着为他们背名。他不想再坐下去，站起身来说："你们一味要做下去，是你们的事，我把脚步走到，话说到。到时候出了问题，别怪我事先没打招呼。"转身又对令狐阳说:"你们看着办,我先走了。"不等话落地,头也不回,气呼呼地往外走。

吴媛忙起身来拦,说无论如何要吃了饭再走。刘强回了一句:"我没有钱给你。你把有钱的好好招待一下,只是小心一点,别上当受骗。"

刘强的秘书把操场上停着的"新北京"招过来。刘强临上车,又回过头来眯着眼对吴媛笑笑,情味绵绵说:"有空闲进城来聊聊。"转身又问曹达:"你走不走?"曹达很是为难,回头看了看令狐阳。令狐阳嫌他在这儿碍事,马上给了个台阶,用下巴支了支:"你陪刘书记去,好好让他开心下,为我们打个圆场。"曹达笑笑,也钻进小车走了。

大家重新回到教室坐下来。刘君问令狐阳,这现场会还开不开?令狐阳刀砍斧劈一句:"照常开,别听到风就是雨。地点、时间、内容、程序,连中午的饭菜一样不改。"

欧启说:"令局长,你也要去找下郑书记和奉县长,要一点钱来补助补助,哪怕一个学校一万块也行。逗鸡嘛,也要撒把米哟!"

令狐阳眉头皱了皱,说:"要也是白要,他们那包里也是瘪的。如果有钱搞建修,这局长轮不到我来当了。钱,要自己想办法,活人总不会被尿憋死。"

欧启被令狐阳一句话剥了财权,知道令狐阳的厉害,除了背地里发点牢骚外,当面可乖巧多了,现在是一叫一个应。他见先前的奉承话没讨好,忙改口道:"那也是,靠哪个都不行,只有靠自己才稳当。"

令狐阳对欧启说:"钱友那里,你要跑勤点,不是说没事干吗?没事你就去陪他多耍耍,要钱得从他那里想法子。"

欧启不懂,县长没钱,他一个财政局长哪来的钱?心是这样想,嘴里却是另一番话:"那也是,县长不如现管,多少给我们点都好。"

令狐阳纠正说:"不是多少给点,又不是打发讨口子。是大头。把钱友理顺了,每年有一大笔钱给你花。回去我才给你说。"令狐阳想通过他向上面要。

欧启惊讶,真认为有现钱摆起在等他去拿,自己管财务十几年了,咋不晓得呢?

这消息经欧启捂着嘴,用加密的口吻传出去,传成了令狐阳手上有的是钱,只要大家肯干。这好比用巴蕉扇扇过一番,要钱的报告像雪花漫天飘来。令狐阳玩个深沉,一概不予答复。问急了回一句话:"你们睡在床上等嘛!"让人很容易想到是一句激将话，与"躺着不干就别想要"是一个意思。

欧启忙坏了，带着财务股上几个伙计，这个区那个区去规划，设计，喝酒，表态。他办公桌上的报告、图纸一天天往上涨。令狐阳没要，他一份也不敢往令狐阳面前送。

4.

现场会召开前一天，刘强传达郑华指示：现场会暂停召开，郑华要听取令狐阳汇报后再定。

曹达兴奋地将现场会叫停的消息，说给一家人听。妻子宦丹丹用筷子敲着碗碟唱起"呼儿嗨哟"来。

宦德看不惯，批评女婿说："单位的事儿遇上麻烦了，你还笑得出来！"

曹达按捺不住喜悦："不是我想看笑话，你不知令狐阳那个不得了的样子，好像天下只有他说了算，连刘书记办招呼都不听，要让他碰碰钉子，才晓得天外有天，收敛一下才好。"

宦丹丹插进话来："好不好还不是领导一句话。爸，你让洪伯伯把话说重一点，郑书记肯定会听他的。"

宦德不想与女儿纠缠，说："等以后有了机会再说。照你们说的，那令狐阳搞不了几天了，你们着啥急嘛。"

曹达把脸一沉，端个茶盅无声无息地回书房去了。宦丹丹也把手一甩，对他爸咕了一句："就一个死脑筋。"脸一掉，也走了。客厅里留下一个老头子，看着女儿女婿的背影，嘟了一句："只晓得要官，爹都不要了。"

现场会被叫停，像捏住了令狐阳的鼻子，他憋不住了。猴子跳圈样在办公室一趟走过去，一趟走过来。椅子上像长了刺，屁股刚挨着霍地一下又站起来。一个接一个的电话打出去，全是夜蚊子滚崖不见回声。先打电话到郑华办公室，没人接。问秘书王伟，才知道郑华到地区开会去了。敬神样捧起话筒找奉志，还是没人接。无望中想起了找龙文章！令狐阳脸上的皱纹有了些舒展。打龙文章办公室，没人接。索性丢下电话亲自去找。

奉志和龙文章都在政府小会议室开会。令狐阳托人进去把龙文章叫出来。龙文章把他带进自己办公室，泡好茶，待令狐阳坐好后问道："是不是现场会的事？"令狐阳点点头。龙文章指了指会议室说："等散了会，你直接找奉县长谈。"匆匆拉上门走了。

令狐阳一屁股坐在藤椅上，感觉口干舌燥，端起茶来猛吸一口。"呸！"像被蜇了一下，张口吐出，烫得嘴儿只吸冷气。他生气地把茶盅往桌上重重一搁，茶水撒了一桌。忙起身去找抹布，一时找不着。眼看茶水向桌缝漫去，怕湿了里面的文件，情急之下，他抬手用衣袖一拂，桌上算是干净了。可地上，椅子上全是茶水。坐是不行了，只好站着，不停地踱过来踱过去，仿佛要靠两只脚把已判死刑的现场会拨活。

令狐阳看眼前各学校的情形，像一个个饿急了的灾民，为了生存，顾不得体面，也顾不得冷热，用手抓，用嘴拱，只要能塞进肚子就行。偏偏遇着刘强一群道学先生，又是嫌吃相不好看，又是嫌食物不干净，全是饱汉不知饿汉饥。真该把他们饿几天，好好尝尝饿饭的滋味后，就不会指手画脚地说东道西。

看着地上的茶水渍印，仿佛是被人撕破的自己脸面，别人糟踏，自己还得去踏上几脚。现场会不开，免不了还得向上级"检讨自责"一番，说自己不谨慎是轻的，不成熟才会让人觉得中肯。若要让刘强满意，得带上令狐阳不是东西，不识时务才成。到这时才意识到，错误从当教育局长那一刻就犯下了。一个山大的漏洞，自己拿身体去堵塞，行为本身就鲁莽可笑。

当务之急是什么？让"现场会"死而复生！如擂台上被打倒在地的拳师，在裁判数到九时必须站起来，一个鲤鱼打挺最好，双手撑地摇摇晃晃站起来也行，一定要站起来，现场会必须开。要靠这个会聚人气！聚财气！聚士气！

想到这儿，令狐阳拖过电话机，指指点点把刘君拨出来，镇定地告诉他："我在县政府龙主任办公室，有事直接打过来。现场会的准备工作仍不能松懈。几时开？你就在电话机旁等着，随时听我招呼。"

话筒才搁下，想想还是不踏实，总想说给人听听。又拿起来，指指点点拨了个电话出来。听着对方"喂！喂！"声，令狐阳一时愣了，一个熟悉的声音传出来，不知对她说什么好，甚至不知为什么要把她拨出来。直到话筒里传来吴媛焦急的喊声:"喂!你是谁?为啥不说话。"令狐阳才慢吞吞地吐了句:"我是令狐阳。"

吴媛更急了:"你怎么啦?"话中已带几分颤音。

令狐阳又说了一句:"现场会被叫停了。"

吴媛说:"这我知道。你到底怎么了?说话六神无主的,你在哪?身边有人没有?"

令狐阳长长地嘘了一口气,稍许回过神,语气实沉起来:"我在龙老师的办公室。"

吴媛说:"龙老师在吗?我跟他说两句。"

令狐阳失了的魂终于晃晃悠悠回到身上,说话阳气足些了:"他开会去了。我没啥。你那里现场会准备不能放松,特别是你那厕所要弄得干干净净的。这个现场会我一定要开。"不等吴媛答话,"啪"的一声挂上了。

如同向神灵祷告了一番,令狐阳劲又来了。虽说现场会能不能召开心中还是没底,但揣摩分析领导态度的心思回来了。

刘强、奉志、郑华几个人将会怎样定这件事?他踱了几个来回,想到了一个名人的妙喻。说是有个饿汉抢饭吃,被捉住送官,审判官是三个名人。岳飞的判词是:饿死事小,失节事大,纵然饿死也不能为盗,掌嘴一百。曹操的判词是:有饭就得大家吃,抢吃比讨吃有骨气,嘉勉释放。两位各执一词,争执不下。诸葛亮出来调停,他的判词是:两位不要争吵,抢饭吃是为了生热,掌嘴也能生热,意见不同,效果是一样的。用哪一样?由饿汉自己挑选好了。刘强如岳飞,奉志如曹操,诸葛亮好比郑华,自己与校长好比那饿汉。莫非这个故事今日要应验在这几个人身上?要饿汉定,那太好了,抢饭总比讨饭好。

令狐阳正在自编自导自演自我欣赏,龙文章推门进来,说奉志叫他到办公室去。还悄悄告诉令狐阳,他已说服了奉志,说由学校筹款总比政府出面催收好。要令狐阳打起精神来,挽狂澜于既倒。

令狐阳和龙文章进去时,奉志正接电话。刘强已先一步到了,坐在沙发上,翘着二郎腿,悠闲地用手指弹着茶几,两眼盯着奉志。

令狐阳和龙文章各自找个位置坐下。奉志把电话搁好,说:"郑书记打电话来,叫我们再研究一下教育上现场会的事,开与不开要我们拿出个稳妥意见,再告诉他。"他指了指令狐阳:"你先来说说,为什么要开这个现场会?"

令狐阳岔开五指,由一串数字开头,连比带画述说起来。

去年，全县小学招生 1.5 万人，今年统计是 2.5 万人，以后逐年增加，到大后年达到 5 万。按普及九年国民义务教育的要求，全县在校中小学生将由现在的 15 万人，几年内增加到近 30 万人。现在全县的校舍，还基本是庙宇、祠堂改造而成，年久失修，危房遍布，而且数量不够。好比一个饿汉，管它偷也好，抢也好，先得找着吃的才行。这就是开现场会的目的。"

奉志点点头，转脸问刘强："老刘，你看有哪些地方不妥？"

刘强把翘起的腿放下来，不紧不慢地说："教育上存在困难，我管教育自然清楚。但是再困难也不能乱来。要农民集资，得有文件批准。乱摊派，增加农民负担不行。"

令狐阳实在忍不住了，顶了一句："要文件你们出呀！你们不出怪谁呀？"

刘强看了他一眼，说："国家有这个权力。别说你学校，就是省一级政府都不行，增加农民负担要严厉打击的。"

奉志对刘强说："老刘，别扯远了，还是说说如何解决校舍不够的问题。"

刘强说："奉县长，郑书记没通知我来解决校舍不足的问题，是叫我来研究开不开现场会的问题。"

奉志对刘强的轻蔑态度没计较，笑笑说："行！你就说现场会的问题。"

刘强很敏感，意识到自己的态度过分了，口气马上缓和下来，说："我认为现场会还是不开为好。"说着，从包里掏出一张纸来。指着纸上的名单说："现在会还没开，全县都知道县上有补助。已有 35 所学校写报告来要钱，其中多数已找好建筑队准备动工。"

奉志皱了皱眉头，问："谁说的上面要拨款补助？"

刘强指了指令狐阳："你问他。"

奉志看着令狐阳："这个谣是你造的？"

令狐阳皱着眉头回答："奉县长，让刘书记说完了，我再说！"

刘强见戳到了令狐阳的痛处，很有几分得意："好，我继续说。即使上面有补助也不够哇！所缺资金哪来？无非是乱收费，乱摊派。势必造成摊派风漫延，到时候，摆起摊子，酿成大祸谁来负责？恐怕没有人负得起这个责任。再说，全县上百所学校一窝蜂搞建修，谁来保证质量？谁来监管资金？别一栋楼一个罪犯，一栋楼一个隐患。"稍停一下，觉得够了，说，"要说的还很多，先就这些。"

奉志用眼睛点了下龙文章。龙文章说："两位说的都是实情，核心都是一个

'钱'字，钱从哪来？羊毛出在羊身上，最终都是要从老百姓那儿去拿，说好听点是人民教育人民办，难听点就是乱收费。这个乱收费看来又是避免不了的，不是学校收就是政府收。两害择其小，学校乱收费总比政府乱收费来得温和点。"

奉志眉头也开始打结，手抬了抬，示意令狐阳发言。

令狐阳清了清嗓子说："刘书记说的都对，没说全。上面有补助款的事，我没说过，不能就此说上面没有。我们也不能等钱来了才修，只有动起来去争取上面的资金。说是有多少钱办多少事，话是那样说。别说是公家办大事，就是私人兴房造屋，哪个又是等钱凑足了才办事？哪个又不是靠东拉西凑把事办完了才还债的？至于说资金管理，就因为它重要，所以才开现场会布置预防。犯罪也好，隐患也好，不是搞建修一定就有的。就是一栋楼不修，贪污犯罪照样有，危房隐患也多的是。我不敢保证一个都不出事，但我敢保证，实现普九后，看守所里也多不了几个犯罪的。"

令狐阳一口气说完，停下来想了想，又说："刘书记说了很多个负责，这也要人负责，那也要人负责。我斗胆问一句，不开现场会，不搞建修，那学生装不下，危房压死了人，又该哪个负责？"说着，也从包里摸出一张纸来，照样指着上面的名单说："这是全县一百多所学校的危房统计数据。等会儿我派人连同他们写的危房报告一齐，送所有常委，县长那里。我看砸死人了又找哪个负责！"话完，把名单分作两份，送给刘强和奉志。

奉志拿着名单，从上到下看了几遍，说了一句："还是请郑书记来定。"伸手取下桌上的话筒，把郑华摇出来，简要地把双方的意见汇报了。郑华问："你的意见呢？"奉志说："是福不是祸，是祸躲不过。横竖都有风险，都要有人负责。依我的就选择干一场，即使挨个处分，还有几栋楼在。后人说起来也会谅解几分。"

郑华在电话里沉思良久，说："我看这事儿，也不去说好孬，也不说依哪个的。教育上的事就由教育上的人去负责，我们不能管得太宽，你看好不好？"

奉志传达了郑华的意思。刘强只好表态说："行！按郑书记的意见办。"

令狐阳没说啥，只是心中暗暗称奇。这郑华的表态，咋跟诸葛亮的判词一个样呢？

5.

　　路过龙文章办公室，令狐阳进去给吴嫒打了个电话，接电话的人说，她进城了。她这时候进城干啥？令狐阳心里一热，快步往茶园奔去。

　　太阳定在天空正中。往常这时候，大多数茶客已回家吃饭了。少数被棋局羁绊着的棋友，也该抱着余茗的大搪瓷碗，把面条挑得高过头顶。今儿个不同，茶园门口多出了许多行人，几个揽活的"棒棒"担着篓篓，踮起脚尖看什么。令狐阳心里一下收紧，跑了几步，分开众人往里挤去。人未进去，盛琳的几个硬疙瘩话就劈头砸来："余老板，你再不让开，信不信我把你灶儿给蹬了？"余茗仍是笑扯扯的："把灶儿蹬了没关系，我两坨泥巴糊起就是。就怕你像上次那样，把我棉絮淋个水流湿，半年晒不干。"正说着，瞧见令狐阳从人缝中钻出来，大喜道："来了！来了！你老公来了。我说他没在这里，你不信。"

　　盛琳背对着大门，正准备往里面院子闯，被余茗硬拦着。猛听余老板喊声"来了"，一转身与令狐阳打了个照面。原认定在里面的人，却突然从背后钻出来，着实吓了她一跳。没等她回过神来，令狐阳的"镇妖掌"凌空劈来，她吓得往后一退。余茗赶紧上前挡住，双手把令狐阳的巴掌托起。周围的"天王""小妖"一拥而上，抱腰的抱腰，拉手的拉手。个子高的像面墙，隔住令狐阳与盛琳的视线。余茗赶紧拉了拉盛琳说："还不快走，打起来好看啊！"盛琳嘴里骂骂咧咧，心里还是有点虚，边骂边往门边退。在余茗掩护下，挤出门外走了。

　　盛琳自上次骂走了令狐阳，两口子已很有些日子没照面。令狐阳应酬本来就多，上一顿这里，下一顿那里，三顿没缺过，吃饭正常上班也正常。只是夜深了，人走到家门口，想起盛琳那个凶样，食欲和性欲都一下没了，又气呼呼地折转身来，不由自主地来到茶园过夜。星期天就干脆寸步不离茶园，盯住棋盘不转眼，三顿看棋下饭，通夜与几个"天王"棋话连着梦话说。余茗劝过多次，说你不回去，你那婆娘又要来生事儿。令半罐呀！你还是回去好。人家盛琳都悄悄来看过好几回了，只是不好意思请你回去。说再不回去，就要让儿子来请你。到时候，耽误了儿子的学业，看你两个老的好意思。令狐阳想了想也咽了一口气下

118

去，起身回家。可没等余茗把铺门关严，令狐阳又回来了。余茗问："又咋了？"令狐阳说："准备好久的现场会被叫停了。心里火气大，回去三说两说又要争起来，还是等心情好些了再回去。"余茗想想也在情理。

眼前盛琳走了，看热闹的人也散了，下棋的又重新围成一团。余茗把令狐阳拉进后院，指指里屋说："她来了有一会儿，等会儿我饭煮好了叫你。"令狐阳说："不用叫，到时我会出来吃。"余茗两眼一弯，打个抿笑说："我晓得！"

余茗转身离开，随着"哎"的一声门响，身后传来令狐阳的埋怨声："你到这儿来干什么？"

吴媛好委屈，人家心里牵挂你，你还不领情。先前被盛琳吓得虚汗长流，没一句宽心话，反倒责怪起来。想着，眼泪出来了，说："电话里听你说话都吊不起气，我怕你急出病来。"

令狐阳伸手去擦她脸上的泪，吴媛顺着手臂倒在他怀里，两只手紧紧抱住令狐阳的肩背，生怕一松手他就跑了。令狐阳脸贴着她的秀发，搂住她的腰，任由她两行泪水顺着脸颊沁湿自己胸襟，滴进心窝……

九 现场会

什么叫本事？有钱办事不叫本事，要没有钱也把事办成，那才叫本事。

1.

现场会如期召开，各位校长的胃口，被令狐阳一口气吹胀，撑得天大海宽。令狐阳在会上张开手掌，像把刀样，把话斩成一节节的，砸在地上嘣嘣响，雄赳赳地说："给人当老师，得有本事才行，管老师的校长更得比老师还有本事才行。什么叫本事？有钱办事不叫本事，要没有钱也把事办成，那才叫本事。好比拿钱到商店买东西，三岁小孩都能办到，那不叫本事。要像吴媛校长这样，没有钱，照样把教学楼竖起来……"

令狐阳把手掌收拢为拳，一下一下在空中往下擂，说："要大胆地抓钱搞建修，不要怕欠债当杨白劳。现在是新社会，没有杨白劳被黄世仁逼死的事儿，只有黄世仁怕杨白劳的。若实在逼债逼凶了，跟我说。这里债欠烂了，到另一个地方去当校长，屁股一拍轻轻松松走人，灰尘不沾一点儿，你怕什么？……"

令狐阳再把拳头收回来，同另一只手合在一起，说："没动工时，国土、建设、环保这些一等部门的人，你要把他当爹当爷一样供起，好吃好喝侍候着。房子动工了，你们就成了兄弟，他们还是大哥，你还得尊敬，腰杆还得弯着。房子修起了，你就是爹。若是学生进去上课了，你就成了爷，管他哪个龟孙子来，要罚款的，要抓人的，要拆房子的，你瞅都可以不瞅他一眼，各自上你的课。真有哪个龟孙子闹凶了，你干脆就把课停了，自有人来收拾，伤不到你半根汗毛……"

令狐阳双手松开，说："我们今天在座的各位，是命运安排也好，是误打误撞遇上了也好，能参与普九，实现中华民族'幼有所学'的千年梦想，我们都很荣幸！普九好比修路，现在的教育状况就如一条羊肠小道，狭仄，崎岖，泥泞，走的人又多，拥挤不堪。我们通过普九，把它变成宽广、平坦的康庄大道。我们绕不开这段泥泞路。这泥泞路陷脚，还很滑，稍不注意就会摔跟头，就会裹满污泥不像个人样。我是从乡下来的，走惯了泥泞路，知道怎样才能走出泥泞。我告诉大家，走泥泞路，首先要舍得，要有三不怕，不怕摔跟头，不怕污泥满身有损形象，不怕跌倒了从此爬不起来。没啥了不起的，不就是人生中短短的几年时间。你坐飞机，坐汽车，也这几年，我在泥泞中跋涉也这几年，不会耽误你到达终点。只有这样想，才能保证身心放开。你看乡下人走烂路，没有把手揣在兜里的，总是放开手脚，张牙舞爪上下左右摆平。胆大还要心细，要弯下腰来，降低身段，学会夹起尾巴做人。昂首挺胸不行，那要跌跟头的。"

末了，令狐阳语气低下来，温和气味出来了："有那脸皮薄，不好意思开口集资的；有那胆小的，见了戴盘盘帽子就尿裤子的；有那欠了债，晚上睡不着觉的，不用写辞职报告，那太费事儿。就举一下手，我这里一律优待。愿改行的，一律免交改行费；愿教书的，所有课程你可以一个人教；有吃苦成了习惯，改不了的，所有困难学校由你挑。有觉得我今天说的，只有女校长才能办到，我们出钱给你做手术，改成女的就是了。有没有？请举手。"

全场没有人举手，只有拍着手笑歪了嘴儿的。

这些教书先生们，成天围绕着教材讨生活，荡秋千算是最大的风险。这次被令狐阳弄来坐"过山车"，新鲜、刺激、兴奋，闻所未闻，感受颇多。离经叛道是一种感受，心悦诚服也是一种感受，跃跃欲试又是另一种感受。长期被阴霾笼罩的夫子面孔，全被令狐阳当作菩萨开了光，一个个神采飞扬如过海八仙。

龙寨乡乡镇企业餐馆里，浓浓乡味的九大碗，带给校长们另一种实在。乡酒厂自酿的小灶高粱酒原浆，散发着扑鼻的醇香。

先是令狐阳领着教育局一帮大小，逐桌敬酒，壮胆励志。接着是东道主吴媛，引着廖胖子等一帮人来尽地主之谊。烈酒加令狐阳一番煽情鼓动，校长们像一群发了情的牯牛，昂起头，充满了燥动，摩拳擦掌，豪情伴着酒气喷出。没等席散，已有人坐不住，悄悄赶回去动手了。

吴媛、杨揽头端着酒杯，把令狐阳拉到一边，说："令局长，你叫我们做的都做了。剩下的该看你的了，说了话可要算数。"

令狐阳见欠债的"杨白劳"和要债的"黄世仁"一齐来找他。酒好喝，话不好说，为开这个现场会，曾许诺给十万元，钱在哪？令狐阳自己都不知道，他相信会有的。全县十多万学生，一百多万群众的教育事业，一人捡个啤酒瓶子卖了，都要卖好几十万元，十万元算什么！

令狐阳迎着杨揽头喷过来的酒气，也一口酒气喷过去："今天不说这个，这个月先给五万元，下个月给清。"

吴媛被酒气熏得直皱眉头，举起手中的白开水，盯着他："少喝点，你还要去上坟。"

"说话算数，干！"三只杯子一碰，同时一饮而尽。

龙寨的深秋，满山红叶，遍地黄菊。令狐家老屋后面，令狐阳父母坟前，一对红烛闪烁，三炷高香缭绕。令狐阳跪在坟前通白：爸爸，妈妈，儿被人逼着当了教育局长，日子艰难，干得很苦。儿还得干下去。这一次干好了，不仅令家大院，就是整个山上的娃娃，都能读书。望爸妈保佑。说完，两手着地，头慢慢地俯下去，轻轻地三叩首，再缓缓地起身，如暗中有人扶起样。

待令狐阳转身挪脚，吴媛上前合着令狐阳的膝印跪下，合手祷告：二老在上，我与令狐阳自小相爱，可惜前段姻缘错过。今来祷告二老，念吴媛心诚，请在天之灵保佑我与令狐阳重续旧缘，永结同心。我给二老叩头了。旁边的人一句也没听清，只见她说完，也如令狐阳一样三叩首，缓缓起身，再到一旁烧纸钱去了。

刘君见状，稍加犹豫，"咚"的一声跪下，唯恐人听不见，大声说："伯父伯母在上，令狐阳待我如大哥，我就是大哥的小弟，给二老叩头了。""砰、砰、砰"三下，像是在操练，起身挪步，干净利落。

张远把刘君拉过来，悄声问道："这是令局长家祭，你去叩啥头？"刘君指着吴媛："我见她都叩头了，我不去怕是不好。"张远说："你没看出来，人家是在打令局长的主意。你也要打令局长的主意？"刘君急忙申辩："那我不敢！"

2.

从现场会回来，欧启再没离开过令狐阳，无论走哪里，令狐阳总把他当个学徒带在身边。欧启搞不懂令狐阳的用意，是重用还是不用。跟他在一起，欧启纯粹一个陪客。只听令狐阳从这儿说到那儿，从开始说到结束，仙娘婆打卦似的念个不停，转过去转过来就那些老话，啥学校布局要功能分区，教学区、活动区、生活区要隔开；啥事不管，先看看正立面效果图，旁人多看几回后都晓得，令狐阳要的就是个独特耐看。教学楼，厕所，连大门，一个一个地反复瞅；扭住学校与县质检站签质检合同。一个工程几大千收入，把个建设局搞质检的站长马可嘴儿都笑裂了。欧启若不是参与其中知情，真会怀疑令狐阳得了马可的好处。跟令狐阳去的人开始还新鲜，几天下来就烦了。脸上还是堆满热情，脚步已慢了许多。

这情形被令狐阳看出来了。一周后，把欧启找来，颇为关心地说："跑忙了？天天这样跑是累人。"

欧启自从被令狐阳收了双后，冷板凳已坐得他透心凉。听令狐阳说到累，不敢应承，担心连这下乡看闹热的资格都给没收了。忙答道："累啥！看到有这么多工程动工，高兴还来不及。"

令狐阳听起舒服，说："这才开始，还有些憨娃子没有动。今天找你来，就商量这个事。明天开始，我俩分头跑。我呢，去那些没动的学校，用根棒棒把他们撬动起来。你呢，就按我这几天做的样子，凡是要动的学校，你都得去看一下，你点了头才准动。"

欧启心头一热，凉透了心的冷馒头，转眼就要回笼变成热乎乎的香饽饽，喜庆一下上了眉头，说："只要令局长放心我去干，绝对给你把好关。就怕干不好，我还是把头道关，这最后点头还是你来。"

令狐阳晓得他的心思，怕试探他揽不揽权，爽快地说："哎！这点小事，还用得着几个人管，就你跟计财上的人说了算。"

欧启没再推却，说："还请令局长把要求说细一点，我们也好掌握。"

令狐阳右手握住下巴，像是要捋胡须，可几个渣渣胡还埋在肉里，纯粹是个装深沉的空动作。嘴儿动起来是真的："说是个简单事，也得当心才行，稍不留神，就会被下面那伙人钻了空子。你记住，房子不要挨着修，地盘不够要找乡上想法要土地，不给土地就不准修。图纸呢，一要正规，二要美观，这些房子修起来要管几代人，不能再修火柴盒子，后人要骂的。最重要的是质检，要跟校长们说清楚，签了协议，一旦房子垮了，你我各自睡觉，打官司，追究责任自有那姓马的站长去顶着。切记这点不能松口，到时遍地是工程，随便哪里出个质量事故你我都背不起。"

欧启听一句，点一次头，完了还是补了一句："你最后还是签个字好。"

令狐阳把手一摆："不用了，搞好了你去领奖，搞孬了你去背书，与我无关。"

欧启压住心中喜悦，追问了一句："下面问起补助的事，我咋说？"

令狐阳听到这事心里就紧，咬着牙说："肯定有！"

欧启不放心："哪来的？"

令狐阳瞪了他一眼："我说有就有。我就不信，普九恁大一件事，国家不给一分钱？先整起来再说。"

欧启不好再问了，说了声："没事，我先走了。"话完站起来。

令狐阳用手招了招，说："你坐着，我还有话没说完。机关职工住房该修了，你摸下到底有多少无房户？每年好几万的租金花出去实在心痛。"

欧启也是无房户，单位拿钱租了一间房，又窄又没厕所。听令狐阳提起这事，一下来劲了，说："这事儿早该解决了，过去研究过多少次，都成了'每周一歌'，就是没找到钱。令局长若是把这事解决了，我首先给你烧炷高香拜拜。"

令狐阳笑笑说："烧香的事等我死了再说。你把它弄清楚，然后把设计搞出来。"

欧启问："那设计费在哪儿支？"他清楚，从设计到开工，要办一系列手续，没个半年时间办不下来，费时不说，过一道关得交一道费。局里除吃饭钱外，哪来的钱支？前几次就为钱的事搁起，郝仁赌咒发誓要修栋房子起来，结果还是一匹瓦片也没看见。而今，令局长看来有些名堂，又不知他会变个啥魔术出来。

令狐阳根本没当回事，说："哪来的钱给？你去质检站找马可，从设计到办施工许可证，所有的事儿他包了。我们给他揽那么多活路，他也该出点儿血给我们还点情。"

欧启一下悟过来，前几天，马可一再请令狐阳吃饭，令狐阳坚决不去。欧启还在想，这些东西的饭不吃白不吃，没想到人情还留在这儿用，对令狐阳有了种说不出的舒服。

上游下雨了，曲江涨红了脸，打着漩子流向远方。

3.

欧启走后，令狐阳想静一静。火是自己点起来的，要不了多久，会烽烟四起，全眼巴巴望自己拿钱去救火。这钱从哪儿来？就眼前这机关职工楼，又是上百万的缺口，别说钱，就是印钱的纸自己都没着落。令狐阳这儿那儿地鼓动，就仗着生来胆子大。自小家穷，办啥事从来都是白手起家。这点像他土匪爷爷，只是时下不兴抢了。他有个"大不了"的说法，做啥事先把最坏的下场想好，若是这"大不了"的下场自己能承受，他就横下心来，再不想别的，闷着头直奔目的闯去。眼前这些让人愁得睡不稳觉的事，他早想好了，无论欠多少债，违多大法，摆多大的摊子，这是修学校，不是给姓令的修宅子，债自然有人还，自己大不了不当这个局长。关键是现在得有人信他，哪怕是个肥皂泡，得有人观看，鼓掌起哄。怕就怕下面冷水烫死猪不来气。

光要求下面要白手起家不行，令狐阳也要露一手。

令狐阳想到职工宿舍楼。修一栋教学楼，好比给群众修一座祖坟。扒教学楼好比扒群众祖坟，没人敢有这念头，违章违规尽管去建。可机关职工楼不同，稍有违规，有权扒掉它的单位遍街都是。眼前既要弄钱，又要不违规，还得抓紧做出样子来。令狐阳搓了搓手，手心尽是汗。

令狐阳把电话机拖过来，想找一下张主任，能不能贷点款。六位数的电话号码拨了五位，才想起张因贪污公款已"进去"了。反正无事，找钱友试试。自上次把魏老师调进城后，两人的私交又进了一层，求他支援点应该没问题。

钱友拨出来了，听说要我修职工宿舍，连声说："想都别想，想都别想……"好像他妈只教会他这一句。

令狐阳被惹急了，不客气冒了一句："钱老兄，只准你财政局一栋连一栋地修宿舍楼，我们搭个窝棚的钱都不给一点，这怕要不得。"

钱友笑着说："不怕你生气，我们修这两栋楼的钱，一半是职工集资，一半是上级财政拨的款，有文件可查。你若是要个三五万，我们还可以商量。一开口几十万没法答应。"

令狐阳只好说声："别把话说死了，今天先说到这，等空了喝了酒再说。"

钱友说："喝不喝酒都一样，别处想法去，最好别在我身上打主意。县长晓得了你会挨骂的。"

令狐阳无奈把话筒搁了，想想也是，县财政就像是县长的老婆，只有县长才能动，别人想了都要背时。

坐了会儿，还是不甘心，令狐阳又拿起电话，三下两下把马可拨出来了。对方一听是令狐阳，叫苦声就出来了："我说令狐大局长，你这任务也太重了点嘛，你一栋楼的手续要我办完，不累死我你不想放手。"

令狐阳一听，知道欧启已找了他，姓马的故意叫苦表功的。令狐阳接着他的话头说："马站长，真神面前别烧假香，哪个不晓得你马站长是建委陆主任的干儿，你找陆主任去打个招呼，一支烟的工夫就办了。"

马可更感到冤，也不计较令狐阳的话刻薄，只管叫苦："令狐大局长，我说有困难你还不信。这样子，你找人来办，不要你贴一分钱，有要钱的我给。也不说一支烟，连一包烟也不说，我出一条烟，看看抽完了能不能办成！"

令狐阳笑着问："照你说来有点费事？"

"那还有假！"

"我搞不懂，是杀牛费事，还是杀鸡费事？"

马可被问蒙了："啥意思？"

令狐阳意味深长地说给马可听，"全县一百多所学校的设计都搞得下来，一栋楼的手续签几个名字，能难住你？"

马可听出话中有话，忙说："令狐大哥，气话也别说，手续我给你办好。只是我的设计费，到时要保证付清。"

令狐阳说："拿钱给图纸，一分钱不会少。"

马可一听笑嘻了："那就好，令狐大哥就是干脆。"

令狐阳见时机已到，说："先别说好，你给我找个有实力的建筑公司来，修职工宿舍楼。"

马可不相信自己的耳朵：眼下只有揽头找老板，哪有老板找揽头的？有这好事，他哪能放过。不放心地问道："令狐大哥，你不是开玩笑吧？"

令狐阳说："我没事干，跟你开啥玩笑。有没有？有就带来见我当面谈。"

这种事，最能体现时间就是金钱。令狐阳屙泡尿回来，马可就领着县三建司的头头朱二娃来了。都是熟人，见面不用客套，直奔主题。多大规模，单位造价，施工时间……很快谈妥。朱二娃一个眼色，马可马上起身，说："我去上个厕所来。"话完要走。令狐阳打个捱笑，把马可叫住："你别走，我还有话没说完，要你做见证，你走了，我们这事就做不成。"

马可不知所以，只好坐下，听令狐阳继续说下去："朱老弟，我修房子这地方可是好口岸，底层这一排门市你想不想要？"

朱二娃以为令狐阳想要门市，心中一合算，好几百平方米，不是小数字，若是出售，建整栋楼的钱都足够了。这令狐阳胃口不小啊！就不怕吃下去会胀死他。试探着问："一个人要还是几个人要？"

令狐阳笑了笑说："我不管，你们两个看着办。"

马可有点吃惊，他的好处朱二娃先前已许下了。这门市他还有份，他实在不敢妄想，惊讶道："还有我的份？"

令狐阳点了点头，朱二娃会意，说："马哥出了力，也是应该的。"

马可听确实了，把手往桌上一拍："我们听令狐哥的。"

令狐阳盯了马可一眼，说："轻点，外面听了还以为我们在打架。"

马可歉意地一笑。朱二娃替他圆场："没事，马哥手脚毛躁点，口还是紧的。令狐哥你说，我们听你的。"

令狐阳用手指在桌上一点，算是决定："门市我一寸不要，全部归你们得。房子款我一分没有，也全部归你们出，两清。同意，马老弟就按欧局长说的搞设计，等两天朱老弟过来签合同。"

马可、朱二娃这才清楚令狐阳的算盘如何打的，用门市抵建修款。两人各自想了想。马可说："令狐大哥，我们得回去算算，下午才能回话。"

朱二娃心中粗略合计了下，很有搞头。生怕到手的银子化成水，对令狐阳说："这事就这样定了，做是肯定要做的。马大哥回去搞个概算，我也回去把钱筹足。令狐大哥再不要找别人，事成了，当老弟的知道，喝酒没问题。"

等他们二人走后，令狐阳长长舒了一口气，真是瞎猫遇上死耗子，自己作不尽的难，解决起来却如此轻松。过去也想过修门市来卖，可门市一修好，就成了财政的财产，要卖也得钱友来卖。先前找马可、朱二娃来，也只是想用未修好的门市做抵押，哄他们垫钱修好后再卖门市，钱友若来干涉，就让朱二娃问他要钱，还担心他们不干。哪知，朱二娃直接就要了，省去了门市万一卖不掉或卖不起价的顾虑。好啊！又去掉一桩心事。令狐阳拿起话筒，拨通茶园电话，叫余茗弄两个菜，约任棋王中午喝一杯，下午好痛痛快快杀几盘。

余茗在电话里催他说："令半罐，客你就不用请了，各自回家去吧！你家斌斌已在茶园等你半天了。"令狐阳一听儿子在那儿等，晓得是盛琳支来的，暗骂了一句，这个贼婆娘。

4.

自上次闹了茶园后，令狐阳有一些日子没回家吃饭，睡觉也是东一夜，西一夜。即使回家，也是很晚。往沙发上一躺，天没亮就走人，像是在歇招待所。盛琳知道令狐阳疼儿子，支来缠他回家，怕到单位惹毛了令狐阳，叫斌斌预先到茶园守候。

"这婆娘！让细娃儿掺和进来做啥？这不害娃娃吗？"令狐阳搁下电话就往茶园跑。

斌斌站在茶园门口，正东张西望盼着他。见令狐阳走来，上前一把拉住就往家里扯，嘴里直说："爸爸，妈妈在家等你吃饭。"

令狐阳试探儿子："斌斌，爸爸中午有人请，你自己回家行不？"

斌斌嘴儿一下翘得高高的："不行！妈妈说，今天不把你找回去，就不准我吃饭。"

令狐阳再大的脾性，也没法在儿子面前耍，只得拎过斌斌的书包，说："好，回去吃饭。"

父子俩牵着手往家走。斌斌难得与爸爸在一起，兴奋得小嘴儿不住口，说："爸爸，你的宝贝真灵，这次考试我在班上第九名。"

令狐阳说："千万别对外人说，越保密越灵验。"

"我没对人说过。妈妈还专门给我炒火爆鳝鱼，吃了我都没对她说。爸爸，你猜中午吃什么？"

令狐阳晓得儿子特喜欢吃火爆鳝鱼，故作欢喜说："火爆鳝鱼！"

"不是！你再猜。"斌斌扬起头望着父亲。

"那是什么呢？"令狐阳故作思考，也有真想的成分。自己是吃百家饭长大的，从来吃东西不讲究，除了毒药不吃啥都吃。盛琳是爱吃不爱弄，酥肉丸子，她一辈子吃不腻，可她一辈子不想弄。逢年过节都是请她妈来做。她妈还在山上，今天不会有。那还有啥呢？确实猜不着。即使能猜着也不能说，得给斌斌一个获胜的机会。令狐阳很为难的样子，说："斌斌尽出难题，爸爸猜不着，说说看，是啥？"

斌斌摇摇头，认真地说："我知道是啥，就是不知道叫啥？"

"唔，说细点给爸爸听听。"令狐阳说。

斌斌松开牵着爸爸的手，比画着说："绯红的，全是瘦肉，舅舅带来的。"

"山——货！"令狐阳差点说出山耗子来。这是盛琳示意和好。令狐阳知道自己的婆娘，个性强，一辈子没在任何人面前服个输。惹上她不高兴，就如进了梅雨季节，不霉你个十天半月不会转晴。今儿个叫斌斌出面，算是给了令狐阳面子。令狐阳也不想闹下去，烦心事已够多了。那天若不是恨盛琳伤着吴媛，他也不会动那么大气。令狐阳低头问儿子："舅舅在家吗？"

斌斌摇摇头："走了，跟妈妈吵了几句就走了，水都没有喝。"

令狐阳随口问道："你晓得他们吵啥？"

斌斌又摇摇头说："不晓得。"走了几步，斌斌突然问："爸爸，啥叫婆娘？妈妈是个婆娘吗？"

令狐阳眼睛一瞪："你个傻娃娃，妈妈就是妈妈。哪来的脏话。"

斌斌有点委屈，说："我听舅舅说的。"

令狐阳心里起疑了，盛青不会说自己妹子是婆娘，肯定是说吴媛。他说这些干啥？低下头问斌斌："舅舅咋说的？你学给爸爸听听。"

斌斌又着手，袖子一挥，绘声绘色学起舅舅来："等我回去找那婆娘算账！"

令狐阳心更紧了，问："你妈咋说？"

斌斌又学他妈妈的口气："你吃多了！别跟我惹祸，令狐阳晓得会把房子掀了。"

令狐阳笑笑，牵着儿子走了一段路，对儿子说："舅舅咋不喝水就走了呢？"

斌斌说："不晓得，我上学走了。好像是要啥钱。"

令狐阳心里明白，肯定是盛青叫盛琳来要村小建修补助款。盛琳不愿开口求令狐阳，两个山蛮子为这闹起来了。

父子俩进门，菜已端上桌用纱罩罩着。盛琳见两人进来，揭开纱罩，自己进厨房盛饭。令狐阳见桌上果然有那绯红的"山货"。

走过去伸手正要去叨一块吃，猛听得厨房里一声吼："过来，把手洗了！"令狐阳伸到碗边的手一下缩了回来。转脸看儿子嘟着嘴儿往厨房蹭去，晓得说的不是自己，赶紧上前牵着儿子的手，没趣地说："走，洗手去。"

两人上得桌来，斌斌刚拿上筷子，被盛琳吼住："去！把酒抱出来。"斌斌从椅子上溜下来，进里屋抱出一个酒盒。令狐阳一看是瓶五粮液，转身问："哪来的？"斌斌一口答道："是个叔叔送来的。"

不等令狐阳再问，盛琳替他答了："龙寨乡杨揽头提来的。找你划款没找着人，直接提到家里来了。"说完把酒瓶推到令狐阳面前："自己开。"

令狐阳起身到茶几前，拿起电话机拨通欧启，说："老欧么？你下午去找一下钱局长，要五万块钱回来，他答应了的。款到后，直接划到龙寨小学，那是开现场会许给人家的。"

盛琳没动声色埋头开瓶，只用一只耳朵搜刮令狐阳的话语。毕竟不是酒客，颠来倒去不知如何下手。见令狐阳过来，将瓶子重又推到他面前，说："你自己来。"

令狐阳天天在酒桌上混，管你好酒孬酒，见了就腻，说声："今天不喝酒。"把酒瓶推到一旁。拿起筷子拈起一块"山货"往嘴里送。盛琳见他没计较前些日子的事，估计气消得差不多了，试探着问了一句："你给哪个拨款？"

令狐阳心一下提起，担心盛琳由龙寨想到吴媛，先前消下去的火气又慢慢燃起，说："咋了？开现场会前答应人家的。"

盛琳语气出人意料的平和："财政给你钱了？"

令狐阳见不是生事的口气，也放低声调说："给啥钱，我问钱友要钱修职工住房，他只答应给五万块钱，我把它给了龙寨小学。"

盛琳稍稍停顿了一下，压了压心中火气，说："你再找钱友要点钱给老家村小，你先前也是答应了的。"

令狐阳这才知道盛琳不吵不闹的原因，说道："你认为财政的钱好要哇？为这五万块钱，我还是用挖巨勺掏出来的。村小的事以后再说。"

"村小也归乡小管，你打个招呼，就说那五万中给山青村小2万。村上木料都搬拢了，你上坟路过也看见的，就望着你拨款付账。"

令狐阳仍是不肯，说："乡小差得多，我答应十万才给五万，再抠点出来吴媛怕要憋哭起。"

盛琳怒气终于按捺不住了："她哭你就心痛了，要不要我也哭给你看看！"

令狐阳先前压住的火气一下窜出来，两只眼睛眐得溜圆，把筷子重重一搁，死死盯住盛琳不说话。令狐阳有个毛病，一生气，到嘴边的全是脏话。看到儿子斌斌在旁边，胆怯的双眼一直盯着两个大人。想换点干净话出来，气一上来，喉咙堵得死死的，话打转身的余地都没有，竟一时干瞪着眼说不出来。

盛琳看着令狐阳的样子可怕，也打住话头，没往下说。就怕令狐阳再来个摔门而去，于是先起身，避到厨房去。

令狐阳看着她的背影，一个气嗝上来，终于气顺了点。再无心吃饭，把碗一推，进里屋将门关严，倒在床上，闭着眼睛直喘气。早知回来要斗气，还不如就在茶园里。

眼前浮现出母亲坟边吴媛合掌祷告的影子。

5.

当晚，令狐阳又回到初中那个老庙里。那时班上成绩最突出的是曹达与令狐阳。每次考试阅卷，两人总要成为老师讲评的中心。曹达卷面工工整整，答案就如复印的标准答案。每讲到曹达，龙文章总要叫同学们好好向他学习，求学就要学他那样一丝不苟，刻苦认真。曹达之后，必定轮到令狐阳。令狐阳的卷面如医生的处方，要熟悉的人才认得。答案没一个与曹达相同，自然与标准答案无关。

阅曹达的考卷最快，一路勾到底，连统分都省了。阅令狐阳的卷最慢，一个老师还不行，总得几位老师激烈争辩一番才会定下来。如一次考试，题目是：生产队麦田生虫了，要施农药，按1：2000的浓度，1毫升农药该兑多少水？谁也猜不着令狐阳咋答的？一个阿拉伯数字不用，直接写道，一瓶盖一桶水，试一试就知道了。就这题，你说该不该给分？又该给多少分？每年总要把令狐阳的卷子提出来讲评，龙文章少不了要反复告诫学生，这样的答卷今后升学考试不会给分，是考不上大学的。同学们，切记呀！

自然，两人最受女同学关注。盛琳对曹达感到好奇怪，长个脑壳又不大，偏偏能装那么多，老师讲的一点一滴都不漏。对令狐阳的做法盛琳反倒觉得天经地义，山上人用农药就是那样整的。是山上人就要说山上的话，盛琳最恨装腔作势的假洋鬼子，切饭说成吃饭，分手不说慢走，偏要说成再见。以至后来，盛琳自己也说吃饭也说再见时，还拗口拗口的怪不自然。

那时的吴媛是班上年龄最小的姑娘。萌萌的脸上，随时睁着双大眼睛，满世界寻找新奇古怪。自打开学前在她家见过令狐阳后，飞檐走壁的大英雄形象和吃饭时轻脚轻手的"贼"模样，再也无法从她脑子中抠掉。到后来，他们成了同学，吴媛成了小班长，用她父亲的口气镇住班上五十号人。在同学眼中，吴媛就是菩萨观世音，人品好，本事大。偶尔成绩差了那么一点儿，同学们也认为是校长父亲对女儿的严格要求。那年头，男女生恋爱是天大的祸事。不光是校长和班主任，连吴媛这小班长也是不眨眼盯着。啥都好捂，唯有少男少女的情窦不好捂，稍不留神就在梦中绽开了。同学间说好要互相监督，恰恰最不好监督的是自己，说别人时，不经意自己也出神了。没多久，就有好几对在字条上犯了禁。吴媛眼睛一眨一眨的，搞不懂这些人咋想的？离结婚还早，干吗要提前想呢？终于有一天，另一件搞不懂的事来了。好好的，内裤上有血出现，吓坏了她。跑回家，把妈妈悄悄拉到内屋，关上门，指着内裤上的血给妈妈看。妈妈微微一笑，抚着女儿的头说："没事，你当大人了。"

就这一句话，害得吴媛一夜没睡着。仔细琢磨，"当大人了"是啥意思？是不是可以听大人说闲话，再不会被赶走？是不是姑娘家做事可以找一个男娃娃帮忙了，就像小时候办家家一样？吴媛开始想，找谁帮忙呢？小时候办家家总是与曹达一起，如果没有令狐阳，她会毫不犹豫与曹达一起。可令狐阳这个土匪鬼子，比他土匪爷爷还凶狠，不抢人，专抢人心。

又是一次期中考试，曹达又抢头彩，数学满分，总分全班第一。龙文章照例在班会上总结表彰一番。吴媛带头拍起巴巴掌，用力大了点，引起后脑勺一股灼热。本能回头一瞥，恰与令狐阳火辣辣的眼神撞个正着。吴媛晓得惹着他了，红着脸转过身来，将手从桌上收回来放在膝盖上，端端正正坐好。

下午自习课，令狐阳头上戴着两片鲜荷叶进教室，大家只当他是遮日头，没人在意。令狐阳径直到吴媛桌前，正正经经地说："班长，曹达的成绩是我们班上第一，我向他请教几个问题可以不？"

"可以呀！"吴媛抬起头来认真回答。想到令狐阳不服输的个性，从来看不起曹达的书呆子相，怕他作弄人，特地补上一句："是学习上的才可以。"

令狐阳严肃地说："肯定是学习上的，生活上的我晓得问生活委员。"

"你去问吧！"吴媛很干脆。

"我想请他上台来，公开解答，让大家都听听。"令狐阳嘴儿一咧，一丝坏笑不经意露出来。

吴媛感到令狐阳要搞鬼名堂，就想不出他会搞啥名堂出来。同学们互帮互学，当班长的没有不支持的道理。稍稍愣了愣，还是应下来了。转身对曹达说："曹达，你到讲台上来，令狐阳学习上有问题请教你。"

喊声惊动了全班，大家撂下手上的书和笔，看看令狐阳，看看曹达。

曹达吓住了。令狐阳从来看不起他，咋会向他请教？凭直觉其中有诈。迟迟疑疑不肯上讲台。

吴媛最看不起男生扭扭捏捏，没个男子汉样。催促道："你上来嘛！问你个问题，又不会吃了你，你怕啥？"

令狐阳是班上的学生头，一帮追捧者马上起哄，盛琳嗓门最大："曹达你怕啥？令狐阳又不是屠户，怕他杀了你过年！"她把曹达喻作猪，引起一阵哄笑。

曹达坐不住了，伸头是一刀，缩头也是一刀。曹达牙齿一咬站起来，绷着脸上了讲台。

吴媛见令狐阳也上去了，又叮咛了一句："只准问学习上的事。"

曹达心虚，又加了一句："必须是我们学过的。"

令狐阳见吴媛把曹达逼上来了，一脸得意的样子。青春期的男孩子在心仪的女孩子面前通常爱显摆，看着曹达站在自己身旁，令狐阳故作老成回道："那是的。我们不说学习，未必来打一架？"

吴媛越看越不对劲，急想知道谜底，催令狐阳道："要问你早点问，别绕来绕去的。"

令狐阳笑了笑，问曹达："十以内的加法，你学过吗？"

"砰"的一声，有书惊掉地上，没有人眼球动弹，死死盯着台上。教室里一片肃静。

曹达搞不明白，令狐阳想干啥？知道前面是个坑，也得往下跳。脖子一梗，说："学过又咋的？"

令狐阳笑着点头说："学过就好。我想请教数学得满分的学习委员，1＋1等于多少？"

全班人的眼睛一下瞪圆，这是问题吗？曹达明白了，令狐阳哪是来拜庙，明明是来糟蹋老道的。又实在弄不明白，提这么个不是问题的问题，又能糟蹋谁呢？除非曹达不回答。

吴媛看出令狐阳明是羞辱曹达，但没搞明白这话又能起啥作用。见曹达被问懵了，打气道："说呀！你说出来了，就是他不懂。"

曹达一个激灵过来，大声说："等于2，又咋的？"

令狐阳坏笑全露出来了，追问道："那一张桌子加一条凳子，等于多少呢？"

曹达急了，脱口吼出来："没有这样加的。"

令狐阳不急，纠正道："咋没有呢？不信你去问学校总务，一张桌子加一条凳子，是不是等于一套课桌凳。我亲眼见过学校的收据。"

"是这样的！"盛琳大声证明。她队里有木匠，向学校卖过课桌凳，就是她拿收据来收的钱。一张桌子加上一条凳子，就是一套。

教室内议论纷纷，都晓得是令狐阳作弄曹达。但这个问题荒谬在哪儿？一时还没转过弯来。

吴媛反应快，提醒曹达："同类项才能合并。不一样的东西不能加。"

曹达醒悟过来，接口说："一个猫儿，一个狗儿，咋加？"

令狐阳本就冲着吴媛为曹达鼓掌来的，若是吴媛不提醒曹达，令狐阳让曹达出出丑也就算了。现在见吴媛援手，心中更是气，非得将恶作剧进行到底。装出一副诚恳的样子，说："到底是数学得了满分，就是不同。我就没想到不一样的东西不能相加。不过……"令狐阳摇摇头，故作沉思状，说，"一样的东西相加，一定是一加一等于二？"

曹达斩钉截铁："肯定的。"

原本认为事该了结的同学们，又一下放下手中的笔，看起闹热来。

令狐阳请前排一位男同学上台，从自己头上取下鲜荷叶，让他一手捧一张。

令狐阳从身上摸出钢笔来，取下套子，向荷叶上滴墨水，口里念道："这是一滴墨水。"然后转向另一张荷叶，口里又念道："又是一滴墨水。"转脸问曹达："一滴墨水加上一滴墨水，一共多少滴墨水？"

曹达眼见一边一滴墨水，不假思索回答："当然是两滴墨水。"

令狐阳鄙夷地瞥了曹达一眼，将男同学手中的墨水合在一张荷叶上，说："你给他仔细看看，到底是几滴墨水？"

两滴墨水在荷叶上转了转，一下拥抱在一起，成了颗滴溜溜不停转动的墨玉珠子，朝着曹达憨笑。

教室一片哄笑声起。曹达涨红脸，两只拳握得紧紧的。令狐阳瞟了他一眼："想打架嗉？1＋1都没弄懂，还得满分哩！"将荷叶接过来，扔到教室外面。再看吴媛，见她不知所措，令狐阳得意地回到座位上。

回到家中，吴福正把这事当作趣话说给冷老师听，冷老师一下明白过来，说："难怪媛媛回来嘴儿嘟起，肯定是恨令狐阳作弄曹达了。"

吴福正摇摇头打个抿笑，说："她怕想的跟你不一样哟。"

"你说些啥？媛媛还是个小娃娃。"

吴福正说："我也是闲说几句。今天令狐阳找过我，说他不读书了。"

"为啥？都快毕业了，放弃了多可惜！"

"我问他，若是钱上有问题，我们还可以帮帮你。令狐阳说生产队长病了，大队要他回去把队里的事领起。"

"他才多大个娃娃，能把生产队领起？"

"今年十七岁，大媛媛三岁。听他说，村支书是他令狐家一个长辈，不想队长这个权落在别人家里。把他叫回去先把事领起，等他再长两年，还会把大队支书给他当。"

冷老师叹了一口气："好好的一个娃娃，荒废了学业可惜！"

吴福正也有同感："我想找公社廖部长说说，让他把这两个月学满。"

"你也别管这空闲事了，免得惹出闲话来，看媛媛扯着你胡子闹。"

"你还看不出来，我真做了这事，媛媛高兴还来不及呢。"

"我哪有不知道的，越是这样，你越不能管这事。"

窗外槐树粘满花朵，蜂蝶追逐，知了长鸣，夏季在烈日中慢慢蒸发。

后来令狐阳回去了。到学校搬行李那天，班上同学都来送他。盛琳借故回家背粮食，一直把令狐阳的棉被背到家。

吴媛没露面。多少年后才知道，当她听说令狐阳要回去，就在家里闹，非要父亲出面去找公社把令狐阳留下，被她妈妈锁在家里没让出来。

再后来，镇上恢复高中招生，曹达和吴媛考上了。

几年后，全国恢复高考，曹达考上大学，吴媛考上中师。那一年，令狐阳当上了大队支部书记。盛琳则从路线教育工作队员，转为龙寨乡的妇联主任。

又过了几年，吴媛回到了龙寨小学。曹达分到了县教育局，令狐阳也当了乡长。

四位年轻人都如树上的果子成熟了，到了谈婚论嫁的年龄。像菜市场的萝卜，要归一归，白皮白心的大白萝卜归一堆，红皮红心的胭脂萝卜归一堆。吴媛与曹达，一个教书的，一个管教书的，算是书香门第，自然归一起。令狐阳与盛琳，一个乡长，一个乡妇联主任，都是土匪世家，天生一对。吴媛，曹达，盛琳三个人的母亲就这样认为。

令狐阳是孤儿，父母的意见上坟时问过，不见回答。

吴福正、曹通又是另一观点。吴福正隐隐觉得，女儿不能托付给曹达，就怕这人像他父亲曹通一样势利，有了高枝定会去攀。曹通也明白告诉家人，这桩婚事，自己反对。就自己孩子的学历、长相、能力，今后必定发达。曹通引古人的话说，高树鹊衔巢，流萤渡高阁，别为一乡下教员给误了。

吴媛与曹达从小一起，吴媛已在曹达心中留存了二十年。小时候，办家家就是吴媛煮饭，曹达收碗。吴媛心眼小，整个心已被令狐阳霸占着，曹达的形象再也挤不进去。

盛琳与她大个子妈妈早打定了主意，若是令狐阳不娶盛琳，母女俩安心要找他拼命。用过去道上的话，抢也要抢来做压寨女婿。

令狐阳的心思，从没人问过。自打在生产队主事起，提婚的人就不断。先是老队长挡着，说孩子骨头没长老。后来是大队、乡上挡着，有个晚婚年龄搁在那儿。而今是县上派下来的工作团团长宦德，授意区委书记挡着，劝令狐阳事业为重，龙寨乡太小，要令狐阳多看看宦老革命身边就知道了。令狐阳注意到宦德身边有位城里洋姑娘，是宦德的掌上明珠宦丹丹，在县人事局工作。

令狐阳看是看了，实物表面与区委书记介绍的内瓤子，让令狐阳挑不出一点毛病。可总感觉哪里不对，自己与她好像是两个世界的人。宦丹丹身上他认为是缺点的，人家都说是优点。如爱打扮，人家说是会生活。令狐阳看不惯的小姐味道，人家说是高雅。连大手大脚花钱，人家都说是大气。反正令狐阳找不到感觉。他的胸怀很宽广，心中的吴媛也只占了一角，虽是一角，却在心尖上，像个精灵，在令狐阳心中忽上忽下闹腾，就没给宦丹丹一点立脚的地方。

这几人的情感纠葛有点弯弯绕。说来也不复杂，人的姻缘靠一根红线连接。说姻缘命中注定，那是迷信。但红线牵连，得有缘分却不假。令狐阳与吴媛的红线都飘向对方，可中间隔着一张纸，就差一个红娘来捅破。吴媛扭着父亲来托廖胖子，廖胖子把吴福正拉到一旁说："你呢，就别提这事了，凭吴媛这条件，准能挑上一个满意的。令狐阳那儿我可不敢去说。宦老革命看上了，也是要他做女婿，也是叫我去说，保媒的是区委书记。你现在叫我去介绍吴媛，这不叫我为难么！"

回去后，吴媛捂在被窝里哭了一夜。想来也属无奈，就个人条件，自己除了长相外，其他差多了。再加上宦丹丹父亲的权力，任凭是谁也不会放弃。对令狐阳是舍不得也得舍。吴媛怄醒了。恰逢曹达的母亲来提亲，两个母亲一对嘴儿，事情就嚷出去了。吴家正张罗着请客置嫁妆，事情竟起了变化。曹家带一个信来，说曹达与宦丹丹好上了。左一耳光，右一耳光，把吴媛扇昏了头。也不去问问廖胖子，更没直接去问令狐阳的态度是什么，竟一气之下与水泥厂一个技术员结了婚，让令狐阳干瞪眼。

怪，还得怪廖胖子。令狐阳与他相差十来岁，平素时好得叫叔叫哥都在答应，何况这时的令狐阳已是他的上级。按说廖胖子该给令狐阳办好，把两人找来见个面，一句话挑明就成。廖胖子偏偏要替令狐阳当家，想方设法要说服令狐阳应了宦家这门亲事。廖胖子又不打量打量自己，哪是个说媒的料。再给他两张嘴也说不过令狐阳。说了几次令狐阳不听，廖胖子一赌气，你不听我的，我也不听你的，结果把事误了。直到多少年后，吴媛离了婚，令狐阳做了区委书记，两人闲聊才翻出这段情，只能把廖胖子找来臭骂一顿，再罚他喝个烂醉了事。

若是两人结婚多好！令狐阳猛的一睁眼，天花板白茫茫一片，再把眼睛狠命一合，吴媛的身影像只鸽子关在心中扑腾。

十　情感附加

> 盛琳说："话说转来，老公少来点也好。我屋里那个骚东西，
> 你若是迁就他，他会骑在你身上通宵不打瞌睡。"

1.

县城街道布局像一件练功用老式排纽大褂，由上中下三个十字街紧扣全城，再从肩上、腋下、胸前、腰间生出无数弯弯曲曲小巷，间杂豆腐干似的院落、斑驳老庙，恰似打了许多补巴，把一件大褂弄成了百衲衣。

此时改革已悄然潜入，个体商贩像水滴纸上，从小巷深处慢慢向正街上浸染，马家巷"心肺汤圆"，蔡家巷"锅盔凉粉"，杨家院子"魏油茶"……像从老外婆家泡菜坛里捞出来，有盐有味有年头。

盛琳刚进城时街道不熟，在北门上开的米店全靠学校支撑，生意做得红火。这次盛青来要学校建修补助款，令狐阳给推了。盛琳没再纠缠令狐阳，私人给了一万。想好自己去找门路为老家村小再要点补助款。她与姓钱的不熟。不熟没关系呀！路不熟多走点弯路，人不熟多串几次门户。

盛琳选择的弯路是从钱友的年轻老婆开始。她从旁人处打听到，这个女人姓纪，叫纪青。有个孩子在城关镇一小读书，三年级五班的少先队小队长。再往下，盛琳脚下的路就熟了。她先找到校长，校长把班主任向老师找来，向老师马上表态，陪局长夫人做一次学生家访。

由钱局长的小儿子强强带路，向老师陪着盛琳到了钱家。钱友不在，纪青热情地接待了她们。向老师先"顺便"把盛琳介绍给学生家长，再简短地介绍了强强的学习情况，说强强天赋好的同时，更细说了班主任的艰辛，再三请家长放

心，决不会把一个栋梁之才误在了起跑线上。稍后，表示实在抱歉，还有几位领导家里要去，适时离开。

纪青叫强强送送老师。向老师见盛琳朝她努嘴，心中会意，把着强强肩背一同出去了。

屋里两位局长太太开始微笑对话。盛琳开口说明来意。纪青听了感到好笑，教育局长的爱人到自己家里为学校要钱，这不成了和尚请巫师念经，搞反了。纪青笑着说："咳！我说盛大姐，你不怕麻烦呀？自家爱人管着的事，还劳神费事的来求外人。"

盛琳听纪青提起自己爱人，心中有气还不能露出来。老公对于自己，就像身上的衣服、首饰，都是自己选的，只能说好不能说坏，免得别人笑话自己眼神不好。她打个抿笑说："我屋里那个令狐阳，屋里屋外不爱沾钱，提到钱他就不亲热。若是细娃儿读书选个学校，班级，帮你调个老师什么的，还可以帮忙。上次魏老师调进城，你家钱局长一说，我屋里那个就给办好了。"

纪青不知魏老师调动的事儿，忙细问道："哪个魏老师？男的嘛女的？"

盛琳看纪青紧张的样子，有些好笑，说："是个男的。若是个女的，我也不准我屋里那个帮忙。听说是钱局长前头那个大女儿的男朋友。"说完，看了看纪青的脸色有点不对，忙问道："尔还不晓得呀！"

纪青在外人面前也得绷面子，说："老钱还没来得及给我说。"

正说着，门"吱"的一声开了，强强送了老师回来。纪青把儿子叫住："强强，你去把你爸找回来，就说妈妈这儿有事找他。"

强强嘟着嘴儿说："我不知道他在哪儿？"

纪青说："你去问那个守门的和叔叔，他会告诉你。"

强强极不情愿地转身出门，嘟哝着说："找回来又要挨你骂。"

盛琳见纪青动气，还不知究竟，老老实实地又问一句："纪幺妹，这事是不是我们办错了？"

纪青意识到在外人面前得贤惠点，微微露个笑意说："盛大姐，这事儿你该事先给我说一下再做，现在叫我好为难。"见盛琳一脸困惑，把话细说起来："你想想看，这男朋友进了城，这女孩子来不来？这当女儿的进了城，这当妈的来不来？到时两个家都在城里，我家老钱顾得过来吗？"

盛琳这才知道帮了倒忙，赶紧赔不是，说："纪幺妹，别生气，这能调进城来，就能调出城去。你和钱局长商量好，要他出城跟我说一声，我叫令狐阳办了就是。"

纪青听了也松口气，说："不好意思，到时候肯定要给你们添麻烦。"

盛琳借势下台，说："没事，一个城里住的人，互相照着点也应该的。"心中暗想，舔肥杵了舌头，知趣点，改天再说。话完起身告辞。

纪青把盛琳留住，怕得罪了她日后没人帮忙，说："你先别忙走，老钱一会儿就要回来，你的事儿当面给他说说。能办就当着面表个态，你也好放心。"

盛琳听出纪青话里有了帮忙的意思。一屁股又坐下来。无话找话地跟纪青闲聊："幺妹子，你结婚怕有些年了吧！"

纪青淡淡地说："快十年了。"

"强强有弟弟妹妹没有？"

"生这个都费了不少神，哪来第二个？"

盛琳以为是计划生育管着，附和说："是管得严，怀起了麻烦大得很。我屋里那个家伙，每次要来搞二搞三的，我非要他戴套。他说不安逸，那也不行，他就是爬上来了，我也一脚把他踹下去！"说完见纪青笑了，越发来劲，低声问道："你们家老钱戴套不？"

纪青阴着脸苦笑了下，说："他用不着戴套了。"

盛琳只顾说下去："别迁就男人安不安逸，必须戴，怀起了挨痛受累的是我们女人。"

纪青脸更阴沉了："他没那本事，都五十多的人了。"

盛琳这才注意到纪青脸色不对，突然想起对方是老夫少妻。本不该提这事儿，马屁拍得又不是地方。想把话挽回来："话说转来，老公少来点也好。我屋里那个骚东西，你若是迁就他，他会骑在你身上通宵不打瞌睡。"说完，自己先笑了。

门开了，强强拉着父亲进来。盛琳站起来招呼。纪青没动，向丈夫略带讥讽地介绍道："这是盛大姐，教育局令局长的爱人。你欠人家的情该还了。"转脸对盛琳说："你把报告给他签字。"

钱友接过报告看了看，很为难地说："报告搁我这儿，我与你家令局长通个电话，商量一下再说？"

盛琳尚未开口，纪青发话了："你给人家签了嘛，人家调你女婿时也是说了好话的。"

钱友内心惊讶，老婆咋知道了这事儿？忙拿话引开："我才给教育局签了五万元，她可能还不知道。"

盛琳赶紧解释："那是给龙寨乡小的，我说的是山青村小。"

钱友很为难，说："要不在这钱中拨两万给村小，隔段时间，我再解决两万。"

盛琳说："令狐阳不答应。钱局长你就再给两万嘛。"

纪青看丈夫为难的样子，也觉得盛琳要求急了点，出面说："我看也行。你回去跟令局长商量匀着用，隔一段时间你再来。放心，你调了他的女婿进城，他肯定要还情的。"

话到这分上，盛琳只好借势说声："那就麻烦你们了。"

盛琳走后，钱友这顿饭是五味杂陈，难吞难咽。百般解释，纪青就是不听。还是钱友保证不再调女儿进城，而且在女儿结婚后，找机会把女婿调出城去。事情才缩个疙瘩搁在一边。

纪青考虑到今后要找盛琳帮忙，先前的事儿不能不办，于是问丈夫："你答应给人家拨款，能不能保证？"钱友苦着一张脸说："财政这几个钱，仅够吃饭，哪有多余的钱供我送人情。先前那五万元，是奉县长先开了口，给教育局租房子补贴点。"

"没有钱，你答应人家便啥？"纪青不愿得罪盛琳。

"缓一缓，看能不能收一点农村教育费附加上来。"

"要收你就多收一点，免得大家作难。"

"说起容易做起难。教育费附加跟着税收走，正税都难收，差点逼死人才完成，哪个还想去收附加。"

"答应了人家的，你可不能让我丢脸。"

天快下雨了，纪青感到阵阵燥热，翻来覆去难以入眠。想起自己与盛琳一般年龄，丈夫都在当局长，可生活的感受咋像一个在南方，一个在北方样，热的热得恐慌，冷的冷得寒战。眼前又浮现起盛琳说话的样子，"迁就他！他会骑在你身上通宵不打瞌睡。"话是厌烦的话，眼神分明是满意，夸耀，这话像是有意说给她听的。一夜不睡觉，那得多少次？自己结婚以来，一次都难得，哪有反复。那是什么滋味？想着，想着，感到身上压着的棉絮越来越重，有一阵喘息声在被窝里发出，下意识地把两只腿夹住棉被使劲，汗流出来了，不是汗的也流出来了。努力憋住那口气，好一阵子才缓过来……下身湿漉漉的，翻身起来，进卫生间冲了个凉，再用毛巾揩干床上的湿印，重又躺下。一闭眼，又感到燥热袭来，索性起身，披着睡衣敲开丈夫的房门。门才露个缝，纪青一下挤了进去，把睡袍一掀，赤裸着身子扑到丈夫身上，又是咬，又是掐，又是拱的。当丈夫的反应过来，搂紧她，让着护着在床沿上坐下。纪青双手来扒丈夫睡衣，丈夫无奈地说："没用的，劲还没上来。"纪青把手往下一捏，小弟弟像没睡醒一样，耷拉着头。纪青顿时感到如一桶冰水浇来，从头凉到脚。纪青一把推开丈夫站起来，头一掉，扔下一句："没用的东西。""砰！"的一声摔门出去……

雨下来了，噼噼叭叭打着雨棚，风刮得门窗啪啪作响，像是在抽打这栋楼房的大耳光。

2.

这段时间，为几张钞票，令狐阳弄得头昏脑涨。下面要钱的报告铺天盖地飞来，现场会许诺的款项也只兑现了一半。没少找县领导，一个个全是和尚念经一个腔调"没有钱"。拿危房压死人吓他们，拿依法普九去压他们，甚至拿辞职不干去讹诈他们，一个二个软硬不吃，横竖不理。逼急了书记县长，他们往分管书记身上推。找到刘强还是老话，有多少钱办多少事，谁许的愿，谁去还。

县上几爷子对教育阴不照阳不管，叫令狐阳好生烦恼，若这局长真是一顶帽子，他早就扯来撩多远。人争一口气，佛争一炉香，也是眼前教育上正走烂路，容不得他分心泄气，即便四肢着地爬起走，他也得过了这段再说。

吴媛听说他寝食不安，怕急出病来，打电话说山上的桃花开艳了，约令狐阳去赏花散心。令狐阳还没动身，就被朱二娃扯住去商谈职工宿舍的修建，晚上喝酒……后来不知不觉，一个人来到了山上。漫山遍野的桃花盛开，令狐阳信步林中，和风拂面，花枝摇曳。忽见前面一女子，身形婀娜，步履轻盈，人面桃花争艳，彩蝶翻飞相随，回眸顾盼，风情万种。令狐阳按捺不住，疾步上前，扳过香腮，一阵狂啵……

令狐阳醒来却在自家沙发上,双手紧紧搂住一床棉被,上面湿了好大一片,口水还黏手。令狐阳起身到卫生间,用湿帕子抹了抹。想起方才梦中事,自觉好笑,又觉好怪,这女子有几分面熟,又想不起在哪见过。只当是这几天盛琳身子不爽,把自己憋屈久了的反应。

等他上班开办公室门时,那个女人的影子还在脑子里晃。手才摸着门把手,桌上电话就响了,像是约好了的一样。令狐阳取过话筒,连着几声"喂!喂!"对方既不挂机,又不吭声,只听见呼呼的鼻息声。令狐阳说了声:"你再不说话,我搁了。"对方终于吭声:"你是令局长吗?"

"是我。"令狐阳回答,又问道,"你是谁?"

对方回答:"我是纪青,财政局老钱是我爱人。"

"哦,我想起来了,钱嫂子哟!"令狐阳打起哈哈说。

"别叫我钱嫂子,我比你还小,要叫就叫纪幺妹。"纪青纠正道。

"对!对!纪幺妹。纪幺妹,你找我有事吗?"令狐阳核实清楚是钱友的老婆,不敢怠慢。

"我找盛大姐,打你家里电话没人接,打到你这儿了。"纪青说。

"哦,她可能上街去了。有啥事吗?"令狐阳边说边想,我那个悍婆娘什么时候跟钱友的老婆攀扯上了。

纪青说:"也没啥事,你给她传个话,说她要的那个补助款我找老钱办了。"

听说到钱,令狐阳的眼眉放光了,精神一下钻出来:"啥钱?"

纪青不想惹麻烦,电话里听出令狐阳有些猴急,突然想起盛琳那句话"他会骑在你身上通宵不打瞌睡",禁不住笑出声来,说:"这我不能给你说,说了你会通宵不打瞌睡。"话完自个忍不住嘻嘻笑起来。

令狐阳被纪青笑蒙了,不知她在笑啥?急着问:"你还有没有多的,给我弄个十万八万?"

纪青忍不住又笑起来:"我又不造钱,哪来多的。我挂了啊!"

令狐阳赶紧求情:"别!别!你在哪儿?我来找你面谈。"

纪青更觉得好笑:"我在哪儿?我在家里,你来了我也没钱给你。"话完挂了电话。

令狐阳赶紧拨电话找钱友,财政局的人说钱局长才出发去地区开会了。打电话去家里找盛琳,电话还是没人接。开门出来,叫了声:"刘主任。"等刘君跑过来，令狐阳又觉得到别人家去，人带多了不妥，毕竟钱是个稀罕物，人多了不好说话。于是向刘君挥挥手说："算了，这事还是我亲自去。"弄得刘君莫名其妙。

听到敲门声，纪青赶紧放下手中的针线活儿，开门一看，真是令狐阳来了。先前电话上还笑话他"通宵不打瞌睡"，而今他就站在自己面前，禁不住先脸红了，心里怦怦乱跳。接着令狐阳手中的水果，忙把他让进屋来，关上门。端茶递水忙过，两人隔着茶几坐下。

令狐阳先开口说："纪幺妹，你能不能给我也想点办法，弄个十万八万。今后，你有啥事尽管说，我一定帮你。若有啥规矩，别人咋样我咋样。"

纪青仍在端详眼前的令狐阳，这个山上下来的"土匪局长"，腿长胳膊粗，落脚地皮都隐隐作响，真个一块"不打瞌睡"的料。这边令狐阳的话，她一句也没听进去。

令狐阳的眼睛也怔怔地看着她，这身段，这面容，咋像昨晚梦中那位！

一阵沉默。

好一阵子纪青才回过神来，问："啥规矩？"

令狐阳只道是没说清楚，干脆摊开明说："纪幺妹，只要你能弄出钱来，分成给你也行，你来建筑队也行，只要你开口，进舞厅我都陪你去。"

纪青暗暗发笑：我一个女人进舞厅做啥？你真要陪我，未必非要到舞厅去。于是对令狐阳说："你爱人夸你好能干，你找钱还求人啦？"

令狐阳心中只有钱，说："唉！一分钱憋死英雄汉。我现在是踩着火石要水浇。幺妹若能帮我这个大忙，今后找到我做啥，绝对不会有半点含糊，保证让你满意。"

纪青听说保证满意，脸上起了红晕。看来是个爽快人，说："钱我没有，但弄钱的方子我可以告诉你，只是你要答应我……"

令狐阳只道是要他保密，茶几上一拍，斩钉截铁地说："你放心，这事儿不会有第二个人知道，就是在我那婆娘面前，也不透半点风气气儿。"

纪青脸更红，两个手指绕着说："你可要稳住嘴，千万别让她知道。"

令狐阳急了："你尽管说，弄钱的方子在哪？"纪青有点稳不住了，低着头小声说："你过来嘛，我才跟你说。"

令狐阳四下看了看，说："这屋里也没有别人，大点声又怕啥。"话虽这么说，毕竟有求于人，还是站起来，凑过去在纪青面前弯下腰，把耳朵偏过去听。

纪青不依了，背过脸去用两根指头扯住令狐阳衣服，说："你不要拨款文件了？"

纪青见一张方方正正的男人脸对着自己嘴儿，脸上的胡子一根根刺着心尖，血一股股往上涌。一种无形的力量把自己平地往上托，双手不知不觉伸出来吊住令狐阳的脖子，娇声说道："多收点教育费附加。"话完，在令狐阳脸上飞快地杵了一口，双手一松，低着脸转过身去。

令狐阳用手轻轻按住脸上略带湿润的唇痕，脑子里飞快转着。想起来了，国家前几年刚出的政策，不仅有农村教育费附加，还有城市教育费附加。实际都没有收。农民交了粮食后，除了农业税，剩点钱还不够扣村社提留款，谁也不愿意扣教育费附加。若有人真要硬扣，那可是一大笔专项收入，口里喃喃自语："好几百万。"双手一拍，说声："谢谢幺妹了！"转身要走。

纪青不依了，背过脸去用两根指头扯住令狐阳衣服，说："你不要拨款文件了？"

令狐阳这才注意到纪青脸红得像生蛋母鸡，心头也跟着发热，说："在哪？"

纪青指了指卧室门，一转身进了里屋……

3.

令狐阳自纪青家出来，轻飘飘像踩在一朵云上，径直往县政府飘来。龙文章远远见他像民兵打靶归来，断定他遇上了好事，不是赢了棋，就是又吃了"山货"。停下脚步在大楼前候着，待他到了面前，打趣道："令狐老弟，啥事让你这样高兴！"令狐阳笑呵呵的，有点诧异说："你也看出来了？"

龙文章说："还看不出来，像喝了笑和尚的尿，合不拢嘴儿了。有啥好事？"

令狐阳早已按捺不住了，说："钱，我找到了！"

龙文章没听懂："啥钱找到了？"

令狐阳凑拢来捂住半边嘴儿说："普九的钱有着落了。"接着把教育费附加的事说给龙文章听。然后追问："奉县长在哪？"

龙文章听了也是一喜，回了声："还在办公室。"领着令狐阳去见他。没走几步，龙文章感觉不妥，停下来说："哥们，这事暂不忙找奉县长好不好？"

令狐阳不假思索地说："不找他不行，全县收教育费附加，他不开口能行吗？"

龙文章又想了想，还是觉得不对，拉着令狐阳说："先别忙见他，到我办公室说说看。"

令狐阳仍是嘀咕:"别说久了,我得找奉县长松口发文,别误了今年小春收购这头一回。"

龙文章不由分说拉着令狐阳进了自己办公室,关上门,说:"令狐阳,这事不能莽撞。你想这政策县长会不知道吗?肯定知道!为什么不收?就是因为怕收急了又逼出人命来。你没见报纸,电视天天在说什么?减轻农民负担,查处各项乱收费。书记县长不怕?不怕的话,早就收了。你现在去找,不用想都知道,他们绝不会答应。到时一口拒绝了怎么办?"

几句话像瓢冷水,让令狐阳凉了半截,睁眼看着龙文章说:"这样说来我是空欢喜一场?"

龙文章说:"怎么会空欢喜呢,我们这不在商量办法吗?我问你,你消息哪来的?"

"钱局长那婆娘说的。"令狐阳冲口而出。

龙文章不经意问:"她亲口对你说的?"

"是啊!不对!是我那婆娘听她说的,然后告诉我了。"令狐阳意识到差点失口。

龙文章说:"这事儿还不能东找西找的,扭住这个婆娘就行了。"

令狐阳不解:"我不信,这样大的事,她能办下来?"

龙文章说:"我相信她肯定行!就看你家盛琳能不能把她抓住。"

令狐阳说:"盛琳不行,我亲自来。"

龙文章说:"你有把握吗?"

令狐阳信心百倍地说:"我出面你还信不过。"

龙文章点点头,又叮嘱一句:"记住!千万别让郑书记和奉县长知道了。"

曲江涨洪水了,进入一年一度的桃花汛期。

4.

钱友从地区回来,纪青侍候他洗过澡后,问:"你有劲不?"钱友歉意地笑笑,

147

说："再等段时间，这几天开会累了。"

纪青拿出一沓钱给丈夫说："教育局令狐阳送来的，我替你收了。"

天上掉馅儿饼了？钱友惊了一下，问："他想做什么？"

纪青见他紧张的样子，又好气又好笑，赏了他一句，"他想你婆娘。看把你吓的。他要你帮忙做一件不违法、不违规的事。"

钱友说："不违法、不违规还送钱来？你说看，办得到才收。"

纪青说："他想叫你今年帮着把教育费附加收齐，说……"

不等纪青说完，钱友马上打断："少量收一点，还可以悄悄干，全部收齐得县长开口。你把钱退回去，等他把县长说好了再来。"

纪青脸色阴沉下来，说："若是县长通了，还用得着找你。"

钱友动气了："说了你也不懂，这事我不敢办，钱也不能要。"

纪青一把抓过钱来："你不要我要。你都五十几的人了，还有几年搞头？到时你下了，我留着它补贴点家用。"

钱友说："你真不知道厉害，瞒着领导办事，办对了也要背时。"

令狐阳已对纪青说清了教育费附加的来龙去脉，纪青回答起来理直气壮："你背啥时？中央明文规定该收，你收了有啥错？你不收才有错，才该挨处分。"

钱友说："你不知道，农民卖粮食那点钱，除了农业税剩不了几个，各项提留款都不够扣，下面没人愿意交附加的，你想收也收不起来。"

纪青冷冷一笑："人家说了，别人收不起来，就你收得齐。给区乡财政所打声招呼下去，先收教育费附加，再扣农业税，没有收不起来的。"

钱友说："县长知道了，一句话下去叫停，下面听你局长的，还是听他县长的？"

纪青嘴儿一撇，说："谁叫你让县长知道的？你叫下面拿着文件扣就是了。谁分得清是县长意见，还是你局长意见。"

钱友头晃得更厉害了，说："事前你可以瞒，恁大一笔钱，收上来后县长会不知道？"

纪青佩服令狐阳啥都想到了，晓得钱友要说这句话，早准备好了："人家说，只要钱收上来了，就没有什么搁不平的，县长也是人。这个理儿，你比谁都懂。"

钱友看着爱人一件半透明的睡衣罩着，里面轮廓曲线分明，一双媚眼含娇带怒，想争既无力又无心。只好说："试试看吧。"

正想躺下，想想不对，这令狐阳有事咋不来找我，什么时候跟自己老婆说这么多？翻身起来，见纪青走了，想叫回来问问，又怕他找"小弟弟"的麻烦。转念一想，这无根无据的，吃啥醋？别自己讨个虱子在身上爬。

5.

又到了小春公粮入库的时候，农村有线广播里开始公布入库进度。县政府照例把书记乡长们请回来打招呼。今年招呼的重点是：不能野蛮征收，严禁打人捆人，入室挑粮；再不能硬性扣款，除了由财政所征收农业税外，余下的款项由粮站结算到户；乡农经站不能去粮站统一结算提留款……

郑华还反复说，上面正抓坑农整农的典型，希望大家不要撞在枪口上。

散会后，郑华与奉志又聊了一下。郑华问奉志，听到教育上什么没有。奉志笑呵呵地说："两只耳朵灌满了，全是令狐阳在下面喝酒许愿上工程的事。下面的人找我打听，令狐阳哪来那么多补助款？我还不能给他戳穿，只能含含糊糊说：那小子鬼精鬼精的，可能向他爷爷学了一手，到时抢也给你们抢点钱回来兑现。现在是校校都在修教学楼，都在搞扩建，全不讲章法。用地不办证，修建不办证，还有儿子老子的理论，弄得国土、建设部门的头头们和分管县长，全在我面前吵，说再不管，他们会往上面反映，请人来管。我这里压着的，说修学校是好事。大家说，再是好事也不能乱来。"

郑华皱着眉头勉强笑了笑，"压不住的，地委书记都找了我，说宕县不能带这个乱来的头。上次到地区开会，洪老书记把我找去，说这种办不了招呼的人，得当机立断，别让他搅乱了局面。你看这事儿连老书记都操心了。"

奉志也摇摇头，说："这小子的本事也够大的，从建委报来的统计数据看，他的在建工程是两个多亿，这后续的还在不停地上。邻近县的县长听说了直吐舌头。都来问我钱是从哪来的。我还不敢说是教育局长哄的，骗的。别说替他担心，连我自己都在担心，到时咋个收场？"

郑华说："咋个收场？到时我们下课吧！那小子根本没想清清静静当官。我就是不服，他咋把区乡那些头头撬动了的？就是县上做个决定，也不会动得那样齐整。"

奉志插话道："一个二个都有工程发包，积极性高得很。"

郑华说："还不晓得修的质量怎样，若是垮个一栋两栋，那就不光是党内处分的事。"

奉志说："问过质检站马可，马可吹起好得很，说比我们机关大楼的质量都好得多。"

郑华笑了，说："那是一伙的，信不得。不过，刘强到我这里反映令狐阳的事多，其他都指责，就是没指责修建质量，估计不会差。"

奉志问郑华咋个办？要不要开个会研究一下。郑华摇摇头说："没法开这个会。你制止吗？不行！全县已铺开了，停工就会成烂摊子，到时更难收拾。若是开会不制止，令狐阳那小子会更来劲，动静闹得会更大。听说上面要开教育工作会，等会议精神出来了，结合传达贯彻时，该纠的纠，该鼓励的鼓励。"奉志也说："这样好，等小春征购结束后，我们单独找他谈谈。"

还没等小春征购入库结束，全县就闹开了。今年全县都在收农村教育费附加，并且一帕包到了县财政局来。闹得最凶的是区乡的头头们，说令狐阳硬是土匪生的，比抢人还凶，几百万竟没有给下面留一分。奉志这才清楚，令狐阳给下面许的是什么钱。一气之下，不等郑华从地区开会回来，把令狐阳和钱友一同叫来，关上门一顿暴训。茶水杯子摔了三次。幸好是不锈钢，只砸了几个凹印。

为挨这场训斥，令狐阳和钱友已准备好久，两人早已成了一个窝棚的土匪。奉志会说什么话，说话时手会怎样比画，两人都预料准确，就是没想到他会气得摔杯子。早知道，会买一打预备好，让他摔个够。

令狐阳从小挨训长大，早已是死猪不怕开水烫。钱友是多年的不倒翁，随便你怎么按，哪怕按个头着地，只要一松手，他又摇回来了。两人早已打好主意，责任由令狐阳担，哪怕是挨枪子，也由令狐阳顶着。这话纪青可以做证。

两人态度很好。等奉志吼累了，钱友赶紧倒水泡茶递上，不停地悔过。再三说：钱搁在那儿的，奉县长说拨哪个学校，就是哪个学校。以后只听奉县长的，再不受令狐阳那个土匪的花言巧语诱惑。

令狐阳直接把"屁股撅起"，摆出准备挨板子的架势，说："奉县长，错是错了，你尽管公事公办，别顾念旧情，该咋办就咋办。千万别为了我令狐阳的错，把你的身体气坏了。"

奉志缓过气来，指着两人说："你们说，这事怎么了？"

钱友小心翼翼地说："要不把钱退回给农户？……"

话未完，奉志又怒发冲天："退个毬！割卵子敬神，人也得罪了，神也得罪了，现在退款还得了原吗?!"

令狐阳笑嘻了，不敢面对奉志，偏过头去与钱友像扯闲事样说："钱局长，你看我俩冤不冤？下面指名道姓骂的是我们两个，上面担心逼死人的事儿又没发生，钱收齐了，多好件事！结果弄得我们捧着钱来买气受。你说这像不像我爷爷那些年当土匪，挨枪挨炮抢东西的人没有气，在家里翘起脚脚坐着享受现成的人，倒还火气冲天。"

奉志听了既好气又好笑，人民政府被他拿来同土匪比了。就是土匪，大当家的没开口，你抢得再多也该受气。不过呀，后半截话有点道理，管他偷也好，抢也好，没惹出事就把钱收上交了，一分钱没动送到他这儿，换了他也会喊冤。这样一想，气也稍顺了些，说了声："滚！少在我面前喊冤叫屈。下次再让我遇到先斩后奏的事，有你好果子吃。"

没几天，这几百万元钱象开了个粥厂，四处讨口叫花的蜂拥而来。各地学校要补助款的报告堆在奉志的办公桌上，高高一摞。用不着统计，奉志瞟一眼就知道，手上这点钱还不够零数。接着是上级，下级，朋友，亲戚，连北京当领导的老乡都打的打电话，写的写信，甚至派专人拿着条子来找奉志，都来为家乡学校要补助款。奉志先还推说财政，教育在管。可没人信，都说问过令局长，是奉县长一支笔审批。弄得奉志白天晚上不清静。气得他又把两个东西找来，骂了他们一通。俩人还委屈得很，一个二个从公文包里掏出一大堆条子，全是惹不起、躲不掉的厉害角色。搁在县长桌上，如释重负，还没忘了提醒说："奉县长，我们都给了你的哈！"

见两人把烧红了的灰圆圈在自己手上，奉志心中一声冷笑，只有你两个东西才聪明，以为我是傻子。他从抽屉里取出一堆书信、条子，与桌子上的码在一起，随手撕张日历，翻过来写上几个学校，交给令狐阳，说这几个莫漏了。然后就是一挥手，说通通拿回去，再莫往我这儿推，各自惹的祸各自去搁平。

两人拎着一大包"条子"来到教育局令狐阳的办公室。钱友也留下一个条子，写着几个学校，然后对令狐阳说："教育上的事你做主，你怎样报来，我怎样拨款。"指着自己的字条说，"只是这几个学校你别忘了。"话完，说声"再见！"也溜了。

令狐阳把奉志、钱友的条子一看，一大堆人情，光解决他们两个人的都远远不够。令狐阳把刘君叫来，将奉志和钱友的两份名单留下，叫他弄个袋子来把其他书信条子统统装出去，找个冷僻的地方烧了。再三叮嘱要烧干净，不能留一个纸角角，免得外人看见生事。

令狐阳闷坐一会儿，又把欧启叫来，将奉志和钱友的两份名单，以及自己认为迫切要排危的学校和关系户，通通抄给他。叫他照此写上报告，再交给自己拿去找奉县长签字。

奉志一看，自己打招呼的学校全有，又看金额大大超过，问令狐阳："超这么多，哪儿来的钱？"

令狐阳说："你莫管，钱局长会想办法。"

听他那样说，奉志再没过问，刷刷几下画了押。令狐阳叫欧启给钱局长送去。

欧启前脚出门，令狐阳抱着电话，按自己名单上的人逐一打电话。一个意思，你托我办的事，已研究定妥，好多万元，县长已签字同意，现送财政局钱局长那里拨款。钱局长那里，请你务必做好工作，不然会拨不下来。

最后一个电话，是给茶园余茗的，说下午有空，约几个人杀几盘。

下午，枰茗茶园内，令狐阳正踮起脚在"将军"。

刘君急匆匆找来。令狐阳以为是钱友那里搁不平，把报告退回来了，说："慌啥？让他做点难。"

刘君把令狐阳拉在旁边说了几句。令狐阳脸色一下变了，对刘君说："你叫张远把车开到财政局等着。我去找钱局长。"话完像一股风刮得无影无踪。

余茗拉住刘君问："啥事，恁急？"

刘君悄声说："八庙乡小学教室垮了，砸死了三个人。"

立秋已过多日，天高气爽的季节，暴雨偏偏钻出来，还迟迟不肯离去，尾随而来的是浩浩荡荡一江洪水。

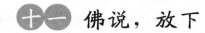

十一 佛说，放下

见令狐阳输了是气，赢了也是气，龙文章笑着问道："你不是皈依佛门了吗？"
令狐阳苦笑着说："和尚下棋也争输赢的。"

1.

宦德好久没去老年大学了，烦那些老部下管闲事，见面就说现在的年轻人这不是那不是。都下来了，咋还人闲心不闲呢？他把心搁在家里，正拿着一张省报津津有味读着，口中不时嘀咕几句。宦丹丹在一旁皱着眉头说："爸，你能不能只看不说？"老太婆在弄午饭，边上菜边唠叨："早过了吃饭的时候，这父女俩咋个还不回家，不会在外面下馆子吧？"宦丹丹对母亲说："别等了，兰兰肯定是补课晚了，在向老师家吃饭。教育上出事了，曹达回不回来吃还说不定。"

"说得好。"宦德一拍桌子，把母女俩吓了一跳，老太婆咕了句："又癫了！"

宦丹丹烦了："爸，你不说话行不？一惊一咋地，看把人吓出毛病来。"

宦德一手握着报纸，一手弹着说："说得多好，修好一所学校，就是修好一座祖坟，保佑子孙后代兴旺发达。"

宦丹丹偏过头看了一眼，是令狐阳写的一篇文章。有点诧异地说："这土匪局长，平日里说话做事毛三毛四的，想不到还会写文章。不会是找人代写的吧？"老爷子说："你不了解他，这种大实话，别人想写还写不出来。"

老伴端菜出来，听不惯他夸人尽往云里吹，嘴里"啧、啧"咂了几下："你恁喜欢他，他咋不认你这门亲？"

宦丹丹急了："你们想做啥？这事儿提起光荣吗？让曹达听见了，想让我们吵架不是？"

153

老太婆闭嘴前又说了一句："不是我想说，是他嘴儿贱。"

宦德也在找台阶下："我也就是说文章好，谁提那事儿了？动不动拿令狐阳不答应来笑话我，难道我看人看错了吗？"

宦丹丹一听这事就烦。当年令狐阳不答应，宦丹丹从来不认为是令狐阳看不上自己，是他自愧不配，是宦丹丹看不上他。除了宦德外，谁也没想到一个初中没毕业的土包子，竟超过了大学本科毕业的曹达，让盛琳捡了个现成的。想到这，宦丹丹心里默然。

门铃响了，老太婆开门时，见曹达眼睛笑成碗豆角儿样，问了句："啥好事？看把你乐的。"

曹达笑着说："不是好事，是件大坏事。"

丈母娘不解地说："坏事你还乐？"

曹达仍是一双碗豆角儿眼看着她说："对令狐阳讲是大坏事，对我来讲可是件大好事。"

宦德性直，听不惯他拿腔拿调的，好好的一句话，非得掰成几句说，生气道："你要说就说，不说我还懒得听。"

宦丹丹说话了："爸，我跟你说，令狐阳遇上大麻烦了。八庙小学教室垮了，压死三个人。"

宦德"唔"了声，转脸对曹达说："这也值不得你笑，幸灾乐祸！"

曹达说："你没见过令狐阳平日里那骄横的样子，活脱脱一个山大王。我看这次他是在劫难逃。"

宦德想不通曹达咋变成这样子，自己单位出事了，还笑得出来。他把气闷在肚子里，没扒两口饭就下桌了。剩下的几个人继续就着这事下饭。

"死的几个啥人？"老太婆问。

"一个老师，两个学生。"曹达说。

"听说死的这三个人都有背景？"宦丹丹问。

"你也知道了？那个老师的哥哥在省上做事。两个学生，一个的父亲是揽头，有的是钱。另一个是区委书记的侄儿。现在就停放在学校里。"曹达一口气解说完后，拿起汤勺舀了一勺汤喝下去，咂咂嘴儿，很享受的。

老太婆见他喝下去后，嘴儿空了，又开始发问："那学校不上课了？"

"上啥课哟，校长都吓得说话打哆嗦。令狐阳去了，解决一个通宵，死人还没移走。"曹达说。

"听我们局长说，死了三人以上要追究领导责任的，你没事儿吧？"宦丹丹关切地问。

曹达很洒脱地说："再死两个都没我的事。我管教学，欧启管建修和安全。令狐阳肯定跑不脱。一个教育局长从不过问教学，成天往工地上跑，只图有油水，我看他这次是猫儿抓糍粑，脱不了爪爪。"

宦丹丹说："你没问过宋书记？"

"我电话上问过。宋书记说，纪委已介入，正调查事故原因。"曹达说这话时很坚决，很有宋季说话的派头。

宦丹丹心里仍是不落实，急切问："刘书记怎么说？"

曹达此时声音小了许多："一听说出事，刘书记就跟我打招呼，要我抓住这个机会做工作，郑书记那边他会去说。"

宦丹丹听后很高兴："这下对了，你准备怎么办？"

曹达指指里屋，说："还得爸去找洪伯伯出面，要郑书记严肃处理这件事。把令狐阳弄下去，自然就是我上了。"

宦丹丹激动了："别吃了，找爸说去呀！"

两人进里屋时，宦德正生闷气。他看不惯曹达幸灾乐祸的样子，别说是一个单位的领导，就是社会上的朋友也得讲点义气，看见人家有难处，不仅不帮一下，反倒看笑话，这算什么人？宦德文化不高，喜欢厚道人，最恨那种奸狡巨滑的。见两人进来，把眼合上，装作没看见。

宦丹丹上前摇了摇父亲，说："爸，谁惹你了？又装起不理人。爸！"话完又使劲摇了摇。

宦德装不下去了，睁开眼气鼓鼓地说："摇啥？你们到外面打哈哈去！"用手指着曹达说："没见你这号人，单位出事了，还笑得出来。一个单位的人，要像亲兄弟一样。人家是唯愿哥哥当皇帝，你是弟兄只愿弟兄穷。搞不懂你是怎样想的？"

曹达不知道宦德生的哪门子气？心中也怪不舒服。嫌他亲疏不分，老糊涂了。脸色很难看，嘟着嘴儿把脸掉向一边。

宦丹丹看出来了，拿眼色警告他。曹达这才忍住气对宦德解释："爸，不是笑话他，我是有力使不上。单位上出事我能不急吗？也想去帮一帮，可令狐阳只当

155

没我这个人似的。司机、打字员都安排了，就没安排我做事。你说这麻烦事，他拿我当贼防，生怕我抢先做了他会吃亏。你说这好不好笑！"

宦德说："好笑吗？死了老师学生你觉得好笑吗？是我哭都来不及。"

曹达终于忍不住了，生气地说："不可理喻！"一转身出去了。

屋里只剩下父女俩人，被一个气泡罩着，脸色发白像缺氧。宦丹丹想，这节骨眼上不能得罪父亲，压住气慢慢开导他："爸，你不该怪曹达笑，他是有劲使不上的苦笑。你去给洪伯伯打个电话，把教育上的事说说，趁这个机会把曹达的事办了，曹达会对你老人家尊敬十倍。听见没有？爸！"说完使劲摇了摇。

宦德当了几十年的县级领导，这样死缠着要官的人少见。还是自己的后人，心中更是气，索性闭上眼睛不搭理。

宦丹丹摇了一会儿，不见效果。把手松开，嘟着嘴巴边走边说："你不说，我自己去说。"

宦丹丹来到客厅，拨通了洪亮家的电话。一听是洪亮接电话，她声音变得棉花一样软和："洪伯伯，我是丹丹。您近来身体好吗？喔，到了年岁的人，特别要注意保养身体。是，郑书记那里我们听到消息了，郑书记也在表扬曹达，夸他懂行。谢谢洪伯伯！洪伯伯，教育上昨天出了件责任事故，死了三个人。是教室垮了压死的。喔，肯定是要追究领导责任。洪伯伯，你老人家能不能在郑书记那里再关照一下曹达，在解决这次事故时，顺便把他的事一下解决了。喔，喔，那就谢谢洪伯伯了！等段时间，爸爸要带我们上来看您，喔，好！"

宦德在里屋清楚地听到女儿向老领导要人情，好想出来接过电话对老领导说，别管他们的，却被老太婆看得死死的，不让动。老太婆再三劝他："哪个父母不为后人着想，人家自己出面求情，你就装着没听见，丢脸也没丢你的脸，把女儿女婿得罪了，看你今后病了还有没有人往拢走。"

宦德就这样闷着，第二天病了，不要人往拢走，自己掌着老伴的肩臂进了医院。

2.

又是一个凄凉、苍白的月夜，寒冰高悬，空气里弥漫悲伤。一只夜鸟哭泣着飞向旷野。

三具尸体停放在学校的食堂里，学生在食堂外层层围着。

李士林成了祥林嫂，逢人便说："这怎么看得出来嘛，头天县上还来人专门进行了排查。叫人怎么看得出来嘛！"

旁边废墟上，几个学生在残砖烂瓦中翻找书包。

隔着几块田，新修建的教学楼已封顶，窗和门未安，全是四周透风的洞洞眼眼。一间教室里，死者亲属挤挤坐了一屋。乡政府、学校派人陪着。抽泣声，劝慰声，一声催着一声。

校长办公室里，区上、乡上、教育局的头头们正在作难。区委书记没来，自称是为了避嫌。

欧启主持会议。他先布置了几项临时措施，全校暂时停课三天，让学生回去，避免再发生安全事故。学校食堂要保证招待好死者亲属。晚上安排好老师值班，防止亲属们走极端。请区乡领导尽快做好亲属的工作，处理尸体，恢复上课。

区长说："欧局长说得好。责任，下一步由上面的人来落实追究，眼前处理尸体要紧。亲属的要求很高，老师要 20 万，两个学生每人要 10 万。钱给了才允许把尸体抬走。"这个数目，在当年就是半栋楼的造价。

令狐阳仵立在三具尸体前，两片嘴唇紧闭，没让一句话流露出来。全县遍布的危房下满是学生，今天的事，没人敢保证不发生，只是争早争迟。八庙他来过多次，那几间危房也亲自看过，凡是墙壁开裂起缝的都已停止使用，教室不够食堂都用来上课，就等新楼修好后，旧房全部拆除。谁料到它会先垮压死人。三个活鲜鲜的人一下没了，就没在新楼修好前，叫谁也心痛。上任两年多，狠命发动建修，眼见得第一批新房投入使用，第一批危房拆除，再有两年时间，有望消除全部危房。可一盘完胜的棋局，才到中盘就下不动了，命中该有此劫，没等到那一刻天就塌下来一块，砸着了别人也砸着了自己。处理完死人，接着就有人来处理活人。

阮丛洁老师死了，这学期才从盘山乡调来。令狐阳答应过他在省城的哥哥，下学期调他进城。为这事，他哥还找人给学校多捐了 10 万元。令狐阳还指望靠这把大伞避避风雨。风雨来了，这把大伞还在，再不会张开，只会直端端地戳来。

男学生的父亲是个揽头，正在修眼前这栋楼。前不久同校长还送报告来要钱，令狐阳临时找钱友加进了拨款名单。眼看钱马上就会拨下来了，可惜不能再用作建修，只能用作赔偿。

大队支书的女儿也在里面。为新教学楼划拨土地，全仗着他做工作。有农户扯着绳索不准丈量，还是他用父母的承包田，换下闹事农民的石骨子地才解决好。就为的是让令狐阳帮忙，让他这个女儿初中毕业后，能读师范校，哪怕是委培生都行。现在他女儿走了，他当区委书记的大哥，还得一起来承担事故责任。

怎样赔偿？令狐阳没有多想，甚至不愿去想。用金钱赔偿消失的生命，本身就是对生命的亵渎；用金钱来表示悲痛，悲痛难免虚伪。令狐阳就为这亵渎、虚伪而来。说人命无价，他却必须来讲价；说赔多少都该，他得想法尽量少赔。学校眼前这穷样，多拿一分钱都难。即使有钱，这口子不能开大了，全县看着的。学校也是受害者，要拿也该财政拿。还不能克扣学校建修补助款，不然这里挪作赔偿，另一个地方的建修补助就没了，还有那么多危房盼着钱去排除。若只顾眼前先搁平再说，等事儿过了，谁又会来管学校？令狐阳踩在学校的土地上，他得替学校的长远着想。

令狐阳想了想自己，教育局长还能不能当？虽说由组织上定，也取决于自己。如果自己不想当的话，就得抓住这次机会，多揽点责任在身上，争取处分，给想当的人挪个位置出来。

谁想当这个局长？过去没人。现在教师工资解决了，建修经费也有了，想当局长的人不会少。第一个就是曹达。曹达能行吗？都说他行，本科生，专业对口，郝仁不就是这样的人才？只会搞应试教育，考几个大学生都成问题。现在各地摆起这么多摊子，资金缺口这么大，他能行吗？

自己充其量掉顶官帽，下面学校怎么办？一个二个都是自己哄着赶着上的架，自己撒手不管岂不害了学校？无论如何说不过去。偷也好，骗也好，自己还得领着去找米下锅。下面这帮人，都是些书呆子，离了教科书话都不会说的人，靠他们找钱要逼死多少人？令狐阳想到了吴媛。自己答应的十万元，才给五万元。自己一挪脚，剩下的五万元绝对没人会给她，那不要逼她去跳河？廖胖子拍着胸脯表了态，要在这次普九中争个第一。教师宿舍楼也开工了，紧接着是学生宿舍楼。自己私下表了态要给补助的。自己若是两手甩甩上了岸，那不把大家陷在滔滔洪水中。

最重要的是令狐阳压根没想过辞职啥的，哪有棋没下完中途走人的，这不是令狐阳的为人。

欧启派人把令狐阳叫到会场上，问题搁在桌面上的，要令狐阳表态。令狐阳看着区长，区长看着他，眼神对撞了几下。

令狐阳干脆把事摊开说："人死了，亲属伤心，多给点儿赔偿应该。区乡政府是不是多给点儿？"

区长说："我们哪来钱？一分一厘都靠县上拨。"

令狐阳接着他的话说："若要学校给，学校账上的全部拿出来都没几个钱。学校的家什，你们也看见的。别说不准卖，就是准卖也没人来买，也值不了几个钱。只有把县上给学校的建修补助款先抓来用，加上保险公司的，每个学生给三万元。老师按因公殉职的政策规定办。钱就这样多，实在不好意思说出口。欧局长去同死者亲属商量，看同意不？"

欧启把话给死者亲属们一宣布，顿时闹开了。几个汉子卷衣扎袖要捶令狐阳的肉，被区乡干部抱的抱，拉的拉，好容易拦在了外面。

情况反映到县上，奉元在电话上对令狐阳说："地区纪委，地区教育局都来人了，你要抓紧处理好，县上等着要结果。"

令狐阳说："没钱兑现。"

奉志说："把建修款先抓来用。"

"把这个学校的补助款全抓了。"

"不够再抓其他学校的。"

令狐阳提醒他说："那是排危用的，万一钱挪用了，下面又垮房砸死了人，那性质更严重。"

奉志说："你挑那相对安全的学校搁一搁。"

令狐阳说："我没把握，万一挑错了怎么办？"

奉志这下毛了："这也不行，那也不行。你办不办？不办另找人办！"

令狐阳说："那好嘛。"

早在下来时，令狐阳已找钱友办了，没来得及请示，正需要奉县长补一句话。

令狐阳把死者亲属分开请来，单独商量。阮丛洁老师还没结婚，一切按规定的最高标准执行。两个老人享受遗属生活补助。

冉揽头没出面，他老婆又哭又闹，少了十万不行。令狐阳说："你要再多都不怪你，学校只有这点建修款。全给你用了，不知这房子还修不修了？"

那女人含着泪答应了，回去对他老公一说，遭冉揽头毛吼一顿："瓜婆娘，三万块钱就把你眼睛打瞎了！"骂完亲自出马找令狐阳，赔偿款就三万算了。要求建修款全部拨清。

令狐阳看着冉揽头发红的双眼，哽着说不出话来，点点头算是答应。

最后一个横竖不签字，高矮要多给几万块。区委书记又不露面。令狐阳找区长带信过去，说地区纪委已来人了，区乡领导也要一同到县上去"背书"，都是要挨处分的人，多给几个钱也没啥。只是这儿多给了，其他的人会搁不平。区委书记回话说，等地区纪委的人走了后，请令狐阳专门下来一趟，再好好商量。令狐阳哭笑不得，说到那时我还是不是局长都难料，棋都下完了你找我让棋，答应了还不是一句空话。区委书记想了想，还是让弟弟签了字。

郑华听说死者处理好了，一连几个电话催令狐阳和区委书记赶紧回来参加会议。

令狐阳打电话给刘君让曹达先去听着。刘君告诉他，人家早就到会了，听说是地区燕局长点名要他去的。刘君还悄声说："令局长，你这次可要小心，外面风声一边吹，尽对你不利。"

郑华主持会议。

奉志怀着愧疚的心情说了事故经过及处理情况。没去过分提白蚁危害难以发现的事，只顾把错误责任当帽子往头上戴，如同小孩进了衣帽店，这顶不行试下顶，总要大人满意才行。

轮到地区来的"大人"开口，燕宏说："宕县这件事不是偶然的，这与县教育局的领导不重视安全，不务正业有关。一个教育局长，上任两年多，没研究过一次教学工作，没参加过一次教研活动，成天与包工头伙在一起，吃吃喝喝。长期下去，不仅房子会垮，整个教育质量要垮，教师队伍也要垮……"

燕宏的话让一屋子人惊愕，上级领导少有这样指名道姓批评下级的。相互用眼神发出询问，然后摇头作出回答。

郑华端端正正坐着，目不斜视。同是县团级，轮不到燕宏来指责训人，无非是说县里干部没管好。燕宏后落脚，郑华礼节性的回应都没有，恭恭敬敬请地区纪委杨书记发言。杨书记语气很重，一句话砸一个坑，说要严肃追查责任，惩处害群之马。仿佛大家把追究责任都忘了，要不压根就不晓得，需要他一而再，再而三地提醒。

令狐阳赶回来时，会已散了，望着空荡荡的会议室，心也空荡荡的。

走出县委大院，一路上，人们投来的异样眼光和勉勉强强的招呼，让令狐阳明白该来的已来了。一阵秋风吹过，片片黄叶落下，路人匆匆从上面踏过。令狐阳懒散地走着，耷拉着头，看落叶与脚磕绊。

龙文章家正吃夜饭，令狐阳有气无力把门敲开。龙文章把他让进里屋，看那情形，嘴儿和肚皮都瘪着，忙让爱人煮碗煎蛋面来。等令狐阳坐下，龙文章故作轻松问道："事情解决了？"令狐阳点点头，失神地盯着龙文章，像是征询，又像是求助。龙文章晓得他被停职检查的事，不想伤他，故意把话题引开。问盛琳在家不？令狐阳叹了一口气，说才与老婆吵了出来。龙文章问为啥？令狐阳摇摇头不愿说，只是问他有酒没有。龙文章笑了笑，说："你晓得我不喝酒，你要喝的话，我这叫家里人马上去买。"令狐阳嘴角掠过一丝苦涩，说："背时了，人躲我，酒也躲我。我到别处去找找。"龙文章忙拦住他，说："面都煮好了，你吃了再走。"说话间，面端了来。令狐阳挑了两筷子，又放下了，把碗推开，问："你看我该找哪个说说？"

龙文章见他把话已挑明，避是避不开的，直接说："就看你还愿不愿意当。愿意当，几个书记都要去找，不愿意当，可以一个都不找。"

令狐阳问："你看我当好，还是不当好？"

龙文章站起来说："我看当和不当都由不得你，关键在郑书记怎样看你？他认为眼下教育上还离不开你，你想不当都不行。如果他心中已有人选，这就是一个最好时机，换你没商量。"

令狐阳仍是不解："照你说来，我不成了案板上一块肉，横切竖切任由人摆布，我连哼都不能哼一声？"

龙文章用指头点了点茶几，说："错了错了，不是要哼，而是要吼。"

"你才说当不当都由不得我，又去哼啊吼的，做啥？"

"都说你聪明，咋又糊涂起来。我问你，郑书记的态度你知道不？"

令狐阳摇摇头说："不好猜。说是保我，就不该停我职。说要下我，就该指定能干点的人来负责，不会安排曹达这样的书呆子来应付。"

"这就对了，不明确你得去弄明确。就去找郑书记谈，郑书记不空就找奉县长，实在不行找王部长都行。"

"找宋书记，刘强不行？"

"你找他两个说啥？一个管纪律，一个管教育，两样你都说不清楚。你说对的，他会说不对，你说不是的，他会说是，只有吵架的分。"

"我找另外的人还不是说这些，格外说啥？"

"唉！我知道你这两年一肚子委屈，现在不是倒苦水的时候，以后有的是机会。先说你愿不愿意当。"

"愿意又怎样？不愿意又怎样？"

龙文章在屋里来回走了几步，把思路捋了捋，说："愿意当，你找到领导不要解释，拿出一个大势已去，心甘情愿接受处分的姿态。只做一件事，举荐人才，特别是对你有意见的如曹达，建设局陆主任，国土局周局长，包括钱局长，凡是郑华可能要安排的人，你都举荐到，不要漏掉一个。多说好话，一定要言语恳切，懂不懂？"

令狐阳不知把这些人扯进来做啥？说："除了曹达，这些人都不想当教育局长。"

龙文章坚持说："不论他们想不想当，你都要提出来，真心实意推荐给郑华。你要晓得，你说的每一句话都要传到人家耳朵里去，他们听到会怎样想？会说令狐阳这人还可以，一下化解了矛盾。至少他们攻击你的时候，手下要留三分情。他们若是不愿意去教育上干，一个二个就会千方百计去说脱，最好的办法就是把你留住。大家一齐来留你，还愁留不住？"

令狐阳听起有意思，说："那我不想干呢？"

"不愿干，要么不去说，要说你就要多诉委屈，要给人一个印象，前面难走的路都被你蹚平了，今后就是一马平川，坐轿子享现成福了。你的全部委屈就搁在这上面说，直到把听的人说烦，说发气最好！"

"我知道了，可我像大笨钟的钟摆，成天甩过去甩过来，就不知该不该当（噹）。"

"这个你定，我不当你这个家。"龙文章说。

令狐阳眼珠泡在泪水里，一动不动，说："我就是为难才来找你。我是当也难，不当也难。当下去，摊子铺得实在太大了，三个多亿，还在继续上。别怪刘强说，就我自己都心虚。今后到哪儿去找钱来填恁大个窟窿？不信你看嘛，从下学期开始，包工头锁门，打官司的事会手牵手来。到时候教育局不做别的，光下去赔笑脸，说好话，求人家开门都会忙不过来。说不当嘛，工程全都上马了。只要说声我不当了，没有人敢拍胸膛保证给钱。一个二个工程停下来，那损失就大了。到时候把我弄去杀了不要紧，一帮校长和搞建修的人害苦了，不晓得会逼死多少人。"

龙文章用手指点了点道，"我说令狐阳呀！改变不了别的，还改变不了你自己？顺着想不对的事，倒过来想也许就对了。当下去，对得起自己的良心，同一帮人共患难。不当，一身得解脱，谁也怨不得你。对不对？"

就这几句话，把令狐阳弄得一愣一愣的，好半天才回过神来，闷着头兀自回到茶园小屋，紧闭门户，任凭门外棋声砰砰，电话叮当，脑子和肚子里面始终空空如也。

过了两天，余茗急了，打电话找盛琳，说令狐阳不吃不喝要成仙了。盛琳也急了，打电话给龙文章，说令狐阳鬼迷心窍，被吴媛把魂勾走了。龙文章想法弄开门，见令狐阳端坐床上，低眉凝目，朝西嘀咕。龙文章趋前问道："悟透了？"令狐阳竖起手掌，合眼念声阿弥陀佛，缓缓道来："佛说，放下。"余茗惊讶道："咦！你头发不剃就皈依佛门了？"龙文章摇摇头，气定神闲道："哪是皈依，是收留。"

佛在秋风中。天清气爽，难得一轮月牙上来，钩挂几缕云丝如拂尘掸扫，世间烦恼随风散去，缥缈禅意弥漫夜空。

3.

盛琳正在气头上，这气还生得怪，不知是生谁的气，找不到发泄处，只好憋屈着。憋不住时就一点一点地往外泄，刚一泄出点，又觉不妥，好像发泄得不是地方，又得忍回去。像拉风箱样，鼓起来又压回去，叫人难受。说来是生令狐阳的气。他官帽子被人摘来挂在一边，光着脑袋回家还顶撞人，这叫盛琳受不了。对令狐阳吵，你在家里耍啥威风？有本事找罢你官的人闹去。你不是很会说吗？找他们说去呀！吼婆娘算啥本事。把令狐阳吵走了，几天不回家，再后来，听说他投阿弥陀佛了，心里又软下来，觉得令狐阳怪可怜。官当得好好的，天上掉下一坨祸事，熬更守夜把死人处理好，自己又被处理了。换了谁也冒火，回家使点小性子，也该让着他。

说来该生县上头头的气，就是郑华奉志那伙人。令狐阳不当教育局长，他们打打伙伙地把令狐阳套进去。套进去了，就该好好给他撑起，不该落井下石。出点事就把帽子给人家摘了，这一个二个尽是些狼心狗肺的东西。可又一想，死了三个人，三条命啊，总得找个人去顶。虽说祸事天上掉下来的，总不能叫老天爷来负责。他是教育局长，不找他找谁？这领导的气，也不好随便生的。

这气找不着出处，那就憋着吧！可又憋不住。令狐阳的官一抹脱，处分意见成了气象消息，许多人的脸色马上晴转阴。前几天才一起吃过饭，帮过忙，说话哈哈连天的人，现在隔多远就转身了，只怕沾上你走不脱。你说那曹达，同乡、同学、同事，踩着令狐阳肩膀上去了。这才几天，见面就板着一张死人脸，说话都用鼻子哼哼了。若是以往，扇他几耳光都敢。眼前不行，令狐阳的势没了，还得忍着。

盛琳从未像今天这样忍得。看不惯人家的势利眼，那就在家待着吧！待着也不清静，麻烦事、啰唆事竟自己找上门来。这下她有的是事情做了，令狐阳不在家，她充当起"临时局长"来。

先是一个二个亲戚朋友，拿着大学委培协议来托盛琳去盖章。这事哪儿钻出来的，往年从未听说。她小心翼翼打电话问刘君。

刘君告诉她："这委培是令局长来了后才有的事。令局长说，高考就差那么点分数，人家愿意拿高价去读·读了还愿意回来教书，正好解决师资不足的问题。多好的事，叫我敞开办，只要是读师范，多多益善。现在曹达主事了，一个也不准办，说这些人留下来再复读一年，明年全县的高考上线人数增加有望。还说这关系教育全局的事，也只有为行才知道，令狐阳那种半罐水到死都不懂。并警告刘君，若是发现有一张委培办议盖出去，就叫刘君这辈子再也别想摸公章了。这老乡整老乡，非得泪汪汪！"

盛琳很生气，她气令狐狙，更气曹达。气呼呼地对来求她的人说："那狗日的曹达，有点权力要用够。你们去找他闹，他不答应，就去找书记县长，告他狗日的，就说没给他送钱就不办。看他还敢不敢挡！"

一拨人前脚才离开·另一拨人后脚又到了，全是些五十多岁的大爷大妈。一个个苦着张脸，脸沟沟里泪水长流短流，屁股没搁稳，就吵着闹着要令局长出面帮帮他们。说着说着，有人就哽咽得说不出来。

听了半天，盛琳好容易才弄明白。这是一些快到退休年限的老民办教师。这两年民办转公办，按令狐阳的安排，一律按年龄从大到小，先保证快到点的人转正。今年省上出了文件，男到五十五，女到五十，一律不安排。这些人辛辛苦苦几十年在边远山区埋头教书，早晚都盼着当个正式教师，熬到头来却说不行。个个自杀的心都有了。不知哪听来的，说令局长有办法，邀邀约约进城来求救。这省上规定的，来找令狐阳有屁个用。盛琳又气又恼，说令狐阳垮台了。就是不垮台，也帮不了你们，那是省上的规定，谁也干瞪眼。

来的人就是不相信，任凭盛琳把令狐阳说得一分钱不值，连根稻草都不如，可人家就要死死抓住这根稻草喊救命。盛琳没法想，只图把人打发走，说，行！你们硬是相信令狐阳这味药，那你们去把他的局长要回来。要回来了，就给你们办！盛琳的想法很简单，别说省上的文件不能改，就是县上做的决定也改不了。她说这话，无非是让这帮教死书的老师知难而退。

可这帮人就一口咬定，没有令狐阳做不到的事！真相信只要令狐阳在位，这事肯定能办成。

盛琳做梦也不会想到：这帮死脑筋，菩萨不信偏信她的。跑到县委办公大楼前，挤挤坐了两排。闭口不说民转公的事，口口声声为令局长喊冤，说令局长拆了这么多危房，修了这么多新楼，不仅没奖励反倒遭陷害，实在不公平。

龙文章很快晓得了这事，认定是令狐阳安排的，佛门没进倒入了邪门。不过，这是不是有点过头了？不想当也不能这样干，真激怒了县上领导，要惩办你一下，恐怕到时候你想当和尚都找不到庙门？

龙文章丢下手中的事，亲自到茶园找令狐阳说清利害。人未走拢，多远就听见令狐阳的粗喉咙张圆了在吼："你娃儿不仗义，仗着有几步棋不得了，挖苦到我头上来了，老子丢官不丢人，赢得起，输得起，用不着你让棋来糟蹋我……"

龙文章进门，见满地是象棋，棋盘倒扣在地上，看来才掀了不久，老帅还没将死在地上乱转。令狐阳正叉着一只手，另一只手指指戳戳在骂人。余茗扳着他肩膀劝他："大量些，大量些。"一眼瞅见龙文章进来，像见救星一样，忙喊："对了！对了！龙主任来劝两句。"

令狐阳见龙文章来了，收了口。喊声："端碗茶来！"扯过一把椅子让龙文章坐，自己也拖过一把椅子来坐下。见龙文章皱着眉头看自己，不好意思解释起来：这几天心情不好，下棋老是输，连过去让子都要赢的新毛头，都盘盘赢他。心中更是火冒三丈。心想反正是输，何不找个高手输了名声好听。余茗把任棋王找来，奇了怪了，他反倒盘盘都赢。怀疑任棋王在下安慰棋，心里不舒服，把棋盘掀了正骂他。

任棋王一脸无奈，走过来解释，怕触霉头不敢叫令半罐，小声说："令局长，龙主任也在这里，你听我说两句。我确实不是让你，输了几大串钱了，我还不想赢回来？你今天的棋确实与往天大不同，全是怪七怪八在下，动不动就弃子，就拼命。我还怀疑你是不是请了哪位大师点拨了，棋力增长吓人。我正想说这盘下了后，请你帮我复盘讲解下，哪知你发气把棋盘掀了。我再牛，也不敢在你面前逞能。多年的朋友，这点感情还是有。"

听棋王说来恳切，令狐阳摆摆手，打断他的话说："算了，不说这些，龙主任来了，我们说几句话。"龙文章看四周都是人感觉不方便，说声："是不是换个地方？"令狐阳懂起，请龙文章到后面，把那间客房打开，余茗忙把茶水端进来，拉上门后离开。

见令狐阳输了是气，赢了也是气，龙文章笑着问道："你不是皈依佛门了吗？"

令狐阳苦笑着说："和尚下棋也争输赢的。"

龙文章问令狐阳："你咋回事？把一伙民师支到县委去喊冤，只有坏事的。你再不想当也不能这样做，真把县上领导激怒了，你才知道锅儿是铁铸的。"

令狐阳一句话也没听明白，木头木脑地问："谁在喊冤？关我啥事？"

龙文章见令狐阳一脸木然，这才知道他可能不知情。忙把那伙老师闹事说了一遍："我还以为你知道，他们都说你老婆怂恿去闹的。"

令狐阳听说又是盛琳生事，咬着牙骂道："那个贼婆娘，没做过一件好事出来！我这就去把他们轰走。"

龙文章一把拉住他说："这个时候了，你反而不能去，此地无银三百两，去了恰好证明是你指使的。你现在先在这里继续下棋，日后调查起来，茶园的人还可给你做证。盛琳那里你别去怪她。你一责怪，她就急，说不定又会弄出什么事来。我这回去打电话跟她说，不要再管你的事。"

龙文章走了，令狐阳再无心思下棋，从床头摸出酒瓶子来，也不管佛门准不准喝酒，闷头灌了一气。扯过被盖捂上参禅去了。

几个闹事的老师中有那更实诚的，见静坐一会儿没人来理睬，竟派人悄悄跑回盛琳家去问怎么办？盛琳听说他们真跑到县委办公大楼前静坐喊冤，差点没一大耳光把人扇翻。她想，这下坏事了，令狐阳回来肯定饶不了自己。赶紧跑到县委办公楼前来劝阻。几位大爷大妈不见了，东问西问，才在信访办找着他们。

大爷大妈们见局长老婆来了，赶紧给他让坐。搞信访接待的老贾与盛琳熟，见了盛琳直摇头，说："盛琳，你这事做拐了。有事你来说一声，就骂两句都没关系，可以瞒着不让领导知道。这下好了，上面正好开书记办公会，个个过路都看见了，我们想瞒都瞒不住。聚众滋事，扰乱工作秩序，你用铁刷子都刷不脱的罪名。"见盛琳还愣着，生气也吼了一声，"你还不把他们叫走，硬要等公安局拿着手铐来才肯走？"

盛琳吓着了，带着哭腔说："先人伯伯！你们回去好不好？实在想闹，到我家里去闹行不行？求求你们了。"见盛琳真急了，一群人站起来离开，边走边问盛琳："我们到这儿没闹对呀？又该到哪儿去闹？"盛琳气急了，指着信访办问他们："人家怎样回答的，是不是不能办嘛？还要我说多少遍。"

这群人不依她的，齐声说："没有说不办呢，人家说一定把我们的意见转给领导。一旦令局长的问题解决了，就及时通知我们，还把我们的地址记下了的。"盛琳脱祸求财，连说："好好，你们回去等消息就好了。"

盛琳回到家里，想想有点后怕，老公正受审查，这不是错上加错？她拿起电话赶紧给王南下打电话，没人接。又打龙文章，听她后悔不已地诉说一通后，龙文章正好劝了几句，再三说："晓得错了就不要再犯了，千万不要再去找任何人掺和。你不晓得利害，只会给令狐阳添乱的。"

盛琳在家仍是心神不安，像临产的孕妇，非得把肚子里的东西倒出来才行，总想找这个那个说说。一摸着电话，又想起龙文章办的招呼，手又缩了回来。后来实在忍不住，心想别人找不得，妇联秦大姐该可以吧？盛琳从妇联出来的，有事找娘家人没错。打电话到妇联，办公室说秦大姐住院了。原本想电话上说几句，这下必须去看看才行，赶紧收拾东西出门。

在住院部二楼护士站，几个护士正闲谈。盛琳问秦洁住哪儿？小护士朝里努了努嘴，说："有人说话的那间。"她拎着水果，顺着声音传出的方向走去。

过道里，那边的说话声越来越大，突然一声："令狐阳栽了！"传来，是宦丹丹的声音。盛琳下意识停下来，听她下面说什么。宦丹丹那娇滴滴的声音又传出来："胆子也太大了，居然指使几个乡下老师去县委为他喊冤。也该他背时，今天恰好开书记办公会，把几位书记气惨了。"

里面另一个熟悉的声音传来，是何泽凤，有点不信宦丹丹的话，说："书记气惨了，你咋知道？"

"你还不信？我学给你听。宋书记说：这令狐阳想干啥？刘书记说：这是对组织不满，叫人来示威。奉县长说：这混账东西，安心不想当了。郑书记呀！"说到这儿，话停了，急得何泽凤直催："郑书记怎样说？你说呀！"宦丹丹故作神秘地说："郑书记呀，什么也没说，只是板着脸，眉头皱得呀，两道眉毛都快挤到一堆了。那眼神呀，都快喷出火来……""得！得！丹丹你别瞎说了，你又不在场，你知道郑书记眼睛喷火了？"这是秦洁在制止。

"我不在场，我可是听在场的人说的。反正令狐阳这次是外甥哭丧，没舅（救）了。"宦丹丹幸灾乐祸的声音。

"幸好！幸好！我们家郝仁走得早，不然遇上这事儿，会把他吓死。"

秦洁说："也是你们家郝仁命好，没遇上这事。"

何泽凤说："遇上过，好几次呢。就是没死人，你说怪不怪？"

宦丹丹扭住令狐阳不放说："你说令狐阳这两口子傻不傻，支几个民办教师去闹事，不是给自己添乱吗？"

秦洁很肯定地说："绝不是令狐阳干的事，说不定他啥都不知道。"

何泽凤说："不是他干的，还有谁干的？盛琳怕没这个胆子吧！"

宦丹丹的声音："不管是谁干的，为令狐阳喊冤，账就要算在他令狐阳头上。我看他俩口子抱着头去哭吧！"

秦洁说："教育上那摊子也够大的了，家不好当啊！泽凤你是知道的。"

何泽凤说："现在好多了，至少教师工资解决了，每年还有几百万教育附加可用。我们郝仁搞那几年，那才叫难！啥都没有。"

宦丹丹不高兴了，好像曹达已经是局长，说现在好多了，那不是说曹达捡了个便宜。嘴巴一撇说："现在是好多了，叫郝仁再回来搞几年试试。"

何泽凤也不饶人："有喧试的，又不是没当过。"

盛琳正听着，纪青巡房过来了，正要与盛琳打招呼，盛琳忙摆手，纪青会意笑笑，推开门进去，竖起手指"嘘"了一声，指指外面，里面的争吵声一下停了。宦丹丹站起来告辞："秦大姐，安心养病。"出门见盛琳坐在外面，心知她全听见了。听见就听见，谁怕谁？索性昂起头，装作没看见径直走了。

盛琳等何泽凤出来，勉强打了个招呼后，才推门进去。刚叫了声"秦大姐'，眼睛就湿了。纪青知趣，叮嘱病人几句，也带着护士离开了。

下班了，纪青没忙着离开，等盛琳出来后，陪着她走了一段路。纪青说："令局长正走烂路，跌跟头难免。当女人的要扶着帮着，他心烦时，陪着他四处走走，多弄点好吃的，别把身体拖垮了……"

直到分手，纪青说的全是如何体贴照顾令狐阳的话，说话的语气到内容，像是在做示范，教盛琳如何做一个贤惠妻子。

望着纪青离去的背影，盛琳想起秦洁说过的话："警防令狐阳丢了官，你丢了丈夫。"

在路旁一个公用电话亭里，盛琳迫不及待地把廖胖子拨出来，要他捎信给山上的哥哥，多弄点好的"山货"来。

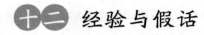
有一种假话像是预言，过去没有的事，一旦说了，保不定今后就有了。

1.

今年冬天特别冷，入冬后没几个晴日，临近年关纷纷扬扬下起鹅毛大雪。雪压塌了好几个学校的校舍。好在是假期，没伤着人。

奉志要找郑华谈谈，教育局长的去留不能久拖。各学校的工程陆陆续续停了工，见天有上访要工钱的。全县排查出的危房面积越来越大，几乎都是 D 级，必须立即拆除。曹达成天在找奉志汇报，有时与分管副县长一起来。一说就是半天，说的都是同样的内容，要钱要人要地盘。每次从东到西，从南到北，全县的学校挨着说个遍。这书生办事还较真，每次都拿着本本逐条说，说完了，还在上面注上一笔，某年某月某时在某地向某人汇报，只差没让奉志签字画押。

奉志开始推给分管副县长，后来推给刘强。再后来，曹达干脆拖着两位分管教育的大爷一起来找。奉志说钱也好，人也好，又没搁在我兜里，再找也没法。说过去令狐阳没闹这几样，也把局长当得好好的。曹达说这不能比，令狐阳是正式的，他是临时的。

临时的要转正，得郑华点头才能算数。

郑华终于点头了，确定谁当之前，先要定令狐阳的错误性质。几位书记聚在一起，听宋季汇报对令狐阳的调查结果。错误很严重，以至宋季谈起神色都很凝重："乱占耕地 3000 多亩，违规建筑面积 60 多万平方米，调人进城近百人，私签委培合同上千人；长期不抓教学活动；危房垮塌致死三人，二十多人受伤；人心涣散，教师改行四十多人，全都没收改行费。做这些事时，令狐阳目无组织领导，不请示，不汇报，一切个人说了算。"

刘强补充："对组织处理不满，煽动民办教师轰闹县委，为个人要官要权。"

郑华问宋季："你们纪委的意见是什么？"

宋季说："按令狐阳的错误，拿10个人分担都够处分了。可他欠了一屁股烂债，他下去了，谁来还？下面好多工地停工了，天天有集体上访的。上个月还有校长自杀没死的。这个时候把令狐阳处分了，让他一边乘凉去，好像有点便宜了他。"

郑华又问："有没有贪污受贿的行为？"

宋季回答："还没有发现。"

刘强十分肯定地说："没有才怪！一分钱没得，他哪来那么大的干劲？"

奉志说："有没有要凭依据，不能凭分析说怪不怪的。"

宋季一点不见刘强的气，反倒顺着他说："我也觉得怪，征用城周边的几块地，几十亩面积，竟没有查出一分钱的招待费。查账的人都怀疑，不可能一支烟不抽，一杯酒不喝。"

郑华想了想说："撤换也，理由很充分，我看他也巴望着我们去换他，问题是谁来干？"

刘强忙插话："曹达同志就可以。通过这段时间考验，他完全可以胜任。年龄，学历，专业都合乎要求，样样都比令狐阳强。"

奉志不满这种说法："要说年龄，学历，专业，谁也比不过郝仁。当初还不是把他换下来了。"

刘强回了一句："总比那没有教过一天书的好。"

郑华摆摆手止住两人，问宋季："还是你说说看，你做了调查的，最有发言权。"

宋季皱着眉头说："若是要讲平稳，大局不乱，这种一味乱来的人早就该撤下来了，不然干部不好管。可我又在想，教育上而今这种状况，假设换我上去，恐怕也想不出什么好办法，照样是乱哄哄的一团糟。撤不撤他，我拿不稳。"

郑华把脸对着奉志说："你分析看，令狐阳在想什么？"

奉志晓得是必答题，说："听龙主任说过，令狐阳已做好了撤职的准备，说不定叫民办老师来闹事，就是激怒领导早下决心撤他，用他的话叫早死早超生。"

这话刘强不爱听:"他还想得美,犯了错误,还想掉换好单位,就不能将就他这种人,就地免职。"

郑华又问刘强:"听说年后省上要开百万人口大县的教育局长会?"

刘强说:"正说要请示你,这局长未定,派谁去好?"

郑华明确回答:"曹达在主持工作,当然是曹达去。"过了一会儿,郑书记长长地叹了一口气,说:"教育上的事复杂,又要高标准普九,又不能增加农民负担,到底路在哪?还得上面拿办法。我看这样,再急也不在这两天,等省上会开完了,我们再根据省上会议精神定。"

刘强刚回办公室,曹达来电话打听会议确定的情况。刘强告诉他,你的事,我提出来了,没人附议。不过,决定虽没有做出来,事情已明确无疑。会上没有一个人为令狐阳说话,连奉县长都没有要他复职的话。郑书记指派你参加省上会议,这还有什么说的。曹达说:"你那里说话方便吗?"

"方便。"

"是这样的,省上通知我们县教育局在会上介绍普九经验,你看我们咋个整?"

"好事呀! 你没有写过经验材料吗?"

"刘书记,我才主持工作没几个月,现在去介绍经验,还不是给令狐阳唱颂歌。"

"你傻呀! 你把他的事反过来说就对了。就讲怎样纠正他的事。"

"行吗?"曹达担心地问。

"有什么不行的? 不放心的话,你找市上燕局长商量去。"

远处几声鞭炮炸响,年味从大街小巷飘出。

2.

新年刚过,曹达买了辆桑塔纳,嫌新车真皮味刺鼻,叫张远买了瓶香水喷洒。第一次到省城开会就很风光,新车新局长,还要在台上发言,还要与省领导合影。发言材料交上去没通过，岂止是没通过，简直是一盒摇头丸，让大会组织者集体摇头不止。曹达被叫了去，问咋回事？经验材料成了批判稿。曹达说："我们县教育局长换人了，先前那个姓令的，因胡作非为被停职了，县上正对他的错误进行清算。"

"怎么个胡作非为？"有人问。

曹达举了几项，什么"九年一贯制呀"，什么"儿子老子"理论呀，什么"乱铺摊子"呀，全县一窝蜂上了一百多个工程呀……省教委一班人听得津津有味。曹达越说越有劲，连令狐阳虚天下棋，不务正业都一并说了。直到开饭时间到，还呱呱嗒嗒舍不得停口。

省教委主任曾文问曹达："你说了半天，那姓令的错误在哪？"曹达环顾省教委几个头头儿的脸色，一个个表情全是迷惑。受了感染，曹达也迷惑，这些不是错误是啥？未必不够么？

曾文用手敲了敲桌子，说："这样子，明天第一个安排你讲，但不能念你的稿子。"

曹达惊讶地指指自己的胸膛，问："我？不念稿子，我讲啥？啥都没准备。"

曾文说："没关系，就按你先前说的，再说细点，譬如钱是哪来的？三个多亿，一两百栋楼全上了，这就是奇迹。至于他受处分的事，可以不讲，免得大家听了寒心。好！就这样定了。你不是没准备吗？法规处余处长配合你，美女处长给你当秘书。你口述，她给你记录整理后印发下去。"

曹达感到惶恐，才说句："这咋行！"没等他说第二句，曾文拍拍他的肩膀，领着一帮人走了。美女处长叫余佳丽，留下来陪着他。她笑吟吟地看着曹达，可爱也可恼。曹达只好对她说实话。钱，全是姓令的哄来的。余佳丽问怎么个哄法？曹达说他下去喝酒，像土匪一样，酒碗对酒碗一碰，干了，钱就出来了。越说越玄，越玄越没人信。余佳丽笑笑，摇摇头也走了。

入夜，宾馆歌厅里，霓虹灯闪烁，人影晃动，有人声嘶力竭地吼唱，"……路迢迢，水茫茫，迷迷茫茫一村又一庄……"

茗枰茶园里，余茗玉把两束梅花插进花瓶。

刘君拨开观棋的人群，对正专心下棋的令狐阳，轻声说了句："燕局长通知你马上到省城开会。"

令狐阳好不舒服，一来正兴头上，二来听到姓燕的就烦。一句粗话回过去："开毯的个会！我又不是局长了，叫他安排曹达去。"说未落地，高喊一声："将军。"身子跟着扑过去，像要把对方老将按在身下掐死。

刘君说："曹局长早去了。他说不清楚，这才叫你快点去。明天上午要发言。"

是好事！令狐阳拈棋子的手，伸出去又缩回来，问道："发什么言？"

刘君摇摇头说："我不知道。"

令狐阳皱皱眉头说："就是审判我，也得给个罪名。这不明不白的，我去发个什么言，不去！"话落脚，缩回来的手又伸出去了。重重一击，示威样喊了声："将军！"

龙文章跑来了，说是市委书记找了郑华，郑华找了奉志，奉志安排龙文章来的。龙文章第一句话就是："你还不快点走！"说完就把棋给他搅了。对方是四大护法中的老大，叫龙头，眼看输了，巴不得搅局借势下台，说声："算了嘛，这一局我就不赢你了。"令狐阳不干了："嗨嗨！你想赖呀！输都输了，你还讲狠。"龙头有意气他，说："我输了么？我输在哪？"令狐阳仍不饶他："你还不认账，大家看着的，我给你复盘。"

一旁的龙文章着急，平生第一次毛了，吼道："令半罐，你到底想咋的？安心再背个处分才舒服。"令狐阳见龙文章脸色转青，少见老师这样发威，一下规矩了。看了看表，软下口气说："没班车了，就是要去，也只有明天。"

龙文章也降了调："车子已给你安排好了，专车送你去，你下棋伟大。"

令狐阳瞪了一眼龙头，忿忿地说："你等着，我开会回来再找你算账。"

张远开着新买的桑塔纳来送令狐阳。听说买新车花了 18 万，令狐阳心里像被人剜了块肉走，坐在车上扭来扭去总说闻不惯那个味。他不听张远解释，硬说真皮味其实就是动物的体臭；所谓香水，不外乎从鲜花中提取的，也就吸引蜂蝶授粉的骚味。从不晕车的他，在路上停下来吐了三次。张远递纸巾给他，擦一次嘴儿他叹一次，一栋教学楼坐塌了。

车到省城悦来宾馆时，东方已发白。令狐阳还未入梦，就被曾文叫了去，问："准备好了吗？"

令狐阳木头木脑问："准备啥？"

曾文扭头看着余佳丽。余佳丽说："我等他到晚上十点，没等着。"转脸问令狐阳:"曹局长没对你说?"

令狐阳摇摇头,余佳丽才知道曹达没说。直接对令狐阳说:"把你们普九的情况讲一下,怎样发动的,怎样集资的,现在动得怎样。总之,怎样干的怎样说。"

曾文很不放心,说:"调整一下,给他半天时间准备,下午再讲。"

令狐阳听说要他介绍普九情况,正好借此在会上喊冤叫屈,两眼放光,印堂发亮,人一下往上窜高了许多,明声朗气地说:"没关系,都在我脑子里装着的。"

曾文不同意,说:"还是准备一下好,下午你第一个发言。"

宾馆的小会议室,边边角角坐得满满的。发言很踊跃,成了大县教育局长诉苦大会。个个来自火热的普九第一线,提的问题烫手,揪心,难堪。

从第一个发言开始,令狐阳听起来就不是滋味。一个个上去焦眉愁眼的,像从垃圾堆里扯出来的叫花子样,灰头土脸,没点精气神。所有发言的人,除了口音不同,都一个腔调,转过去缺钱,转过来缺教师,怨领导不重视,怨政策不到位,怨这怨那,就差没怨父母生他的时辰不对。

少有几个好点的,也就仗着与县上头头关系好,给了几个小钱,在县城修了几栋楼,有几所学校还勉强看得。别看发言时稍有点底气,说声要用普九标准检查验收,一个个双手一推玩太极拳,来个如封似闭,连说看不得,看不得。

令狐阳想看看教育局给他准备的材料,却再也找不着曹达。他早已坐张远的车回去了。

听曾文说话口气,曹达隐隐感到事情不妙。令狐阳的救命菩萨来了,明显煮熟了的卤鸭子,竟还生出了活鲜鲜的咸鸭蛋来。他得赶回去同刘强商量,别让鸡毛真的飞上了天。

没有了材料没有了约束,令狐阳手脚放开,喉咙放开,他顶着风险干的小剧作,终于上了大舞台,还找到了欣赏者。他得重新考虑干和不干的事儿。真个上面认可了,他为啥不干?局长看来一时半会儿还撤不了。权当被撤了职又捡了个便宜,当一天是一天。索性放开胆子,借这个舞台把他的想法,已做了的,正在做的和将要做的,揉在一起端出来,是好是孬让领导听听。没人鼓掌,他识趣点,回去后别人不撤职,他都提起帽子扔过去还给领导。若大伙听得有趣,掌声响得还可以,他回去放开手脚干。大不了到最后再撤一次职,总要多干几个月。

午休时,令狐阳想了想,在纸上画了几个一二三,再眯了一会儿,下午提前进了会场。

会议由曾文主持，他先连比带画夸了宕县近两年来教育上的大动作，大变化。然后带头鼓掌请令狐阳介绍经验。

令狐阳站起来，像耍猴戏的向四周抱拳摇了摇，放开胆子，敞开喉咙吼了起来：

　　普及九年义务教育，说来是中国人"幼有所学"的千年梦想，可从上到下拿不出钱来，是一篮豇豆一篮茄子——两篮（难）。我想起了上小学时，我妈妈说过的一句话：再穷，人家的娃娃要读书，我的娃娃也要读书。这话若说给外国人听，就是你们的娃娃要读书，中国人的娃娃也要读书。没有钱咋办？我妈妈的办法是凑一点，借一点，欠一点。我现在还是这办法，在群众那凑一点，在银行那借一点，在包工头那欠一点。说到验收，相信人民政府说话算数，宣布了普九，就一定会验收成功。从省到地、县、区、乡，层层都要保证，到时候你不想合格都不行。（全场大笑，接着鼓掌。）我们这些搞教育的，不必操这份心，也担不起这责任。我们现在还有班级在吊脚楼上课，晃晃悠悠玄乎乎的，我们该做的事，就是如何利用普九做柱子，把吊脚楼撑起，撑得稳稳当当的……

　　我们在全体师生中，发扬老一辈勤工俭学优良传统，大力开展"五小"活动，由各级政府按村小一亩，乡小五亩，初级中学十亩，高级中学二十亩的标准，建立学农基地。学校规划，乡镇统筹，共划拨土地4000多亩。全县各学校从小种植活动中，每年收益100万元。开展小饲养活动，由学校出本钱，学生领养家禽30万只，全年可创收200多万。小采集，包括回收废旧物品，每个学生每学期完成30元。全县可创收1100余万元。小制作，学生编织小物件拿去出售，每个学生每学期2元钱，全年可完成100万。小商贸，各校成立了小卖部，经营学生的薄本，学习用具外，还主动为当地农民生活和农业生产服务。组织化肥、农药、种子等农资产品供应。各项统计下来，全县每年可创收三千多万元……

全场一片寂静，只听得笔尖划过纸的沙沙声。每当令狐阳喝水换气时，一双双惊呆的眼神望着他，生怕就此打住，瞒了好东西不说。

令狐阳说："我们认为，群众中拥有无穷的办学热情，这些热情就是钱！我们县群众自发提出，办好一座学校，就是葬好一座祖坟，要像修祖坟那样虔诚，那样舍得，那样巴心巴肝，祖宗才会保佑子孙后代兴旺发达。话靠政府去说，再苦不能苦孩子，再穷不能穷教育。棋靠我们去下，恶人该我们去当，恶名该我们去背……"

令狐阳讲完，全场一片掌声，经久不息。

当天晚餐，省教委的三任们率各处处长，纷纷前来敬令狐阳的酒，敬这位在普九泥泞路上摸爬滚打的亏帮长老。

余佳丽问令狐阳："你是北大毕业，还是清华毕业？"

令狐阳笑笑说："宕县'农大'毕业。"

曾文问："你在教育上干了多少年？"

令狐阳伸出两根指头，说："两年多。"

曾文又问："教过书吗？"令狐阳摇摇头。

曾文若有所思，说："幸好没教书。"

3.

也就在省城一个转身，春天又回来了。还是张远开桑塔纳接令狐阳回去，一路上草长莺飞，漫天遍野的油菜花黄灿灿地冲他笑嘻了。令狐阳满脸春风，张大喉咙再不呕吐，呱呱呱不闭嘴儿，鼓捣出满满一车泛调的老歌来。

令狐阳笑呵呵地在槟园下车，他把在省上的发言材料叫张远带回教育局。

曹达拿起令狐阳的发言材料看了一会儿。越看脸色越难看，由红转白，再由白转青，像是在看一部惊悚恐怖片。不待看完就气急败坏地出了门，直奔刘强的办公室。

曹达一条条地念，一条条地批驳，把几张纸拍得"哗哗"响，情绪异常激动地说："这不是明目张胆在骗人吗？全年创收 3000 万哪！谁见过一分钱的？假话大话连篇，居然讲到省上去了，赤裸裸一个骗子！比他土匪爷爷还坏的一个骗子！"

刘强坐不住了，带上发言材料急匆匆地赶到郑华的办公室。一进门，把发言材料重重地往郑华的桌上一搁，说："你看看！你看看！竟有这种品行的人，无中生有编造这么多成绩出来。目的只有一个，就是想保住他头上的那顶官帽子。先是唆使教师来闹，现在又骗取上级领导的信任。这不是明目张胆同县委叫板吗？就是藐视县委，就是看你郑书记有没有能力撤他这个局长……"

郑华把发言材料反复看了几遍，皱着眉头，一言不发地在屋内踱来踱去。刘强说啥，他全然没听进去。令狐阳说假话，这明摆着的事，用不着姓刘的说。令狐阳若是在宕县说这些话，不需谁提醒，早一巴掌把他拍下台去。这些假话真是令狐阳为了保官还好说，戳穿就是。可这是在省上的大会上，当着省领导的面讲的。很明显领导是听进去了，而且很欣赏，说不定就是领导授意他说的，我们说三道四地去追究，不是自寻难堪？令狐阳的话是假，可也不假。从来假话分两种，一种是真假，不仅以前没有过，而且今后也不会有，彻头彻尾的假话。对这种假话好办，一剑挑破就是。可有一种假话像是预言，过去没有的事，一旦说了，保不定今后就有了。对！问题就在这，令狐阳的假话就是这一种。他说的这些，很大部分确实没有做过，是假的。可真要像他说的那样做了，那结果也可能就是真的。这个结果可比令狐阳保官那个结果大得多，重要得多，这就是领导想要的结果。这假话不仅不能戳穿，反倒要保证它弄假成真。想到此，郑华心里有底了，不再踱来踱去，坐下来把桌上的茶水一口喝干。从纸盒里扯过一张纸来，擦擦嘴角后揉成团，随手扔进纸篓。这才抬头看了看眼前气呼呼的刘强，问："你说这事咋办？"

刘强看郑华不急不忙的神态，问这么个不痛不痒的话，心中不舒服，说："郑书记，我实在佩服你沉得住气，对这种瞒上欺下的人，你能容得下？"

郑华仍是不急不火，给刘强倒了一杯水，自己也续上水，又慢慢呷上一口，还是那句话："你直说，想怎么办？"

刘强顾不了那么多了，直说就直说，"通知令狐阳来，问他为什么要扯谎，责成他写检讨，再把检讨附上，送省上说明真相。给令狐阳严肃处理，以儆效尤。"

郑华听一句点一下头，等他说完了，马上表态："很好，不用令狐阳写检讨，就凭我们掌握的情况，足以证明令狐阳说的是假话。你试试看，先把真相告诉燕宏，你看他怎么说。但有一点，只能以你个人的名义找他，不能说是县委安排的。"

刘强听了这话不感冒："啥意思？令狐阳说假话还不能戳穿，我就不信戳穿了有个鬼叫？"

郑华拍拍电话机，催他说："不信？你来试试。"

刘强黑着脸走过来，当着郑华的面拨通了燕宏的电话。两人打过招呼后，刘强迫不及待地向燕宏把令狐阳在省上讲假话的事，噼里叭啦倾倒出来，满以为燕宏听了也会拍桌子骂娘，狠狠地谴责令狐阳一通。

出人意外，燕宏不但不气，还略带欣喜地说："我知道令狐阳发言的事了。现省教委余处长正在我办公室，明天就要到你们县来，总结宕县的经验。分管教育的庞副省长已在令狐阳的材料上做了指示，要认真总结经验，在全省推广。市委书记批示认真贯彻执行。你们要从全局来看这个问题，这不单单是一个令狐阳的事……"

刘强放下电话后，满脸沮丧，对郑华嘟哝了句："明天，他们要下来。"

郑华自言自语说："喔，客人要来了，饭菜还没准备。"转身对刘强说："你来开个会准备一下。"

刘强不相信，更不情愿："谁开会？我吗？"见郑书记点头，忙摆手拒绝："别！别找我，我没有那个打胡乱说的本事，还是办公室胡主任来吧。"

郑华说："你分管教育，躲是躲不开的。这样，胡主任主持，你参加。"

刘强问："通知令狐阳不？"

郑华反问道："你说呢？"

刘强好无奈，省上都离不开这味药，县上更离不开："那就叫他参加嘛！"

窗外古榕树上好闹热，秋去的白鹭回来了，兴奋得扇着翅膀，呱呱叫着抢占巢位。

胡主任是县委办公室的老主任，应付这些不在话下。接受任务后，他先打了电话同燕宏联系上，客人啥时候到，有多少人，要找哪些人，做哪些事，一一问清。再把领导的意图打听清楚，心里有了底，拟出了参会人员名单，一一通知下去。

轮到通知教育局时犯难了，通知令狐阳不？不通知他来，谁也说不清。通知他来吧，他还没复职。请示刘强，刘强气冲冲地说："不通知他就过不了日子？！"

胡主任不知他这是气话还是真话，只好再打电话问郑华。

郑华说："叫他来吧。"

胡主任提醒说："令狐阳还没复职。"

郑华余忿未消，说："先不给他帽子，让他戴罪立功。"胡主任担心令狐阳无职无权没人听。郑华责怪他："瞎操心！你还担心他这些。"胡主任听明白了，令狐阳这种人，能把鸡毛当令箭使，只担心他太张扬，哪用得着担心他无威望。

离开会时间还差一分钟，令狐阳到了。进会议室目光环顾一周，算是接见了大家。拣个靠角落的位置坐下，抱着秘书送来的茶水杯，悠闲地吹起来。

胡主任征求了刘强意见后，清了清嗓子，宣布开会。他说了省上这次来的意图，就是总结宕县的普九经验，在全省推广。地区和县领导都很重视，要求认真总结。一块肉不能埋在饭下面。要做到墙内开花，墙内墙外都要香。过去我们只顾做工作，没及时总结归纳，还缺少一些文字整理的事儿要弥补。今天把大家找来，就是要做一些弥补工作。下面请县委刘书记讲话。

刘强窝着一肚子火，一个本该受处分的混账东西，竟凭两张嘴儿，乱吹一气，真还吹出个天花乱坠、四方来朝的大功臣。自己还得踮起脚往他脸上贴金。他尽量把心弦调得低了又低，但话一出口，还是跑了调："我和同志们一样，是来做一件违心的事，做一件费力还不讨人家好的事。没关系，教育是人民的教育，工作也是各级党组织和政府做的，不是哪一个人的事。颂歌是唱给组织听的，是唱给人民听的，我们就一定要唱好，不能有杂音。说实话，把一些荒唐的事，生拉活扯说成是创举，是改革，我们是需要好好说服说服自己……"

胡主任见刘强只顾任性发挥，浑然不觉离题多远，丝毫没有收兵回营的意思。生怕误事，起身借着小解，出门叫来一个秘书，耳边嘀咕几句，重又返回会议室。不一会儿，郑书记的秘书小王来了，径直到刘强跟前小声说："郑书记有事找你。"刘强极不情愿地冒出最后一句："大家一定要记住，荣誉永远是组织的，不是哪一个人靠哄靠骗得来的。大家继续开会。"话完随小王离去。

胡主任接着说："刘书记说了很好的意见，是办好这事的原则。我们要把它细化细化才行。为了节省时间，我看就不绕圈子，事情是你令局长惹出来的，你来说该做哪些事。你先看看，有没有通知漏了的马上通知来。来齐了呢，你指名道姓一条条地说出来大家去做。各部门有意见提出来，没意见就抓紧回去做好，要不要得？"

几个局长一齐附和，说要得！令半罐这回抢了个头彩，你尽管吩咐，要放鞭炮，要披红挂彩，要打马游街，我们都给你撑起。

令狐阳心里乐滋滋的，想都没想该客气一下，真把这事办砸了，首先误的是教育上的事，捎带背时的是自己。他把茶盅往茶几上一搁，顾不得脸皮厚与薄，毛糙糙的，直接把话端上桌来："这事儿呀，不能说是我咋的，我也只有一个娃儿，要读书，用不着我费这么多力。"

众人先前听了刘强一番不着边际的废话，早有些烦，再不愿听令狐阳又来一番表白。刘强是领导不好说得，令狐阳再来啰唆，大家不干了。有人调侃他："看不出来，你令半罐还是一枝红杏，非得出墙才香。"有人讥讽道："令半罐，你不要得了好处又卖乖，知道你是人民的好儿子，千方百计在哄爸爸妈妈的钱用。直接说，该咋做？"

胡主任也说："令局长，你就直接说该咋做。"

令狐阳把头一偏，重重地"唉"了一声："我这是老实话，不信你看我在省上的发言材料，里面找不到令狐阳三个字。千万不要认为我是在卖乖，人家来总结，我们要汇报的，都是县委县政府的经验。大家不要当玩笑话听了，我再说一遍，是县委县政府的经验，不是我个人的经验。听懂了，自然就知道该准备啥了。"说到这，令狐阳把手伸出来，开始扳指头，说，"这首要的要看县委县政府的文件，这就要胡主任亲自准备了。"胡主任听说，赶紧在本本上记下：出一个文件，县委县政府的。

令狐阳继续说："措施，我的发言材料里有，把统一思想，加强领导，添上就行。建委要有个文字规定，明明白白写上几条优惠政策，啥免收城市配套费，确保按时开工呀，服务上门呀，然后是把你们各样证办好，连夜送到学校工地上去。国土局也要文字材料，表明你们提前规划，统筹协调，最后也是把《土地证》送下去。工商局对校办企业的营业执照历来是发齐了的，这次事情就少些，但也要准备好汇报材料，税务……"

胡主任听令狐阳说了半天，大家都有事儿，连信访办，他都说了一坨事。啥热情接待上访群众，化解矛盾，为普九营造一个良好的舆论环境。唯独没有教育局的事。

胡主任说话了："令局长，我看你也别空着，这出文件的事还得你来。你熟悉，措施你还可以完善，要解决哪些思想认识问题，你比我更清楚，你来写最合适不过。"

令狐阳一口拒绝："胡主任，别看我没说教育上的事儿，其实多得很。你看这样行不行？你来准备现场，我来拟文件。"

不待胡主任开口，有人插话："全县到处都是你的摊子，随便引到哪个学校都有看的，还用得着准备？"

令狐阳一听，这夸人的口味不纯正："你这话不对，胡主任先前说的你们都忘了？我们是工作做了没来得及总结。教育上也得总结一下吧！我们那些迂老夫子校长，离了教材就不得行，总不能叫他们拿着教材汇报。工地上还得有个横幅，欢迎一下该要吧……"

令狐阳用话把大家的嘴巴堵得牢牢实实。这些办证服务的事，原本就该早办快办。过去这些大爷不知哪根筋没理顺，不是这不对，就是那不对，生拉活扯拖到现在，这下仿佛用枪逼起了不办不行。敬酒没喝成，倒罚两杯，没有一个心中舒服。打定主意，好事不能尽让他令狐阳占了，参观到哪儿，应付到哪儿。说归说，参观完了还得按老章法来。

散会后路过一个棋友的办公室，令狐阳被叫进去吹棋经，问起那天同龙头的输赢。令狐阳口沫四溅神吹起来，说龙头那小子一盘赢棋赢不下来，倒被我翻盘了，你说他有个啥出息？此话传到刘强耳中，认准是在说他，一口气哽在喉管半天咽不下去。

4.

余佳丽在燕宏的陪同下如期来到宕县，令狐阳在边界上接着。燕宏不知他们认识，向令狐阳介绍道："这是省教委余处长。"令狐阳握着余佳丽的手说："处长姓余（性欲）好！"引来一阵笑声，连余佳丽也忍不住笑了。燕宏见令狐阳和余佳丽说话太随便感到突然。余佳丽笑着说："我们在上次会上认识，他一张油嘴儿，能喝能说。"

奉志代表县上做汇报，他捧着材料从头到尾念了一遍，后背上满是鸡皮疙瘩。

余佳丽听来，觉得比令狐阳的发言材料丰富了许多。有数据，有实例，大加赞赏。余佳丽围绕全省普遍存在的难题提问，问得细致，具体。这些事儿，县上一干领导别说回答，连听说都还是第一次。还好，有令狐阳在，任凭怎样问，他全是张口就来。两人恰如演戏对台词一样，把周围听的人弄得一头雾水。令狐阳一口一个在县委政府领导下，如何如何做的。颂歌、鲜花全往书记县长身上堆。余佳丽每到感叹处，总忘不了代表教育上的同人，对郑华一班人尊师重教的英明举措赞许感激一番。弄得郑华奉志好不自在。推辞表白，人家只当是谦虚。欣然领受又确实受之有愧。许多政绩已到了辉煌的程度，可创造者今天才知道是自己干的。犹如一个未上战场的病号，现在说他攻占了好多堡垒，歼灭了多少敌人。那滋味比令狐阳挨修理好不了多少。

听完汇报，余佳丽提出到现场看看，还要拍一些照片、录像回去让领导观看。按分工，现场由令狐阳负责。他分城镇、平坝、山区以及高中、初中、小学不同类型，提供了十多个学校供余佳丽选择。余佳丽很随和，就挑了汇报材料中提到的八庙乡小、龙寨乡小、山青村小和龙湾中学去看看。

八庙乡小最近才出了危房垮塌压死人的事故。据介绍，该乡人民在事故面前痛定思痛，化悲痛为力量，各方筹资兴建了一栋24间的教学大楼，现主体工程已完工。令余佳丽最感动的是：事故受害者亲属毅然将孩子的赔偿款拿出来垫支修了学校，要用孩子生命支撑起教育大厦，决不让悲剧重演。

余佳丽在教学大楼的顶层，见着了头戴安全帽的老冉夫妇。提到孩子的死，夫妇俩还哽咽不止。问到工程的资金，老冉更是眼眨眨地说："工程要扫尾了，各处欠款都在要。县上答应的款不到位，乡政府有心解决，上面又有规定不准搞乱摊派。家里所有的钱都垫出来了，包括孩子的赔偿款。现在正愁钱开支工人的血汗钱。"

余佳丽指着令狐阳说："问他要，他手上有钱。"

令狐阳不仅没有责怪老冉现在来将军，反倒有鼓励他叫苦的想法。见余佳丽点到自己的名，上前回道："老冉，你为教育做了贡献领导清楚，今天上午县长还专门向省上领导做了汇报。奉县长已表态要给你们解决，哪怕全县干部不领工资，都要给你们挤钱出来。现在余处长又来看了，不会白看的，肯定也有表示，不信你问余处长。"

话落脚，一片巴掌声响起。余佳丽笑笑，用一口标准的普通话讲："老冉夫妇的事迹很感人。过去为旧教舍流了血，现在修新教舍我们不能再让他流泪。既然来了，多少都要出点力。这样吧，你（她指指燕宏），你（指指奉志），我们都凑一点，我回去尽量多给点，至少15万。"

燕宏说："好吧，我给10万。"

奉志咬着牙也不敢怠慢："我也给10万。"

老冉夫妇的泪珠挂在脸上，两边嘴角被巴巴掌震得咧开，上前握住余佳丽的手，久久不能松开。

到了龙寨乡小，吴媛出来接着。难得一见的美女校长，客人们眼睛一亮。余佳丽把吴媛拉着，一同去看校舍。

教学大楼已全面竣工，四面乳黄色瓷砖上顶。大开窗，正立面呈波浪形布局。三米宽的过道，两个楼梯间设计成火炬，柄呈蔚蓝色，顶端火盆金黄，一束橘红的"火焰"在蓝天下熊熊燃烧。整栋大楼像一朵盛开的报春花，点缀在青山绿水间。

余佳丽参观下楼后，仍不住回首张望，久久不愿离开。她对奉志说："这楼放在省城，也毫不逊色。"接着又问奉志："这样的建筑，你们县上有多少？"

奉志马上喊："令狐阳，余处长问你，这样的楼我们有多少？"

令狐阳说："不敢修多的，每个区有二三栋做个样板，目的就是给人们开开眼界。"

这时，燕宏"方便"后过来了，对奉志说："你去看看人家的厕所，比你政府大院的好多了。"

奉志以为是批评他，应道："我那是旧的，回去拆了重修。"

燕宏说："我不是说你那个差，是这个太好了。全瓷砖，连地面都铺了马赛克。我敢说，是全地区第一家。"

余佳丽转身重新看了看校门，一把八米高的红白相间的钥匙直指蓝天。别致，深邃。她对燕宏说："你们该在这里开个现场会，让大家都来长长见识。"转身问令狐阳："花了多少钱？"

"近两百万。"令狐阳说完又补上一句，"全是欠起的。"

听到说钱，吴媛挤上前来，不顾客人在场，说："令局长，你别忘了，这房子打扮的钱该你给哟！杨老板是不是？"

杨揽头马上应声道："我在这。他答应的钱，就问他要。"

令狐阳嘿嘿一笑说："你们吼啥嘛，人家余处长已听见了，晓得她心软，不会

184

让我出丑的。"

余佳丽笑笑说："别望着我，我也表不了态。这次回去向曾主任汇报，若是定在这里开现场会，多少是要给你们解决点。"

令狐阳不知足，喊声："燕局长，你听见的，不能白看哟！要看得给钱的。"燕宏说："行！百块钱一个人，我买门票。"

宕县那天刮大风，吹啊！吹得人睁不开眼。令狐阳说是余佳丽带来的，大将出朝，地动山摇。

晚饭安排在县政府招待所，下午五点，一行人浩浩荡荡往回赶。令狐阳挤到余佳丽车里，想瞅机会再从她那捞点儿钱来。汽车在土路上颠簸行驶，余佳丽隔着车窗，欣赏沿途风景。令狐阳在前排掉过头来说："再过两年，现在修的教室又不够了。"余佳丽说："不会吧！哪来那么多上学的?"

令狐阳正要开口，汽车咯噔一跳，背转身说事的令狐阳头撞了一下，他揉揉头，继续说："'文化大革命'中，大家不搞物质生产，就在家搞人口生产。现在这一批人的孩子要上学了，你说读书的多不多?"

余佳丽说："各地不是在大搞计划生育吗?"

令狐阳叹口气说："难耶!"车正穿过一个乡镇，窗外不时有汽修铺子一闪而过，门边都摆着招徕客人的招牌，写着加水，加气，补胎。令狐阳对余佳丽故作忧虑地说："余处长，你知道计划生育工作为啥难搞吗?"

余佳丽随意说道："多子多福的旧思想作祟。"

令狐阳摇摇头，指指窗外面的招牌。余佳丽顺着他手指看去，只见招牌上写着"昼夜补胎"，感到不解，只好听令狐阳往下说："你看啦，动员一个计划生育对象去刮宫引产多难，白天晚上做工作，好容易拿下来了，可一转身碰上他们。"指指窗外的汽车修理铺子，说，"几分钟就把胎给你补上了，而且昼夜补胎，你搞得赢他们吗?"

余佳丽愣了一下，方才悟过来，"哈哈"一笑说："补胎，真是的，不仅音同，连字义都是相同的。"

<blockquote>
十三 胎气
</blockquote>

盛琳一下醒悟过来，顿时觉得世上少了一个笨人。

1.

　　冬天化了，春天露出了绿色的脸庞。风在一片嫩叶上滑过，惊醒了小草，探出头来向蔚蓝的天空道声鹅黄色的问候。

　　听说令狐阳复了职，那些频临退休的老民办个个欢呼雀跃，端起功臣的架子，吆吆喝喝来到县城。名曰庆贺令局长复职，实则是来找盛琳兑现诺言。盛琳家里别说坐，后来的连站的地方都差点没有。相互招呼后，都在回顾那天的情景。说着说着，还相互争起功来。有说那天靠自己态度坚决强硬，有说还是自己那天有理有节，有说全靠自己打黑脸，有说全靠自己委婉求全。归根结底一句话，要盛琳兑现诺言。

　　说起诺言的事，盛琳肠子都悔青了。原本一句赌气话，被这帮书呆子较真一闹，差点闹出大事。自己没怪他们，反倒邀起功来。管她是不是气话，老民办们揪住这话不放，盛琳拿啥去兑现？省上有明文规定不能办的事，别说令狐阳一个局长，就是个县长，是个专员都不行。盛琳怎样解释都不听，真想说令狐阳还没复职，只是县委政府在通知他开会办事儿。话到嘴边又吞回去了，怕这些人听了又去闹县委。只得打电话四处找令狐阳回来灭火。

　　说令狐阳复职是早了点，至今谁也没见着个纸角角儿。曹达私下也找过刘强，要求组织上按规矩办事，停职是宣布了的，复职也应该来宣布一下，不能荤不荤，素不素的，由他令狐阳个人说了算。

刘强安慰他："依眼前形势，令狐阳是名声在外，复职才合情理。现在郑书记只让他做事，不给他复职，表示还没定下来，你就还有希望。"

曹达问："那教育局谁说了算？"

刘强有点恨铁不成钢，稍带几分怨气说："你若是搞得清楚，连令狐阳开会的机会都没有，能轮到他咸鱼翻身？现在别去与他争。别看省上、市上都来人肯定了他的成绩，钱才是硬货。吹起每年要收几千万，全是假的。全县几个亿的窟窿才是真的。索性再让他跳几天，等他把洋相出尽了再说。"

令狐阳历来把事儿看得比官重，像下棋一样，你是天王也好，是半罐水也罢，下得赢才行。让他办事，只需一米阳光，保证灿烂辉煌，宣不宣布复职满不要紧。

盛琳好容易找到令狐阳，不敢说闹事的老民办们坐在家里不走，只说吴媛带着人汇报工作来了。令狐阳听她平静地帮吴媛带信，一脸狐疑，醋坛子改装蜂蜜了？又恐是真的，还是跟着她回去。

令狐阳进门就被围着，大家七嘴八舌地表功后，要令狐阳替他们想办法转正。说当年政府千挑万选送上讲台，而今竟嫌老了无用，要一脚踢下去，钱没一个，话没一句……几个女老师说着说着就哽咽起来。听得令狐阳心里酸酸的，好几次背过身去揉眼睛。

盛琳怕令狐阳吼她，才走到巷子口，便借口买菜，没敢跟他回家。等她东挨西挨，快到中午时才回去，家里已清清静静。

吴媛还真来了，与杨揽头一起来的。正与令狐阳说写报告向省上要钱的事。盛琳见令狐阳五官分布正常，鼻子眼睛没有皱成一堆，心中甜滋滋的暗喜，庆幸自己躲过一顿骂。又见令狐阳在埋头修改报告，吴媛凑拢在看，两个脸快贴到一起了。心中有说不出的味，就象乡下人弄的糖醋排骨烧焦了，酸不酸甜不甜的，一股煳味。

没与三人打招呼，盛琳一头钻进厨房，眼不见心不烦，自个弄起中午饭来。

不一会儿，杨揽头进厨房说："盛姐，不弄饭了，我们中午到外面去吃。"盛琳勉强笑了笑，说："米都来了，跑到外面去吃啥，就在家里吃吧。我跟你们弄'山货'。"

听说吃山货，外面的吴媛胃里开始发翻。她在山上长大，知道'山货'是啥，想起那黑不溜秋一身毛的龌龊样子就想吐，赶紧说："就到这儿了，下午再改。"

又对着厨房喊："盛琳，要吃就在外面吃，我怕你那饮食。"话未完，就往卫生间跑，"哇"的一声吐了，才觉稍许舒服些。

令狐阳埋怨盛琳："你是没得说的了，明知道人家听不得，你偏要说。"

盛琳暗自得意，老娘就是知道她听不得才要说，嘴里嚷道："对不起呀！我忘了你不吃耗子肉的。"只听得卫生间里，又传来一阵"哇哇"声。盛琳嘴角掠过一丝快意。亮着两只油腻的手，边往卫生间里走边说："你看我这人不会说话。漱个口，擦个脸。令狐阳的帕子就在上面，黄色的那根就是。"仍拿风凉话讥讽吴媛。

令狐阳责怪她："除了气话，你那嘴儿就没一句好话。"说完丢下报告也去卫生间看吴媛。

盛琳见令狐阳去了，又缩回厨房，嘴里还不饶人，说："啧啧，你还怪我，只要是个正经人都不吃那个，偏你是个猫变的，偷腥惯了改不了，还怪我？你不吃，我会说吗？"

吴媛漱了口出来，叫道："盛琳，走，我们出去吃饭。"

盛琳仍"嚓嚓"在不停切菜，嘴里应道："我不去，免得不会说话倒你们的胃口。"

令狐阳听不惯盛琳烧猪圈胁牛圈的风凉话，也想吴媛走了，自己耳根清净点。他对杨揽头说："杨揽头，你们去吃，下午到我办公室来拿报告。"

听盛琳夹枪使棍的，晓得她不欢迎，两人道声："好吧！"走了。

盛琳屏住气，不敢再吱声，连切菜的"嚓嚓"声都没了，一刀一刀慢慢往回拉，生怕弄出声响挨骂。还不晓得老民办们的事咋了？令狐阳若想发火，那理由又正当，又充足。除了怕，盛琳心中还有几分好奇，那伙老民办咋走了的？令狐阳难道连省上文件都不怕？

等孩子回来，菜上桌，酒给令狐阳斟满，一家三口动筷子了。盛琳实在忍不住，装作无所谓的样子轻声问道："那伙老民办回去了？"

令狐阳闷了一口酒，夹起一块"山货"在鼻子前闻闻香味，说："都回去办手续了。"

盛琳见令狐阳没有生气，好奇问："不是说不合规定吗？省上文件改了？"

令狐阳将"山货"送进嘴里，漫不经心地说："省上文件没改，我改了。"嚼了嚼咽下去，空出嘴儿又说，"我当着他们的面，给政工上打招呼，省上文件要执行，年龄一律以身份证为准。"

盛琳仍是找不着东南西北："按身份证确定年龄是啥意思哟？"

令狐阳又闷了一口酒，没忙着夹菜，用筷子点着盛琳训她："说你笨呢，你还不承认，你跟你娘家那个幺叔一样笨。文件是死的，人是活的，这多明白的一件事，就他那死脑瓜子不开窍。"

盛琳说："不准说我幺叔笨，我家几兄妹都是他教出来的。"

令狐阳把嘴里的骨头吐出来，闷口酒，搁下筷子比画起来，说："还说你幺叔不笨。说到身份证，他就摸出身份证来当着那么多人问我。"令狐阳撇着嘴开始学盛从杰说话的口气，"'令局长，你看我这证上也是过了年龄的呀。'眼巴巴地看着我，逼我给他说穿。"

盛琳说："人家老实，你就给人家说个实话嘛。"

令狐阳咬着牙帮说："你除了笨，还有点儿横。违法的事，我能明说？"

盛琳问："那你咋说，不能搓磨人家。"

令狐阳用手指点了点，好像盛从杰就在面前："我说你没掉过东西呀？你猜他怎么说，听了气死你。"

盛琳尖起耳朵听，心想啥样一句话会气死人？

令狐阳说："他说他啥都掉过，就没掉过身份证。我说你掉一次试试看嘛！"

盛琳也急了："这人也太实诚了，掉了才好开证明嘛！"

令狐阳说："他说我去开证明，人家派出所有底子，底子上也是过了年龄的。我说那派出所没有眼看花手写错的时候？"

盛琳也替幺叔着急："你还得帮他呀！"

令狐阳又说："我差点发火了。"

"那是长辈子，你不能乱说。"

"晓得是长辈子，教书负责，吴媛昨年还给他发了张奖状。我忍住气又给他说，你找个熟人，平常有来往的民警给你填写，保证他会给你开一张合适的证明来。他还认真想了又想，苦着脸跟我说，我平常街都很少上，又不做贼又不打架，哪个民警认得我嘛！"

盛琳听完，也长长地"唉！"了一声，无可奈何地说："我这个幺叔哟，也是恁人！"

令狐阳说："我实在忍不住了，吼了他一句，回去！你找不到人，问你女儿。你女儿不行，问你女婿。女婿不行，问你校长。你校长不懂，叫她问我。他见我发气了，才恹恹地走了。"

盛琳说："人家老实人，你就给他明说了，免得脱了裤子打屁，费那么多周折做啥。"

令狐阳很鄙夷地看了她一眼："咋教你都不懂，越是老实人，越不能明说。不然，以后事办成了，他会到处说，全靠令局长教我去开假证明。你说他会不会这样说？"

盛琳一下醒悟过来，顿时觉得世上少了一个笨人。

2.

下午，吴媛和杨揽头到办公室时，令狐阳已改好报告，泡上茶候着。见两人坐好，令狐阳递过报告给吴媛看。杨揽头见吴媛一字一句认真瞅，认为大可不必这样费神，说好了的事，就像部队上的口令，随便编个啥猫儿狗儿都行。随口说："淘那么多神做啥？也是你们教书的有这个写写改改的瘾，是我的话，按两个指拇印足够了。"

令狐阳瞪了他一眼，说："你懂个毬！"

吴媛在仔细辨认令狐阳的修改意见，猛然听到他那脏话，停下来，像纠正顽劣学生一样"哼"了一声。

令狐阳晓得自己说漏了嘴，改口说了句："你懂个屁！"仍是一句粗话，雅不了多少。见了杨揽头这些粗人，令狐阳口里就没准备什么细话，说道："这报告不是你做粉水抹壁子，随便两下抹平作数。这报告写不好，要不来钱，就是要来了钱你都交不了账。懂不懂？"

杨揽头还是不信："你给钱，我把房子修好就行，有啥交不了账的。令局长说些笑话取乐哟！"

令狐阳正等吴媛看完后好交代事，哪有闲心说多话，直接教训起杨揽头来："我来教你娃娃几句，要钱的报告大有讲究，不是你想的，写一句'我缺钱，你拨款来'那样简单，人家又不欠你的。人家要的是理由，是效果。像这报告，原先写的是已修了一栋教学楼，还要修一栋教学楼，差资金 100 万元，就要求解决

100万元。拿上去，管保一分钱不给。"

说时，吴媛看完了，说了声："改得好！"杨揽头从吴媛手中要过报告，细看起来。

吴媛说："我拿出去打印后，再送来。"

令狐阳说："莫急，反正你还要带回去盖章。"

吴媛说："我把公章带起的。"

令狐阳笑她心急："拿上去了，还要等人家开会研究，不是进馆子，菜一点就端上来了。等会儿让局里打字员给你打好。"

吴媛嘴儿一撇，说："我不在局里打，免得又惹出闲话来。"

杨揽头看完了，拿一副诚脸对着令狐阳："令狐大哥，确实该当局长，哄人的本事比我还凶。投资100万，你敢改成200万。"

吴媛说他："开支说大点，证明我们集资也多。光伸手向上要，一个讨口子相，没有人喜欢打发你。"

杨揽头又说："这房子都完工了，还说正紧张施工，你不怕别人来检查？"

令狐阳一把扯过报告给吴媛，说："正是怕检查，才这样改的。他来人看，我有楼在，你编个什么其他的，人家真来人看，那才要现洋相。"

吴媛又把报告还给杨揽头说："啰唆啥！快点出去打印好拿来，别耽搁令局长办公事。"杨揽头接过来，赶紧下楼去了。

上班时间到了，陆续有人来局长办公室请示事情。令狐阳嫌烦，干脆把欧启叫来，三个人关上门来址事情。

令狐阳说："省教委来人调查了，回去后估计要出文件下来。若是肯定我们的做法，全省推广当然好。若是不肯定，只要不严令禁止，我们也要把那些材料上写了还没有做的事，通通落实下去。该收的一律收上来。欧局长要下去指导。吴校长那里先走一步，看看有啥反应没有。"话顿了一下，又说，"反应肯定有，只要不大，就要摸出一套经验，等上面文件一来，我们再全县推开。"

欧启问："不给物价、纪检部门通气吗？"

令狐阳瞪了他一眼，说："我又不是抢人，搞恁大阵仗干啥？先拟好文稿，等上面文件一到，再拿过去请他们汇签。"

欧启会意了，附和道："我也是这样想，现在拿过去，他们肯定不会画押的。"

吴媛心中默算了一下，说："一下涨这么多，下面受不受得了？别羊肉没吃着，反惹一身……""膻"字没说出口，自个吞下去了。

令狐阳说："就是心中没把握，才叫你那里先试试看。一定要注意，别把学生收跑了。那些家里实在穷的学生，要确定减、免、缓的范围，保证不死人，不辍学。"

吴媛说："可不可以拿点钱出来，把教师的班主任津贴和课时补贴发了，教师有了积极性，才会巴心巴肝给你收钱。"

"咋做，你们看着办。我只要求，一是要快，二不要宣传，只能闷到做。"令狐阳说。

杨揽头回来了，吴媛接过文稿，摸出公章盖上鲜印，递给令狐阳。

令狐阳说："你给我干啥？给他。"指了指欧启。

吴媛歉意一笑，把报告往欧启面前一挪，掉头一个背影，牵着令狐阳的眼线出去了。

3.

王南下病了，才从北京动手术回来，听说咽喉出了问题，说话艰难。县上领导都先后去看望过，郑华带着王伟也来了。

王南下睡在躺椅上，见郑华来了，想坐起来，被郑华按住。王南下的爱人吕大姐，端了把椅子过来，让郑华坐下。

郑华见王南下瘦得一张纸蒙着骨，心中好生不忍。稍待平静下来，用平和的语气问了问病情，吕大姐代他一一回答。

郑华听后，对王南下说："你安心养病，药费我们马上研究解决。有什么话，随时叫吕大姐找我说。"王南下点点头，嘴角皱皱显示谢意。

眼神相互缠绕一会儿，郑华怕病人累着，起身告辞。王南下急了，向吕大姐招了招手，眼神望向里屋。吕大姐会意，去里面拿来纸笔，用块夹板垫着。王南下在上面笨拙地画着。

郑华以为他要说吕大姐安排工作的事，安慰他说："别着急，慢慢写，我回去就叫小王落实。"

吕大姐把夹板拿来递给郑华看，上面歪歪斜斜写着：令狐阳事不能拖，有闯劲，不自私。

郑华看着王南下，眼眶湿了。他们这代人认准的事儿，至死不会变，除了工作，不知心里还会有啥？

郑华俯下身去，对着王南下说："我们回去就研究，你安心养病。"

王南下微微点点头，手抓着扶手想起来，郑华忙伸手按住，说："你放心，我会把你的意思在常委会上转达。"

王南下眼里有了泪花，动了动身子表示托付了。

出门站在街沿上，郑华让心情稍作平息后，对王伟说："回去找人事部门把吕大姐的工作安排了，就搁在老干部局做工人。"

王伟点点头表示记住了。走了几步，郑华仰天一声感叹："恐怕今后，很难再有这样的干部了。"

王南下是北方人，十五岁跟洪亮当警卫员，随军南下留在这里。爱人是山东老家一个农村妇女干部，两人是娃娃亲，吕大姐还长两岁，后来到宕县落户，没孩子，还是前几年才农转非。多年说给安排工作，王南下都以她不识字为由拒绝了。据说已有打算，待王南下病故，她回娘家侄儿处养老，老家村上的老姐妹们还等着她回去。多少年后，吕大姐与她侄女吕晓带着王南下的骨灰，还是回到了老家山东，葬在他两初次见面的小山坡上。

4.

县委小会议室里，几个"烟筒"仍在冒烟，听说王南下就是抽烟太多得的病，有的"烟筒"熄了火。有那不怕事的，还一支接一支地来。秦洁不时用手在鼻前扇扇，挥之不去的仍是烟味。忍不住第三次隔着桌子劝诫宋季："喂！宋大汉，你稍歇会儿抽，行不行？"

宋季把烟头在烟缸里撚灭，对秦洁隔着桌子射来的烦眼不管不顾，只管自个说："令狐阳的事是我去查的，都在调查报告里写着。想处分他，随便拣几条都行。教育局长不抓教学，按刘书记说的，恐怕连模拟考试、单元测验都不懂。不管是给处分，还是给处理，理由都充足。还是刘书记说的，这种人多不得，再多一个跟他学，全县就乱套了。按说我管纪检，应该支持对他的处分。说实话，我对他恨不起来。别说我，就是去调查的同志说到他，都有几分佩服。到任何一个学校听听，校长老师提到他都伸大拇指。叫我来处分一个大家都说好的人，我真不好开口。"

说到这里，又去包里摸烟。掏了一会儿，摸出个瘪瘪的烟盒来。伸手向桌对面的政法委毛书记讨要，毛书记拿起搁在面前的烟盒，准备递给他，被坐在身旁的秦洁一把夺了去。宋季无奈地摇摇头，只好抱着茶盅，像抽烟一样狠狠地吸了一口，又继续说："我们查了不说，县人大严主任他们也去视察了，都没听说过令狐阳在经济上捞了什么好处，是不是？严主任。"

坐在郑华旁边的人大严主任点点头说："是的。"

宋季接着又说："你说他闹腾半天，自己又图个什么？是调了近百个教师进城，说来一人送他1000元是小意思，凑在一起都有十多万元。我们去查的时候，那个人事股长在花名册背面写得明明白白，这个是张三介绍的，那个是李四介绍的，大多数是我们在座介绍的。我名下有三个，地区领导交办一个，我家里老杜去说了一个，还有一个我忘记是谁托的了。上面有我的签字，我得认。其他的我不说，这三个我可以证明，令狐阳一分钱没得。这百多个人进城，做什么呢？令狐阳说，按普九要求，每个县必须有特殊教育学校，收聋哑等残疾儿童；必须要有职业教育学校；必须要有学前教育的示范幼儿园。成立这三个单位是郝仁当局长时定的事，就因为教师进城的事儿不好办，郝仁一直拖下来了。现在三个单位牌子挂了，房子也抓钱修得差不多了，眼看马上要开学，不进人咋行？进了又成了问题，再来讨论处分他，我不好意思开口。再拿非法占地来说……"

奉志伸手打断了他的话："占地和建修的事不说，令狐阳那套被省政府写进文件发下来了，只当被他撞对了。"

宋季把话一收："那我就没啥说的了。毛书记，甩一杆儿过来。"他看秦洁把烟盒还给了毛书记，抓紧停下来讨烟。毛书记隔桌甩了一支过去。

郑华用下巴点了点刘强。刘强会意，欠起身，把身后的椅子朝前挪了挪，挺了挺身子说："我不否认令狐阳上任以来是做了些事，恕我直言，这些事是对还是错，现在下结论为时过早。上面下再多文件不能当钱用，几个亿呀！同志们，拿什么去偿还？"

奉志说:"才说了,这些尢不说。"

刘强说:"好! 先不说这些。当局长的人品该要吧,见了女人,三句话必定来荤的。"

秦洁插话道:"我就没有听他说过荤的。"

刘强说:"那是在你面前装正经。关于他跟那个姓吴的女校长的事儿,闹得满城风雨。"

听到这,大家都在交头接耳。秦洁暗笑,还有人说你刘强跟宦丹丹呢! 毛书记搭话了:"刘书记,你是领导,这话没根据不能乱说。他家的恶五妹知道了,要找你麻烦的。"

刘强轻蔑一笑说:"这事就是她闹出来的。她去捉奸,把茶园的桌子都掀了,这城里哪个不知道?"

郑华转眼看宋季,宋季说:"这事儿我们也查过,茶园的人说,盛琳为令狐阳下棋不回家到棋园闹过。两口子吵架的话当不得真。"

刘强说:"我知道令狐曰滑,没有抓住依据的事我先搁一边。暂不说给他处分,这教学他不懂是事实吧? 不抓教学也是事实吧? 再不换一个懂教学的人来抓,房子修得再好,出不了大学生,恐怕也不好向群众交代吧! 每年要向上面数个数的。你们都说令狐阳行,把他放到别处显摆去,教育上还是要一个多考大学生的局长来才行。"

郑华把头掉向田智。田智摇摇头,很歉意地说:"这话我也说不清楚。"见他窘迫的样子,大家笑了。郑华以为他是碍于人情不好说,严肃地说:"这是在党组织的会议上,有什么说不清楚的? 你大胆说,不要顾忌啥。"

田智仍坚持说:"还真说不清楚。"

刘强不满意了,对田智冲了一句:"这有啥说不清楚的,令狐阳是外行,难道你也是外行?"

田智对刘强微微一笑说:"若说应试教育那一套,我是内行,令狐阳是外行,这没错。可应试教育不准搞了。这次在省上学习,请了一个国务院的教育顾问来上课,那位教授说,中国近代史上最大两个祸害,一个是鸦片烟,一个是科举制度。现在鸦片烟禁了,纸烟泛滥;科举制度废了,应试教育盛行。他指着台下的部长和校长们说,你们再搞应试教育,就是在辛辛苦苦地祸国殃民! 你说我这个内行又比令狐阳那个外行好多少? 若是论素质教育,我和他都是外行,他比我还好些，脑子里少些框框条条束缚，比如你说那个模拟考试、单元测验什么的。"

刘强讥讽道："照你说来，不抓考试的倒比抓考试的还好？怪事！"

田智当句老实话听了，认真回道："像吸烟样，不吸的肯定比吸的好。"

秦洁扇了扇飘过来的烟雾，抓紧说："宋大汉，听见没有？吸烟不好。"宋季笑笑，又狠狠吸了一口，极不情愿地摁灭。

刘强不以为然，说："那些专家学者的话信不得。前几年搞中小学分设，还不是他们说的，现在一夜变过来搞九年一贯制，也是他们说的。翻过去翻过来他们都有说的。"

田智继续说："令狐阳最近抓的小学心理健康教育课，开设计算机操作课，在地区都走在前列，对提高学生……"

郑华见他说上瘾了，用手只管压："得了，得了，你那套理论以后再说，你先说说，令狐阳配不配当教育局长？"

田智仍在斟酌字句："不能说他配不配当，只能说我们要不要他当。"

宋季烦他把吸烟与应试教育扯在一起，生气地说："就说他能不能当，一句话的事。听你说话才费力！"

郑华稍候大家静下来，从文件夹里取出王南下那张字条，说："上次我去看王部长，他给我写了这个字条，我念给大家听听，'令狐阳事不能拖，有闯劲，不自私'。"

大家静听郑华念王南下的意见，凭他与令狐阳的关系，不用说，肯定是向着令狐阳的。

郑华刚一念完，刘强不赞成了："王部长是个好同志，但他的那些观点还是过去那一套，只要无私，就是好同志。他们那些人就用这观点用人，干了多少误国误民的傻事。那些年学大寨，炸石骨子坡，搞人造小平原，至今草木还没长起来，不能信他的。"

奉志说话了："刘书记你说完了没有？听郑书记的。"

郑华说："我说的不一定对。令狐阳干的这些事，我与刘书记田部长一样没吃透。但有一点可以肯定，那就是教室有了，危房减少了，学生有地方上学了。不管令狐阳内心咋想，他对全县人民做了一件好事。党的纪律也要遵守。刘书记会前又提供了两个线索，宋书记继续查，没查清之前，先恢复令狐阳的局长职务，让他先当着。若无不同意见，请大家表决。同意的举手。"

刘强见大家齐刷刷举走手来，少他一票也没意思，很不情愿地举起了一只手。

下班时间到了，墙上老式挂钟不停地摆动，经过无数次反复犹豫，终于发声："当！"

5.

秦洁在家里与何泽凤正闲聊。近段日子何泽凤来得格外勤，家长里短之后，总忘不了打听令狐阳的去留信息。秦洁笑她："别去打令狐阳的主意，他家恶五妹可是个土匪婆子，让她知道会把你活吞了。"

何泽凤迟迟疑疑地说出真意，说她家郝仁在宣传部闲得皮疯臊痒的，又思念起当教育局长的日子。听说令狐阳在领导心目中印象不好，有换人的迹象，让她打探一下，万一遇上东不成西不就的时候，郝仁也好顶上去。

秦洁笑她："这才几天，你老公又不想清静了。当初听说离开教育局，他可是像飞一样快，只怕慢了有人扯着不让走。现在又想回来了？"

何泽凤说："当初若是领导答应解决教师工资，郝仁也不会走。现在这条件，真要换人，郝仁最合适。到时候拜托秦主席提醒领导一下。"

秦洁问她听谁说的？何泽凤笑笑不说。

不说也知道，她是从宦丹丹那里打听到的。上次秦洁住院，宦丹丹去看她，满嘴巴跑马，生怕人家不知道令狐阳要垮台了，他家曹达马上就是局长。秦洁怀疑宦丹丹是不是心里有啥疙瘩解不开，她常说令狐阳是她当年看不上，撂给盛琳的。说这话时，宦丹丹表情很轻松。后来令狐阳当了局长，成了曹达的上级，宦丹丹还是说这话，但是神态再不轻松，颇有几分悔意在里面。再后来，令狐阳停职，曹达主持工作，宦丹丹很是高兴了一阵子，没多久，局势又翻盘了。令狐阳不仅官复原职，而且还行情看涨。曹达不仅没升上去，在与令狐阳的比较中，还暴露了更多的弱点。偷鸡不成蚀把米。宦丹丹说过的那些硬话，全成了别人口中的笑话，自惭形秽，遇见熟人都不好意思打招呼。

秦洁晓得这一切，正因为晓得才不点穿，生怕伤了这两个女人的自尊，她顺着何泽凤的话闲聊。正聊着，好久没见面的宦丹丹来了。见何泽凤也在，自觉没趣，说声："你们有事呀？那我改天来。"话完，转身要往外走。

何泽凤忙招呼道："我们闲聊好一阵了，你来坐，我要回去煮饭了。"起身告辞。在秦洁有意无意的话中，她打听到令狐阳复职了，心知再没望头。一阵沮丧，虽没露在脸上，也确实没心劲再聊下去，借宦丹丹的到来，正好抽身离开。

宦丹丹见何泽凤背影消失，把身子坐正，对秦洁埋怨起来。刘强已给她通报了会上情况，说秦洁在会上没一句责难令狐阳的话。这次来，是想继续拉秦洁给她撑起。只听她喊了声："秦大姐，你咋为令狐阳那个土匪二流子遮起丑来了。他那些流氓行为你就该好好在会上揭露揭露，代表我们女同志说几句公道话。"

秦洁话也乖巧，先叫起屈来："丹丹耶！你差点害了我哟。"

宦丹丹一听，顿感紧张，啥地方伤害了秦大姐，说："别吓我了，我可没那个胆子害大姐你呀！"

秦洁正正经经地说："还说没有，你叫我把令狐阳和吴媛的丑事在会上说一说，还没等我开口，刘书记先说了，结果纪委早查了，全是假的。你说你弄些落不了实的话让我去说，这不是害我吗？"

宦丹丹忙解释："秦大姐，你别见我的气，确实是令狐阳的婆娘亲口闹出来的，不信的话，这里还有证据，令狐阳与吴媛肯定是有一腿。"

秦洁说："我不信，你别又拿些查不实的事儿来糊弄我。"

宦丹丹说："这次是真的，你听我说嘛。"说着，起身凑过去，嘀嘀咕咕咬起耳朵来。末了大声说："这次你该相信了吧！"

秦洁仍然睁着双迷惑不解的眼，问："你听谁说的？"

宦丹丹不容置疑地说："还有谁？盛琳亲口对何泽凤说的，不信你问她。"

秦洁说："泽凤才在这里坐了半天，怎么没听她说这事儿？"

宦丹丹说："她咋会在你面前说这事，怕你批评她管闲事。这次不会假，肚子里的东西是个铁证据，只要弄去一检查，啥事儿就现原形了。"

秦洁想起会上刘强说有什么新线索，要宋季去调查，估计是这事儿。她严肃地对宦丹丹说："没有调查清楚前你不能到处说。就是有了娃儿，也不一定是令狐阳的呀！万一定不到他头上，会说你家曹达在背后唆使你造谣。真调查起来，你们就麻烦了。"

宦丹丹很自信地说："吴媛离了婚，再没有嫁人，有了娃儿不是令狐阳的，又是哪个的？"

秦洁若有所思："也是，这种事没有人敢来冒认的。"

吴媛接到秦洁的电话，要她进城说事。她揣着一肚子的嘀咕，搞不清从无往来的县妇联主席今天会找她说什么事。先打电话找令狐阳，教育局没找着，茶园没找着，不知又溜到哪儿云了。这边乡妇联的人催得紧，只好跟着搭车进城先去见秦洁。

来到县妇联秦洁的办公室，学着乡下妇联主任的叫法，喊了声秦大姐。秦洁忙把她让进办公室里间，沏上茶细谈起来。

按宋季的安排，要秦洁先找女方做个初步调查。秦洁没见过吴媛，因令狐阳的事倒是不断听人说起这个名字，今儿一见面，便细细打量了一番。苗苗条条好身段，举手投足露出一股文雅韵味。虽是素妆，展示的是天生丽质，更让人耐看，朴素不失大方，娇媚不娇情。教师职业让她说话不快不慢，嗓音带磁性，清脆好听，两眼中透着干练。尽管初次见面，稍显局促，一入话题，很快便轻松自然。

秦洁颔首赞许，这令狐阳还是有眼光，盛琳再泼辣能干，与这女人相比，高低立见。可心中犯疑，听说当初与令狐阳相好，咋又序曲过了主曲变奏，非要放到现在来唱《西厢记》。

话题从客套开始，秦洁问："坐车累了吧？"

吴媛将头上松下的几缕头发拢往耳后，开口一排白齿露出，笑着说："累倒不累，只是颠凶了有点晕车。"

"唔！"秦洁应了一声，说，"那先喝点茶，定一定心。"

吴媛说："没关系，比先前好多了。"然后看着秦洁，满是期待。

秦洁缓缓开口说："我们要推荐一个基层学校的女干部到县妇联干，大家都说你那里搞得不错，把你请上来谈一谈。"见吴媛脸上掠过一丝意外，身子微微动了一下。秦洁接着说："你也别紧张，就我们俩，放松随便说。你参加工作多少年了？"

秦洁没见过吴媛，因令狐阳的事倒是不断听人说起这个名字，今儿一见面，
便细细打量了一番。苗苗条条好身段，举手投足露出一股文雅韵味。

吴媛说："有十多年了。"

"唔!"秦洁点点头说，"爱人在哪儿工作?"

吴媛坦然一笑："早离了，两个人说不到一起。"

"没有再找呀?"秦洁自此渐入正题。若是吴媛说已有男朋友，谈话便会很快结束。

吴媛摇摇头，一脸无奈地说："前些年说了几个都不合适。这些年没心思谈了。"

秦洁还得继续调查："听说你与令狐阳、曹达是老乡?"

吴媛说："还有盛琳，我们四个是初中同学。"

秦洁有意把话题往令狐阳身上引："这令狐阳还够风流的，初中就耍朋友了。"

提到那段往事，吴媛脸上不经意红了，下意识说道："令狐阳哪看得上她。"

秦洁瞅见，感到有意思了，跟上一句："看不上，咋结婚了?"

吴媛毫不戒备，说："那是人家没福分，被人岔了。"

"谁没福分了，又被谁岔了? 你说来听听。"秦洁显出好奇。

吴媛回过神来，淡淡一笑说："年轻时的事，都忘了。"

秦洁见此路不通，又绕了个弯，仍"黏"着令狐阳，故意说："我看令狐阳与盛琳还满般配的。"

吴媛"扑哧"一声，掩嘴笑了："两个土匪棒老二。"

秦洁也忍不住笑出声："哈哈，我不是那个意思! 哈哈，我是说他两个性格都豪爽，准能说到一起。"

吴媛不以为然，说："硬碰硬，没清静，三天两头不争就吵。令狐阳没过几天安稳日子。"

秦洁终于听出一点意味来，已知她心向着令狐阳。继续试探："两口子吵吵也有意思。一个人过，清静倒是清静，可有个头痛脑热的还是不行。"话到此，又是一转，直奔主题，"你身体怎么样?"

吴媛淡淡一笑说："还可以，一年四季很少吃药。"

秦洁仍是不动声色，说："你还行，我就差多了，这才刚进四十，稍稍有点不适，经期就乱了，有时一两个月不来，你怎么样?"

吴媛只当说家常，反来劝慰几句："我也有这毛病，上个月还正常，这个月又提前好几天了。"

秦洁长长地"唔——"了一声。情况明了，用不着再问下去。秦洁站起来说："今天我们就闲扯到此。"对外喊了声："小姚，你来一下。"

"秦主席，有啥事？"一个胖乎乎的小姑娘，甩着马尾巴进来了。

秦洁对吴媛说："吴校长，我还有点事，你到小姚那边坐坐，把你们那里的情况简要谈一下。小姚整理一个材料，送我这里来。"

小姚听秦主席叫吴校长，顺口喊道："吴校长，跟我到这边来。"

7.

盛琳今天没上班，等令狐阳两父子走后，把电话拖到面前，歪靠在沙发上，跟城里几个女人轮流煲起电话粥来。反正市内通话包月计费。吹了大半天，突然想起有事要做，依依不舍收了口。

她调整了一下姿势，拿起电话打给龙寨小学找吴媛。接电话的是肖凯，他说吴校长一早就进城了。盛琳"警惕"性很高，赶紧问进城做啥？说是县妇联找她。盛琳才松了一口气，心想，令狐阳今天陪奉县长到八庙，她不是来找令狐阳的。对肖凯说："麻烦你转告吴校长，我那个侄儿盛三青，请她给我管严点。听说又打架了？告诉他，再惹是生非，警防我回来掰断他的脚杆手杆。"

肖凯笑着说："放心，这话我传得到。"

盛琳咬着牙又说："那孬东西不怕你，跟他姑父一样，就怕吴媛。"

话完自己都失口笑了。肖主任也笑了，说："也是。那年打架，他爸到学校来修理他，父子俩在操场差点打起来，吴校长出来喊了声'盛三青'，父子俩同时都松了手，规规矩矩站着一动不动，把周围看热闹的学生全逗笑了。"现在这娃娃又长高了许多，已是一米七的个子，仍是怕吴媛。

盛三青是盛青的第三个孩子，前面有两个姐姐大青、二青。因他是儿子，特别溺爱，打小不知让人，连爹妈都不怕，惹不完的祸。只怕他姑姑盛琳。常见姑姑发怒的威风，一巴掌拍下去桌上的杯碗蹦多高。当哥哥的盛青和又胖又蛮的嫂嫂，埋着头不敢吭一声，只有站着赔笑脸的分。三个侄儿侄女哪怕哭闹再凶，只要说是姑姑来了，赶紧爬起来，拍拍屁股站好。后来盛三青到城里上小学，也是出了名的小霸王。姑父令狐阳一句话，"滚回山上去"，连姑姑都不敢吭一声。当天下午就叫他老爹领回去了。在他心中，姑姑没有姑父厉害。在盛三青看来，学校里，再凶的学生怕班主任，再凶的班主任怕校长，校长怕姑父。可后来在学校里，见姑父在吴校长面前，说话轻言细语，常被吴校长时不时板着脸训斥嘲讽几句，看起来那吴校长肯定比姑父还厉害。因此，这盛三青就怕吴媛瞪眼睛。后来连盛琳都知道了，要管住盛三青，只有找吴媛才行。

龙寨的电话才搁下，纪青的电话来了，开口就问令狐阳在家吗？听说不在家，又问盛琳说话方便不？得知盛琳旁边无人，纪青压着声音帮教起来："盛琳呀！你是害错病还是吃错药了，怎么能给自己爱人说些祸事出来？这下好了，县纪委已立案调查了。"说完，还让盛琳转告令狐阳小心点。

盛琳先是摸不着头脑，自己什么时候又给令狐阳惹祸了？听说纪委立案了，头皮一下绷紧，再三追问，只差没哭出声来哀求，纪青才告诉她："有人反映吴媛怀上了，据分析是令狐阳的。"

盛琳奇怪："我和吴媛是老乡，咋不晓得这事儿？"

纪青一声冷笑："你还装作不晓得，听说就是你说出去的。说吴媛在你家害喜呕吐，你不说谁知道。"

盛琳这才知道是咋回事。忙向纪青解释，纪青不愿听，说："你跟我解释有啥用？"

盛琳马上说："我找领导去！"

纪青生气地说："你咋这样不知好歹？害了你爱人不知足，还要来害我。"

盛琳问："为啥？"

纪青说："你找领导一解释，领导先问你从哪来的消息，不一下就把我攀扯出来，最终连我家老钱都脱不了干系。"

盛琳傻了，连说："咋办？"

纪青也是有心要帮令狐阳的忙，压低声音说："……你先想想看，想好了是谁说出去的，就照我说的试试，看行不行……"

8.

刘强正在看妇联送来的材料。他对秦洁初查的结果很不满意，怀疑是秦洁想息事宁人。打电话把曹达找来，两人细细分析了一下，仍是不相信秦洁的话。曹达还提醒刘强说，盛琳原就是妇联系统出来的人，秦洁肯定会护短。现在是宋季信了，这案件就此搁下来。曹达不甘心，提议把宦丹丹找来合议合议。再想办法查一下。譬如把吴媛弄去洗个桑拿浴，泡个温泉什么的……

正说着，楼下一阵喧哗，间杂女人的叫骂声，细听是盛琳的粗嗓门。不知在骂谁："你个骚婆娘，有本事你莫跑，你给我下来。想打我男人的主意，你也不屑泡尿照照，一个骚狐狸精，还说我男人追求你……"

旁边有人在问："你在骂谁？"

"我骂谁，我骂骚狐狸精，人事局那个偷人的宦丹丹！"

曹达和刘强听到宦丹丹的名字，忙推开窗往外看，只见盛琳正被保安半劝半推往外走。这边办公室的门被敲打得砰砰直响。曹达拉开门，宦丹丹披头散发一头撞进他怀里，"哇"的一声哭起来，边哭边骂："那个土匪婆娘好不讲理，没说上两句，就出手打人哟……"

曹达把她扶到沙发上坐好，安慰着。刘强端来茶水，让她慢慢说。宦丹丹一口茶水吞下，稍许稳了稳心情，哽咽着诉说委屈。

就在刚才不久，宦丹丹正在办公室闲聊时，盛琳来找她。她见盛琳脸黑得要下暴雨。宦丹丹晓得她要来生事，不知哪儿把她惹着了，惊恐地问："你想做啥？"

盛琳把桌子一拍，指着宦丹丹说："你为啥打我男人的主意？"

宦丹丹一头雾水，说："我啥时候打你男人的主意了？我跟他话都没说过一句。"

盛琳那才叫凶，一把抓住宦丹丹的头发，另一只手一甩，一耳光扇了过去，嘴里还不停地嚷嚷："你个贼婆娘，偷人偷到我名下来了……"

盛琳力大声音大，宦丹丹不仅没有还手的机会，连还口的机会都没有，只有喊痛的分。

盛淋那才叫凶，一把抓住宦丹丹的头发，另一只手一甩，一耳光扇了过去，嘴里还不停地嚷嚷："你个贼婆娘，偷人偷到我名下来了……"

周围一群人拥上来，好容易将她们拆开。

宦丹丹哭哭啼啼径直来找刘强，不曾想竟撞见曹达。盛琳还不依不饶追杀过来。幸好保卫科的熊科长习过武，一手钳住盛琳，没容她再乱来，连哄带拽弄了出去。

宦丹丹说令狐阳年轻时追求过她，这话刘强都亲耳听过。盛琳咋这时候想起来计较。曹达想不通，刘强也捉摸不透。

盛琳的胡作非为要惩戒。刘强把电话打到盛琳的单位，找了负责人方正齐。方正齐态度极好，表态马上找盛琳谈话，下午就把检讨写好交来，再根据认错态度讨论处分。

生气之余，曹达忍不住埋怨了宦丹丹几句，说："你那嘴儿也要管一管，几十岁的人了，还把那陈年旧事挂在嘴上做啥？这下惹着土匪婆子不是，自己吃亏划不着。"

宦丹丹见曹达絮絮叨叨竟摊派自己的不是，把手一甩，止住哭，说："没有这样算了的，我要找他令狐阳讨说法，肯定是他支使的，想来掩盖他作风腐败问题。"

刘强很严肃地说："丹丹，这话不能乱说。组织上正调查，你这不是通风报信吗？忍一下，盛琳肯定要给处分，若不认错道歉，叫公安局关她几天。"

两个女人抓扯的事，宋季很快就知道了，派人找盛琳谈话，盛琳一口气举了十几个人做证明，是宦丹丹到处散布令狐阳追求她。盛琳说她不想偷人为啥要念着这事不忘。宋季听了纪委的人汇报后，摇摇头说，这盛琳的话谁还敢信？

十四 王南下"走"了

令狐阳对老部长说："离婚费时间，我忙都忙不过来，哪有空去做那事啰。"

1.

秋天是个重情的季节。秋雨将世界洗得清清爽爽，天地格外分明。随秋而来的是饱含乡愁亲情师恩的中秋节，重阳节，教师节。

教师节前，县上头头照例要到学校走走。郑华不在家，奉志点名要到八庙乡。他上次陪余佳丽去，因有客人在，没去看赵老师，心中一直放不下。这次借慰问教师机会，由令狐阳陪着去做个弥补。

八庙乡小学，在矮矬矬黑黢黢的旧宿舍背后两块田里，一栋新楼已修到二层。奉志问，修多少套？李二林说修五层，三个单元，30套。奉志问，水能上去不？李士林感激不尽说，全靠县长关心，自来水建好了，连街道上用水都够了，每月还能收个……见令狐阳瞪着他，"四五千元"在嘴里没说出来。奉志没在意，正猫着腰，从横七竖八的建筑材料中跨过，钻进了一套房里看布局。三房一厨一卫一厅，奉志感慨地说："好宽敞！比县政府宿舍还宽敞。全是这样的?"

李士林怕说他超标，忙解释说："哪能啦！只有一个单元，还是令局长硬逼着叫修的。其他全是两室一厅。"

令狐阳皱了皱眉头，没好气地说："怎么说你好，你那两个卧室我敢担保，修起要不了五年就会遭埋怨。家里来个客人都没睡处儿，会骂修房子的人瞎起一对瞅瞅眼。"

这话让奉志多心了。他对令狐阳说："令大局长，你说话客气点好不好？修两

207

个卧室的就是瞅瞅眼，只有你是火眼金睛，那你叫上面把住房规定改一改。我看你乱来的个性几时才能改一改？不要以为你回回都会撞上狗屎运，总要遇上尖尖石头，撞个头破血流才晓得。"

李士林见自己的话引来令局长挨责备，心里过意不去，赶紧打圆场："这三间套，大家还是更喜欢些，每天三顿饭后都要来看一遍。才开始修二楼，大家就在议论分房条件了。"

令狐阳不管奉志高兴不高兴，仍是不满意的口气说："小家子气。"

奉志白了他一眼，看房的兴致也没了，既有对令狐阳的不舒服，更多的是，后悔县政府家属院套房面积设计小了，没好气地说："不看房了，看老师去！"

赵先玉自上次药费解决后，再没断过药，精神强多了，已能坐起来自己吃饭。见奉志来了，将脚向里挪了挪，歉意地喊声坐。奉志在床这头坐下，令狐阳与李士林依旧站着。奉志回了声："老师，好些了吗？"

赵先玉连声说："谢了，全靠你哟奉志！全校的老师都夸我教了个好学生。"

奉志忙说："这些事该做的，你就别放在心上。这次分房有你吧。"

赵先玉满是感激地说："有，有，按工会议的，我可能是三间套。我都好几年没上课了，不好意思要，人家还说奉县长都忘不了你，学校咋会忘了你呢。"

李士林见赵先玉老师把别人的讥讽当宽慰话听，只怕犯着两位领导，忙拿话岔开："赵老师，你那药发票报完了没有？"

赵先玉又是一番感激："报完了，谢谢你哟李校长！上个月全报完了。"

奉志问李士林："你哪来的钱？"

"教育局报的。"李士林说。

奉志疑惑地看了令狐阳一眼，继续对赵先玉说："这就对了。有地方报药费你就不要停药，把身体养好，才能享后人的福。"

赵先玉说："享啥后人的福！养个儿子工作都找不到。复习他又不去，快到二十的人了，还靠我养活。今后不知又去靠谁哟！"想求县长帮忙的话，到嘴边没说出口。

奉志站起来说："老师，赵彬的事，给我点时间，一定会想办法解决。"

赵先玉欠起身子，试着要下床，被奉志按住，重新坐好，嘴里满怀谢意说："那又要给你添麻烦了。"

出了门，令狐阳就赵彬的事对奉志说："全县这么多企业，你当县长的一句话，哪个敢说不要?"

奉志叹了一口气:"企业是多，个个都不景气，今天安排进去，明天就下岗，跟骗人有啥区别?"

"那你答应人家?"

"一客不烦二主，你解决了药费，这人也劳你一下解决了。"

令狐阳说:"只要你不反对，赵彬喜欢的话，去读两年委培后出来当老师。"

"你办了好多班?"奉志问。按政策规定师范生包分配，凭毕业分配证明到教育局报到。每年有多少人分下去，他当县长的从没问过，只听历任教育局长喊缺师资。听说令狐阳上任后 还专程到大专院校去要人。没想到令狐阳竟悄悄与大中专院校搞起计划外委培了。

"每年有十来个班。"令狐阳很轻松地回答。其实远不止这个数，开始几个班，第二年十多个班，今年计划二十个班，等普九检查时，这些学生毕业正好赶上。

"什么时候开始的?"奉志问。

"前年。"

"那你先前不给赵彬解决了?"

"我就怕他给你说穿了。"

"现在不怕了?"

"嘿嘿，现在不说不行了，第一批已分回来了。"令狐阳满怀歉意地说。

"有多少人?"

"百多人。"

"唔，不算多。不能整多了，听见没有?"

"晓得! 谢县长了。"令狐阳一脸坏笑。

此时一位老师过来 恭敬地对令狐阳说:"令局长，教育局刘主任来电话找你。"令狐阳随他去了。不一会儿回来，脸阴沉沉的，差点看不清面孔。

奉志问他啥事不高兴? 令狐阳咕了一句出来:"我那个瓜婆娘把宦丹丹打了。"

奉志感到好笑，不在一个单位，哪来解不开的结，随口问道:"为啥?"

令狐阳说:"刘君也说不清楚，要我早点回去。说事情已闹到县委刘书记那里去了。"

奉志微笑着点点头，好像他已知道为啥了，说声:"那就早点回去吧!"

在车上，奉志问令狐阳："你从下面收药费，又取的个啥名目？"

令狐阳稍稍消了点气，低声回了一句："大病统筹。"

"一年收了多少？"

"三百多万。"

"有剩的没有？"

"我们卡得紧，去年剩了百把万，今年准备报销放宽点儿。"

"你倒是放得宽，说是王部长那里你也解决了些？"

"你们不报的，我帮你们解决了点。我想不通，大病统筹是为特困病人做好事，你们为啥不搞？"

"缺钱。"

"从下面收嘛。在工资里一刀砍下来，跟哪个商量！"

"你行，我不得行。"

"又来了，你挖苦我啥，哪有县长赶不上局长的。你伸个拇指出来，都比我大腿粗。"

奉志摆摆手说："真不是挖苦你。你是全额拨款单位，说扣工资就扣工资。我手上复杂得很，有财政全额拨款的，有半额的，有定额补助的，还有一分不拨的，说声扣工资，还找不到人家哪个兜里有钱。"

令狐阳说来简单："有扣的就统筹，没扣的就不搞。"

奉志说："那不打鬼架？说你当官的生病就该医，我们下岗工人生病就该死？"

令狐阳说："你拖也不是办法。前些天乡企局一个退休老领导跳河死了，就为医药费报不到给气的。"

奉志叹了一口气，直到下车再没说一句话。

2.

盛琳不知令狐阳回来得这么快，当令狐阳黑着脸出现在面前时，她大吃一惊。没等令狐阳开口，便拉前扯后地把事情说了一遍。

令狐阳问她："纪青到底跟你怎么说的。"

盛琳又复述了一遍，还是没说清楚。

令狐阳拖过电话机来找纪青，接电话的是钱友。招呼之后，钱友弄清令狐阳的来意，打趣他："老弟，你艳福不浅呀！乡下一个校长，城里一个股长，身边还有一个女总管，帮你管教两个编制外的。"

令狐阳无辜到了极点。对钱友说："别笑我，你遇着也是一样的。"

钱友一阵"哈哈"响过，说："我呢，早就吃素啰，再不沾腥了。"

令狐阳暗想，这话不用你说我早知道。问他："听到啥没有？弟兄间应该通个消息，相互照应才是。"

钱友收起笑声，捂着话筒说："你与女校长的事，反映到宋书记那儿了，已经开始调查。"

令狐阳问："谁说的？"

钱友说："问你家盛琳就知道了。"

令狐阳丢下电话来找盛琳，问："你在外面说了些啥？惹这么大的事出来。"

盛琳生性说话不会拐弯，尤其在令狐阳面前，滑不过就不滑。只是她说话含混，啥都想说，啥都说不清楚。她这张大嘴巴，把事情闹得满城风雨，毕竟不是件光彩事，还是很胆怯，声音小了许多，听起来像是自言自语："我又不想找她生事，她那嘴儿确实该打。"

没头没脑的话，让令狐阳听起烦，他厉声问："哪个那嘴儿该你打？你说清楚点儿，要得不？"

盛琳着急，就这点事她都说那么多了，令狐阳还听不明白，只好又是补充，又是解释，再加上比画，总算让令狐阳明白了。

上次，吴媛来修改报告，为"山货"在令狐阳家里吐了后，盛琳把这事当笑话在何泽凤一帮老妇联那里摆过。不知啥时传到宦丹丹的耳朵里，话就变了味儿。盛琳说吴媛在她家吐了，像怀了娃儿一样。宦丹丹直接说成是吴媛怀了令狐阳的娃儿，已经开始妊娠反应了。

这事儿咋就到了宋季那里了？盛琳咬定是宦丹丹两口子捣鬼。

令狐阳没把这事放心上，只觉得吴媛受伤了，太对不起她。盛琳这一闹，令狐阳内心虽不赞成，转念一想也好，让曹达两口子长个记性。盛琳也受点搓磨，好改改她那野性。想到此，没去责怪盛琳，倒是打电话到龙寨小学找吴媛。

肖凯接的电话，他说县妇联通知她去了，还没回学校。

令狐阳放下电话，见盛琳磨磨蹭蹭过来，她要令狐阳找刘强说一下，别把她弄到公安局关押起。宦丹丹放出的狠话也吹到她耳朵里来了。令狐阳狠狠瞪了她一眼，很不情愿地跟刘强通了电话。

刘强在电话里"揪"住令狐阳的耳朵，狠狠地训了一通。

刘强训一句，令狐阳应一声"对不起！"待他训够了，令狐阳吞吞吐吐地说："刘书记，我也没办法管那瓜婆娘，干脆把她抓起来关起，我正好要跟她离婚，今后她有什么……""与我无关"还没说出口，又把刘强惹着了，在电话上对着令狐阳暴训起来："我知道你令狐阳想借机把盛琳离了，你好再去找个校长啥的是不是？你别想做这个梦……"话到这里，令狐阳把话筒搁在桌上，人坐到一边去，任凭刘强在电话里暴跳如雷，不歇气地连训带骂。

两口子四眼一对，掩口笑起来了。

3.

吕大姐来电话找令狐阳，说王南下要他过去一下。令狐阳放下电话就出了门。进门见王南下坐在桌前喝粥，情形比上次见他时好了许多，令狐阳感到惊喜。王南下见了令狐阳也很高兴，指指桌对面的沙发，示意请他坐，随即离开桌子来陪他。

吕大姐过去替他揉揉胸前，小心地扶他过去坐下。王南下对吕大姐扬扬手，吕大姐会意，进屋去拿来已写好的两张纸来，递给令狐阳。

令狐阳看了，字是一笔一画凑拢的，还能认出。他便逐条回答：第一条，问令狐阳还有啥要他做的？令狐阳很感动，恭恭敬敬对他说："谢谢王部长了，你安心养病，有困难我自己克服。"王南下听了点点头表示好。

第二是吕大姐的工作安排遇到了问题，因她早过了退休年龄。若哪天他走了，吕大姐打算回山东老家，想请令狐阳帮忙打理一下搬家的事。令狐阳说："王部长，吕大姐的事我来办理，你尽管放心。"

王南下以为是说吕大姐工作的事，摇摇头表示不要办了，用笔写下：我给她留了点钱。

令狐阳问："吕大姐，给你留了多少？"

吕大姐老老实实说："有八千多点。前次说用来给他治病，他没同意。还是你拿钱来解决的。"

令狐阳心中哽了哽，这点钱又能用几年，用完后又咋办？一点遗属生活补助咋够？转身对王南下说："王部长，你那点钱起不了多大作用，回去安家都不够。这样子，吕大姐娘家有没有年轻的晚辈，迁到这里来，我负责安排。干几年后，吕大姐实在要回老家，就可以一起调回去。我在位，还可以给吕大姐找些事做，挣点钱补贴家用。"

王南下眼里泪花在闪，掉脸看老伴，吕大姐说："娘家有个侄女，已17岁了，没考上高中在家耍。"

令狐阳连声催："叫过来，叫过来。我这里正办委培班，培训两年回来教小学。这样子两个老人一齐照顾了。"

吕大姐两只手搓着说："令局长，这给你添麻烦了。"又怕王南下不答应，说："人家令局长安排，不会给你带来影响。"王南下淡淡一笑，摇摇头，表示不管。

第三条，要他小心，防人暗算。令狐阳笑了笑，说："我知道是谁，我把这个官看得轻，你放心，我不会中招的。"王南下点点头，表示相信。

第四条让令狐阳笑了，是不要离婚。令狐阳对老部长说，离婚费时间，我忙都忙不过来，哪有空云做那事啰。

王南下没有笑，要来纸笔，吕大姐捧着夹板，他费力写下：宦老革命喜欢你。

这话让令狐阳摸不着头脑，接过笔来画了个大大的问号递过去。王南下苦涩地笑了笑，用笔写了：他是好人。

令狐阳揣摩王南下的意思是，今后有事去找宦老爷子。于是对王南下说："我晓得了。"

令狐阳没想到，这次竟是他最后一次与王南下谈话。吕大姐的侄女吕晓来宕县师范校报名没几天，王南下去世了。

4.

宦丹丹得知洪亮要来参加王南下的葬礼，少不了要与郑华会一会。机会难得，缠住父亲打听洪亮的行程安排。宦德其实也不晓得，但他就不明说，连"不晓得"三个字也不说，急得宦丹丹双脚跳。

曹达找了老干局的一个朋友，晓得了他们要为老领导开座谈会，到时郑华等县上领导要来参加。曹达问会后还有什么安排？得知会后是请老领导到各地看看，这是老领导自己提出来的。当年他在宕县工作了十多年，对这里的一草一木都有感情，想旧地重游，看看老乡亲，老部下。据说郑书记全程作陪。

宦丹丹没硬上，而是迂回作战。先去做当妈的思想工作。

老太婆说："这事儿有点难，老头子最近对令狐阳的印象越来越好。前一次同几位老头子一起去看望王南下，回来后更是赞不绝口。说这小子敢作敢为，有担当，是个男子汉。还说这小子有情有义，知恩图报。还说什么……"老太婆一时想不起，学不上来。

宦丹丹一口接过来："有啥不好说的，不就是比曹达强嘛！"

母女俩开始埋怨老爷子不知哪根筋断了，不为自己人说话反向着外人。前次盛琳那样欺负人，听说要治安拘留盛琳。老爷子马上打电话给公安局，叫当局长的老部下不要管这事，还说两个人半斤八两都有错。你说这还像当父亲的吗？令狐阳当年不答应婚事，明摆着瞧不起宦家，他咋就不记得了？老太婆说老爷子早忘了那档子事。脑子里只记得哪里打过仗，哪里死过人，现在成天扳起指头在数，当年一同南下的又死了几个。

宦丹丹拿出了绝招，在母亲面前撒起娇来："我不管那些，爸那里就要你去说，不能再拖了，再拖曹达也要过年龄了。"

老太婆搞不懂："你直接找洪伯伯说多好，非得你爸去说才行？"

宦丹丹很认真地说："那不一样，他们是战友，不答应可以骂人的。上次王叔叔病了，洪伯伯一声招呼，要解决吕婶工作，郑书记亲自派秘书来人事局督办。"

老太婆说："结果还是没办成。"

宦丹丹说:"那是吕婶过退休年龄了。曹达不同,各方面都合条件,就差领导一句话。"话完,拉着老太婆使劲摇起来,摇得老太婆闭着眼睛喊头昏,连说:"好!好!好!"

宦德在里屋翻看当年的那些相册,每每看到王南下的照片,久久停留。照片上的王南下矮他半个头,一张娃娃脸。当年,听说王南下细娃儿娶了个大婆娘,大家都劝他另找一个,包办婚姻不算数。可他不答应,说不是包办,是他先看上后,托人去说媒的,做人不能没良心。首长常夸他糟糠夫妻不下堂。王南下文化不高,一辈子把自己管得严,从不走后门,办私事。这次他爱人的事,还是战友们提出来,洪亮出面打招呼。虽然事没办成,他还过意不去,几个夜晚志忑不安。上次看他时,听说令狐阳安排了他一个侄女,也让吕大姐后来有个依靠。临走时,王南下拉着宦德的手,递给他一个字条,写着,我还欠个私人情。宦德对他说,放心,这个人情我来替你还。听了这句话,王南下才松了手⋯⋯

正想着,老太婆进来了,身后跟着家养的花猫。见他面前搁着一摞相册,知道又在想王南下,劝慰道:"人都走了,你也该放开些,这辈子死人的事你还见少了?没见像你这次缠着丢不开。"

宦德一丝苦笑:"老了·没出息了。过去战友走时,自己心里总在想,这死人的事,时常发生,不过谁先走,谁后走,说不定明天就轮到自己。现在不打仗了,按说我该死在小王前面,咋就让他插队先走了呢?"

说到伤心处,两位老人眼角都湿了。花猫跳进老太婆怀里,她抚着花猫说:"小王走了,留下吕小妹一个人,又没职业,那点补助款够啥哟。"

宦德说:"令狐阳做了个好事,给她安排了个侄女过来。"

老太婆说:"哪及夫妻好!"说着,两人又是一阵叹息。

好一会儿,老太婆问:"听说洪书记要来送小王?"

宦德说:"他的警卫员·能不来吗?"

老太婆试探了下:"洪书记来了,你把他请到家来,我们好好招待他一下,尽尽心意。"

宦德说:"我问过他,这里那里安排得满满的。老书记连座谈会都叫免了,我请他到我们家来坐坐,他说只有等下回了。"

老太婆埋怨道:"那又不知是几时了?"转口又问,"听说老书记要下乡,郑书记陪他不?你去不去?"

宦德说:"老书记指名要我陪,郑华是主动要去的。"话完,那份战友情谊还洋溢在脸上。

老太婆一听正好,凑过去说:"老头子,你瞅个机会,趁老书记和郑书记都在的时候,把曹达的事说一说,啊!千万别忘了。"

宦德明知故问:"你让我说啥?又去说令狐阳的不是?我不干!"

老太婆说:"不是叫你去说令狐阳的不是,知道你对他好,请你也不会去说。我是说把曹达的事提一提。丹丹不好找你说,叫我提醒你,千万别忘了,啊!"

宦德把像册一搁,大声吼起来,有意让门外的女儿听见:"我不干这事,叫我去整人,休想!"

"喔哟哟,啧啧!"老太婆把花猫一把推到地上,咂了咂舌说:"别跟我装正神,你没整过人,你单位那些冤假错案哪儿来的?"

宦德被戳到痛处,叫唤起来:"那是过去的事,那也是组织安排的,现在再叫我去,打死也不干了!有本事自己去说。"

老太婆不想与他争,弹弹身上的围裙,说:"喔哟,离了宦屠户,不吃带毛猪。我还怕去见不得你那老书记了!"

宦德指着老太婆背影吼道:"你敢!"

花猫跟在老太婆身后,临出房门时,回头冲老爷子"咪喵"叫了一声,不知是嘲笑还是安慰。

5.

王南下的葬礼很隆重,送花圈的人排了一里多路,有人计算过,光是花圈费就要一万多。殡仪馆小,县上特意通知各单位只能去一名代表。各县的老战友都来了,地区组织部杨部长代表市上领导献了花圈。追悼会由郑华主持,洪亮要去念悼词,地区老干局的同志没同意,说年岁太大,改由杨部长。山东老家也来了人,村上、乡上各来了一位书记。吕晓的父母和姨娘、姨表妹也来了。既是参加葬礼,也是来看吕晓在这儿的学习生活条件。

从殡仪馆出来,地区一行客人由郑华陪着到了龙寨乡,当年洪亮在这儿剿过匪。洪亮在车上把那些往事挨着捋了捋，说："山上的人穷，许多人家世代为匪，把枪一藏，你分不清谁是土匪，谁是山民。有一次上山，向导被土匪冷枪打中，部队迷了路，全靠一个叫盛从杰的山民把我们带出山来。这人很老实，给钱粮都不要，就是要去读书。听说后来当了民办教师，就在这山上教书。这次能见见他就好了。"

县老干局的同志说，已通知他到乡上来了。

曹达的母亲前几年去世了，父亲曹通听说亲家公陪着当年剿匪的老首长要来，早早就到学校门前候着。

盛从杰穿着一身新中山装，在学校办公室坐着。吴媛再三给他打招呼："见了领导不要乱说，领导问啥答啥，不问话，握个手就站到一边来。不能乱提要求。你提的困难再多，还得要下面才能解决……"

盛从杰鸡啄米似的，听一句，头啄一下："我还有个啥要求，民办教师转正都给我批下来了，我好好教书就是。"

地、县一行人是在龙湾区街上吃了中午饭后，才到龙寨小学。参观学校时，廖胖子把盛从杰引到洪亮面前。洪亮仔细辨认一番后，对宦德说："是他，没错！"忙把手伸过去。

盛从杰的手在新衣服上擦了又擦，半天伸不出来。

洪亮不等他伸出手来，上前一把捉住，说："谢谢你当年带我们出山呀！"

盛从杰说："就带个路，几十年了你还记得。"

洪亮说："唉！救命之恩不能忘呀！我当年忘了问你，你给我们带了路后，山上的土匪没为难你？"

盛从杰憨厚地笑了："为难啥？就是他们叫我来带你们出山的，他们巴不得你们早点走。"

廖胖子一听，鼻子都急酸了，他咋与土匪搅到一块分不开。低声埋怨吴媛："你没教他？"

吴媛也皱着眉头说："教了，他全忘了，我有啥法！"

洪亮一听是土匪安排他来带路的，先是一愣，接着长长地"哦"了一声："原来你是两边都在帮忙。"

"哈哈！"一群人大笑起来。无论怎样说，是他带路减少了损失，还是有功的。

洪亮问他:"还在教民办?"

盛从杰正要回答,见吴媛拿眼睛盯着他,突然想起了"不要提困难"的事,忙答道:"今年转正了。原先不合要求,全靠吴校长给我改的身份证,这才批下来。"

话一出口,在场的人又是一阵大笑,没见过这样老实的人。

吴媛急红了眼,忙挤上前来解释:"不是改身份证。他身份证丢了,补办时又填错了,现在纠正过来了。"

盛从杰从笑声中意识到自己不知哪里说失了口。见吴媛在解释,忙上前来证明:"是丢了的,现在又找着了。"赶紧在兜里去摸身份证。

洪亮见他急出了汗,笑着劝慰:"别找了,早该给你转正,身份证填错了,改过来就对了。"

第二年,省上取消了退休前五年内不能民转公的规定。文件到时,盛从杰已按正式教师退休几个月了。盛从杰逢人便说,幸好转了,若是等文件来了再说,黄花菜都凉了。

听说洪亮到龙寨乡去了,曹达和宦丹丹找了辆小车,风尘仆仆赶过去。到那里时,洪亮正对新教学楼发感慨:"解放几十年了,一直没腾出手来抓教育,乡下学校一直在庙宇祠堂上课。现在终于有了像模像样的教室。"

听郑华说欠了许多债时,洪亮说:"欠债慢慢还,自家娃娃要读书,家长还少不了借点欠点。一个地区要发展教育,当头的要有担当。"

郑华问洪亮:"普九这样大的举措,国家怕是要大投资才行。"

洪亮说:"补助肯定会有的,只是早迟的事。无论有无,这教育都得要办。我看你们就做得好,先干起来再说。钱用在教育上,为子孙后代造福,就是动作大了点儿,群众会原谅你。"

郑华点头称是。

站在一旁的曹达夫妇,心中凉了一股。听得出,洪亮虽说是在表扬郑华做得好,实际上是在肯定令狐阳的举债办教育。自己心里准备好的那一套,得换个说法才行,别把话说反了自讨没趣。

宦德见女儿女婿赶来了,眉头一皱,脸掉向一边,当作没看见。反倒是洪亮看见了,拍拍宦德的肩说:"丹丹来了,你没看见?"

宦德没好气地说:"她是来找你的。"

洪亮"唔"了一声，若有所思对宦丹丹招招手。

宦丹丹赶紧拉着曹达跑过去，笑嘻嘻地说："洪伯伯好！郑书记好！"

洪亮亲切地问"丹丹，你来做啥？"

宦丹丹指着曹达说："来看他父亲，他父亲在这所学校教书，现退休了。"

洪亮一下想起来了，转过来对郑华介绍："来，认识一下，这是宦老爷子的千金，宦丹丹，这是他的女婿曹达。"

两人转向郑华，恭敬地问候道："郑书记好！"

郑华笑着点点头，说："我们认识。"

洪亮意味深长地说："这几年，他们教育上变化大，曹达可是出了大力的。"

曹达很不好意思地说："是县委领导得好。"

郑华还是笑笑说："你们干得不错。"

洪亮同曹达握握手，鼓励说："好好干，郑书记看着你们的。"

曹达受宠若惊："还靠郑书记加强领导！"

郑华仍是点点头，表示认可。

洪亮对宦丹丹扬扬手说："你们忙去吧！"两人知趣挪到一边去了。

一旁的盛从杰指着曹达夫妇对吴媛说："他们比我还不懂事，扭到领导说。"

6.

从殡仪馆回来，山东老家的客挤挤一屋，默默地陪伴着吕大姐。令狐阳领着盛琳过来帮忙，发现家中忙得已好几天没开火了。令狐阳说北方人爱吃面食，安排盛琳去街上买夹一大袋饺子回来，半蒸半煮把中午饭开了。

客人们已买好下午晚些时的火车票回山东。离开前，大家总要说些什么。老家的乡上书记说："吕六姐，你愿回来住，俺们来人接你。南下的骨灰要回老家，俺们也欢迎，你要节哀保重。"

村上支书说："吕大姐，你要回娘家来住，俺们负责给你调一份土地，种粮种菜都由你。要修房子，土地算俺们村上出，劳力也算俺们的。"

吕晓的母亲拉着吕大姐的手说："姐呀，你心中想着你侄女，你侄女一定会考敬你。你知道的，俺们老家穷，你不嫌弃，回来就跟俺们住一起。俺给你烧炕。"

轮到当妹的了，她把躲在背后的女儿拉到前面来，鼓励她："说话呀！成天在家吵着要见大姨，见了大姨又没一句话。瞧那出息样，去！有啥去给大姨说。"说着，把女儿往吕大姐身边推。那女娃脸涨得通红，扭捏着辫子，低着头从口里挤出话来："大姨，俺想，俺想留下来侍候你。"

吕大姐摆摆手，连声说："不济，不济，吕晓都是令局长冒险办的，再办就坏规矩大了。"

听大姨说不成，小女娃扭身伏在母亲肩上，呜呜地哭起来。母亲生气地说："哭么？好好回大姨话。"

盛琳过来大大咧咧地说："别哭，你大姨刚把泪水咽进肚子里，你又惹她伤心。"掉头问吕大姐："她要啥？我给她买去。"山东话她没听懂，只当是小姑娘要东西没到手，才伤心流泪。

吕大姐不好吭声。吕晓早来几天，与盛琳稍熟点，说："盛姨，她想读书。"见吕晓挑明了，吕大姐只好开口补上一句："她也想留下来读书。"

盛琳听明白了，心想多大件事，也不问令狐阳一句，用手把小姑娘招过来，扳着双肩向着自己，说："别哭，盛姨答应你。"

小姑娘揩干眼泪，拿眼望着吕大姐，吕大姐又拿眼望着令狐阳。盛琳看情形，八成是信不过她，盯着令狐阳吼了一句："你聋了，等你发话呀！"

令狐阳笑笑说："行，你盛姨说了算数，只是不能再来人了。"

吕大姐听了好生过意不去，小心地对令狐阳说："行吗？别给你惹出麻烦来。"

令狐阳安慰她："反正是麻烦，只当是王部长临终嘱托。"

吕大姐急了，说："别那样说！他在地下知道了，会骂我的。"

令狐阳心里一震，是不能坏了老部长一世清名。对吕大姐说："留下吧，算天老爷安排的。明天吕晓领她去学校报名，我会跟校长说好的。"

吕大姐还是拿眼望着他，生怕牵扯上王南下。令狐阳走过去说："我会说是个烈士子女，没人会去山东查证。"

吕大姐点头应允了，说："她爷爷是烈士。那年，她们村子出去三十多个人当八路，活下来八个。"

7.

令狐阳刚在办公室坐下，桌上电话机响。他取下话筒，里面朱二娃的声音震耳："令局长吗，我就在你的楼下车坝里。"

令狐阳不信，车坝里哪儿来的电话？打开窗，几片爬山虎叶挡住视线，令狐阳使劲扯掉。看见朱二娃真在车坝中间，右手握着一个"黑砖头"，脸上笑眯眯地望着楼上。令狐阳想，这家伙玩啥魔术，拿个砖头当电话打。电话里对他说："你娃儿耍啥把戏？"

朱二娃很得意地说："我这是大哥大，两万多一个的移动电话，咋样？"

令狐阳早听说有叫"大哥大"的移动电话，太贵了，两万多一部。财政明文规定不许报销，只有私人老板买来撑门面。令狐阳对朱二娃说："你娃儿不得了，我不稀罕你那个。"口里虽这样说，心里痒痒的，有个移动电话还是方便得多。对朱二娃说："你想说啥？快点，我要挂了。"

朱二娃急了，忙说："别圭！令大哥，你给我打个电话嘛！我昨天才买来，还没有人打来一个电话。你打个电话来试试，他们不相信。"

令狐阳偏起头又看了看下面，朱二娃身边围了许多人，估计是看热闹的。这小子好显摆，偏不理他。"叭"的一声挂了。

不一会儿，电话又响了。令狐阳拿起话筒，还是朱二娃，有点求的声音："令大哥，你就给我打个电话来嘛，我求你了，这几个人硬是不信。"

令狐阳无奈，说："把号码说来，快点！"拿起笔记下来，按了按话机，再把号码拨过去。只见朱二娃拿起"大哥大"喊起来："你们听，你们听，这是不是真的？"

令狐阳把刘君喊来，指指窗外的爬山虎说："找个人来弄掉，屁作用没有，沾到挨到就上来了。"

十五 县长接待日

听说宕中考差了，肉老板随手割了一坨五花肉在秤上约了约扔在案板上，见校长夫人眼光困惑，肉老板一脸不屑："考恁差，吃点五花肉也可以了。"

1.

开年后，新鲜事一件接一件。先是地改市，换招牌的同时，领导也同时换了。市委书记、市长都是新来的。县委也做了调整，排排坐，吃果果，挨着挪动了一批人。郑华因普九的政绩，升为副市长，负责抓全市的文化教育。奉县长成了奉书记，刘强副书记也因此成了刘强县长，田智部长做了分管教育的副书记。

新来的市委书记姓袁，对精神文明建设这一块很有心得体会，说话提纲挈领，说卫生靠检查，体育靠比赛，文化靠调演，教育嘛就靠考试。学生在分数面前人人平等，老师也是，校长也是，局长也是。当然县长，分管市长都要用这把尺子衡量。考了多少大学生，名牌大学有几个，这是硬指标。

令狐阳日子不好过了，冰火两重天。随着学生搬进新校舍，要债的，像催命无常如影随形。朱二娃的大哥大曾借给令狐阳用了两天，很快全县都知道了号码，要债的揽头和求救的校长，差点把电话打爆。令狐阳赶紧还给朱二娃，朱二娃血压立即升高。几分钟一个电话，来一次气他一次。开始还耐心解释，享受一下移动电话的尊贵感，后来多了，开始生气，争吵，骂人，天一亮到半夜，没完没了。朱二娃说，若不是太贵了，早就砸了。生意上的人，大家都晓得他用移动电话，把他的座机号码早就忘了，扭到这个电话打。关了又怕真误了事，只有叫着令狐阳名字骂娘。

令狐阳晓得了，骂朱二娃："你这才几天！就受不了骂我娘。我一年四季都这样在火上烤，把你那娘借我骂两天行不?"

火上炙烤的日子不好受，令人寒心的事来了也不好受。去年宕县高考上线率，全市倒数第一，排在市委袁书记的另册上。郑华不好公开批评自己任上的事，私下里叮嘱了许多次，要宕县好好总结总结，千方百计要冲上来。别房子修好了学生教差了，到时难背书。

宕县中学龙云安校长像做了贼被逮住一样，不好意思上街。家属去肉摊上买肉，过去肉老板会把背脊肉留着等她。听说宕中考差了，肉老板随手割了一坨五花肉在秤上约了约扔在案板上。见校长夫人眼光困惑，肉老板一脸不屑:"考恁差，吃点五花肉也可以了。"

龙云安憋着一肚子苦水，在总结会上"哗哗"倾吐:"这贫困县的生源差了人家一大截……"

新上任的县长刘强打断龙云安的话说:"嗨，嗨，你这话我不爱听。教师没教好，怪到生源差，这态度就不对。"

龙云安憋屈不住，仍是一腔苦水止不住流:"刘县长，你听我说完，每年初中毕业考试后，人家县考得好的报考高中，准备上大学。我们县考得好的，急于就业，全报中师中专。高考后，那些差个二三十分的，人家县一般要复读再考，哪个县的中学都要收四五个复习班。我们县高考后，线下二三十分的，全部被教育局送去读委培，走得干干净净。你说这生源如何好得起来?"

令狐阳不满意龙云安推卸责任，"我说龙校长，人不对怪屋基，你说这中师中专哪个县都有，送委培也不只我们一个县，独独你考在后面了，还好意思怪这个那个。多从你和你那些老师身上找找原因才对。"

龙云安听说老师有问题，另一股酸水又冒出来了:"这老师有问题也不能怪校长。高中三个年级，按说各科配齐该三套班子才对。可我们东拼西凑只有一套，保了高三毕业班，高一高二就只有凉起，令局长还叫我们高中扩招。人招来后你来教哇!"

令狐阳最恨龙云安摆资格，动不动就是"你来教哇"，像下棋样，把他当作半罐水，拿学历文凭堵塞他的嘴巴。令狐阳撇着嘴说:"你也别逞能，菩萨都是人做的。就你那一套小儿科，要不了几个初一十五谁都学得会。"那口气，好像他是教过好多年的老教师。

在刘强眼里，令狐阳就是一个修修补补的大包工头，几年教育局长当下来，

223

本事不大口气大了，竟把教高三毕业班说成小菜一碟，太不把知识分子放在眼里。可也奇了怪了，龙云安竟不吱声。曹达翕了翕嘴皮，始终没把话吐出来。大概是碍于他是局长吧。不信县太爷在此，还让毛贼抢了威风去。刘强说道："令局长，你说起高三毕业班那样好教，说细点给我听听，等二天我不当县长了，也好去教高三毕业班，混口饭吃。"

刘强话中带有浓得冲鼻的嘲讽意味，他不晓得令狐阳这几年在教育上摔打，不仅是在事业发展上，而且在教学理论上也很是下了功夫。因为委培关系，经常与几所大学的博士生导师、硕士生导师打交道，对教育改革的方向、路子已是了然在心。若说旧的应试教育那一套，龙云安曹达还可能略胜一二，若是说到教育改革，素质教育这套新玩意儿，两人自愧不如令狐阳，因此缄口无言。令狐阳经常说他们，我长期在教育改革的路上等你们。偏这刘强不知究里，还拿这昨日黄花当盛开牡丹捧在手上，想出令狐阳的洋相，不曾想给了令狐阳一个展现的机会，只听他说："刘县长，若是讲素质教育，教育改革那确实难，没有真功夫不行。至于他们现在这汗水加灯泡的老一套，那是几十年一贯制，别说教书的老师，就是我们这些搞教育行政管理的，耳朵都听起茧巴了。"

刘强只当是令狐阳嘴巴子说滑了，信口开河哄人，非要见个真假，坚持要令狐阳说下去："莫说那么多空话，你到底晓不晓得咋教高三？"

令狐阳仍是一脸不屑："简单得很，先把教材分解给学生听，说清知识点在哪儿。然后，指出重点是啥，再就是重点中哪些是难点，需要反复讲的。这一切，教学大纲都写得明明白白的。毕业班老师的绝活是指出考点是啥？这也不是秘密，书店有的是考试指南。最后是押题，把历年高考题分析一通，已出现的粗讲一下，预测出将要出的题，反复练就是了。"

刘强仍是不服气："能预测高考题就是本事，就凭这点，你令局长就做不到。"

令狐阳微微一笑："我做不到，他们也做不到。全是在外面买的，什么一诊题，二诊题，三诊题。全部已经市场化、模式化了，老师只需像周扒皮一样催工催活儿。"

眼见得平常听来玄妙无比的高考攻关，被令狐阳说得儿戏一样。刘强分不清真假，只见曹达，龙云安没言语，估计令狐阳说的大致不差。但仍不高兴令狐阳的狂傲，说："市上袁书记要求高，教育上要多出人才，就是要多考大学生。你是教育局长，你要负主要责任。不能光说这不行，那不行，你得拿个行的主意出来。"

令狐阳一脸无奈，瞟了一眼田智，估计他也不敢说，索性自己斗胆说出来："刘县长，教育上的婆婆多，一个人说一套。袁书记要数人头。省上曾厅长要求呢，就不管这个考不考的事，连平常的期中检测，单元测量都要取消。弄得我们也不知听哪个的好。"

刘强态度很明确，说："你令狐阳好生看看，你脚踩在哪个地盘上，就要听哪个地盘党组织的。别去东说西说。升学率再上不去，别说你这个局长当不成，老百姓连五花肉都不会卖给你。"

令狐阳见刘强动气了，再不吱声。

田智说："还是按市上袁书记要求，抓好高三毕业班工作，升学率争取进入全市前三名。"

刘强拿眼光询问曹达和龙云安。两人表态，有刘县长亲自抓，我们也有信心，明年争取进入前三名。只是我们反映的问题要解决才行。

刘强说："这个问题，由田书记协调解决好。令狐阳你的意见？"

令狐阳一通百通的样子，昂声表态："没问题，完不成任务，撤我的职。"

刘强说："今年受普九的影响不说，明年再是倒数第一，你令狐阳是表了态的。曹局长，龙校长都要拿话来说。个个跑不脱。"

从县政府出来，田智问令狐阳："你表态那样快，有啥绝招不？"

令狐阳一脸无奈，说："屁个绝招，到时候再想办法。"

话才落地，全城灯一下熄了。城里用电高峰时常有的事，如戏剧转场要落下大幕一样。一阵嚷嚷声中，店铺陆续亮起蜡烛。习惯了，倒换也不是难事。

2.

令狐阳的办公室开不得门，只要开了，随时都挤满要钱要人的。只要他一现身，"品牌"来了，其他副局长都成了"假冒伪劣"的摆设，人气全聚往他那里。令狐阳对付的招数是到茶园躲着下棋。有急事，刘君自然会来找他。

这天，刘君来通知他开会，附带说了句："有个去年分来的本科大学生，现在还没落实到学校，到局里来了好多次，几个副局长都接待了，还是没法解决。那人很内向，半天不说一句话。就怕他想不通，从楼上咚的一声跳下去……"

令狐阳听了心里"咯噔"一下紧起来，把棋盘一推，问清那人还在局里，赶紧回去见他。

那位大学生姓殷，叫殷世奎，大学本科应届毕业生，学数学的。按说这条件，全县学校由他选。可这人是茶壶装汤圆倒不出来。无论到哪个学校，要不了一周学生就起哄，甚至罢课赶他走。去年一期，就这个学校，那个学校旅游了一圈。连区乡学校都不愿要，说只缺教师，不缺笨蛋。今年一开学，直接到教育局来"上班"了。找遍教育局的副职，谁也没办法。

令狐阳一开门，照例又是满满一屋人。令狐阳今天专为殷老师的事来的，进门就喊："哪个是新来的殷老师？"没人应答。

刘君认识殷，上前拉了拉他的衣服，说："令局长问你呀！"

殷世奎不紧不慢地说："我从后面走到他面前了，他怎么分辨不出来呢？"

令狐阳哭笑不得，没跟他计较。指着桌对面的椅子说："你先来说说，是啥情况。"

殷世奎显得很豁达，慢吞吞地说："我的事复杂，三言两语说不清。"指指一周的人说："先让他们来。"

令狐阳第一次遇着这样"斯文"的上访人员。你不急，天天来教育局做啥？又一想，跟这种人还真急不得，越是闷起不言语的人，越容易做傻事。迁就他，把其他人打发走了再说。

令狐阳叫刘君做记录。要求来找的人只准说什么事，令狐阳听了就说找什么人处理。

刘君一一记下后把人带走，再多的人也禁不住令狐阳三拨两下打发完。

有不愿走的，令狐阳扳起脸说："你先找我指的人去谈，谈不好再来找我，我在这儿等。"这一招不是头一回用，局里的人都懂得起，谈得满意自然好，谈得不满意，那就继续谈，反正不会让你再去麻烦令狐阳。按令狐阳的说法，个个都要给他顶住。

室内只剩令狐阳和殷世奎两人。令狐阳给他倒上水，自己也满了一杯，水能克火，先压压火气。令狐阳想到王南下的工作方法，对"慢惊风"千万急不得，令狐阳摆出架势听他讲。万万没想到，他只说了一句："我还没落实工作单位。"

令狐阳感到意外，问："完了？"

殷老实点点头说："完了！"

令狐阳只好倒过来问："你去了那么多学校，为啥都不要你？"心想你该有个自知之明吧！

殷世奎很认真地望着令狐阳说："你问我吗？"

令狐阳感到怪了，"我不问你，问谁？"

殷世奎感到不可理喻，微微动了气："他们不要我，你该问他们呀！"这话真还把令狐阳问住了，照他的说法，天为啥下雨该问天。细细一想，他教得再怎么孬，不会有人直接告诉他的，就是我也不会直接告诉他。又一想，你不是说没人告诉你吗？我当着你的面问清楚，羞死你。

令狐阳拿起电话来，先拨通宕县中学的龙云安。提到殷世奎的名字，龙云安就连声抱怨，说："他上课就像念经，照本宣科。读完，布置作业。学生再多的问题，他就一句话，请看教材。任两个班的课，两个班的学生和学生家长都不要他。老教师帮助他，他还不接受……"

电话声音很大，令狐阳有意让他听见，挂了电话后问他："你听见了吗？"

殷世奎点点头。

令狐阳见他不言语，以为他知错了心里难过，拿话安慰他："开始走上讲台，找不到教学方法，情有可原。要虚心向老教师学习，认真改进教学方法……"

令狐阳认真说，他认真听，眼神始终没离开令狐阳。等令狐阳说完，要他去宕中找龙校长，表明态度，尽快改正。

殷世奎像是不相信，很认真地问道："他们说我照书上念不对？"

令狐阳点点头，说："照本宣科肯定不行。"

他摇摇头说："我没想明白，编写教材的人比我们水平高吧？"

令狐阳点点头，这还用得着问。

他又问："教材的表达比我们简洁、准确吧？"

令狐阳懒得点头，尽问些废话。催促他道："你到底想说什么？"

他没受令狐阳的情绪影响，兀自说个的："那么，教材之外，我们还说那么多废话做什么？"

令狐阳愕然，原来他是这么想的。不知哪个教授教出来的？照本宣科还成了唯一正确的，难怪没学校要他。暗自思量，自己没本事让他开窍，这人胚子都被整变形了，说是说不清楚的。说得再多，他已钻进牛角尖里转不过身来，怎么办？先找个学校养起来再说。

令狐阳再没说多话，逐个学校打电话落实，没人接手。上面拨款白用人都没人干，说怕养要人影响其他人工作。

令狐阳无奈，问殷世奎："你是哪所中学毕业的？"

他说龙湾中学毕业的，是当年高考全县数学第一名。

令狐阳找到了危害他的"凶手"，心中有了办法。叫刘君把殷世奎引到一边去，再把龙湾中学的校长拨出来，核实清楚是他们学校出去的学生后，不由校长分说，就是一顿毛训："你说他迂也好，瓜也好，谁教出来的？当年高考得了高分，你们到处报喜。现在回来报效母校，你就这不对，那不对的。不行，就由你们先收着……"

回过头把殷世奎叫来，说："你明天去龙湾中学报到上班。你适合搞研究，学校若安排你上课，你就教。不安排，你就好好准备复习，争取今年考研出去，再也别回来。"

3.

今天16号，又是令狐阳两口子大吵的良辰吉日。

令狐阳刚起床，盛琳的话卷着一股热浪扑来："我说你也要注意点影响，连乡下的农民都知道你跟吴媛的事儿。我听见都脸红，不知你是咋听下去的。"

不提这事还好，提起这事儿，令狐阳就一肚子气："还不是你那张乌鸦嘴巴四处惹事儿。"

盛琳也不饶人，打断令狐阳的话，说："这次别往我身上扯。我啥话也没说，是你两个缠得太紧了，群众实在看不惯才说的。"

令狐阳压根不信她的话："啥群众，还不是你盛家屋里那一伙人在说三道四的。"

盛琳指着令狐阳说："狗咬吕洞宾，不识好人心，不是看着彬彬喊你声'爸爸'，我盛家屋里的人要管你个铲铲！"

令狐阳也不示弱："喔哟！说起来，你盛家屋里的人不得了哟，编些故事来挖苦我还有功？要不要我办几桌宴席，请你们嗨一顿。"

盛琳认为是好心当了驴肝肺，气上来了，调门高了许多："令狐阳，你给我说清楚，哪个编了故事挖苦你！"

令狐阳见惯了她那凶样子，根本没当回事儿："还有谁，除了你那大哥还有谁？"

盛琳见事情扯到她大哥身上，不仅自己委屈，更为盛青感到冤枉："嘿！令狐阳你听着，我大哥成天为你遮都遮不过来，你还记恨他！也是我那幺叔，为了感谢你上次帮他民转公，才好心好意提醒你。这样老实的人都看出了问题，你说你在下面胡作非为到了啥地步？"

听说是盛从杰说的，令狐阳引起了警惕。那个老实人从不会说是非，肯定又是哪儿钻出来的祸事。想起王南下生前叮嘱他要防暗算，多了份心思，说："你就会瞎闹，真有这谣言，廖胖子早打电话来了。"说完就去打电话。

也凑巧，还没挨着话筒电话就响了。拿起一听，正好是龙寨乡打来的，不是廖胖子，是吴媛。令狐阳才"喂"了一声，吴媛像失了火似的，报起警来："快点去县政府！学校几个退休教师告状来了。说是县长接待日，直接找县长。快点去拦住……"

令狐阳感到莫名其妙，退休老师告啥状？莫非就是来告我生活作风问题。他拿什么来告我？捕风捉影的事儿，怕它什么。打算安慰吴媛几句："你慌什么，他们说有，就有了？无根无据怕什么。"

"那些屁事，我才不管。是学校建修的事，他们要找县长告状。"吴媛说。

"你冷静点好不好，到底咋回事？你慢慢说清楚，没有哪里天会垮下来了。"令狐阳沉住气说。

吴媛听令狐阳说话的语气很镇定，心中也稳了一些，慢慢把事情的从头到尾说出来。

这一期学校有了勤工俭学项目，多收了二十多万元。吴媛想到老师们收费，做解释也很辛苦，把闹了多年的课时补贴和班主任津贴，拟了个低标准兑现，在职员工每月就多了几十元的收入。这事儿让退休老师晓得了，心里不平衡。原先说学校多收点钱用于普九，修教学楼没说的。修教师宿舍，退休老师参加了分配也没说的。可年轻教师每月多领几十元，退休的一分钱没有，这哪儿搁得平！

曹通领头找吴嫒闹。吴嫒一想，任教的领补贴，名正言顺。先还耐心解释，说上面没规定打麻将有补贴，给你们发钱没理由。他们根本听不进去。到后来，吴嫒索性不理睬他们。几个退休老头老太婆一合计，领麻将补贴我们没理由，不要了。质疑工程承包问题。教过语文的老师一分析，问题很多。发包不民主，教师宿舍涉及教师利益，但整个承包过程，我们不知情，这其中肯定有问题。承包单价过高，农村修房子，每平方米才一百多元，学校发包是二百三十元，肯定给了校长好处。学校财务混乱，每年招待费好几万，什么请客送礼都揉在里面报账。必须公布账目……

曹通把写好的状子悄悄给曹达看。曹达说，只凭这张纸不行，你今天递上去，说不定明天就转给令狐阳处理。令狐阳与吴嫒的关系，你又不是不知道，到了他那里不会有结果。曹通问儿子怎么办？曹达出了个主意，说："新上任的刘县长作风斗硬，每月十五日是他的县长接待日。你们那天早点来，当面呈诉。刘县长办事果断，说不定现场就把姓吴的校长给抹了，连令狐阳都脱不了干系。只是人要多点，特别是有影响的老师一定要动员来，造成声势。"

说到有影响的人，父子俩都想到了盛从杰。县上领导都知道他老实，他若来告状，没有人不相信。加上他是令狐阳的叔老丈人，他若出面，更显得告状的公正无私。

曹通皱了一下眉头，说："吴嫒和令狐阳才帮盛从杰转了正，估计他不会来。"

曹达不以为然，说："就用这件事逼他。他若不来，就拿他改身份证弄假的事吓他。就说只要告上去，会把他的正式教师抹脱。"

曹通真拿这话去吓盛从杰。盛从杰吓得发抖，哪敢不答应。等曹通一离开，又觉得对不起令狐阳和吴嫒。赶忙把事情给盛青说了，盛青又到乡上打电话给盛琳，几个转口交易，就把事情变成有人造谣，说令狐阳与吴嫒有桃色新闻。

弄清情况后，令狐阳瞪起眼睛把盛琳恨了一阵，说："哪有你说的那些事？人家说伍家坝的柿子多，你说成母猪胯下虱子多。信你的话，倒八辈子霉。"

边说边进卫生间里，洗脸帕在脸上舞了几下，急匆匆去参加县长接待日。

4.

一个官一道令。设立县长接待日，是刘强上任来的新招数。每月 15 日，遇大事或节假日顺延，雷打不动。昨天市上开会，顺延到今天，刘强连夜赶回来。

这事过去外地有过，没有一个地方管长久的。明摆着一个道理，你又不是诸葛亮能玩事必躬亲？啥年代了，人们都在用手机了，还去学古时候的大堂问案，真把政府当成了衙门。令狐阳说他是在演戏，刘强还真把它当现场直播一样。每次"问案"必招来一批大报小报记者，又是采访，又是拍摄，忙个不停。各大局局长成了跑龙套的，无论你多忙，无论涉不涉及你，县政府所辖各局头头都得去陪坐。

拍摄现场设在一间较大的会议室里，像戏台上问案一样的摆设，靠里正对着大门一排案桌，是"县太爷"的位子，端坐县长，各位副县长侍其左右。大堂两边应该是衙役的位置，各面向里摆几排会议桌，挨次坐着各局局长。进门正中搁两张会议桌，摆上几把椅子，是上访人员告状申冤的苦主座位。整个场景还是有别于古代，所有人员一律都有座位，不像过去审案，告状的人要跪着，两边的衙役要站着。看来刘强是真想过一把当县太爷的瘾。

到接待日这天，一大早就有人来排队。龙文章按上午 10 个，下午 8 个挨着放号。剩下的下月请早。到了上班时，当官的鱼贯而入，各依身份坐好。刘强一点头，龙文章就喊："第一号！"

门前有两名警察把守，提着警棍，尤如带刀护卫。被喊到的放进门，到正中的位置坐下，没喊到的就在外边围观。

待"苦主"坐好后，刘强开始问堂。姓甚名谁，何方人氏，所诉何事。有写好状子的，由工作人员传上去。没有状子的直接口诉。然后就是对簿公堂。涉及哪个局，就跟那个局长当堂质供，当堂辩论。然后由刘强一巴掌拍下去，口授判词，当堂宣布。秘书赶紧写好，刘强两笔一画，政府行文，交由各局执行。

这样做，上访的人喜欢。来的人都是在家精心准备一番，哪个地方哭，哪个地方下跪喊冤，都是在家导排好了的。而这些当局长的全蒙在鼓里，若是没有亲自受理过此事，往往一问三不知，便会招来刘强一顿训斥。

有那解决历史遗留问题的，当局长的除非把档案背来，绝对没有当事人说得清楚。大堂对质辩论，个个局长被问得哑口无言，糊里糊涂就输了"官司"。拿着刘强的处理意见回去作难。

门外看热闹的不嫌事大，就喜欢看平常耀武扬威的局长们挨训的难堪样子。每当刘强宣布处理意见时，门外就一阵欢呼。一时间，碟子店关于包青天的影视碟子销售火爆，大街小巷都在传颂"刘青天"的功德。

苦了当局长的。每当接待日这天，刘强要求必须一把手参加，不来不行。坐在那里，哭丧着脸，心里叫苦不迭。像临考的学生，头天把各种可能上访的案件，当功课背得滚瓜烂熟。可到时来的却是一个生面孔，又是一问三不知。场内县长又是一阵训斥，场外观众齐喝倒彩。

少有几个人没有压力。一个法院院长，一个检察院检察长，是人民代表大会选举产生的，县长管不着。每个接待日就派个副职来应付了事。

另一个就是令狐阳没有压力。这几年他在教育上搞得风生水起，不仅上级看起顺眼，而且学校教师得实惠不少。有人形容是五子登科：第一个票子，工资保证了，连过去从未发过的课时补贴，班主任津贴都落实兑现。第二个房子，除了教学楼外，个个学校都在修教师宿舍。全是让区乡干部眼馋的套房。第三个孩子，在普遍就业难的情况下，独有教师子女全部安排，考得上要读，考不上送委培也要读。实在学历上有问题，办几个幼师班就解决了。第四个位子，过去常有侮辱殴打教师的案子发生。令狐阳上任来，立下规矩，凡有此类案子发生，教办主任专门办理，公事要当私事办，对方送礼你送礼，对方请客你请客。凡是打了老师的，赔医药费是小事，必须坚持戴手拷到县上拘留，哪怕关一天班房也行。不到一年，就把遗留下来的案子全部了结。第五个方子，全县独一家搞了大病统筹，老师住院治病能报销药费，提起都让别人眼红。因此教育系统上访告状的人少，就是有几个上访的到了县城，找到令狐阳，有钱钱交割，无钱话交割，都心满意足回去。刘强问案以来，没有一例是教育上的。每次令狐阳都抱着免费看戏的心态，看刘强的脸一会儿掉过去，一会掉过来。掉过去，掉过来……一幅现代"芝麻官"的肖像在眼前晃动。令狐阳笑眯眯地看着台上台下表演，品尝世间人生百态。

今天一进会场，令狐阳按往常习惯拣一角落坐下，顺手用公文包替法院副院长，资深美女柳亚琴占个位置。一个是无事闲坐，一个是有事不在乎，正好在一起低头说聊斋。

柳亚琴来了，哪儿也不去，径直到老地方挨着令狐阳坐下。

令狐阳接着上次接待日的话题聊："布鞋厂那一排门市封了没有？"

这说来是个旧事，布鞋厂破产后，街上有一排门市。有那搞开发的老板，找到厂里负责人，签了一个协议，拆了重建。下面的门市依旧是厂里出租，楼上新增部分由开发商出售。房子修好后，一直告状不断，说厂里负责人勾结开发商私吞集体资产，一直没有查出结果。就在上一个接待日，一群下岗职工上访，一连几个问题问得经贸委主任答不上来。刘强当场拍板：监察局立案调查，门市即刻查封。见没人吭声，又问了一声："法院来人没有？"柳亚琴应声而答："要得，刘县长。"话完，柳亚琴悄悄对令狐阳说："查封还有个立案审理过程，不懂法乱来。"

令狐阳说："那你咋不给他明说？"

柳亚琴脸一掉，说："院长办了招呼，不管刘县长说啥，先答应下来，回去后该办才办，不该办就说上级法院不准就行了。"

今天见柳亚琴一来，令狐阳就把这事提出来，好奇问个究竟。柳亚琴边用纸擦桌面，边颇有意味地说："疯了，法院没封，刘大官人疯了，他找监察局去封了。这下好了，几个租门市的老板联合起来，告出租方违约，要求双倍赔偿。"

令狐阳见有好戏看了，问："你们立案没有？"

柳亚琴将纸团朝墙角纸篓一丢，说："不立案不行，人家托关系找了中院院长，必须依法立案，还要求诉讼保全，逼得我们又去封一道。

令狐阳问刘强晓得不？柳亚琴说："告诉了他。他说马上叫监察局的人去启封。可惜说晚了，人家要双倍赔偿。"

令狐阳问要多少钱？柳亚琴说："少不了一百万。"

令狐阳问哪个给？柳亚琴指了指刘强："刘大官人给呗。"

令狐阳捡得一笑，这个学费交得有点贵哟！柳亚琴用手指放在嘴边"嘘"了一下，轻声说："不要说早了。说早了，他会说我们在收拾他，等官司打到中院去了再说。"

正说着，刘强敲了敲桌子，大家静下来，龙文章叫秘书到门边叫号。

第一个闻声进来的是个老头，一报职业是退休教师。

柳亚琴朝令狐阳努了努嘴儿说:"你的生意来了。"

令狐阳认识他,心中暗笑这刘强命孬,又来一个说不清的事主。

退休教师姓傅,要求确认地下党员身份,落实离休干部待遇。等傅老师诉说完毕。刘强用下巴朝令狐阳点了点。令狐阳知道是该自己发言了,打排球一样,先发了一个上手飘球,将球飘起飘起发到老干局去:"离休干部待遇该老干局落实。"

话未落脚,傅老师就抢答起来:"老干局要教育局打报告落实党龄。"

刘强把脸又掉向令狐阳。令狐阳说:"他说他是地下党员,这事没法落实。我们打了报告上去的。"

刘强的脸又掉向傅老师。傅老师老泪出来了,情绪一下激动起:"教育局的报告既不说真,又不说假。老干局说这等于没写。"

刘强又把脸掉向令狐阳,眼神中已有几分恼怒。令狐阳是知趣的人,平和地说:"我把情况说给刘县长听,由刘县长拍板。他申诉材料说是四六年入的党,问他介绍人是谁? 他说了一个人,在四八年就牺牲了。问还有谁知道? 他说是单线联络。问他在什么地方宣的誓? 他说在老车坝老邮局的一间小屋里。老邮局拆了几十年了。问他做了什么工作? 他说介绍人叫他不要轻易暴露身份,组织上自然有人来找他。问到底有没有人来找? 他说没有人来找过,只好他来找组织。事情就是这样,请刘县长定。"

刘强把脸掉向傅老师,仿佛在问,是不是这样?

傅老师很激动,说:"当年参加革命,没有想过今天要得到什么,也没想到留个什么来证明自己。解放后我找过组织,组织上说只要革命成功了,就不要计较那几年党龄。现在看见过去一起的同志,不知从哪来的证据,在解放前参加了地下党,娃娃也安排了,工资也提高了,可我人老实,却久久不能解决。求刘县长明察,还一个老共产党员的尊严。"

双方一阵沉默,刘强举起手,一巴掌拍下去说:"再由教育局党委做一次复查,拿出一个肯定性的结论,交老干局确认。"

傅老师说:"这又不知拖到什么时候哟!"

刘强说:"限定在下一个接待日拿出结论来。"

令狐阳苦笑了一下:"行! 一个星期内拿出来。"

柳亚琴悄悄问:"你真的行吗?"

令狐阳低声说:"只要闭着眼睛打瞎说,我现在就可以拿出结论来。"

柳亚琴点点头,情人样给了个媚笑。

第二个进来的又是教育上的人。曹通领着一伙退休老头老太婆一拥而进。盛从杰也在其中。他见了令狐阳,像做了错事一样,把头埋得很低,直到最后离开,始终没有抬起头来。

曹通反映学校伙同搞建修的杨揽头,把教师宿舍的单元门用电焊机封死了,害得老师们每天从窗口搭梯子爬上爬下,很危险。要求县长解决。

柳亚琴笑令狐阳今天"生意"好,不来时一个不来,一来就成双成对。

令狐阳见刘强那张小白脸掉过来,犹如令旗一招,该他上场了,没工夫搭理柳亚琴。电话上吴媛已说清楚,令狐阳照样搬过来对刘强说:"那房子还没验收移交,老师们就搬进去住了。揽头为了安全,就把门给封了。"

曹通原以为令狐阳不知情,想来个突然袭击,哪知令狐阳随口一说,揽头封门不仅不带来危险,反而是确保安全的措施。这不行!

当刘强的脸又掉过来时,曹通急着说:"是移交了的,不然我们咋会拿到钥匙?"

令狐阳等刘强把脸全掉过来后,才说:"他移交了,又来锁啥门哟?"

不等刘强把头掉过去,曹通抢答了:"学校没给他拨款。"

令狐阳见刘强的脸仍向着自己,说:"叫学校拨款就是了。"

盛从杰低着头说了一句,声音不大,但很清楚:"曹老师不准拨。"

听见这话,刘强脸掉过去,两眼死死盯住曹通。曹通忙把早上准备好的材料拿出来,一二三四逐条说出来。

刘强认为事情很明了,就是一个校长伙同揽头搞鬼,这样的事他见多了。于是右手举起来,这是拍板的准备,示意辩论双方停止问答。只见他右手重重地落在桌上,口述判词:"一、限定揽头今天下午开门。二、由学校按国家规定标准进行核算兑现。三、若合同金额不合国家标准,追究校长责任。下一个!"

此判词一出口,令狐阳一脸茫然。这刘强真不知建筑行情,乡下建筑队承包都是大大低于国家标准。按国家规定标准进行核算,你这不是白白给揽头送钱吗?也好,让这帮退休老头老太婆见识见识县太爷的"本事"。

其实这几个退休老师也不知究竟,只认为国家规定的标准肯定是公正的,一

235

个个满心欢喜地回去了。

令狐阳见建设局长在暗笑，忙对他使眼色打手势，就怕他说穿点醒了刘强。

柳亚琴当然知道，这是法院判案的标准，偏过头来悄悄对令狐阳说："你也够坏的，这上级下级都让你给蒙了。"

令狐阳悄声叫屈："柳院长，柳阿姨，你是法官要公正哟！你亲眼看到的，我可没有掰起县长的嘴儿逼他说。"

外面有小孩唱儿歌："……一只没有耳朵，一只没有眼睛，真奇怪……"

5.

令狐阳回到办公室，刘君神秘兮兮地溜进来，把门关牢，拿出一个模拟手机，比朱二娃的"大哥大"小多了。从手机盒子里摸出一张办公用具发票。

令狐阳笑了，边签字边问："咋弄到的？"

刘君说："这次只到了十八部，有的副县长还没拿到，我有个哥们在电信管这事儿占了个先。"

令狐阳问："其他局长知道了怎么办？"

刘君说："我放了风出去，说是别人送你的。"

令狐阳说："这个名声也不好，恰好人家拿它去告我。"

刘君说："谁来查？就是要查，名正言顺自己买的，又怕谁？"

令狐阳想想也是道理。等刘君走了，拿出手机给吴媛打了个电话去，先说了自己的手机号码，等她记好了。再说刘县长的解决意见。

吴媛听了"咯咯"直笑，说："他县长敢断，我还不敢给。"

令狐阳说："你这就对了，多出十几万元，给了就要背时。等这几个退休老师醒悟后绝对要闹的。"

吴媛气壮了，说："县长他们也见了，还想怎么办。"

令狐阳说："你就给他们解决点钱，每人每月有十来元钱，顺个意就行了。"

吴媛不干："喔，会哭的娃儿多吃奶，那以后大家都去闹。"

令狐阳像哄小孩一样，轻言细语地说："你别跟他们斗气，他们成天吃了饭是耍，有的是空闲，你陪不起，听话哈！"

吴媛很不情愿地说："行。"

令狐阳又说："跟杨揽头说，不要封门了，上岁数的人爬木楼梯，出了问题不得了。"

吴媛说："行。先得讲好给杨揽头拨款时，那几个老头别来挡才行。"

令狐阳不理解："你拨你的款，关他们啥事？"

吴媛说："我的局长大人，你不晓得，乡信用社主任是曹达的表弟。我们一去说拨款，那伙退休老师就晓得了，在信用社要死要活不准办手续。不是这样闹的话，杨揽头不会去封教师宿舍的门。"

令狐阳说："那是以前的事，这回是县长解决的，他们再不会阻拦了。"吴媛仍是不放心，要令狐阳保证退休的不闹事。令狐阳说保证不会了。

吴媛说："那好嘛！"顿了一下，又说，"各自保重身体，我挂了啊！"

令狐阳关上手机，感觉很好。不仅是手机给他带来的新鲜感，还有吴媛那温馨的关照让他感觉舒服。三沉浸在享受中，突然想起新华书店汪经理说的一件事，先前忘了核实。拿起手机又拨了过去。

吴媛一听是令狐阳的声音就笑了："你也有忘事的时候。"

令狐阳问："你们这学期的教材是从哪儿订的？"

吴媛像是要给他一个惊喜，小姑娘调皮似的说："你猜猜看？"

令狐阳一听是气，嫌她不知祸事临头还笑得出来，脸垮下来说："我还给你猜猜看！你胆子再大些，不把你弄进去你是不甘心。"

吴媛好委屈。她见令狐阳成天为钱犯愁，也让她的眉头没舒展过。当山青村为搬运方便，请示她就近在外县的乡镇新华书店订教材，还说对方愿给几个点子的回扣。她突然眼前一亮，想到若是此路走得通，全县将是一个不小的数，令狐阳一定会高兴得抱着她打转转儿。为了这一抱，平素时打张假发票都不敢的吴媛，一下胆大如贼，仿佛已进了土匪家做了儿媳妇。正是想到危险，单那五个点子的回扣查出来就够人吃不了兜着走，她才没给令狐阳说，就怕不成功连累了他。吴媛亲自找对方经理，将全校的教材一下挪到外县书店。殊不知他还是知道了。吴媛胆怯地问："你咋晓得的？"

令狐阳直说："县新华书店见你没订教材，清问起来了。"见吴媛神色紧张，笑了笑说："我从其他学校给你调了些订数过来，把事抹平了，下次再别做了。"

"我又不怕他，一样是新华书店订的正版教材，人家还要返五个点子。"

"多少？"令狐阳不相信自己的耳朵。

"五个点子，这一学期学校省了五万多块。"

令狐阳一听，心里暗暗在算，全县一百多个学校，一学期不就是五百多万，一年两学期，一千多万！人在憧憬中忘了回电话，急得吴媛在电话上吵："令狐阳，你咋不说话。"

有人敲门进来问："令局长，中午回不回家吃饭？市上来客了没人陪。"

仿佛那一千多万已在兜里，令狐阳兴头疯长，一声令下，所有领导都去，吃了饭去唱歌。令狐阳才用移动电话，不懂关机，全被吴媛听个清清楚楚。电话里吴媛听说他要上歌厅，使劲嚷道："令半罐，你狂啥？狗狂撕背背，人狂生是非，你晓不晓得!？"

一阵风过，古榕树哗哗作响，树叶像人的头发兴奋得全竖起来了。

十六 涨价风刮来

令狐阳接住先前话说："我分得清楚，你们是头，我们是屁股。出头露脸是你们的事，挨打受气该我们。可下手时得悠着点，屁股打肿了，你们也坐不稳。"

1.

曲江和流江河如一对饱经风霜的老人，在石子岗下相互搀扶，颤颤微微捧起宕县县城。沿江吊脚楼踩着高跷挤成一排，河风拂来，晃晃悠悠在波光流云中穿行。大小码头满是下岗搬运工扔下的空闲。透着骨感的石梯没了物流和人流抚慰，瓜兮兮在夏日里发呆，遥望河对岸蜿蜒而来又呼啸而去的火车，徒生嫉妒。吊脚楼隔条河街便是厚重城墙，黑黢黢城楼蜷缩一团。

南海边改革开放风气顺着河道吹来，越吹越大，直把一条河街吹得人流滚滚。一到夜幕开启，灯光下地摊如花朵绽放争奇斗艳，一个挨一个，从水东门连到水西门。摊上货物再不茌传样金贵，全像红苕萝卜样随意堆放，任挑任选。

俗话说扫帚进城三年都要成精，盛琳进城也学会了做生意，在北门梁子上开了个实惠米店。不知从哪儿刮来一股抢购风，米价发了疯涨，三个月内几乎翻了番。北门梁子上十几家米店·除了她的实惠米店还在营业外，全关了门。

盛琳仍是不停口，说："我不烦你烦谁去？这米店还开不开？说到死你也不吭一声出来。"

盛琳坐不住了，成天在令狐阳耳边嚷嚷。说多了令狐阳就烦她："你好好做你的生意，在我耳边嗡嗡这些做啥？"

曲江和流江河如一对饱经风霜的老人， 在石子岗下相互搀扶， 颤颤微微捧起宕县县城。 沿江吊脚楼踩着高跷挤成一排， 河风拂来， 晃晃悠悠在波光流云中穿行。

令狐阳更烦了:"你赚钱就开,不赚钱就关了嘛!三岁小娃儿都知道的事拿来烦我。"

盛琳还是不停口:"我若有那本事又好了。现在是账上回回都赚钱,可开店的人个个都喊受不了,个个在关门。现在店里进了一批米,准备明天关门不卖了。"

令狐阳瞪了她一眼:"你个婆娘想囤积居奇不是?投机倒把,谨防人民政府把你拉出去一枪嘣了。"

盛琳吓着了,直喊:"我要咋办嘛!叫你拿个主意又说烦。"

令狐阳见她真急了,说:"你去把账本拿来我看看。"

盛琳拿了一个学生练习本来。令狐阳不看就知道是流水账:"不看这个,去把你那总账拿来。"

盛琳摇摇头,表示没有总账。令狐阳也意识到对她高看了,降低一格说:"把分类账拿来。"

盛琳仍是摇摇头说:"就这一本。"

令狐阳彻底服了,就这一本,她也把店开了这么多年,还挣了不少银子。无奈,令狐阳只好接过本子来,一边翻找一边用纸记,从密密麻麻的数字中寻找自己要的东西。最近三个月的账翻完,他心中的疑团也解开了。

过去看电影里那些奸商家里囤起大米不卖,心里好恨。现在才知道,就商言商他们也没错。物价涨快了,卖了就买不回来。就像眼前纸上记的情况,每一批米都赚了钱,可下一次进货米价又涨了,每次还得添钱进货。以钱算,次次赚钱。若以实物算,每次都亏了一大节。小米店不关门才怪。

令狐阳放下手中的"账本"。见盛琳眼巴巴望着自己,对她说:"每次少进点,直接到乡下农民手中买,进点卖点。"

盛琳问:"那给学校伙食团的米咋办?"令狐阳知道这才是大头,一个宿县中学每天都要上吨的米。令狐阳想了想,说:"你去给龙校长说清楚,搞代购。"

啥叫代购?盛琳还是不懂。令狐阳好烦,教她:"买多少由学校定,本钱由学校出,你收点劳务费就行了。懂了吗?"盛琳眨眨眼睛:"这与以前有区别吗?"令狐阳说:"你不担风险。"

盛琳走了,烦恼仍在。她那点米钱,亏也罢,赚也罢,都不是多大的事,学校收费才是大事。校长们成天打电话来吵,物价高了,这点学杂费根本不够开支。老师那点课时津贴,买水喝都不够。另一面是社会的反映越来越强烈,说学校乱收费成风，名目繁多，什么自习要收灯油费，考试要收试卷费、阅卷费，"六一"节演出要收化妆费……

刘强已发了几次火。连一贯温和的田智书记都悄悄对令狐阳说："不得了啦！小学一年级都在收补课费，你得好好管一管。"

物价、纪检部门意见大得很，吵着闹着要动真格。若不是奉志怕把教师逼急了闹事，早有几个校长下课了……

这两面煎的日子不好过，令狐阳抡起巴掌不知往哪儿使力。学校办学难是实情，群众不满意也是实情，抡起的巴掌只有朝自己的脸上抽去。当初不沾这祸事坨坨，啥事都没有。

令狐阳回了一趟龙寨乡老家，到父母坟前祷告一番后，专门去看望老支书。

支书老了，很少离开家门，听说令狐阳来看他，烧了呷酒罐招待他。知道令狐阳爱吃"山货"，可这几年山上的人都不吃了，找了好几家也没找着。不知哪家逮了只野兔子拎了来，就着塘火烤熟了下酒。

盛从杰听说局长侄女婿回山上了，也赶了过来。在门外犹豫了好久才进来。再三给令狐阳解释告状的事，表示下次用轿子来抬他也不去了。

令狐阳把他请到火塘边坐下，说："那些小事，我早忘了。幺叔你也不要放在心上。"

盛从杰退休了，山上一时找不到人接替，仍在上课。

令狐阳问他："班上有多少人？"

盛从杰一口说出："21人。"

"有没有辍学的？"

"有一个，家里大人病了，在家侍候大人。我去他家看了一下，大人已能下床，说好娃儿下期就来复学。"

问到收费情况，盛从杰迟疑起来。令狐阳知道他怕得罪校长，又换了个角度问："你们比中心校少多少？"

盛从杰心想没问具体数，胆子也大了，说："比中心校少多了，一个学生要少交30元。"

"比上期呢？"

"不知道啥标准。只说练习本涨价了，每个学生多收了20元。"

"群众有啥反映？"

"满山都在吼收费高了。"

令狐阳转脸问老支书："长辈子你说呢？"

老支书说："现在读个书花费才大哟！每个学期好几百。你们那时一年才几十块钱，现在咋这么贵？"

令狐阳笑了笑，说："物价不同了，我们那时送个肥猪才卖几十块钱。现在一个肥猪卖多少？"

老支书家上个月才送了一口肥猪，他马上说出："噫！稍稍重一点的，要收个千把块呢。"

盛从杰说："山上的人说是说得凶，真到了开学，还是把人送来了。"

老支书说："还是有家旦困难的，东拼西凑才抓齐，富不丢猪，穷不丢书，再贵也要读。侄子呀，学费就这个样子，不能再涨了！再涨这垮里会有好几个读不起了。"

盛从杰听了很紧张，学生辍学是要扣老师工资的。忙问是谁，他好去做工作。

老支书笑着说："看把你吓的。你一分钱不涨，下学期都有两个要上街去读。"盛从杰松了一口气。

令狐阳又到垮里转了转，下山到中心校吃夜饭。桌上不知哪儿弄来的腊"山货"，吴媛因此没来，肖凯陪着也吃。

饭间，肖凯向令狐阳汇报，曹通从县上回来还在闹事，说是你令局长设的套，把县长给套住了。刘县长已对他儿子说了，那天的表态不算数，要重新来验证。

令狐阳早就料到那帮老头不会服气，问："他们想咋样？"

肖凯说："他们提出要同周边的乡镇学校造价比，说多了一分钱都不行。"

令狐阳问："给这些退休老师解决钱没有？"

肖凯说："吴校长倔，一分钱不给。我劝过好几次，吴校长不干。"令狐阳眉头皱了皱。肖凯说问过吴媛，这几个老师要查怎么办？吴媛说由他们去查，自己手不沾红，红不染手。调查的人都选好了，全是大家都认为公正老实的。

令狐阳听到此，兴趣来了，拿眼睛望着肖凯。肖凯很不好意思地低下头来说："我在学校没管建修，大家推我带队，有山上的盛从杰老师，还有中心校汪老师。"

令狐阳点点头，他知道这几个人公正老实没有假，笑了笑说："只怕查了回来又不算数。"

2.

父亲要回山上，瞧着他略带佝偻的背影离去，曹达心里好一阵酸楚。

父亲老了。自母亲走后，父亲老得特别快。上次进城告状，父亲本不愿来，说同一个学校的，为那几个钱去整人家，今后咋见人？再说以前曹达还托人去吴家求过婚。后来悔婚不成也是他曹家的不是，不能一而再，再而三地伤人家。吴媛还是他看着长大的晚辈，有啥话不能当面说呢？

宦丹丹不松手，说这不是钱的问题，事关曹达的前程。吴媛那儿突破了，就等于是全县突破了，全县突破了令狐阳就撑不住，令狐阳撑不住了，曹达才有机会上。为了儿子，曹通厚着脸皮昧着心去做了一次恶人。可偏偏遇上个同他一样不懂建筑的县长，闹了笑话不说，把学校的在职老师都得罪完了，弄得进出学校都得走后门。

曹通往日进城来看孙子，亲家公见了很是亲热，喝两盅不说，还得杀上两盘。现在见面难得见点笑容，话问到了脸上了才"唔唔"几声，不冷不热地应付两句。宦丹丹仍是一个大小姐样，从认识那天起，就在公婆面前没有笑过，全是人事局宦股长公事公办的样子。连孙子都把爷爷婆婆当乡下外人，哪怕带再多的礼物来，仍是叫不拢来。曹达母亲走了，曹通一个人在学校孤单，旁人好不容易劝他进城一趟看看孙子，可他一进门，宦德就要出门，亲家母也得跟着走了。偌大一套房子里，静悄悄一个人看电视，那孤单比起学校来，更多了一份凄凉。

曹通走之前，宦丹丹没忘了提醒公公，回去后要抓紧把学校建修账务核实清楚，连同乱收费的情况一同向上反映。眼见公公脸上露出为难的神色，宦丹丹顿时垮下脸来，说："做不做在你。别看曹达现在是个副局长，与局长差远了。不信你随便去哪个单位看看，拿手机的肯定是局长，腰里别个吱吱叫的 BB 机，不是副局长就是股长。你也是这把年纪了，有生之年还是要为儿孙做点实事，今后你有个啥，儿孙才会跑得快些。"

曹通看着媳妇"苦口婆心"的开导，无奈地点头应允，很是勉强。

自刘强当上县长后，曹达心里上爬的希望又疯长起来。虽说奉志与令狐阳关系不错，但真让抓住了狐狸尾巴，一个县长掀掉一个局长应该没问题。上次为县职高买电脑的事，有人怀疑令狐阳从中得了回扣。当时曹达把这事直接反映到郑华那里，据说已责成宋季立案调查。可又过了半年，石沉大海，杳无音信。是否该去刘强那里打听一下。想到这，曹达拨了传呼给宦丹丹，很快宦丹丹打来电话问"啥事?"

曹达问:"你在哪儿?"

宦丹丹说:"在朋友这儿。"

曹达便说:"没啥事，你忙吧!"

他本想让宦丹丹去刘强那儿打听打听。刘强是宦德的老部下，宦丹丹与他关系好，再则女人好开口些。自己去要官，还真不好意思。听宦丹丹说在朋友处，电话上不便明说，只好挂了。

曹达前次下乡检查，可了一次龙寨小学。看了父亲后也同吴媛摆谈了好一阵子。两人有过那一段未成的姻缘，过了十多年了，都在心中留下了深深的印痕。随着岁月的冲洗，吴媛对曹达的恨意淡了许多。尤其是后来的婚变之痛，更把先前的怨恨覆盖。而今见了曹达，只是心中略有不适，说不上有什么特别之处。与见了令狐阳就"怦怦"心跳截然两码事。倒是曹达见了吴媛，心生悔恨。十几年过来后，再看当初的选择，自己都感到荒唐。凭自己年龄，学历，即使没有宦德这块金字招牌，自己也会到达现在这个位置。自己却为这一时虚荣，失去了人生的另一主题。现在曹达见到吴媛，心中仍是一股热流上涌。吴媛与宦丹丹相比，不单是形象差异，更重要的是把他曹达搞丢了。在宦家，曹达犹如乡下上门女婿，成了一个乞讨者。爱也好，情也好，名誉，地位……从精神到物质，都成了宦家的施舍品，赏赐给他的。

曹达从内心佩服令狐阳。虽说令狐阳的婚姻也是别样痛苦，他毕竟还有属于自己的精神乐园，自己的爱情领地。拿眼前的吴媛来说，当初他和令狐阳同时追她，她最终答应了自己。看来自己胜了，而且是压倒性的胜利。令狐阳苦苦追求没到手的吴媛，却被自己轻飘飘的一句话撂在一边。这个结果曾让曹达陶醉，也曾让令狐阳沮丧。现在看来，两人都是婚姻的失败者，最惨的是曹达。从吴媛的眼神中看得出，吴媛看他很平淡，一汪秋水中波纹不生，如同见了路人一样。可见了令狐阳不同，天阴天晴脸上都泛着霞光，那情形如同前世约好，今世来了一样。

曹达自令狐阳来到教育局后，抓教学的热情降了许多，开始时是不想替令狐阳卖命，后来是抓了还怕令狐阳说他只会搞应试教育，索性不抓。而今市委袁书记又重新开始念这本经，他不得不抓。可眼前这情形，老一套抓法肯定不行，新一套他真没学到手。看令狐阳表态信心十足，不知又耍什么鬼花样，只好由令狐阳耍去。搞好了，自己这个抓教学的，在功劳簿上少不了。抓糟了，挨板子是他令狐阳。由他好好耍吧！曹达静观其变。

想到这儿，曹达起身出门。反正宦丹丹没空，索性去刘强那儿坐坐，聊聊天，不增加消息，也增加点感情。

县长办公地是单独一栋四层小楼。底层是保卫科，行政科，秘书们的办公室。二楼是副县长办公室和正副主任办公室。三楼一分为二，左边是小会议室，右边是县长办公室，顶楼是大会议室。

曹达径直上楼，二楼有一两个门开着，里面传出说话声。上了三楼，小会议室空着。他径直来到刘强办公室门前，敲了敲没人应。估计不在，悻悻下楼。在楼下碰见政府办公室柳主任，对方竟然莫名其妙一惊，问："你找刘县长？"

曹达笑着说："我上去了，没人开门。"

小柳马上说："刘县长陪市上领导下乡去了。你有什么事，我转告他。"

曹达勉强笑笑说："没啥大事，教育上几件小事想请示一下。他回来后我再来。"

曹达从小办公楼出来，来到旁边的办公大楼，准备回办公室去。路过三楼时，到物价局办公室坐了坐，闲扯了一阵教育上乱收费的事。物价局说情况很严重，今年上面抓得紧，叫曹达转告令局长，要敲打敲打下面的校长，千万别当典型……

曹达笑笑，站起来走到窗前，窗外正对着小办公楼的大门，一边欣赏外面的风景，一边意味深长地说："我们令局长不怕这些。"

突然，一个熟悉的身影从小办公楼匆匆出来，曹达定睛一看，正是宦丹丹，扭着腰出了政府大门。想喊，又觉不妥。

曹达脑门一热，转身快步回到自己办公室，给宦丹丹发了个传呼。好一会儿，电话来了，曹达问："你在哪儿？我到处找你。"

宦丹丹生气地说："你问这话啥意思，早告诉你了，我在朋友这儿，不信你问问。"话完就喊起来，"兰姐，你来给曹达说说。"

曹达无语，一股怒火从心底燃起，双眼瞪圆，牙齿咬得紧紧的，猛地一拳砸下，桌上玻板裂纹四起，压在玻板下的宦丹丹那张笑脸顿时变了形。

3.

奉志的秘书来电话叫令狐阳到县委办公室去。令狐阳进门一看，宋季和物价局马局长、监察局孙局长都在。令狐阳找个位置坐好，听奉志说明意图：学校乱收费严重，上面查得严，下面告状又多。据说省上告乱收费的信件中，宕县占了一成。很快省上要来人调查。学校也困难，一下查死，学校也受不了，咋办？找你们来扯个意见。

马局长板着脸说："市上已点名批评好多次，再不自行纠正，市上就要成立专门的纠风班子下来督查。下面的校长再不管管也不得了，到县城随便转转，哪个餐厅、歌厅都能碰上校长。我们还是BB机，好多校长都玩上手机了。"

令狐阳心里暗暗在骂，这些混蛋校长太张扬了，一个二个非要惹出点事儿来才收手，是该好好收拾收拾这些家伙。口里却是在替他们辩解："校长也有他们的苦衷。跑手续、跑材料少不了进城，要吃饭肯定要进餐厅。揽头协调这里那里的关系，校长不去歌厅陪陪也不行。餐厅那个饭也不好吃，顿顿灌酒也烦。你马局长不就常说，好久没吃家里的泡菜饭了。"

马局长瞪了令狐阳一眼，说："你还不一样，一双碗筷搁在餐厅里，哪个餐馆的老板不认得你？"

令狐阳不想在领导面前争这些，鸡啄米样点着头，一概认账，嘴里不停地说："我是坏人，你是好人，可以不？现在是请你来帮我们纠正过来，重新做人。"

宋季对奉志说："只要县委开口，一周内叫所有歌厅舞厅关门都行，就看你能不能下这个决心。"

奉志说："现在还说不得这个话，投资环境好不好，领导思想解不解放，人家就看这个闹不闹热。话莫说远了，令狐阳，你说说你的意见。"

话未落脚，手机响了，是县委办公室主任王伟打来的。王主任是郑书记走之前提拔的。他请示奉志："中午招待台商，通知哪些人作陪？"

奉志说："在家的书记都去吧！"

宋季一旁请假，说中午他就不去了，前几天伤了胃，见了酒就想吐。

奉志笑笑说："你不去还不行。台商特别在意纪委书记到不到场，你不到场人家不放心。"

宋季摇摇头，不好再说。

令狐阳接着他先前的话说："我分得清楚，你们是头，我们是屁股。出头露脸是你们的事，挨打受压该我们。可下手时得悠着点，屁股打肿了，你们也坐不稳。"

奉志听出他的意思，又是网开一面、法外开恩那一套来了。自己不好掺进去与他讨价还价。打断令狐阳的话，说："我这儿还有事，宋书记带你们到那边小会议室去扯一个方案出来，既要刹住风气，又不能让学校垮了。"

小会议室里，四个人静了一会儿。宋季知道奉志的意思就是搁平作数，直接了当对令狐阳说："你说看，打多少板子你才受得了？"

令狐阳看了看马局长和孙局长说："我提个意见行不行？还是成立一个治理中小学乱收费领导小组，宋书记当组长，两位局长做副组长。"

马局长说："你别当滑头，必须参加。"

令狐阳说："我来当办公室主任。"

孙局长说："不行，你小子又耍啥名堂？"

令狐阳一脸诚恳地说："我这主任的事多，责任大，要负责安排检查，提出处理意见，负责追收罚款。上面来人我要负责写汇报材料，落实检查学校，准备吃饭，唱歌，结账……如果说我耍滑头，你们哪个愿意来当都行。"

两位局长一听，这嘛差不多。明知令狐阳里面有诈，真还找不出拒绝的理由。宋季心想，那就试试看，谅你小子也玩不出大花样来。

临走时，马局长对令狐阳说："你娃儿玩手机，我们玩不起，你给我看看，长长见识行不行？

令狐阳心知肚明，这小子要敲竹杠了。装作不知，把手机摸出来给他。马局长拿着它，认真端详了一番，叫令狐阳教他使用，几个人都围过来看稀奇。

看完后，马局长似笑非笑地问道："令狐阳，你小子这手机哪来的？当着宋书记说清楚。"

令狐阳尽管知道他恶作剧，仍是认真地回答："我私人买的。"

孙局长也来套近乎，替令狐阳打圆场说："令局长明知公款不准报销，他肯定是私人掏腰包买的。"

马局长非要把话说尽，好给自己留下退路："你小子才几个钱的工资。"

孙局长见手机也眼馋了，又来替令狐阳解围："人家屋里盛嫂子开米店你不知道，现在米价疯涨，又赚肥了。"

马局长哈哈一笑："宋书记你做证，这是他私人买的啊。这小子欠我一顿酒，用手机抵了。"说着，就把手机揣进包里了。

令狐阳明知要不回来，说："你小子想要就明说，绕这么大圈子做啥？"

孙局长心动了，在一旁怪令狐阳偏心："令局长，一碗水要端平哟！"

不等令狐阳开口，宋季扯了孙局长一把，使个眼色制止他，"他两个开玩笑的，你当啥真，我们走。"

半路上，宋季批评孙局长："你咋跟着去要？让人家咋看我们。令狐阳自然要给你送一个新的来。"

天下雨了，噼里啪啦好一阵子，雨帘被风斜斜撩起，连街沿上的人也淋湿了。

4.

省教委又改名省教育厅，这次派下来的调查组由新上任的教育厅纪委牛书记带队。省物价局、省监察厅派人参加。牛书记先前是省纪委重案组的组长，办事作风很斗硬。临走时，过去的曾文主任，现在的曾文厅长，特地叮嘱牛书记："下面学校很困难，既要纠风，又要顾及学校的具体难处，药别下猛了，别病治好了，病人治死了。"

省上调查组来了，市上也派了相应部门的调查组，两支人马占用招待所整整一层楼。他们谢绝了县上领导的宴请，除了服务员外，不见任何人。

第二天在县委小会议室，省、市调查组听取了宕县清理中小学乱收费领导小组的汇报。牛书记很奇怪，汇报的不是接受调查的县教育部门的领导，而是分管纪检工作的县委副书记，然后是县物价局、县监察局的头头做补充。

令狐阳站在一旁，不停地指挥着服务员端茶递水，俨然一个大堂领班，仿佛这次调查根本不关他的事。

汇报材料是令狐阳亲自动笔写的。一份长长的报告，内容很充实，从历年治理乱收费说起，到工作组来时为止，分年分月，一件一件细细数说。特别是历年的处理违纪案件的情况很具体，处分多少人，罚款多少，有名有姓，一分一厘都清清楚楚……

省监察厅严处长问起收学生勤工俭学费的事。县上领导小组把早已准备好的省上文件，宕县在参加教育部召开的勤工俭学先进会上的发言材料，一一摆到桌上。有根有据，发扬光大老一辈勤工俭学的传统，也是学校德育工作的一部分。

牛书记问："工作做得这么细，为什么还有那么多的告状信？"

这问题提得好，出乎众人意料。大家把眼光转向令狐阳。令狐阳这才从后台转到前台，很洒脱地说："就为几个钱争得凶。一些村上的购销店和社会上做小生意的人，怪学校勤工俭学抢了他们的生意。还有就是退休教师有意见，部分学校发放误时补贴、班主任津贴，没考虑退休老师。真正属于学生和学生家长的告状信很少。"

牛书记点了点头觉得合情合理，为了验证汇报的真实性，提出到下面去看看，特别提出要到贫困山区看看。

第二天，令狐阳陪着检查组的人来到了龙寨小学。大家一下车，先是为学校的漂亮感叹一番。问是哪来的钱？吴媛说全是欠起的。

严处长指着墙上的标语，上面写着："人民教育人民办，办好教育为人民"，诈令狐阳一句："是不是乱收费的钱修的？"

令狐阳说："哪能呢？人民群众就有那个心意，也得严处长你们管纪律的同意了才敢收。"

在会议室里，听了乡上廖胖子的汇报，找了一些学生代表们来问。回答规范，表示收费规范，牛书记内心很为宕县的工作赞许。人还没出会议室，就听到外面七嘴八舌的嚷嚷声。

吴媛走出会议室，见一群人被保卫拦在校门口。看见吴媛出来，拥过来把她团团围住。故意高声问吴嫒:"听说省上领导下来了,我们要来问问,学校该不该收学生的试卷费和阅卷费。该不该勤工俭学费?不要光听你们说,也怕要听听我们老百姓说几句才对!"

面对突如其来的变化,吴嫒张口结舌不知咋回答,只是求大家冷静一下。等客人走了她来处理,你们想怎么办都行。

可大家不干。带头的就是曹达的表弟乡信用社金主任的老婆和她娘婆二家的亲戚朋友。他们的目的不是那几个钱,就是要在菩萨面前揭一揭小鬼的恶行,出学校和教育局的丑。

令狐阳见吴嫒出去后很久没回来,心知不好,出来看究竟。围攻的人都认识令狐阳,转过来把令狐阳围住,拿同样的问题为难令狐阳。

乡上领导廖胖子也出来了,见一帮人在自己地盘上出洋相,眼睛红了,脖子上青筋暴起,咬牙切齿地指着这些人问:"你们想做啥?"

令狐阳见牛书记等一行客人跟着出来了,怕廖胖子动起粗来更难堪,忙拦住他,对那帮家长说:"听我说几句,你们不是问试卷费阅卷费该不该收吗?我抖明说,这两项费都不该收,而且连学生平时的考试都不能搞。"转脸对吴嫒严肃地说:"再三说不能举行什么单元考试,期中考试,你们为啥不听?"不等吴嫒回答,便刀砍斧切地说:"马上把钱退给人家,今后再也不准进行任何考试。"转身和颜悦色地对围攻的人说:"从今以后,学校再搞任何考试整学生的话,直接打电话给我,看我能不能把她的校长撤了。"

令狐阳有意把勤工俭学费漏掉没说。没想到金主任的老婆听了仍不罢休,问:"那勤工俭学费呢?是不是你们叫收的。"

令狐阳说:"没有收勤工俭学费这回事,只有勤工俭学活动是人人都要参加。"

吴嫒很委屈地说:"学校也是叫收废旧东西来交,家长嫌麻烦,偏要交钱,这怪得了谁?"

令狐阳不愿听他们对空话。想尽快把这些人打发走,直截了当说:"去,都跟吴校长去退钱,两样都退。"

金主任的老婆见客人都出来了,想必已听到,目的达到该收场了,说:"令局长这样说嘛还差不多。走,我们去退钱!"她走了几步,见没人跟来,返回来对其他人说:"走呀!你们还愣着做啥?"

一位亲戚扯了她衣角一下,低声说:"你傻呀,令狐阳的话你没听清楚吗?钱退了，学校不再进行考试了。"

这个女人仍不明白："不考就不考嘛。"

那个亲戚有些生气地说："你才瓜哟！老师巴不得不考试。你那娃儿学好学孬你都不晓得，背时的是你自己。今后勤工俭学只收东西不收钱了，你就天天替你娃儿捡破烂交嘛！今天闹得好，等会儿你自己去给校长磕头作揖说好话赔小心去！"转身对检查组的客人们笑了笑，难为情地说："我们闹起耍的。"一个个跟着他没趣没趣地散了。没有一个去退钱，也没有一个人找检查组的人继续投诉。

后来听余佳丽在电话上说，检查组回省上汇报时，严处长坚持要把勤工俭学作为乱收费治理。牛书记红着脸据理力争，说人家是开展活动，不是收费。你没看见每间教室后面堆的那些瓶瓶罐罐。有些学生交钱，那是家长宠爱孩子，你没听那个女校长后来说的，学校不愿意收，家长还找人来说情才收下的。

严处长又拿试卷费阅卷费来说事。没等牛书记开口，曾文对监察厅的周厅长说，这是全国普遍存在的一个问题。现在上面再三强调要减轻学生课业负担，严禁频繁考试的文件发了不少，关键是学生家长转不过弯来，考少了，还说老师不负责。要考就有支出，有支出就要收钱，学校也为难。周厅长听了也点点头，严处长不好再说什么。

当天晚上回到城里吃过晚饭后，按各自的娃娃各自哄的安排，令狐阳私下与马和孙两位局长说好，你们只管陪好客，费用自有人来结账。自己领着省市教育局一帮熟人，拣个清静地方，卡拉 OK 到半夜才回家。

5.

客人们走后，令狐阳给孙局长送手机去。孙局长笑嘻嘻地接过去说："这又让你私人破费了。"

令狐阳回了句："嗨！你我弟兄间说啥客气话。教育上的事，你还得把手抬高点，遇到那些退休的迂老夫子说的话，你千万别当真啊。"

孙局长说："这些我晓得。今天你来了正好，这里有个案子，还要你补个材料把它完结了。"说完，出去叫了两个人进来，对令狐阳说："他们就在我办公室问，免得有人看见了，又说些空话出去。"他给令狐阳倒上水，说走的时候，把门给我带上，独自走了。

来的两个人都是熟人，其中小崔的爱人还在乡小教书。另一个复姓夏侯，是纪委的一个常委，是龙湾人，把令狐阳叫"老乡"。他说："有人反映你们上次买那批电脑吃了回扣。收到举报好久了，见你一直忙没来找你，现在请你把这个事说一说，做个了结。"

令狐阳早听说有人在告，没想到是这件事。他说："这件事是办公室刘君经手的。"听说得回扣，令狐阳把胸膛一拍："这事我清楚，刘君经手，别说得回扣，连支烟都没抽。司机张远一路的，那天到西南大学把协议一签，两人就进城办事去了。这我敢保证，没有一点儿问题。"

看令狐阳急于给下属开脱的样子，夏侯常委与小崔都相视一笑，心里在说，你还给人家担保，告的就是你。夏侯常委说："麻烦你把事情经过写一下，我们也好了结。"

小崔早就想把爱人调进城，正愁找不到机会接近令局长。他接过话说："这样子，令局长你就说一遍，我来记。然后你看一下签个字就行了。"

令狐阳爽快，把买电脑的事从头道来。

去年，令狐阳到西南大学去招聘老师，特意到计算机学院要求分一个毕业生给宕县。孔院长说，毕业生早就被人抢完了。令狐阳没办法，心想不能打空手回去，计算机课是他逼着职高开设的，师资、设备是他当着全体老师拍着胸膛找他。他死皮赖脸地缠住孔院长，那怕借都要借一个人给宕县，回去把课开起。孔院长无法，答应到宕县办一个师资培训班，由培训班上课的教授们指导职高的老师上课。至于老师的课时费，可能稍高点。

听说能解决，令狐阳一高兴，也不问人家的要价，一口说出来，半天一千元。这价格让孔院长吃了一惊，正想说太高了，被一旁的副院长拦住，在孔的耳边悄声说："我们现在的课时费太低了，一课时才40元，正需有一个人来抬抬价，给学校党委做个样子。"

孔院长点了点头，表示应允。副院长问令狐阳："你们有计算机吗?"

令狐阳说："我们有五一台。"

孔院长一听，说行。搞两个班都够了。

令狐阳说的计算机，实际是听城关镇一小校长说的。多年前，有个海外校友，给母校捐赠了 50 台苹果牌计算机，学校一直没用，闲置在仪器室里。令狐阳听了象捡了个洋落，马上督促借给县职高开设计算机课。

开学了，西南大学的教授如期赶到。令狐阳一个电话叫一小校长送了两台计算机过来，还没开封。

孔院长看了哭笑不得。这是国外幼儿班小学生启蒙用的玩具。就像儿童钢琴一样，里面的内容不同，连键盘的尺寸都要小许多。孔院长连说要不得。

令狐阳知道闹了笑话，满脸通红，忙问："你们学校有没有多的，我们买 50 台。"

孔院长说："刚进了一批，就是价稍高点。"

令狐阳说："没关系，只要有就好。"见刘君在身边，说："就是你去，张远开车送。孔院长给你写个条子，明天务必把计算机拉回来。"

孔院长只好用手机同院里联系，写了张条子交给刘君收好。

钱呢？令狐阳问了孔院长数目，打了个电话给欧启，要他找财务室填一张 6 万元支票过来。欧启说账上没那么多钱。令狐阳牙一咬，说把大病统筹款挪几万过来。当天晚上刘君就到西南大学，第二天就找车把计算机拉回来了。

令狐阳说完，小崔递过记录，他浏览了一下，签上大名，还替刘君打抱不平说："刘君晓得了不知好冤枉！"

令狐阳走出来，小崔借口家里有事，随令狐阳一同出来。悄悄告诉令狐阳："这事儿就是告的你。你们买了之后，有自称西南大学的人来宕县中学推销，说只要 4 万元卖 50 台给宕县中学。因此怀疑你"吃"了 2 万元。前几天，我们才去西南大学调查了，孔院长说他那计算机就要贵些。问为什么，孔院长说人家那是286，他这是 386，高一代。夏侯常委又问什么是高一代，孔院长毛了，说了句你懂个屁，转身就走了。小崔说我老老实实在记录上写上"你懂个屁"，副院长签的字。"说完，嘿嘿笑了几声。

令狐阳一脸凝重，久久无语。

十七 祸不单行

月亮动了容，失魂样在山坳里徘徊。大地被泪水浆洗过，惨白一片。凄凉的秋风卷起落叶，纸钱一样抛撒。

1.

曹达好几天没按时回家，在外面喝得醉醺醺的，隔多远就一身酒气扑来。宦丹丹掩着鼻子把他从歌厅扶回来，第二天一早他又没影了，到了半下午，又得四处找人。

宦德和老伴感觉曹达变了个人，成天板着个脸，刀都砍不透。问宦丹丹，宦丹丹也没好腔调，说你们管那么多干啥？他要作贱自己由他去。老太婆私下埋怨老爷子，说女婿上进心强，你就帮着扶一扶，偏偏你个性倔，死活不肯去说句话。这不，把后人逼出个啥来，你就睡得安稳？宦德素来看不惯曹达的斯文样，遇事没个男人气味。一个官位，值得他这样糟蹋自己，说出去不嫌丢人！

这次宦丹丹特别乖，没在两个老的面前使小性子，对曹达的态度也好了许多，天天扶来扶去，竟没半点怨言。老太婆看不惯了，给女儿递了招儿过去，是否把曹达的父亲请进城来管一管？宦丹丹瞪着眼说："你嫌他一个人闹不够味，还要把他父亲请来帮着他闹不是？"几句混话把老太婆打发了。

老太婆找到宦德抱怨："这小两口咋的啦？一个闷起喝酒，一个闷起不要人管。莫是曹达在外面有人了？这几年当官不检点的多，不像你在位那些年管得紧。"可突然想起不对呀！若真是曹达有啥，那闹的该是丹丹，不会是曹达呀！未必是自己女儿出了啥事？老太婆心里紧了一下，没再出声，生怕老爷子知道了会要了女儿的命。

不知谁告诉了曹通，他急急地赶进城，找令狐阳要了车把曹达接回龙寨。临走时，老太婆细声细语说了句："要不要丹丹陪着去照顾下？"

素来胆小的曹通，不知哪来的气把胆子撑大了，冲了亲家母一句："用不着，她留在家里，你们也该好好教一教才是！"弄得老太婆一脸绯红。

宦德在里屋听见亲家少有的大声武气说话，好生奇怪，问老太婆说的啥？老太婆愣在那里没说话。等他们走了，才轻描淡写地说："亲家说曹达自小有生闷气的毛病，过两天就好了。"

入夜，等老爷子睡下后，老太婆敲开女儿房门，把宦丹丹叫起来，悄声问道："你做了啥事？把他气成这样？"

宦丹丹把脸背过去说："不识好歹的人，你找人帮他忙还讨不到好。"

老太婆心中已有几分明白，径直问道："你找谁帮忙了？"

女儿不情愿地吐了两个字："刘强。"

当妈的啥都明白了，沉默许久说："以后男人家的事，由他自己去办。女人少去掺和。"

母亲出去了，宦丹丹歪倒在床靠上，任悔恨来颠簸自己。自小她就沉浸在别人羡慕的眼光中，没看过任何人的白眼。同龄人中，凡是好事都奔她来。第一个被推荐上大学，回来后直接进入人事局人事股。地皮还没踩热，老股长就给她让贤。当年抓获了曹达，把闺蜜们充满嫉妒的眼光当贺礼收。那时的她，从里到外，穿什么都是红色，整个一个"红人"。纪青自不消说，曹达与钱友比，有新旧之分。就是何泽凤的名牌大学老公郝仁，宦丹丹也私下拿来与曹达比较过，只说人品长相，就个头也高出许多。老爷子老太婆在战友圈中，也是甜滋滋地被灌蜜糖。这令人心醉的感觉而今不见了，像雪花冰雕样被光阴消化得干干净净。同在人生的风雨中打磨，人家是越磨越亮，一个个从曹达头上迈过去。而曹达虽没一点闪失，却在别人的辉映下黯然失色。十年间，宦丹丹身上的光泽悄悄消减下来，那怕是穿一件红色金丝绒出去，在闺蜜们的眼光中也成了猪肝色。

夫妻之间有了微妙的变化。看到曹达远不如父亲当年威风，宦丹丹对曹达有些失望，欣赏的亮点消失了，眼睛自然像灯蛾一样扑向明亮处。先是宦丹丹后悔，细数过去与之交往的男友中，自己选择了一个最没出息的。

同样的感觉在曹达身上也日益浓烈，把宦丹丹与吴媛比较，他选择的也是最凶悍的一个。婚姻不是把他带进了温馨的港湾，而是带进了冷酷的竞技场，须用角斗来维持，容不得半点迟缓。宦丹丹像一头发情的雌性动物，不断地驱使他与众多雄性撕咬。这日子让曹达感到累，感到空虚和窘迫。对宦丹丹移情他人，他好像早有准备，只是感到太快了。令他更愤怒的是这愤怒无法发泄。他知道闹翻的结果，宦丹丹加上刘强，二比一对他。他的援军在哪儿？父亲曹通是一个比他更弱势的男人，比他更需要帮扶的人。他需要情感上的同盟者，一个能使他站起来的女人。曹达同意跟父亲先回龙寨去静一静，让灵与肉都放松下来，从酒精中皈依到山林中去。

又是一个月明夜，凄美的月光中，充满以爱为主题的传说。曹通陪着曹达到操场散步，两个长长的身影在传说中穿行，匍匐在操场上，鼻子紧贴地面，嗅出了曾有过的气息，儿时的奶香，青春期特有的让人心动的臊味；眼睛也凑拢地面滑行，努力寻觅曹、吴两家日渐消失的足迹，幼小时的赤脚印，学生时圆口布鞋的千层底依稀可见；耳朵也贴在地面上，追寻久已远去的声音，稚嫩的诵读声，青涩的嗔骂声。曹达将身影钉在教学大楼的楼影边上，与三楼窗口抛下来的一个淡淡的倩影挨着，两张脸轻轻地慰贴，不让月光，不让灯光，也不让父亲的目光打扰。

"回去吧！她不会下来的。"曹通身影挪过来，将儿子的身影与灯影分开，缓缓地，拖着惆怅离去。

月亮待在山坳上，一抹云纱掩来，神色黯然。

吴媛将身影从灯光里移到月光下，凭栏对着空空的操场发呆。先前曹达在楼下的合影扰得她心乱。曹达回到龙寨，说是来陪陪父亲。吴媛晓得是为了啥，那是他当年伤害吴媛的报应。对曹达三番两次来忏悔表白，吴媛报以淡淡一笑，给他一个冷涩的转身。

早些年，吴媛心中总有两个男人牵绊，令狐阳与曹达，都与吴媛的婚姻擦肩而过。令狐阳错失在启程的一里路上，曹达错失在最后一里路上。当年的曹达人俊才高，一帮小女生只能从他身后悄悄仰望，那身影若一座山，前程山高水长。当年的令狐阳，太实在不过的山娃子，所有山外来的哪怕是一阵风，也须他揉进山里的气息才让吹过。一毫升变成一瓶盖，岿然不动就是不卯（理）他。1＋1可以不等于2，都是令狐阳心田里长出的奇花异草。那时的吴媛很充实，两个男人成天在她心里打进打出。二十年过去，人还是这两个人，印象刚好打颠倒。曹达的前程身影渐渐清晰起来，同许多人一样回到原地就现出原形。在县城涌动的人流中随波起伏。倒是过去土不啦叽的令狐阳，一天天虚幻起来，在阳光下成了一个火球，让周围的人激情不已；在月光下，他成了一个幽灵，游移于人们唏嘘惊愕之间；灯光下，他又成了幻影，吸附在吴媛梦里。每当与令狐阳独处时，吴媛坦露心迹和肢体扑向令狐阳，心中总有不少的期许。总想令狐阳会像饕餮样生吞活吃了她，或像一个绅士，细嚼慢咽吴媛的原汁原味。可每次令狐阳像一个调皮儿童捡到糖果，静静地打开包装，捧在手上看看，想想，忍不住尝尝，再包上，仍搁回原处，只把甜味收藏心里……

夜自习下课了，吴媛跟随下楼的师生，缓缓走出了记忆。

2.

今年，注定是个多事之秋。还在暑假中，揽头们就把教学楼锁上了。等待开学后，一手交钱，一手交钥匙。

没有学校能给清的，只能分批来。一期十万或二十万，定好计划，然后揽头守在总务处，候着班主任来交款。

少不了有生源差的，或穷困生多的学校，憋死也拿不出钱来，就该令狐阳出来收场。扮着笑脸当孙子说好话，从县上的各项教育费附加中抠个三万五万来支付点。揽头若嫌少了，令狐阳索性换上一张黑脸，一分钱不给。喊明说，学生进不了教室，你哥子就要进班房。

今年遇上刘强新上任，把几百万教育费附加全捏在手心，由他一个人开处方，钱友和令狐阳干瞪眼。找奉志汇报，奉志与刘强私下一碰头，单人处方变成两个会诊，中西医结合，仍然没有令狐阳的份。虽说钱不是万能的，但离了钱万万不能。令狐阳没了润滑剂，脑袋和脚步都转不灵活。

令狐阳打算从学校挤一点儿"油"出来，收一点资料管理费。由头是教育局出了个文件，要求减轻学生经济负担，旧书新用，推行使用上年级的旧教材。每个学校教材订数压缩一半，书款就少了一半。文件上白纸黑字写着旧书新用，特意给县新华书店送了一份，提前告诉他们，教材订数少了，别大惊小怪。

县新华书店的汪经理明知道里面有鬼，每个学生书款照样交，谁读旧书？谁读新书？天界下来的神仙也搁不平的事。汪经理打死不相信，令狐阳会干这费力不讨好的事儿。不相信没法，全县的订数明明白白少了一半下来。汪经理拿着县教育局的文件翻来覆去地看，狗咬刺猬，找不着地方下口。

新学期开学后，汪经理多了一个心眼，通过各种手段查了学校的教材使用情况，并没有发现用旧教材的，全是散发着墨香的新书。那另一半教材哪来的？汪经理作为一个重大问题向上反映，事情很快惊动了省上。

新华书店教材发行有一套内部规矩，叫分区经营。若出现跨区经营的书店，钱和人都要受到处罚。汪经理的报告中，肯定地说宕县学校在县外订购了教材。是哪儿来的？汪经理说不清楚。现在才发现，令狐阳发文件推广使用旧教材是一个缓兵之计，蒙骗宕县新华书店接受少了一半的订数。待回过神来，他已吃了回扣。知道了又怎么样？仍把令狐阳没法。学校是用教材的，只要他们没用盗版教材，没卖教材，新华书店内部规矩只能对书店起作用，奈何不了学校。

必须让学校供出增订教材的来源。省、市新华书店的人千方百计想出了一个刁钻的罪名，诬告宕县教育局有人兜售盗版教材。这是一个够判刑的罪名，目的就是逼令狐阳供出违规发行的书店。这招很灵，省市两级要来彻查的消息，从四面八方传进令狐阳的耳朵里。余佳丽把严处长的话带给了令狐阳，严处长说宕县有一个地下发行网，必须查清，予以法办。

令狐阳发文件时早有准备，凉书店的规矩管不了学校，更别说管教育局。没想到书店方面也有像他一样不要脸的，诬他使用盗版教材。要说脱自己，只有出卖朋友，这可不是令狐阳的为人。令狐阳可以不要命，绝不可以不要脸。

有这两样就够烦的了，盛琳还嫌令狐阳没烦够，一个电话打来说她妈死了。生老病死若在别人家，对谁都是件平常事。若是你父母，那就像天塌下来一样。盛琳闻知噩耗后，鼓起一双泪眼往山青村赶。出门时，用手机打通令狐阳，满含悲伤问："我妈死了，你几时到山上来？"

令狐阳正烦着，听盛琳说她妈死了更是烦。好好的人，咋拣这个时候就死了，叫他两只脚咋跑得过来？随口应了一句："我回去又能做啥？"

盛琳听来不舒服，不满意令狐阳话中没有悲伤，只有厌烦。心中暗骂：不孝的东西！压住火说："你回去安排呀！你是她女婿，该不该尽孝？"

"唔！我是女婿，意思是她还有儿子。我现在忙不过来。"令狐阳知道山上人的规矩，人死了要闹好几天的，眼前这摊子事还要人来收拾，哪有工夫待在那儿陪着流泪。

盛琳火了，失去母亲的悲伤压过一切，容不下令狐阳再说半个不字，冲令狐阳毛了一句："令狐阳你听着，这次若是你不回来，你休想再跨进家门！"话完，"啪"的一声关机了。

令狐阳试着拨了几次，关机！令狐阳没着急，他有的是够他急的事。

令狐阳坐下来给余佳丽打了个电话，问了省上的情况。听说严处长态度很坚决，就是想在全省抓这么个典型。余佳丽劝令狐阳，说："你还是来一下省城，找一找牛书记，他与严处长是多年的同事，有些话当面说清楚了就没事。"

令狐阳不领情不说，反倒向余佳丽叫屈："我令狐阳才多大个官，犯得着他严处长动手。我啥地方坏过他老人家的事儿，非得缠着我不放手！"

余佳丽点拨他说："不是严处长不松手，这事儿明摆着新华书店要清理门户。他们把严处长抬出来，是逼你提供情况。我看你也不必坚持，把事儿说了，让他们一窝狗儿自咬去。"

令狐阳声调严肃起来，正儿八经地说："余处长，你这话我可不爱听。出卖朋友的事儿，我令狐家祖祖辈辈没干过。这用旧教材的事下学期我可以不干，要我出卖朋友，我现在就不干。我也想好了，你说我是盗版，把我送上法庭，也判不了几年。何况这盗不盗版，法庭上还不是你严处长一个人说了算，我还有个嘴巴呢！"

余佳丽听了这腔调，直皱眉头。这乡下的人咋个个一根筋，与邻近几个县的书店经理，素不相识，压根算不上朋友，说穿了都为几个钱，犯得着为他们去同上面的人翻脸犯险？既然下学期不干了，你还保他做啥？心里这么想，对令狐阳的义气还着实欣赏，毕竟守信用是个好品行，委婉地说："你也不要感情用事，最好来一趟，当着牛书记的面把事情摊开说，听听他的，也许能想出个好主意来，像上次一样谁都伤不着多好哇。"

令狐阳想想也对，说声："那我今晚赶过来，明天与牛书记见面，还请你帮忙联系下。"最后问了句："上次那松花皮蛋怎样？我再带点来。"

余佳丽赶紧谢绝："谢了，上次带来的都还没吃完。千万别再带了，费力淘神的。"

令狐阳不想听客气话，说："啥叫费力淘神的，又不要我背，有车子拉。吃不完你拿去送情，客啥气！"

同余佳丽通完电话，又打电话把刘君找出来，要他安排张远出车马上到省城。刘君一听蒙了，小心问令狐阳："令局长，几时送你上山呀？"

令狐阳早把丈母娘的死讯忘得干干净净。当地人把人死了葬在坟山叫上山，听刘君说他上山，顿时感到晦气，训道："说的些啥话！你想我死啊？送我上山！"

刘君见令狐阳误解了自己意思，赶紧道歉："我口快了，对不起，令局长！我是说斌斌外婆死了，你不到山上去送一送？"

令狐阳不满了："嗨！我说你脑子进水了，是死人重要，还是活人重要？我这有急事到省城，你快点叫张远把车开过来，我马上要走。"

刘君没招了，他怎么也没想到，丈母娘死了女婿竟没当回事。先前自己讨好卖乖地自作主张，主动问盛琳用不用车，要不要人帮忙？张远早被他派去，拉着一帮人和斌斌上了山。这一时半会儿哪能回来？小心翼翼对令狐阳说："张远送斌斌到山上奔丧去了，这时怕还没有拢，你看是不是租个车到省城去。"

令狐阳冒火了："亏你说得出来，我走个哪里，干个啥，还要找个外人来跟着不是？"

刘君慌了："我马上打电话叫张远回来。盛姐那里你要多解释一下。"

"少啰唆，快点打电话去。"放下电话，令狐阳还止不住嘀咕两句："怪兮兮的，我的婆娘，我都不怕，他怕个啥？"

车子在下午一点过赶回来，两点出发去省城。办公室俏姑娘小吕，家在省城，见有便车，央着搭车回趟家。

一路上，令狐阳闭着眼睛在想对策。小吕与张远有一句没一句闲扯。路程过一半，小吕问张远："你们今晚住哪儿？"

张远随意说："老地方，教育厅附近的悦来宾馆。"

小吕热情邀请："住我们家那边去，吃了饭我请你们唱歌。我们家隔壁就是歌厅。"

张远故作胆怯："进歌厅啊？我怕！"

小吕当真来壮胆："你怕啥嘛，我们把令局长约好一起去，保你不会怕。"

张远转眼亮出底牌："我怕去不成。"

小吕才知道他在卖关子，伸手要去打。手未到，只见张远脸色变了，把方向盘一盘子甩过去，接着"吱"的一声急刹。

令狐阳一晃，头差点撞在前面靠背上。他猛一睁眼，才说要骂人，张远已开了车门下去。右前方一个小孩正从地上试着爬起来，满脸血污，口里又哭又喊。

前后左右赶场的农民都喊了起来："车子撞人了！把车子拦到，别让它跑了。"

令狐阳跟着下车，见小孩自己爬起来，料定没伤着骨头。赶紧叫张远把小孩抱上车送医院。

小孩在医院急救室救治，几个多事的农民正七嘴八舌地表起功来。

这个说："这个当官的还想跑，不是我们人多拦住，早就跑了。"

那个说："看样子都不是个好东西，还带的个野的在车上。"

气得一旁的小吕直想哭。

令狐阳实在听不下去，出去对那位大嗓门说："老乡，麻烦你打个电话报一下警，另外通知一下娃娃的家长。"随即掏出一张五十元大钞递过去，说："这是电话费，用不完的你还我就是。"那人接过钱走了，再也没回来。

一会儿警察来了，孩子的父母也来了。警察做了临时处理：张远和车子一起留下，等伤者从急救室出来再解决。

令狐阳打电话回去，叫刘君带上钱来这里处理。自己和小吕拦了一辆出租车进省城。

上了车令狐阳在想，这不是个好兆头！心情变得沉重起来，闭上眼睛想静一静。吴媛来电话了，哭哭啼啼，凄惨中带着惶恐，说："肖凯死了！"

"咋死的？"令狐阳猛地坐直身子问。

"原因不知道。满屋都是血。公安局正在勘查现场。"

令狐阳愣了，吼了一句："等公安局下了结论，马上告诉我。"

关上手机，又把眼睛闭上，身子无力地向后靠去。

车在一座桥上行驶，令狐阳闭着眼睛也能感受到，脚下波涛汹涌。

3.

在牛书记的办公室里，桌上隔着一盆兰花，令狐阳与他对谈。余佳丽一旁倒水忙乎不停。

牛书记不无忧虑地说："令局长啊！你这次祸惹大了。"

令狐阳装傻，眨眨眼睛问："我惹啥祸了？又把哪个的娃儿抱下水了。"

牛书记很严肃地提醒令狐阳："全国几十年的教材发行秩序，被你撕了个大口子。别说省新华书店，就是北京的新华书店都不会饶了你。"

令狐阳一脸发萌，完全是一副无知者无畏的样子："我又犯了哪个法？拿钱买书，会有多大罪？"

余佳丽当他真不知厉害，说："你别当小事看了，我听说省店几个经理都拍了桌子要收拾你。"

令狐阳仍是不管不顾的样子："他拍桌子关我啥事？我又不属他管。"稍等会儿，他还忿忿不平："凭啥我不能到外县增订教材？卖米的都没限定范围，没有说不准宕县的人吃外县的米那话，不相信卖书的比卖米的还狠些？"

牛书记不想听他油腔滑舌下去，直接一句话挑明："这次共赚了多少钱？"

真佛面前不烧假香，令狐阳一老一实地说："怕有两三百万吧！没细统过。"

一旁的余佳丽伸了下舌头，溜了一句话出来："难怪人家要收拾你。"

牛书记来了句更直接的："你得了多少？"

令狐阳好委屈："我？一分钱没得。"

牛书记纠正道："不是说你私人，教育局得了多少？"

令狐阳稍稍默算，说："我收 20%，有四五十万吧，现在还没收齐。"这是他今年灭火的消防费，没这点钱，好多学校开不了门。

牛书记认真地说："你把钱退书店，把这事儿了了。"

令狐阳也认真地回答："退不了了，钱全部还了债。"

牛书记一摊手，表示爱莫能助："那你这个事儿我也没法。你小子等着吃苦头吧！"

令狐阳嘴硬："有啥不得了，我不说，他能把我嘴儿撬开。"

牛书记是个老办案的，比这钢口硬得多的都见过。他轻蔑地笑了笑，说："你真以为人家要你说？你一个字不吐，人家照样查清治你。"

余佳丽事先听牛书记说过，提醒令狐阳："人家把各书店的账一翻，用不着你说就知道了。"

令狐阳这下更不明白了："那他们扭住我不放干什么？还不查账去？"

余佳丽急了："这你还不明白，他们就是要拿你开刀，防止其他教育局长跟你学。"

令狐阳也横了，眍起一对铜壳子眼："他拿哪一条治我？盗版？随便找个人都看得清清楚楚是正版，真的还怕说成假的？"

牛书记摇摇头，说："你非得要我教你几句才对？要治你随便啥理由都行。错了以后再纠正，纠正过来时，你已老了。"

这句话把令狐阳点醒了，常说有错必纠，倒过来就是能纠就能错，他得认真考虑考虑自己的退路。口气软下来，说："那你说怎么办？"

牛书记很坚决："退钱！一分不少吐出来。"

令狐阳埋头想了一会儿，昂起头来说："算了，这事我看透了，他们安心要治我，退了钱也不会松手。索性把这事再闹大点，官司打到九霄宫去，请天皇老子来断案才行。要不清静，大家都不清静。"

牛书记听他话中有话，一下警觉起来。过去办案中曾经见过这种人，逼到没退路时，埋着的头一下昂起，狠命一口，将对方咬得血淋淋的。

令狐阳见牛书记用眼睛逼着他，知道不说不行，从身边公文包里摸出一叠文件递过去。

牛书记、余佳丽凑拢一看，是今年省教厅与省书店联合发的文件，规定全省教辅资料统一由新华书店经营，并将各年级教辅资料征订目录附后，厚厚一摞。

两人拿着文件，睁大眼睛看着令狐阳，好像在问：这能救你命？

轮到令狐阳卖关子了："你们忘了有位领导在今年春节的一封信，要减轻学生课业负担，严禁发行教辅资料。"

正说着，手机响了，看是吴媛打来的，令狐阳忙起身走出去接听。吴媛喘着气说："肖凯的结论出来了。是自杀，家属不服，约了七八十个人到学校闹事。"

令狐阳问："你信不信他是自杀。"

"我不信！"

"那为什么公安局下自杀的结论？"

"公安局的人说现场没有第二个人的痕迹。"

"他为什么自杀？"

"我咋晓得呢？家属就是要学校给个自杀理由出来。"

"是不是夫妻闹矛盾？"

"人家两口子好得很，随时都是一路去一路来的。"

"有仇家相逼?"

"肖主任一个好好先生,只有人家得罪他的,他不可能得罪人。"

"那为啥呢?"

"你莫问了,快点下来解决,学校已停课了。"

"我马上就来!"

令狐阳急匆匆回到屋里,对还没回过神来的牛书记和余佳丽说:"学校死了人在闹事,我马上要回去处理。教材的事儿就拜托两位了。我的想法就一个,别逼我,逼急了,我只有抱着人跳崖。"说完就往外走。

余佳丽在身后喊:"令局长,要冷静些,别乱来哟!"

4.

令狐阳跑出门,拦了一辆出租车往回赶。从钻进车的那一刻起,眼睛再没闭过,嘴儿再没停过。

先是余佳丽来电话一再叮嘱:"那事儿不能到处乱说,若说出去收不回来。你得罪的不单是书店一家,还有省教育厅。千万别睁起眼睛瞎干。"

令狐阳看了看司机,心想他是一个无关的人,不会听懂他说的什么,自己说话遮掩点就行。即使知道了也无妨。放心对余佳丽说:"我也是吃饭都不长的人了,咋不晓得厉害。只要不把我往崖下推,我不会去攀扯谁。下和棋我会,只是这事儿我之前已给一个老乡说过。"

余佳丽听说有个老乡知情,着急地问令狐阳:"你那个老乡是做啥的?"

令狐阳故作神秘说:"他在省政府机关上班,说这事儿正好归他管,催我把材料拿过去给他看看。我正往那儿赶呢!"

话到这里,司机转过头来,车也缓缓靠边,真以为他要往省政府开。令狐阳知他误会了,嘴上不好明说,对司机摆摆手,再向前挥了挥。车又前行,司机疑惑地从后视镜中,不时地观察着身后这个说谎的乘客,更加留心令狐阳的通话。

余佳丽劝令狐阳不要再到处找人,牛书记已与严处长通了电话,正找书店协商中,千万不能莽撞乱来。要令狐阳马上打电话给老乡,就说事已了了,请他不要再过问。令狐阳回了声:"行!"

手机刚关上,又像被烫着了一样,吱吱乱叫起来。这次是吴媛打来的,问他:"到哪儿了?这里的人全部望着你来。"

令狐阳说:"先叫廖胖子维持着,县上派的人马上就到。"

吴媛说:"廖书记和欧局长在这儿也没办法,被七八十个人团团围住,要他们说清自杀理由。"

令狐阳说了声:"好好!我正在车上。"话完,把手机关上。嘴里嘀咕道:"人又不是我杀的,我还不是说不清楚。"

正说时,对面来了一辆出租车。两车交错时,这边车上的司机抬抬手,指了指路边,两辆车同时在路边停了下来。两个司机耳语了一阵后,对方司机从后备箱找出个大扳手,拎在手中掂一掂,估计够分量。两人一路过来,把车门一开,吼声:"下来!"

令狐阳先前见他拎着扳手,只道是车出了问题要修理,现在听他一吼,瞧那架势,不是来修理车子,是来修理人。只好乖乖下来,小声问:"两位兄弟,有话好说,你们想做啥?"

这边司机个子小,声音也小,还算温和,他说:"朋友,你犯了啥事我不管,我也实在不敢再拉你了,你把这段路的车费给我,咱们各走各的。"

令狐阳笑了:"你这叫啥话,把我撂在这半路上,我怎么办?"

那边车上的司机块头比令狐阳要大一个号。他把手中的扳手掂了掂,说:"少啰唆,我们不管你的事就够朋友了。快把钱给了,好说好散。"

令狐阳这才明白,对方把他当在逃犯了。也怪不得司机,先前电话上又是不要到处说,又是杀人的,人家咋不产生怀疑。加上小个子胆小,自然害怕。一路上都在找机会脱身,幸好来了个同行。

令狐阳掏出身份证想解释,可对方车上的乘客等得不耐烦了,一个劲地按喇叭催司机。大个子司机兴起,拎着令狐阳衣领,说:"给不给?"容不得解释,令狐阳掏了两张大钞给小个子司机说:"好好,你们走!"

出租车走了。这前不着村,后不着店的地方,很难指望再见着辆出租车。令狐阳站在路边,沮丧地伸长脖子四方打望,枯藤、老树、昏鸦、小桥、流水、人家、古道、西风,加上令狐阳这个断肠人在天涯,啥都有了,独缺一匹瘦马,还被警察扣着。自觉比古人还惨!

时值正午，四处炊烟袅袅，路上车辆愈见稀落。令狐阳找了个号桩，打电话告诉张远，1489，一辈子忘不了。不敢离开号桩，生怕张远来了寻不着人。四顾无人，一种莫名的孤独涌上来。说是无名，就在于令狐阳说不出少了啥？心内心外都空荡荡的。这世上孤独很多，有学问到了顶层，高处不胜寒，这叫孤独；有茫茫人海中，举目无亲，也叫孤独；有劫后余生，心随云散，驱壳独留，也叫孤独；有身在花丛，情无系留，也是一种孤独。这些与令狐阳不搭边。令狐阳此刻的孤独是找不到自我。这种感觉从未有过，而今越来越强烈。小时候听妈妈说到爷爷，天不怕，地不怕，就怕不知人在哪儿？那时人小，令狐阳好生奇怪，人在哪儿？还有不晓得的？稍大了，才晓得有迷路，有迷心窍，有迷人，有迷药。时下的孤独从哪儿生长出来的？令狐阳实在不明白，他还会遇上这无根无缘的孤独。

令狐阳从来自觉天下无敌，不知害怕为何物。天下有两种人无畏，无知者无畏，无私者无畏。令狐阳好生留恋痛苦的童年，无私无知亦无畏。一处山林，几个小伙伴，他就成了大王，成天纵横驰骋于得意与忘形之中。而今这无畏与得意不知哪儿去了，悄悄地多了许多莫名的恐惧。就眼前来说，人坐在石做的1489号路桩上，天没塌地没裂，神志清醒，有啥可怕的？可心里一刻没平静过。担心教材的事儿尚未搁平，担心吴媛那儿的事闹大，担心盛琳与自己蛮来，甚至担心张远找不着自己。这种担心来了，孤独就来了。令狐阳依稀觉得孤独是啥，就是该来的久久不来。

令狐阳想起了张远，打过去问情况，张远说要等到明天才解决。令狐阳叫刘君接电话，要他留下来解决事故，说好话让交警把张远放过来接他。他在国道1489号路桩处等。

刘君以为是被打劫了。令狐阳说我就是抢人出生的，哪个来抢我？是司机把他当杀人犯，在半路上给甩了。

刘君忍不住笑了。一会儿回电话说，张远已出发了，要多等一会儿。

令狐阳瓜兮兮地端坐在路桩上，孤独地张望着孤独。

刘强来电话催问令狐阳，龙寨小学教导主任死亡是咋回事？令狐阳坦言不晓得。刘强说："这教育上还有你不晓得的事？"这话啥意思？让令狐阳猜了好久。

龙文章也来了电话，问清令狐阳一个人还在半路上等车，也催他快点赶回来，说："城里现在怪话多得很。"

令狐阳问有啥怪话？龙文章说："你人回来了，怪话就自然没有了。"再三追问，龙文章埋怨了一句："你咋一个人把小吕带到省城去。"

令狐阳意识到怪话是什么了。

令狐阳打电话问了张远的位置，张远说快了。

令狐阳又打了电话到家里，想问问斌斌在做啥？家里无人接电话，突然想起斌斌回龙寨去了。

拨盛琳电话，仍是不接。估计还在生他的气，自己心中也是气。

又拨吴媛电话，吴媛一接电话就催他快点，说死者亲属与廖胖子快要打起来了。

令狐阳想起肖凯的爱人楚玉芬老师也在龙寨小学教书，提醒吴媛："多做楚老师的工作，学校搞乱了对她也不好。"

吴媛说："已做过工作了，你一开口她就哭，啥都不说……"话到这里，手机断电了。换上备用电池，令狐阳想了想，没再找吴媛。

奉志来电话了，问令狐阳在哪里？说："龙寨小学的事闹大了，县上在组织人去强行移尸。公安局正从各区乡派出所抽调警力，县武警中队也做好了准备。要令狐阳组织好学校的老师一起配合，保护好学校财产。"

令狐阳说："我在等车。先别忙派人下去硬来，等我到现场看一下情形再说……"

张远终于来了，二人几乎同时发现对方。令狐阳尚未坐稳，就问事故解决情况。张远说只是点皮外伤，他走时正在说钱的多少。令狐阳把手一挥，示意张远不要再说了，只要人没问题就好。他把眼睛闭上，稳住神来理清心中这团乱麻。

省上教材的事，钱是退不了，早用光了，退了反而是个证据。说是闹到哪儿去只不过一句话，说来香口的。闹到哪里，对别人固然无利，对自己也无一丝好处。就看省书店和省教厅那伙人怕与不怕。若是不怕，让自己告去，自己还得掂量掂量。

这肖凯死得蹊跷。听吴媛说来，情杀、仇杀都不是，那又为啥？未必是邪教？想到此，又摸出电话打给吴媛，问："肖凯信不信什么邪教？"

吴媛说："他平常街都很少上。除教书外，很少与人来往，绝对不信任何教。"接着催他："你问这么多干啥？要问你来了再问。赶紧回来！"生怕令狐阳问话耽误了车子跑。

令狐阳问张远还有好久到。张远又轰了一脚油门，说还要两个小时。令狐阳心中骂道，这时光也真他妈的坏，遇上烦心痛苦的事，它就慢吞吞的，要是像人高兴时那样快就好了。

5.

龙寨乡小新教学楼底层教研室，办公桌被挪到一边，当中停放着尸体，一床白布盖着，脚前一个青油灯。一个搪瓷盆子前，一个半大孩子头戴孝巾跪着，有一张没一张往里扔烧纸钱。旁边一个女人丧服在身，哭得死去活来。几个女老师正劝慰着。

见令狐阳到来，先前围着廖胖子和欧启的人，全部转过来围住令狐阳，问令狐阳要说法。令狐阳说："我才来啥都不晓得，等我问了再说。"

吴媛、廖胖子、欧启一个个挨着说。除了电话上说的，没啥新情况。

公安局刑警队长的说法更干脆，自杀无疑。只要想想，现场没有第二个人的痕迹，致命伤是手腕动脉被割断，刀还在死者手上。除了自杀外，就看令狐阳能不能找出第二种可能来。

至于自杀原因，刑警队长说，没有遗书，又没调查，我们不好乱加分析。

令狐阳想了想，叫人把死者的父亲和哥哥找来，他们是闹事的头。令狐阳同他们商量，能不能先把死者掩埋了让学校复课，至于死的原因和责任稍后再说。对方一口拒绝："一天不说清，一天不走人。事不过当时，现在都不能说清，时间越久越说不清楚。"他们还反问令狐阳："没有人愿意自杀吧？"

令狐阳想说不一定，邪教徒就可能，全世界每年成千上万。但话到嘴边又咽了回去。怕说出来被人揪住话柄，就要你拿出邪教徒的依据来，反遭纠缠，只能含糊"唔"了一声。

对方显然被人教过，接着一句话顺着就来了："既然都不愿自杀，那自杀肯定是被逼的，你说该不该把逼他的人找出来？"

令狐阳没有正面回答，要求给他点儿时间。对方说可以，只是别等久了。

令狐阳在车上已想过，事情的原委肯定在楚老师肚子里，只有她开口才行。

他把楚玉芬叫到吴媛的办公室里，由吴媛陪着。

吴媛说："楚老师，事情不发生也发生了，光怄气也不是办法。现在令局长亲自来了，有啥话要讲出来，领导晓得了真实情况也好替你拿主意。"

楚玉芬止住了哭声，仍是不停地抽泣。

令狐阳见楚玉芬那张憔悴没有血色的脸，悲伤显然由心底出来，不像是情杀。从眼神中不见愤怒，没有咒骂，仇家相逼也不像。那又是什么？

令狐阳小心翼翼地从情上试探一下，说："楚老师，你先忍一忍。你也看见的，肖主任的父母兄弟都在等我们回话。这个话我们也不晓得咋个说，只等你一句真话才会明白。你如果不说，只能任凭社会上去猜，那说啥的都有。别看肖家的人气势汹汹是对学校来的，心中最恨的是你。恨学校没道理呀！学校有啥错？他们说不出来。一味闹下去，我告诉你，政府是不允许的。到时候人一抓，肖家就会找你算账。别人不清楚，你心中是雪亮的。到时候你还得要说出真相才行。恐怕那时你即使说的真话，也没人相信了。他们会说，你先前为啥不当着领导说出来。"

楚玉芬哽咽着说："我把命交给他们就是了。"

吴媛劝她："说啥话哟，你死了娃儿怎么办？千万别乱想。"

令狐阳从楚玉芬的话里听出，她的隐情多半是对婆家的人不好说，随即开导：

"楚老师，你也不要顾虑啥，你是老师，没有人敢欺负你。"

吴媛补充说："令局长上任这几年，凡是侮辱殴打老师的，全部弄进公安局关起，有令局长，你不要怕啥。"

楚玉芬仍是哽咽着不开口。

令狐阳问道："是不是房子集资欠了债，被人逼急了？"

楚玉芬摇摇头，含泪说："钱是两边老人抓的，从没催过。我妈那一千块已经还了。"说到这里，她突然掩面大声哭起来。

吴媛赶紧过来扶住她抽搐的双肩，让她埋在自己怀里。掏出手巾纸递到她手里。楚玉芬好一阵子才缓过气来。

令狐阳一下意识到，这一千块钱是关键，不然她不会一提到像触电样伤心起来。一千块，对一个没搞二职业的老师来讲，是一个不大不小的数目。可这钱是还她妈的，是好事呀！她怎么一提起像被蛇咬了一口。

令狐阳决定从这一千块钱着手。等她稍稍平息下来，让吴媛扶着她坐好，自己尽量放软口气说："一千块钱，也不是什么大不了的事，值不得梗在心里作贱自己。"令狐阳的本意是说，楚老师你要放下。

没想到捅开了窗户纸，楚玉芬误以为令狐阳知情了。埋在吴媛怀里一抽一泣，自顾自地说起来："我也是这样劝他，一千块钱算什么嘛，他就是不信。只要看见有人说话，就怀疑是在议论他，整夜整夜地不睡觉……"

听完楚玉芬断断续续的哭诉，令狐阳终于明白了。

前些日子，在曹通鼓动下闹查房子造价，由肖凯带队去周边学校走了一趟。杨揽头为了事情早日了结，私下给肖凯封了一千块红包送到肖家。肖凯坚决不要，楚玉芬代他收了。

杨揽头走后，肖凯坚决要送回去。楚玉芬问他："造价到底高不高？"

肖凯说："比起来差不多，比街上还便宜些。"

楚玉芬说："我还以为拿钱要你说假话呢？钱收了，话照实说就是了。"

肖凯当时也就再没说什么。楚玉芬第二天就拿去还了娘家父母的借款。哪会想到，肖凯竟然为此自杀。这事楚玉芬既不好意思对外讲，也不敢对闹事的婆家人讲，怕他们怪罪自己。

令狐阳好心酸，一千块钱，丢了一条命！有时招待客人一桌酒钱都不止这个数目。多少年后，令狐阳一直没忘这事，常感慨那时人们对法纪怀有敬畏之心，哪像现在有些地方，贿赂公行……令狐阳当时梗着喉咙劝楚玉芬说："你不要再对外人说了，我来处理这事。事完后，把你调到区上去教书。"楚玉芬含着泪点点头。

死者的父亲和哥哥被叫进来，见屋里三个人都带着泪，好生奇怪，问楚玉芬，她说都给领导说清楚了。呜咽着再不说一句。

两人把眼光对着令狐阳。令狐阳带着对肖凯惋惜、敬重的心情，用低沉的声音说："你当爹的给了一千块钱他集资，他当儿的觉得对不住你们，读了书出来没孝敬老人，反倒来刮老人的。哥哥家里也困难，自己把钱用了，对不起哥哥嫂嫂。焦虑几时才能把钱凑起还你们。成天放不下来，吃不好，睡不着，走上了绝路。"这些话，楚玉芬原本没说，但确是说出了肖凯生前曾有过的愧疚心理。话到伤心处，楚玉芬又一阵失声痛哭，差点昏厥在吴媛怀里……

月亮动了容，失魂样在山坳里徘徊。大地被泪水浆洗过，惨白一片。凄凉的秋风卷起落叶，纸钱一样抛撒。

十八 婚变

村民开他的玩笑：上山像个砍柴的，下河像个推船的，凑拢一看，原来是令乡长下村来了。

1.

原说夜深了就在学校将就一夜，明天一早回去。城里来的那帮人不干，闹着回城。令狐阳也着实累了，忘了上山奔丧的事。颠颠簸簸到家时已快下三点。摸索着掏出钥匙，一手摸着锁眼，一手拿着钥匙鼓捣，半天开不了。怀疑拿错了钥匙，抽出来看看，重又插进去，仍不行。生气一用力，钥匙断了，半截在锁眼里取不出来。只好嘟哝着溜到茶园里，把余茗吵起来。余茗见惯了，只当他又与盛琳闹翻了，忙从屋里抱了床被褥给他，轻声劝了一句："对女人家该让的让着一点，天天到我这儿来，也不怕憋屈。"

令狐阳烦躁地说："就你话多。她妈死了，回山上哭丧去了，我让谁？"

余茗更不解了："那你不去奔丧，到我这儿做啥？黑天墨地在街上瞎转，不嫌累呀！"

令狐阳打着哈欠催余茗出去，他好关门睡觉，说："钥匙开断了，今儿就在这儿蜷一阵吧！"

刚合上眼，手机响了。这黑夜的电话让令狐阳又恨又怕，明知不是好事，还不能不接。用力睁圆眼睛，脑袋使劲摆了几摆，甩掉几分睡意，精神上来了，镇静地拿起电话"喂"了一声。

电话里传来斌斌的声音："爸，你在哪儿？我和妈妈在这儿等你来呀！"听出是儿子的声音，令狐阳松了一口气，睡意随即回到脸上，一个哈欠后，说："斌

272

斌，以后再别晚上打电话吓你老汉。我睡一会就上来送你外婆。就这样啊儿子。"

斌斌不放电话，明显旁边有另一个人的气息："爸爸，你昨晚在哪儿睡呀？"令狐阳不想多说，睡意像个缠人的婆娘拥抱了他："我在家里睡。"

斌斌感到奇怪，问："爸爸，你怎么打开门的？妈妈换了锁芯……"后半截话像被人捂住了嘴，从指缝里漏出来的。一听说换了锁芯，令狐阳心里像吞了颗手雷下去，肚皮一下炸开。他是在想，原装钥匙咋开不了门？却原来是你个死婆娘使的坏，一嗓子吼过去："叫你妈接电话！"他知道盛琳就在旁边。

电话里一阵"嘘……嘘……"声，可能是盛琳不愿接电话，斌斌在求她："妈妈，你来接呀！"

好一会儿，斌斌说话了："爸爸，你上来送外婆嘛！"

令狐阳在儿子面前从来凶不起来，压住气说："斌斌，爸爸在城里，要来也让我睡一会再说。"

电话里又是嘀嘀咕咕的声音，斌斌极不情愿地，带着哭腔说："爸爸，你就别骗我了，家里门锁都换了，你进不了屋的。肯定在吴校长那里，你上来嘛。妈妈派人来接你。"

令狐阳听得出来，这些话肯定是盛琳在旁边教的，还得压住火气说："斌斌，我这两天一趟省城，一趟宕县，已有两顿没吃饭，也累了。现在只想好好睡一觉。下午我坐小张叔叔的车上来好不好？"

斌斌"哦"声还没断，盛琳终于忍不住露面了："令狐阳，现在你不上来，下午就不要来了！来了我都要把你打回去。"说完，"啪"的一声挂了电话。

令狐阳再拨过去，已关机。他坐在床沿上，气呼呼地睡不着。

隔壁余茗被吵醒了，过来问咋回事？听令狐阳说完也劝道："天大的事都搁一下，睡了觉再说，睡觉睡觉。"转身把灯拉了。

令狐阳哪里能睡着。当年吴媛嫁了，令狐阳更是无心婚姻，成天忙着手上的事，用工作来麻痹自己。开始还有人说媒，廖胖子一帮人总觉得盛琳合适，同一块土地里发出来的芽，喝同一眼山泉水长大，打小就在一起耍，据说还垮过盛琳的裤儿，再合适不过了。只要听说有给令狐阳提亲的，他像一堵墙插在中间生生隔开。

令狐阳从小不会打理自己，成天一个裤脚长、一个裤脚短地在外面飞跑，满头卷发蓬起像个乱鸡窝。到了村上，村民开他的玩笑：上山像个砍柴的，下河像

273

个推船的，凑拢一看，原来是令乡长下村来了。

廖胖子一心想撮合他和盛琳的好事。廖胖子看得出，盛琳内心一团火红，外面一脸粉白。盛琳好歹一个公社妇女主任，多少军官、技术员托人来说媒，都被她一口拒绝了。盛琳总想令狐阳主动来求她，免得日后说自己是嫁不出去搭配给他的。令狐阳不会开这个口，原本就没这个心，若有人提起盛琳，他笑着岔开话题："这山上有几十年没出棒老二了，你们是不是不习惯？想找两个正宗土匪后人配起，免得绝了种？"说媒的人碰了一鼻子灰，再不好说了。

也许是前世注定姻缘，挣都挣不脱。

盛琳的妈妈"蛮婆娘"早看出女儿的心思，也想早一点把令狐阳拴牢。一次，令狐阳下乡检查要去山青村。听说了令狐阳要来，"蛮婆娘"挽起袖子找到生产队长，板着脸，说这招待应酬是不是有搞头？你们干部舍不得让一顿给我们做个人情。今天令乡长这顿饭必须安排在我家里，哪个来争，老娘叨他屋里先人。村上干部一听，巴不得呀。这招待人的麻烦事，从来是有人推没人抢，正差她那一句话好脱手。

盛家那天全部出动。盛青一步不离地跟着令狐阳，生怕他跑了。"蛮婆娘"和盛青的老婆，在家里忙前忙后跑得欢。当天晚上，一桌子野味，野兔、野鸡、竹溜、狗獾，有才夹住还在挣扎的鲜货，也有存放年久的腊货。烧、蒸、炖、烤，堆山似海，差点把桌子压垮。

酒是山上特有的呷酒罐。"蛮婆娘"拿出未来丈母娘特有的慷慨，添一次水，换一次酒糟，再焖上半斤烧酒，最后倒上一盅野蜂蜜，口感好，度数高，是这山上招待贵客和仇家的习俗。贵客喝醉了，图个喜庆爽快。是仇家喝倒了，就好下手收拾。无论是谁，轮到哪个名下绝不能做假，不喝的话，亲家马上就成仇家。

令狐阳知道这规矩，他当乡长的怎么会成群众的仇家呢？自然不能扫主人的兴。那晚上喝了多少罐，没人数过。也没人清醒能数清，全醉了。论酒量，山上的人个个都是海量，从小驱寒不靠衣服，一靠火塘，二靠酒，男女老少都能沾几碗。后来听人说，那晚盛家叫人给盛琳带信去，找人背了十斤烧酒回来。再加满满一大坛子呷酒，一大罐野蜂蜜，喝完还嫌不够，到坎下院子里又拎了几坛子呷酒上来。

醉了，全醉了，桌上所有的男人都醉了。队长老婆笑呵呵地叫来一伙人，两个挟一个，各扶各的人走。剩下一个令狐阳，"蛮婆娘"敲着烧火棍，跟队长老婆说："这是我屋里的客，看哪个敢来动。"

队长老婆说："蛮嫂子，我屋里头那个人吃饭前就跟我说了，没有哪个抢你女婿。"说完打着哈哈儿走了。

等盛琳赶回来时，她妈和嫂子都喝得半醉，偏偏倒倒把盛青和令狐阳各拖到一个床上横搁起。两个男的都吐了满身。嫂子负责服侍盛青。她妈负责令狐阳，醉醺醺的，半天解不开令狐阳的纽扣。盛琳见了，把她妈手一拨，说："过去过去！笨手笨脚的。我来!"三扒两下，连剥带垮，弄了个裸光。端了盆热水来，刨年猪样擦洗起来……

多少年后，盛琳摆起那晚的事儿，还不无得意地说："老子把他细细末末地开了个光，香皂都去了半截。他不吭声，由我翻来翻去摆布。就他那玩意儿不老实，抹着抹着就倔起个头来。若不是他醉了，我真想狠狠掐它两下，看它还服不服个软。

那年冬天，他们结婚了。

3.

近来教育局机关很热闹，职工宿舍修一层，分房方案就要讨论一次。令狐阳见房子套数不够，又安排欧启发动职工集资，增加了两层，仍是不够。

欧启把讨论了若干次还有意见的分房方案交给令狐阳审定。方案有几种，有人提出按官大官小分。分下来会有十多位办事人员没戏唱。张远职别最低，根本无望。弄得几位副局长都亲找令狐阳诉苦，说无论如何要给张远解决一套，不然，他把车尽往坑坑洼洼里开，颠得你骨架都快散了，口里还说这人活起有啥意思，辛辛苦苦开车的还分不了房，舒舒服服坐车的个个都有份。令狐阳听到这话，连说这不行，换个方子来。

有人提出叫花子蹲岩洞，依先来后到。结果是，令狐阳排在最后面，大家都说不对。论职务论功劳，令局长都该排第一，怎么能搞颠倒呢？还有几位调进来晚的局领导，也坚决不同意。欧启说，他是从财政局调进来的，按这样分，会两

275

边不沾边。事实上，最迫切需要住房的正是后来的，临时住房都没一间，全在外面租房住。当初修建职工宿舍就为着他们来的，他们若不解决，岂不违背建房的初衷。

又有人说那就按需求分房。难度最大，令狐阳最认可。凡是有套房居住的统统不分房，如令狐阳，曹达等一批半老同志。这批人又不干，虽说有房子住，但旧房哪及新房好。他们开始嘀咕，把曹达推在前面，说这不是联合国的难民营，也不是救灾用的帐篷，哪个急需给哪个救急。这是一辈子的福利，令局长可以让出来，是他当局长的风格高尚。还意味深长地说，如果我们是局长，也可以让出来。一句话，局长的高风亮节可敬不可学。

令狐阳憋了一阵子，让欧启又增加了两层，就剩下令狐阳与曹达两人没法解决。

曹达不干了，抽空找令狐阳私下谈了谈，半真半假地说自己与宦丹丹正闹离婚，可不能到时候让他流落街头。开始时，令狐阳只当曹达说说玩儿，后来见曹达不回家吃住，仍认为是两口子为了分房闹给人看的，心中很有几分瞧不起。再后来，离婚的消息越传越广，以至田智代表县委，把令狐阳和曹达找去个别谈话。

田智请两位坐下，生就一副笑脸对着二位，绕山绕水谈起来，生怕伤了两位自尊："听说你们教育局在讨论分房子？"

见两人点了点头，田智又说："定下来没有？"

令狐阳感到奇怪，从不多事的田智咋关心起教育局机关分房的事？随口就是一句："难啦！比修房子还难。"然后把几种意见说了一遍。

田智很耐心地听完，问两人："你们现在定的是啥方案？"

令狐阳看了看曹达一眼，老老实实说："现在就我和他没分房。曹局长说他情况特殊，正和宦丹丹闹分手，怕到时候被撵出来了没去处。"

田智笑了笑，说："那你呢？也想离婚？"

"我？"令狐阳一直是陪伴者的心态，自己有什么问题？就是想离婚，也还没有说出口。未必田智学了几本《心理学》就能看透人的心思。迟疑一下，说："我比曹达更惨，早已被人扫地出门了。但我没开口要房子，等他们搬了新房子，有那退出来的旧房子腾一间给我，一个人住足够了。"

田智仍是一团和气笼罩，对曹达说："有什么事不能了，非要离婚不可？闹得市上都知道了。"

曹达知道是那一帮南下的老头在发动，捅到痛处，想压住也难，忿忿地说："你去问问宦丹丹就知道了。"

令狐阳左看看，右看看，不知今天谈曹达的事儿，找他来做什么？还不经意地帮曹达回了一句："宦丹丹那脾性，也够要强的，要说曹达也够忍让了。若另是一个人，早就离几次婚了。"

没想到这番好意，曹达并不领受，硬压着哼了一声："那倒不单是一个脾性问题。"

田智点点头，仍是笑着说："我看也不仅仅是一个脾性问题。"

令狐阳把嘴儿闭得紧紧的，心想你们喜欢瞎掰，就多掰些，我还懒得替你操心。想着就要合眼，可眼前一道亮光在晃，是田智的目光停在自己脸上。忙把快合上的眼皮张开，送上一丝无辜无奈的眼神。

田智脸上和气少了许多，仍是在笑，却像是郑重其事地不得不笑，不然下一句话咋会把两人吓一跳："那个吴媛是哪里的校长？"

两人都吃了一惊。这吴媛是哪儿的校长田智咋会不知道？还是曹达心虚些，低着头回了一句："是龙寨小学的校长。"

令狐阳没吭声，他想不明白怎么扯上吴媛了？

田智又问："听说是你们的同学？"两人点点头。田智脸上那点笑意消减了，要仔细才能分辨出来，语气柔中有刚，说："不管你们过去是否谈过恋爱，曾走到婚姻的哪一步。现在你们是领导，是有妇之夫。党的纪律不允许你们抛弃妻室儿女与她乱来。婚姻是你们的私事，同时也是特别需要正大光明的事，不允许违纪违法私通。你们是明白人，不能让私情迷住眼睛，一个同时与两个男人鬼混的女人，我看也不值得你们去争夺。"

曹达低着的头更是深埋了一层。

令狐阳头昂起来了，也这才醒悟过来。田智一口一个你们，原来把他与曹达捆绑一起帮助了。是同学，是恋人，也曾有一段未成型的影子婚姻都是事实。但把他与曹达连在一起批评，令狐阳不干了。曹达是个什么东西！令狐阳必须与他切割开来。霍地一下站起来，话未出口，手掌先伸出来表示隔断："咳！咳！我说田书记，你不能胡子眉毛一把抓。你要说曹达就说曹达，要说我就说我，不能混二搞三，弄得我不明不白的。他的事我不管。我什么时候闹离婚了？我什么时候与他争过吴媛的？吴媛什么时候跟哪个男人鬼混过？田书记，我知道你不轻易批评人，肯定有根有据，请把依据拿出来！不然，打上南天门我也要讨个说法。"临了还缀上一句，"又是哪来的巫师仙娘使了法，把一个好好的田书记弄得颠三倒四地打胡乱说。"

田智被令狐阳一顿抢白，一时回不上话来。前天刘强找他去，说教育局正副局长为争一个女校长闹离婚，社会上沸沸扬扬影响很坏，要他管一管。原是出于好心，提醒提醒他们。被令狐阳一顿顶撞，才想起刘强忘了给他依据。细想起来令狐阳的话有道理，凭什么说两人与吴媛有染？不能刘强说了就定了，或者是他两个的女人说了什么就是什么。闹离婚的女人啥都说得出来。先前盛琳不是还说宦丹丹想令狐阳呢！

田智用手按了按令狐阳的肩膀，示意他坐下。待令狐阳坐稳后说："我也是听一些人说说，担心真有此事，怕你们把持不住，提醒你们一下。现在你们说没这回事我也放心了，你们也不必放在心上。不过，好好的闹离婚总是影响不好。"

令狐阳没再说什么。曹达站起来，丢下一句话："管他哪个说什么。婚，我是离定了。"

4.

职工宿舍被叫停了。朱二娃最先打电话给令狐阳，叫他想办法解扣。令狐阳没当回事儿，心想建修上没有马可解决不了的事。

朱二娃说："不是建委叫停的，是刘县长亲自下令叫停的。马站长奈不何，非得你出面才行。"

令狐阳一下警觉起来，什么事把刘强触犯了？问朱二娃啥理由？朱说有人反映超了规划红线。令狐阳听说是超了红线，晓得其中另有名堂。话不便挑明，故意责怪朱二娃连点常识都没有，凡沾红的就别惹，红灯红线都一样。

朱二娃直喊冤："你亲眼看见的，建委派人去放的线，一丝一毫都没超。"

令狐阳催他拿放线记录去找刘强解释。朱二娃说建委派了谭副主任去过，刘强根本不信，要先停下来，等他复核后再说。令狐阳说那就等吧！朱二娃不干了，叫声："我的先人！上百号人的工地说停就停，光误工费就贴不起。"

令狐阳叫把人干脆放了。朱二娃急得骂娘了："令狐阳，你个起瘟的，你装什么不懂。工人又不是你儿，招手就来挥手就去。到时人收不回来，你把他们叫爹，爹都不会搭理你。"

令狐阳说："我也没法，官大由官。"

朱二娃毛了，说声："令狐阳，我不怕你是局长，三天内不能复工，我就开始卖房子。你说我卖拐了，你去法院告我。"话完就把手机关了。

令狐阳摇摇头，一脸无奈。想弄清情况，又把电话打到龙文章办公室。龙文章说："我现在有事，空了给你打过来。"直到下班，也没见他打来。令狐阳索性跑到龙文章家候着，反正一个人，在哪儿混吃都行。

龙文章回家见令狐阳早已等候，让进卧室。照常一碗煎蛋面后告诉令狐阳："刘县长这次决心大得很，停工的通知是政府办公室派人督促建委下的。"

令狐阳直喊冤枉："哪来的超红线。放线那天我在场，建委那伙人比了又比，量了又量，超出一点都不行。分明是个借口，我啥地方得罪他刘县长了？欺负人也不怕太露骨了。"

龙文章不以为然，说："刘县长治你超红线就对了。你好好想想，拿一个不存在的问题治你，今后转弯多容易。一声查无此事就复工了。若真找出问题来亮起，恐怕到时刘县长想转弯都难。"

令狐阳不理解，分明是整人，怎么成了手下留情，说："照你说来，我还该去感谢他？像个奴才样，挨一顿痛打还得磕头感谢不杀之恩？"

龙文章点点头说："话说来难听点，其实就这回事。"

令狐阳把脖子一梗，粗话出来了："我怕他个卵！老子没有该死的理由，就不挨他这顿冤枉打。"

龙文章见他倔脾性上来，皱着眉头问他："你想怎么样？一个局长能把县长怎么样？"

令狐阳说："我找奉书记闹去，闹到常委会上，总有人讲理。"

龙文章说："你不怕把事情闹大？"

令狐阳说："不怕！闹大就闹大。"

龙文章说："把人逼到墙角，转不了身，到时真找出你的问题来，刘一赌气非要斗硬办。你后悔都找不着药医。"

令狐阳偏着头对龙文章说:"也只有你怕他。我啥手续办齐了的,他咬我脑壳硬,咬我屁股臭。"

龙文章实在忍不住,只好自己来扮演刘强,逐一清问起来:"建委的手续齐了?"令狐阳肯定地说:"齐了。施工许可证,规划许可证,城市配套费……"一口气拉前扯后全摆出来。

龙文章点点头,又问:"国土手续办齐了没?"

令狐阳很干脆:"拆房建房还要个啥手续。"

龙文章说:"这就是一个问题。拆房后,地基归政府,要修房得重新申请。"

令狐阳突然想起,好像是有这么个规定,说:"这城里建房的,都没理这桩事儿,总不能专拣教育局来说这事。"

龙文章听了令狐阳这话,很为他着急:"你这都不明白,不治你就不是问题,治你就是大问题,你去盯谁?做贼的被抓住挨打,会不会喊,人家偷得我偷得?"

令狐阳没话了,皱着眉头望着龙文章:"这事咋整?"

龙文章说:"你晓得刘县长为啥要停你的职工宿舍吗?"

令狐阳摇摇头,表示不知。

龙文章接着问:"曹达与宦丹丹为啥闹离婚?"这事令狐阳知道,就为宦丹丹与刘强有染。他不便说穿,仍旧摇摇头。

龙文章叹了一口气,说:"你一天只晓得下棋。曹达与吴媛好上了,你还不知道。"

令狐阳本想继续摇头,进一步了解外面是啥说法。可一听说吴媛与曹达好上了,这话听起不舒服,吴媛怎么可能看上曹达呢?马上分辩道:"不是吴媛与曹达好上了,是曹达厚着脸皮去骚扰人家,这事我知道。"接着从头说来——

曹达回龙寨散心不久,一天半夜里,令狐阳被一阵手机铃声吵醒,摸过手机一看,是吴媛打来的。怕盛琳听见多心,翻身起来走出房门去接。只听吴媛在电话上急坏了样跟令狐阳说,曹达半夜来敲门,硬要她起来与他谈心。令狐阳在电话里听见有"砰、砰、砰"的敲门声,还有曹达的声音在说,吴媛,你开开门!我跟你说几句……令狐阳牙齿咬得紧紧的骂道,这混蛋!对吴媛说,你把免提开起,我跟他说几句。待吴媛说声好了,令狐阳大声毛吼起来:曹达,你还要不要脸?半夜三更不睡觉闹啥?明天滚回来上班!令狐阳没想到,那天他起床到外面去接电话,盛琳也悄悄尾随其后,躲在门后偷听。第二天盛琳就把这事儿当新闻四处传播。

宦丹丹哪有不知道的？也正好帮了她的大忙。曹达怀疑她有外遇，口说无凭，总不能说进了哪个屋就偷哪个？刘强毕竟是他的顶头上司，压着半边嘴。曹达这事一出，宦丹丹抓住不放，反过来说曹达闹离婚是喜新厌旧。

龙文章听令狐阳说来比他还清楚，就不解地问令狐阳："你啥都知道还来问我做啥？咋做你还不知道？"

令狐阳还是摇摇头，要龙文章明说。

龙文章没法，只好挑明说："宦丹丹内心还是不愿意离婚，就怕你给曹达分房，所以刘强才出面叫停。懂了嘛？"

"唔"令狐阳点点头，似乎是懂了。

龙文章说："趁早，把分房方案公布出去，只要没有曹达的名字，啥事都解开了。"

分房方案贴在局办公室旁边，曹达与令狐阳都榜上无名。曹达闹了一阵，令狐阳没搭理他。没多久，刘强那里传出话来，说是一个误会，职工宿舍没超红线。朱二娃又抓紧施工了。

5.

宦德在家养病，医生说不能沾气。他索性不下床，连地气也不沾了。老太婆怕他憋出病来，硬拖着他去市上战友家走走。老太婆说带点啥做见面礼，东选西选，带啥宦德都嫌烦。老太婆不愿惹他，说："好！好！好！啥都不带，连你这肚子闷气也不带，轻轻松松出去散几天心回来，行不？"

宦德不带礼物可以，这肚子闷气不带不行。女儿女婿闹离婚的事儿，母女俩原本瞒着他。曹达一直不回家，引起了他这个老侦察员的疑问。把老伴叫到一边，稍加"审讯"，老太婆就如实招来，宦德气得差点闭过气去。生活作风问题，是他们那一代人闻到气味都发颤的大问题，家门不幸呀！不仅女婿有，女儿也有，还是与自己一手培养的老部下。像是大街上被人垮了裤子样难堪，捂着被子怕见人。

老太婆打了电话给洪亮，没敢说实情，只说是女儿女婿拌嘴气着他爹了，捂在被窝里不下床。老首长在电话里一阵呵斥，令他爬起来，军人哪能娘们儿样，蜷缩在被窝里算个啥！

人爬起来了，气还窝在心里。紧走慢走，始终走不出那道阴影。老太婆的心悬着，再三叮嘱他，这不是啥光彩事，别到处嚷嚷。宦德转脸一嗓子："那我出去做啥？憋死我呀！"

老太婆劝他说："人出了门，家里的事眼不见，心不烦，丢到一边去。外人面前就不要再提起，免得自己生气，别人也跟着烦。"

宦德答是答应了，无奈是个直肠子人憋不住。一到洪亮家里，屁股没坐热乎，话就窜出来了。第一句就是："唉！老首长，再不出来，我会憋死在家里！"急得老太婆在一旁又扯衣角，又眨眼睛。

洪亮没往深处想，只道是为后人拌嘴生气，劝他："现在的年轻人不同了，吵吵闹闹是常事。常言道，不痴不聋，不成姑公，你自个儿出来，让他们闹去。"

听洪亮的话，八成他不知实情，才说得这么轻松。宦德话已到嘴边，实在咽不下去，不管老伴在旁边使啥眼色，一口就吐出来："老首长，他们闹的不是小事，两个犯生活作风错误啊！正闹离婚，唉！"

洪亮一听，脸上色调一下凝重："唔！"见老部下气急了，胸脯起伏不定，转眼看着他老伴问："怎么回事？"市委书记的威严回来了。

老太婆见老首长如此严肃，再不敢隐瞒，把曹达宦丹丹的事儿，就她知道的，一五一十全说了。

洪亮站起来，踱了几步重新坐下，说道："是不叫话。"转过来劝老部下："你也别着急。我问你，这门婚事你还想不想要？"

不待宦德发话，老太婆接过去说："孩子快上初中了，丹丹没说什么，曹达在闹离婚。"

洪亮正颜厉色地说："回去找那个姓刘的，就说我说的，他必须把事儿搁平。丹丹若是离了婚，账全部算在他头上！"

回到宕县家中，老两口把宦丹丹找来，骂了一通后，宦德问："你到底想干什么？"

宦丹丹低着头说："不是我想干什么，是曹达要离婚。"当妈的马上把洪亮的话说出来，要姓刘的去搁平。

宦丹丹一听急了："逼人家干什么？有错也不是他一个人的。"末了还恨恨地说，"若不是怕影响刘哥的前途，曹达不提出来，我还要找他离婚呢！"

宦德一听她称刘强为"刘哥"，气一下窜上脑顶，上前一巴掌扇去，骂道："还要脸不？"老太婆冲上去挡在中间，把老头子又扬起的手抱住，死死拖到沙发上，劝道："好好说不行，动啥手。你以为打起来好看吗？"

宦丹丹捂着脸哭了，说："你以为我愿意，还不是你们逼的！"

宦德想不到女儿把账赖在自己头上。站起来指着宦丹丹吼道："谁逼你离婚？你再说一遍。"老太婆忙把老头子重新按住，责怪宦丹丹张起嘴巴打乱说，什么时候父母逼你离婚的？

宦丹丹没吭声，只是伤心地抽泣，泪珠大一颗小一颗地直往下滴。

宦德不解气，指着她逼问："说话呀！我们什么时候逼过你的？"

越是逼，宦丹丹越是哭得凶。宦德先前还恶狠狠的样子，见女儿抽搐的双肩，两个老的心又软下来了。当妈的先说："丹丹，你自己做错了事，怎么怪起父母来。这世上哪有逼儿女离婚的？你伤心就可以乱说，也不怕说了当父母的伤心。"

宦德火气也减了许多，口气仍是硬硬的："你还好意思哭，曹达再乱来，你不能跟着乱来呀！"

听宦德提到曹达的名字，宦丹丹把眼泪一抹，哽咽着诉说起父亲来："自打令狐阳当了局长，你就认定曹达无能，哪天不在我面前数落几句？一个土匪棒老二的后人，你成天挂在嘴上夸个不停。曹达在他手下过日子，我们自己都觉得丢脸，还经得住你天天念咒样来催逼。后人想有点进步，求你去说个情，你是脸一掉，六亲不认。靠父母靠不着，只有靠自己去拉关系。有点事了，你们不是顾着护着，而是打伙起哄，屋里屋外一起来，非把人逼死了你才甘心。"宦丹丹泪水长流短流地诉说，弄得两个老的睁着双眼打愣。听她那口气，这发昏犯错的不是她，倒是两个老人了，特别是当父亲的罪大。上岁数的人，气急之下竟张口找不到合适的话来回她，颤抖着声音说："对，对，都是我们的错。你全是对的，你是对的那离个啥婚？"

这时，门铃响了，不断线地一声缠着一声，跟屋里的人一样急。老太婆用下巴向宦丹丹点了点，自己正按着生气的老爷子不便开门，示意她去开。

宦丹丹把眼泪用纸巾揩干，将纸团扔进垃圾篓里，起身却是进了自己的卧室。

老太婆无奈，对老头子说："你也进屋去歇歇，我去看看。"说完推了一下老头子。宦德起身走向里屋。老太婆这才理了理衣服，迎着敲门声几步赶去，嘴里连声说："来了，来了。"

开门一看，是吕大姐。看她一脸焦急样，脚还未跨进门，就急着问宦大哥在不在家？老太婆把吕大姐让进屋来，高声喊："老头子，小吕来找你。"

宦德听说是吕大姐找，忍住气，挤出一张笑脸，赶紧从里屋出来。见吕大姐眉头不开，不等坐下，忙问："什么事把你急成这样？"

吕大姐直说："令狐阳犯错误了，他屋里盛琳找他离婚。"

前面已说过，王南下虽是异乡人，除了一同南下的战友外，特别喜欢令狐阳的无私豪爽。患病期间令狐阳尽力相助，让王南下对令狐阳更是放心不下，生前托付宦德照看。吕大姐听盛琳说令狐阳犯了生活作风问题，凭她的理解，这是肯定要倒霉的错误。想起王南下生前说过的话，赶紧来找宦德想法解救。

细问过后，才知令狐阳也是与那个姓吴的女校长。宦德感觉蹊跷。听说盛琳坚决要离婚，令狐阳不答应，现已告上法庭要求判离。宦德与老伴相互看了一眼，劝吕大姐放心，说马上找宋书记了解情况，绝不会冤屈令狐阳。

吕大姐走后，宦丹丹从卧室出来，见两个老人正嘀嘀咕咕在议论，还不停地往自己这边瞅，估计他们又在打乱想。干脆一句话甩过去："你们别瞎操心，没有哪个看得起那土匪棒老二的。"

赵先玉用职业养成的习惯，不紧不慢说："刘县长，我知道你学的是伟人的签法。
但你要学，就学全，伟人在'已阅'后面是加了'照办'的哟。"

1.

自上次挨了批评后，龙云安连着找了令狐阳几次，打探高考秘方。按老办法
抓下去，他实在是没底，招数月尽了未必能完成任务。上次见令狐阳语气轻松，
好像蛮有把握。

令狐阳才当局长时，龙云安没拿正眼瞧过他。讲台都没上过，哪懂教学？充
其量也就一个混官当的角色。可没两年，宕县教育局势陡然转好，使他不得不刮
目相看。上次听他说抓高三毕业班工作，句句全是行话，还比深陷局中的人更多
几分清醒。见他表态信心十足，坚信他有啥鬼名堂。就眼下这一届，基础较前届
更差一些，若无奇招，完成上线任务无望。这奇招就希望在令狐阳那里。

令狐阳见龙云安着急，反而更踏实。应试教育就那几招，龙云安全懂，自己
也没新的。那天表态坚决，是为曹达和龙云安打气，怕层层高压下去，逼出事
来。去年就曾有学生跳楼自杀，费了好大的劲才平息下去。今年再不能出这伤天
害理的事。

龙云安每次来谈毕业班工作，对令狐阳恭敬有加，总想从令狐阳那里套出绝
招来。令狐阳总是敷衍了事，想当然地说了几招，如教研组长大换班，凡上年单
科考试考得好的老师当组长。这些年高考考得好的，大多是些年轻教师，工作责
任心和吃苦精神远不如老教师，但教得活，高考效果好。用他们来牵头，龙云安
担心全校都要松散下来，上线率掉得更惨。龙云安与曹达一合计，这些主意万万

使不得。

令狐阳见两人不听，不再说啥，急得龙云安猴子样抓耳挠腮的。

直到要高考报名了，他才亮出招来。什么高招？就一个数学游戏。动员那些升学无望的学生，放弃参考，要么提前报名复读，要么提前毕业。这样一来，升学率中的分母小了，还没有考，升学率就确定无疑上去了。这是后话。

龙云安不仅要绝招，更需要教师。宕中是省重点学校，普九验收是必查的，若是他们的教师学历都不达标，那全县就不用查了，直接"一票否决"。

令狐阳哪儿来的教师给宕中！全县已有十多年没分回一个本科生了。令狐阳搓了搓手，对龙云安说，趁现在大专院校还没放假，我们到省内几个师范学校去要吧！

令狐阳要刘君把各高完中送出去、尚在省内师范校就读的学生名册报上来。一看，也就二十多个人，他像顾惜"救命符"一样，小心揣好。约上龙校长，带着刘君，一同到省城几所师范高校联系要人。

先来到国家教育部直属的西南师大。令狐阳摸出"名单"，这里仅有三个学生。听说母校来人了，欣喜异常，见面后，握得手心起汗都舍不得丢开。说到家乡要他们回去从教，一个个脸上愁云密布，脑袋直晃。摆谈才知道，三人当中已有两人被北京、上海的高校要了，剩下一个留校。看到家乡来的局长、校长失望的样子，三位同学连进餐的兴致都没了，全婉言谢绝后早早离去。

令狐阳看此处没希望，叫刘君马上把住宿退了，连夜又赶到省属师范院校去。"名单"上的人数翻了一番，本科有六人，专科有十来人。

第二天上午，"名单"上的学生听说家乡来人了，竟来了三四十个人，这多出来的全是前几年送的委培生。房间坐不下，联系了一个小会议室。当刘君把来意说明，气氛稍稍冷了一下。其中六个本科生没望头，都已有了着落，全是国内省级城市学校要了的。专科中统招生基本分完，偶有几个未分的，是不想从教，正找门路改行。几十个委培生，也全被沿海的福建、广东的城市要了。沿海城市改行挣钱的多，教师缺口更大。令狐阳曾接触过那里的教育局长，他们抱怨当地领导不重视教育，说一找他们汇报工作，就拨一笔款给你了事。令狐阳听了好感慨，能拨款就行了，这样的好事，我们做梦都想不到手。人家还是摇摇头说，有钱又能怎样？有钱又买不到教师。还老老实实同令狐阳商量，他们拿钱来换人。令狐阳苦笑，自己是又缺钱，又缺人。缺钱还可以赖，可以借，缺老师可没办法借，没办法赊。看来统招生没多大希望，委培生再也不能跑了。

令狐阳向大家说了全县缺老师的事儿，恳请大家回家乡为教育事业效力。并许愿专科生不分到村小，保证一人一间住房。见大家反应冷淡，令狐阳露出土匪原形，半开玩笑半认真地说："请同学们注意，你们是签了委培合同的，你们不回去，我明天就去学校打招呼，到时候你们毕业证由教育局统一领回去，信不信在你们。"

会议室一片哗然，连窗外的雀雀鸟鸟，都一起叽叽喳喳吵闹起来。

2.

盛三青新近很神气，自婆婆的丧事办完，姑姑给了他一部手机。表弟斌斌也闹着要，被姑姑一巴掌下去，脸上留下五个指印。不怪盛琳手狠，她心中很烦，本想换了门锁后令狐阳会着急，会乖乖地来求她。哪知他倒乐得自由，成天悠哉游哉地上班、下棋。盛琳怀疑令狐阳外面有人，以他那骚劲，不会憋这么久的。细心摸排，嫌疑对象太多。担心疏于防守，别这边斗气还没见分晓，那边男人心更野了，反倒成全了他的花心。盛琳读初中时，曾是女子篮球队员，知道防守技术，区域防守和人盯人双管齐下。

盛琳私下找到一位擦鞋的叫杨珍，要她到茶园斜对面去摆摊，路段冷清点，一个人擦鞋没人争生意，收入反而会增加。另外许愿给她一个BB机，每月给她一百元钱，任务一个，只要看见那个姓吴的女校长来了，就发信息给盛琳。

杨珍说："你屋里那个我认得，原先在蔡家巷擦鞋时，隔条街都能听见他喊'将军'。那个姓吴的长成啥样，我就不晓得了。"

盛琳摸出一张会议合影照，指着吴媛说："就是她。夹在中间这个，认清楚了哈，别搞错了。"随手递过一张百元钞："给，这个月的预支。"

杨珍自然乐得，捣蒜样直点头。

这就是她的区域防守。

人盯人的任务交给了侄儿盛三青，不然咋会平白无故给他买手机。要他每天盯着吴校长，只要她不在学校，马上告诉盛琳。三青早就想要手机，高兴之余还是问姑姑："盯着她干啥?"盛琳说："大人的事,你别管。"三青"呃"了一声,算是答应。等盛琳走远,仍是不解地自问自答:"又叫我不管大人的事儿,又来叫我把她盯到,到底管还是不管?"

这天一早,盛琳先是接到盛三青的电话,说吴校长离开了学校。隔了几个钟头,又接到杨珍的信息要她快去。盛琳抓紧赶去,把杨珍喊到一僻静处,听她讲:"令局长进去了不久,有一个女的也进去了。现在还没出来。"

盛琳问:"是不是照片上那个。"

杨珍说:"有点像,从没见过。"

盛琳一听,认定是吴媛,气得眼珠子快要瞪出来了。袖子一挽,就要冲进去捉奸。杨珍一把拉住她说:"大妹子,这个男人你还要不要?"

盛琳瞪了她一眼,说:"废话!我不要,我还来管他?"

杨珍说:"若是这个男人你不要了,我与你一路进去,好好羞辱姓令的。若是你还要,我劝你等一等。"

盛琳嘴角一咧,似笑非笑,抖着嘴唇说:"你叫我等?"

杨珍点点头。

盛琳气忿地说:"让他们舒舒服服把那事儿做完?你到底是帮他,还是帮我?"

杨珍"唉"了一声,说:"我当然是帮你呀!你不是说还要这个男人吗?若是一进去捉住,事情敞开了,再也捂不住的。到时候这个男人你想要也要不成了。"

杨珍见盛琳犹豫了,继续劝道:"大妹子呀,听我的,你就在我这儿坐会儿。我给你擦鞋,等那两个出来,你前去恨他们两眼,让他们晓得已败露了。我包你那个男人回去跪着给你说好话。"

盛琳没吱声,把气压了压说:"好,听你的。"两人回到摊前,盛琳掉转椅子,斜对着茶园门口坐好,跷起脚让杨珍慢工细活擦起来。人急时间就过得慢,两只鞋才清洗完毕,鞋油盖打开还没上油,盛琳那火爆脾气实在忍不住了。"呼"的一下站起来,没等杨珍反应过来,她已几步跨过街,冲到对面茶园去了。杨珍暗叫一声"拐了",连忙收起家什逃之夭夭,唯恐走慢了,血会溅到她身上。

余茗正低头捅着火炉里的灰,他老婆眼尖,见盛琳气冲冲闯进来,立即扯了男人一下,故意大声喊道:"盛妹子,你找谁呀?"

盛琳没理睬她,黑着脸往里闯。余茗正了身起来,挡着她的去路,同样黑着脸对她说:"这又不是你家里,想进就进,太随便了吧!"

按说开茶馆的都是好脾性，摆开八仙桌，招待十六方。可今天不同，余茗与令狐阳啥关系？铁杆棋友，让这个女人进去胡闹，那不毁了令狐阳一生。今后，他姓余的还见不见朋友？这茶园还有没有人肯来了？事到关头，余茗只能豁出云了，把往日的和气收在心里，同样圆瞪着一双眼睛去横着。盛琳正气头上，也是软硬不吃，伸手想掀开余茗，被余茗的老婆死命拽住，口里直说："姓盛的，我与你有仇呀！三番五次来闹事，你还要不要我们做生意了。"

棋友们都围了过来，层层挡住盛琳。七嘴八舌一片指责声，唾沫星子直往她脸上飞，都说没见过不要男人回家的女人。

越是挨骂，盛琳越是感到委屈，偷人的你们不管，反倒数落起老娘的不是来了。火气上来，非要把人揪出来亮亮相，至于要不要这个男人，已不管不顾了。她边往里挣，边嚷："把那个姓吴的叫出来，老娘要撕烂她的脸盘子，看她还偷不偷男人！"

余茗听盛琳一口一个姓吴的，知道她又是胡来。递了个眼色给老婆，他老婆会意，对盛琳说："姓盛的，你别横，我去给你叫出来，你今天不说清楚，我也不会依的。"话完，对着里屋喊了一声："三丫头，你出来一下，让外面这个横婆娘看看。"

里面"呃"了一声，出来一个农村妇女，是余茗的姨妹儿，到姐姐这里来有好几天了，正在里屋看电视。听外面有吵闹声，本想出来看看，又舍不得丢下精彩片断，听姐姐一喊，才知道把自己扯进去了。这女人在乡下也是一个不让人的，平白无故地被人污上，憋着满肚子气拱出来，嘴里不干不净地骂着，走拢就抢起巴掌扇过去，口里嚷道："你个龟婆娘，几时把老娘的姓都改了，老娘不姓吴姓扇，扇耳光的扇。"说着又是一耳光扇去，被余茗挡住。

盛琳两只手被人拽着，无法还手，忽地钻出这么一个母夜叉来，心里早虚了一半，身上的劲也软了一半，一耳光下去，剩下的一半也没了。嘴里还是在喊："不是这一个，不是这一个！"

余茗的姨妹见她还不服气，手扬起又往拢扑，余茗死死拉住，对盛琳吼道："你还不走，想再挨几耳光不是？"众人会意，拉的拉，推的推，把盛琳往外弄。盛琳死活不走，一屁股坐在地上哭闹起来。这时手机响了，她勉强止住哭声，打开手机接听，是三青打来的，说吴校长回来了，正在食堂吃午饭呢。盛琳这才想起，可能是那个死老婆婆看走了眼。把眼泪一抹，说了声："姓余的，今天不跟你多说，这一耳光迟早要还给你。"说完，忿忿逃出去，想找杨珍算账去。出来一看，哪来个杨珍的影子，街两旁尽是瞧热闹的人对着她笑。

3.

盛琳走了，茶园一切照旧，下棋的重新围起。余茗抓紧进去报信，一推门，里面拴得紧紧的，余茗微笑着敲了两下，隔着窗户把话送进去："她挨了一耳光走了。"

里面确实有个女人，是纪青。一大早就约令狐阳见面，说有重要消息告诉他。令狐阳有事走不开，叫她在电话上说。纪青说，有关教育上进人的事，问令狐阳想不想听，不想听就算了，话完就把手机挂了。令狐阳正为这事儿犯愁，赶紧又打过去，约好十点过到茶园后面房间见面。

杨珍没说错，她是不认识纪青。听说那天盛琳挨了打，意识到自己惹了祸，第二天就回了乡下，再没敢在县城露面。

纪青听说盛琳走了，擦了擦额头上的汗水，待心跳稍缓过来后，把先前中断的话头拾起，继续说下去。

令狐阳脸色始终板起，对纪青的好心好意通消息，竟忘了给一句感谢话。听纪青说，刘强因今年地方财政收入不好，全县工资发不出，正发钱友的气。钱友解释，财政供养人员增加太多，单是教师，去年就新增五百多人，据说今年还要分回来近千人。刘强更是生气，叫人事局查一查编制。人事局局长带着宦丹丹过去，翻起报表汇报，教育上定编六千五百人，现在已超编二千三百人。钱友说照这样增加人，谁来当财政局长也没法保证供给。

纪青叫令狐阳不要怪她家老钱，也是压力太大不得不叫苦。令狐阳点点头表示理解。对宦丹丹的做法容忍不了，她在刘强面前点火说，全县也就教育上各行其事，根本不把县长和人事部门放在眼里。还说令狐阳一个人不知签了多少委培合同出去，今后这些人陆陆续续都要回来找县长要工作，据说今年就有一千多人。还说令狐阳送人情，县政府来埋单。如果其他部门都跟着学，这政府人事部门干脆取消算了。

刘强的态度，不用纪青说，令狐阳都会想到，肯定是咬着牙齿，说你令狐阳逞能，我就要你逼不了能。还真是这样，纪青告诉他，刘强已决定，今年委培生一个不要，哪个签的合同哪个安排。

纪青满怀作乐的兴致而来，经盛琳这一搅，热情消退好几分。再看令狐阳脸上愁云密布，一丝激情没有，更是兴致顿无。临走时，纪青吊着令狐阳生硬的脖子，在他木然的脸上"啵"了一个，悻悻离去。

4.

令狐阳急匆匆地敲开奉志的办公室，找个位置一屁股坐下去，一双眼睛直直地盯着奉志，显出既无奈又无助的神情。

奉志一看，就知他是来求救的，不知是哪河水发了。先前令狐阳打电话联系时，奉志问过他，他啥也没说，只说过来找他有事。

奉志丢下手中文件夹，起身过来坐在对面。问他又是哪儿垮房子压死了人？令狐阳闷起不开腔，全当没听见。突然开口问一句："奉书记，这书还要不要人教了？"

从半空中掉下来一句话，奉志感到突兀，摇摇头，意思是没听懂。令狐阳当他没听清，舔舔嘴唇，做了浅显表达："全县差这么多老师怎么办？"

奉志皱了皱眉头，说"这才怪了，教育上缺什么找教育局长呀！这话该我问你，差教师怎么办？"奉志重复了一遍，凭着手中权力把滚烫的炭圆塞回令狐阳手中。

令狐阳气鼓鼓地说："你当县长时我就汇报过，全县教师缺口大，想方设法送了些委培生出去，现在要回来了，人家不同意安排。"奉志终于弄清他来干啥了，八成是刘强给他挡住了。事关县长，奉志不能轻易表态。平和地问道："是不是刘县长不同意？"

令狐阳气呼呼地说："不是他还有谁？"

奉志开口笑了："你去对他说，送委培生是我当县长时同意了的。"

令狐阳脸一掉，说："要说你去说，我去说不好。他还认为我打着你的牌子压他。以后你们闹矛盾，还会怪我挑拨离间造成的。"

奉志认为这么点小事，不为难令狐阳。来到办公桌前，拿起电话拨到人事局："人事局吗？找张局长。……我想问问今年大中专毕业生分配方案定了没有？唔！"

电话里张局长把刘强的意见详细说了。当听说委培生一个不分时，奉志插话问到："委培生不分的依据是什么？"

张局长答道："人太多了，财政负担不起。"

奉志"唔"了一声，轻松地说："就多一百把人，分了算了。什么？一千多人？唔，教师子女居多，其他部门有意见。唔，那我再了解了解。"

奉志搁下电话，来到令狐阳对面坐下，严肃地说："这就是你的不对了，说好一百多人，现在钻出一千多人来，大多数还是教师子女。财政负担不了不说，党政干部的子女怎么办？这事儿搁不平，我也帮不了你。"说完，起身坐回原处，拿起文件夹看起文件来。

令狐阳见奉志不愿理这事了，矮下身来求奉志："你再听我说几句，说完我就走。"

奉志眼睛没离开文件，说："你说吧，我听着。"

令狐阳见他懒心无肠的，索性站起来说："我当局长这几年，在校学生增加了十万，老师只增加了三五百人。明年省上来人验收普九，后年国家验收。皇帝不急，我当太监急个屁。"说完就出去了。

奉志听说在校学生增加了十万多，着实吃了一惊，这一惊比先前增加一千多名教师还震动大。想了想要说什么，抬头看令狐阳已走了。忙打电话给下面秘书科，叫人把令狐阳给拦回来。

令狐阳回来了，仍坐在原位置。先前人走到楼下，心中的疙瘩也放在楼下了。现在脸上再没怨气，平和得皱纹都没有一条。

奉志又坐在对面，王伟也进来了，倒了一杯茶水放在令狐阳面前。奉志嘴角咧开一丝缝，笑意流了一些出来。问令狐阳："这件事我没搞懂，学生增加这么多，你这几年还不是照常上课，没见出啥事？"

令狐阳这才知道县太爷为什么不着急，是因为没出事就不着急。虽说是无病不吃药，也不能屎来了才挖坑吧！令狐阳对奉志说："你们就记得考了几个大学生，几时关心过小学生的事？过去是没有教室，八九十个人挤一间屋，也就一个老师管着。现在有教室了，八九十个人用两间屋装，一个老师就不够了。县太爷高瞻远瞩，不会看不到这个问题吧？"

奉志没见令狐阳的气，点点头表示同意，问："你还要多少老师才够？"

令狐阳天天在琢磨这事儿，数字就在心中，一口报出："按普九要求，还差六七千人。"

奉志一听脑袋都大了，打断令狐阳的话说："别去搬标准，说个最低数，要保证验收过关至少还缺多少？"

令狐阳暗自算了算，说："至少还差四千人。"

奉志说："就算刘县长答应你，你从哪儿去弄这么多教师？不是空话。"

令狐阳把他们在各高校去要人的情况说了一遍，最后说："离省上检查验收还有两年，离国家复查还有三年。我们争取每年进个千把人，到时差一点还遮掩得过去。"

奉志点点头，说："照你这样说，这委培生还一个不能少？"

令狐阳说："事情明摆着。你们一个不要都可以。"

奉志转脸吩咐王伟："通知人事、财政和分管教育的副书记，副县长过来下，刘县长到市上去了，我们先来议一议怎样解决好。"

不一会儿，该来的都来齐了。人事局张局长还让宦丹丹将人事上进人和编制管理规定全部带上。

令狐阳见状，打电话给办公室刘君，叫把《义务教育法》《教师法》，从中央到省市县各级的决定意见统统带来，就在奉志的办公室里"赛"起"法"来。

令狐阳先发言，还是前面那些理由，快言快语几句挑明。

奉志问钱友的意见。钱友表态鲜明，听县委县政府的。奉志不爱听这话，批评道："专门叫你来，就是要听听你的意见，再增加这么多教师，财政供给能不能保证。"

钱友笑着说："若依本县财力，连现有人员的供给都靠上面借款发工资，再增加几千人，还是借款发工资，只是借多借少的事儿。"

轮到人事局张局长，他态度鲜明、坚决。让宦丹丹把报表拿出来念给大家听：全县教育上定编数，实际在岗数，超编两千多人。接着，张局长一字一顿地说："人事管理有规定，有规定就得要执行，没有哪个部门特殊例外，人事部门只能照章办事。"

令狐阳晓得张局长的话全是针对自己来的。这几年，教育上进人没经过人事部门，他们憋着一肚子气，早想瞅机会治一治这个刺头。令狐阳认为，教师不是干部，不关人事部门的事。令狐阳听姓张的振振有词，宣传所谓规章制度，十分厌恶。尖酸刻薄的话冲口而出："说到人事，我就脸红。别看我在发通知，把教师从这儿调到那儿，其实那是不要脸的行为。教师就是个自由职业者，谁也无权把他调来调去。教师到哪个学校去应聘，纯属他自己的事。我不要脸，还沾点教育气味，还有比我更不要脸的，与教育八杆子打不着，硬要来管教师招聘去留的事。"

这话实在难听，近乎骂人。张局长当然不舒服，斥问道："姓令的，你还嫩，我来告诉你，你还没生下来时，人事部门就在管教师了。"说着，从宦丹丹手上接过《人事管理文件汇编》，"啪"的一声扣在令狐阳面前，教训道："这是国家的明文规定，你仔细看看。教师的编制，调动，职称，退休，福利……样样都在人事部门职责内，你敢说发文件的部门领导也是不要脸？"

令狐阳冷冷一笑，说："别拿本本来吓人。"说着把刘君面前的文件取过来，一件一件地摆在桌上，说："你看好，这是中共中央决定《教育改革和发展纲要》，这是全国人大常委会通过的《义务教育法》和《教师法》。这是省上和市上的实施意见。你也好好看看，我说你不要脸错没错吧？"

对人事以外的文件，张局长确实没看过，一时还被问住，扯过一本就要查个究竟。

奉志参加过省市教育工作会议，知道令狐阳说话的含义，制止张局长说："别去翻了，上面是有教师实行招聘的规定，那是今后改革的事儿。今天莫扯远了，这学校缺教师怎么解决？"

宦丹丹看不惯令狐阳得意样子，忘记了自己的股长身份，一句话冲出口："刘县长定了的，统分生全部安排，委培生谁签的合同就找谁。"

奉志脸色一下阴沉下来。张局长见状，赶紧用脚踢了宦丹丹一下，忙把话圆过来："我们听县委的，奉书记你怎么说，我们就怎么办。"

奉志当过县长，知道没有县委书记会在下级面前公开纠正县长的决定。但对下面的人摆不正位置，拿县长来顶县委书记心中确实不快。阴着脸对王伟说："你同刘县长联系一下，把这事儿交下次常委会决定。"说完挥挥手，大家知趣散去。

走到人稀处，张局长对宦丹丹好生埋怨："你咋那样不懂事？在书记面前搬出县长来有个屁用，自讨没趣。"

县委常委会如期召开，刘强会前找了钱友和张局长，要他们在会上大胆发言，把财政困难讲够，把令狐阳私招乱聘的危害说透，坚决不能松口安排委培生。两位局长在县长面前哪敢不答应，下来两人一对眼，约好在会上少说为佳。夹在书记县长中间过日子得麻木点，不然两边一斗气，你一脚踢过去，我一脚踢过来，当足球也不是好玩的。

常委会上，由令狐阳先介绍了师资现状，缺口和委培生的由来。令狐阳坐下后，刘强点名财政局长发言。钱友不敢抬头，既不看刘强，也不看奉志。埋头先念了一通报表，说明一个问题——缺钱，即使一名教师不增加，财政也要借钱发工资。

轮到人事局发表意见，上次宦丹丹闯了祸，这次张局长亲自发言，也是先念了一通报表，数据最实在，然后说明全县严重超编三千多人，其中教师超编两千余人。至于对令狐阳的指责，没敢多言。

两人的发言顺了刘强的意，又给奉志留了调整余地。

接下来是田智发言，他扶正眼镜，开口就是："我分管教育，我自然该为教育说话。"这话是奉志会前对他说的，他只把"你"改成了"我"。他继续说："三个局长的话都有道理，我的看法有点不同，没有钱可以借，没有编制可以调整，没有教师，可是上不了课的，误人子弟从来都不是好名声……"

没等田智话说完，刘强坐不住了，打断了他的话："老田，你就直接点，委培生分不分？"

田智笑笑说："我不是说得很明白了吗，我要为教育说话的。"然后闭嘴不再吭声。

刘强不愿再听到这样的话，问清田智说完了，马上接过来说："三位局长的话我都听了，我也想做好事，讨大家喜欢。人民代表选我当县长，方方面面都要负责，一碗水得端平。怎样才能端平？那就是坚持原则，按规定办事。不然，这个家不好当。什么是规定？编制就是规定，财政收支平衡就是规定。这不是农村妇女带娃儿，会哭的娃娃多吃奶。教育上超编两千多人，而教育还在喊差人。人都到哪儿去了？有人做了统计，光是占编不在岗的教师就有五百多人，该不该清理回来？今年回来的统招生就有三四百人，合理安排就够了。至于委培生，当年送

295

出去时没有找县委政府领导，教育局长一个人签了就是，据说大多数是教师子女。他们安排了，其他人怎么说，总不能全部来个内招。都搞世袭制，领导的儿子当领导，公安的儿子搞公安，那还要人事部门做啥……"刘强一番话说得声色俱厉，震得会议室嗡嗡响，个个屏住气息听。当刘强一声"我反对"结束发言后，好多人还没回过神来。

刘强的话没震住令狐阳，反而激怒了他。他不顾上下级关系，接过刘强的话就说开了："刘县长反复提到编制，教师的编制该怎样定，刘县长你不懂！回去问你爸爸才晓得。"这话像教育小孩子样，让在座的人捂住嘴想笑不敢笑。

令狐阳确实不是想占刘强的便宜故意挖苦他。刘强的父亲是中学校长，了解教师的编制来历也是实话。至于得罪人不？令狐阳没管这些，只管心里有的全倒出来，"教师的编制是按师生比来定的。你用十多年前定的编制，拿到现在来用行吗？那时多少学生？现在多出了十多万人，你不增加教师说得过去吗？是有五百多教师占编不在岗，到哪儿去了？你去查一查，这县上哪个部门没借用教师？县委政府两个大院就一大堆，二指宽一个字条就把人调走了，教育上留都留不住，你还能怪谁？委培合同是我签的。缺人的事，我一个一个菩萨都磕头作揖求过了，谁给解决一个人的？你们不解决人，还不准我们自己想办法呀？这批委培生中，教师子女是不少，教师子女当教师哪三种不好？国家考试还加分呢！一样师范院校毕业的，一样的毕业证。你不愿要，人家还不愿回来呢！是我们去苦苦做工作请回来的。不要认为不安排这些人我会作大难，作难的是宕县的人民群众，子女读书没人教……"令狐阳正说得起劲，奉志一声"好了好了"把他打断。眼见刘强的脸色越来越难看，当班长的奉志怕他下不了台，赶紧止住令狐阳的发言，说："你们几位局长情况都介绍完了，可以离开回去，我们继续开会。"

三位局长出来，相互闷着。令狐阳见树上几只鸟儿喳喳喳叫得欢，心中越发生气。一石扔去，"扑"的一声四散开去。

下午，王伟告诉令狐阳，县委决定委培生全部安排，由县政府出文执行。令狐阳不相信问："刘强答应了？"

王伟说："他一个人不答应也不行。"王伟还转告令狐阳说："奉书记要我告诉你，会上说的那些话不要在外面说。刘县长那里要主动去缓和关系，闹僵了对谁都不好。"

令狐阳说："我知道刘县长最近烦，不是因为我。"

刘强最近确实烦。曹达与宦丹丹闹离婚的事，全城都知道了为啥，只是男女双方都不指责对方不忠，一口咬定性格不和。开始宦家还想挽回这段婚姻，后来，曹达骚扰吴媛的事传来，宦家也下决心离了。宦丹丹暗地逼刘强同在市上工作的妻子分手，他心情不烦才怪。

5.

暑假快过，委培生愿回来的都回来了，尽管令狐阳张开双手左拦右拦，还是有一半的委培生去了沿海。

县政府的毕业生分配文件迟迟没签发下来。令狐阳一打听，龙文章总是说："快了！快了！刘县长没忙过来。"

令狐阳没搞懂，签个名咋这样难？眼看新学年开学了，文件还是只听楼板响，不见人下来。令狐阳心一横，把已报到的新老师全分下去，计财股问财政不拨款工资怎么办？令狐阳手一挥，学校先垫着。

又垫了两个月，仍不见文件下来。令狐阳急了，打电话问八庙的校长李士林："赵老师的身体怎样？"

李士林说："最近大有起色，早晚已能在操场散步了。"

令狐阳问："赵老师的儿子赵彬安排在哪儿的？"

李士林说："按你的要求分在乡小，顺便照顾他父亲。"

令狐阳吩咐道："你叫赵彬陪他父亲明天到县上来一趟，催一催刘县长把分配文件签发出来。"

李士林会意，立马出去找赵彬。

第二天又是县长接待日。一大早，政府办公楼前就站满了人。自从布鞋厂的事办砸了，刘强交了一大笔学费，现在学乖了，大事小事，他还是拍板，再不拍板该怎么办，而是拍板该准去办。由一球扣死，改为二传手。就这二传，也有传不出去的事。今天，笫一个就是八庙乡赵先玉一大拨人，来找刘强要分配文件。

赵先玉由儿子赵彬扶着，颤颤巍巍地进来坐下。龙文章把"状纸"接过来递上去。

　　赵先玉自我介绍说，他是八庙乡的老师。刘强习惯性地把令狐阳看看，似乎在说，你小子麻烦来了。一努嘴儿，叫把"状纸"给令狐阳。可接下来一听，是找县长本人的，伸手又把"状纸"要回来。边看边听，才知是来催毕业生分配文件的。这事推不脱，是该自己办。不等赵先玉说完，伸手止住，说："这文件我已签了，你们回去等一等。"

　　刘强原想一句话把这事儿打发过去，没想到赵先玉又说话了："刘县长，你签是签了，你只签了个'已阅'呀！"

　　刘强点点头："是啊！我看过了。"没说出口的话是：我就写了那两字，咋了？你还能管县长怎样签字吗？

　　赵先玉用职业养成的习惯，不紧不慢地说："刘县长，我知道你学的是伟人的签法。但你要学，就学全。伟人在'已阅'后面是加了'照办'的哟。"

　　刘强脸一红，本想用点小权术拖一拖，让令狐阳看看脸色，没想到被一个乡下老师奚落。平日里都是自己训斥这个那个办事拖拉，而今被人当堂扇了耳光，还不好发作。忍着气对龙文章说："记住，就按这位老师说的照办，明天把文件发出去。"

二十　万一有失

这次令狐阳的反常让盛琳打了个冷噤，隐隐约约感觉到爱情游戏要结束了。分手再不是猜想，好像确切无疑会在明天发生。

1.

燕宏通知令狐阳，做好准备迎接省上普九检查验收。令狐阳感到紧张，虽说丑媳妇迟早要见公婆，还是想晚一年，事儿办得体面点。燕宏说这是省委的安排。全市从明年开始，分三批接受上级验收。就眼前的状况来看，宕县在各方面还过得去，定为第一批。当然，最终还得由省上抓阄决定。为促进下面工作，市上在年底前要进行一次初查，第一站就是宕县。

令狐阳急了，嫁衣尚未做好，迎亲的锣鼓老远就响起来了。赶紧把迎检材料拢一拢，带去给刘强汇报。

龙文章带他去刘强办公室，路上悄声告诉令狐阳："刘县长离婚了，正郁闷中，说话要小心点。"

刘强脸上刮得溜光，真个开了新生面，说话声音很爽，看不出他哪点郁闷。听了令狐阳的汇报，看是市上的安排，便问令狐阳有几成把握？

令狐阳表白，他也是大姑娘坐轿第一次。想到了的都在做，好或孬只有检查的人说了才算数。

刘强说："那就等市上检查后，按他们提出的意见来完善。"并答应向市上做工作，推迟一年更好，不行也只有硬上。

快到年底，燕宏来了，还带了十几个人来。上半年，燕宏参加了省上对邻近县市的验收，装了一袋表格回来。这次下来，照葫芦画瓢，搞一次模拟验收。

到了县城后，才开始抓阄，一切听从天意。刘强见燕宏认了真，心虚地拉令狐阳到一旁，悄声问："真抓呀？"

　　令狐阳应声："啊!"

　　刘强说："不抓不行吗？"

　　令狐阳说："这是省上学来的程序，不能走样。"

　　"那抓着差的地方咋办？"刘强心里无论怎样恼怒令狐阳，眼前检查是代表全县的，若有闪失，第一个脸上无光的，是他这个当县长的，奉书记那里不好交代。此时他的心少有地与令狐阳想到一起了。

　　令狐阳说："就是在练习一抓一个准的手法。不知学不学得会。"

　　刘强一想，还有这事？不放心地问令狐阳："你学得会不？"

　　令狐阳笑着说，只有试试看。听这话，刘强脸上露出不悦，对令狐阳说："必须保证万无一失。"

　　令狐阳也想万无一失，但就是不想让刘强放心。他放心了，就不管教育。时下这些领导，说不重视教育那是假话，一个二个把自己娃娃的教育看得比命还重。对教育事业不敢恭维，多是阴不照，阳不管。只有上面催逼紧了应付两下。令狐阳就是想利用普九验收的压力，从刘强那里为教育挤出更多的油水。像小孩子盼过年，望着最后的压岁钱。说到抓阄，就一个耍魔术的障眼法，检查的人想让你过关，乱抓都会是你准备好了的地方。若真要为难你，准会抓出你想都想不到的地方。

　　抓阄在政府会议室进行。一个透明塑料盒装满纸团，由工作人员端出来。

　　燕宏接过来摇了摇，伸手进盒子里拈了一个纸团出来，打开亮给众人看，是龙寨小学。全场的人为燕宏的神手"哗哗"鼓掌。又摇了摇，伸手进去再拈一个出来，打开亮给大家看，八庙小学。这不仅是神，简直成仙成佛了。掌声比先前更加激烈。

　　抓阄后，客人们去休息。刘强与令狐阳一同走出会议室，笑着问令狐阳："你搞了什么名堂？"

　　令狐阳说："没搞啥名堂。是你当县长的洪福大，一抓一个准。"

　　刘强也就问一问，见令狐阳不愿细说，也无心细问，说声："你们抓紧准备。"独自去了。

　　令狐阳分别打电话给吴媛和李士林两位校长，问清局里的人早到了，又问他们准备得如何。两位都说，一切按局里要求准备就绪。并再三请令局长放心，让他回家好好睡觉去。

检查验收忙了三天，第四天上午在县委常委会议室里，奉志率四大家领导听取市上检查组的验收结果。

通报情况由市教育局基础教育科查科长主讲，先是说了一大通的成绩，什么当地最漂亮的房子是学校，教师地位提高，真正成了太阳底下最光辉的职业……等。喜得常委一班人咧开嘴儿笑嘻了。

紧接着，查科长话锋一转，板着脸说，综合检查的情况，还存在不少问题，主要有以下几个方面。一、活动场地不够。全县包括省重点中学宕县中学在内，没有一所学校达标……二、师资严重缺乏……三、扫盲教育尾巴太大……四、实验室、图书馆全部不达标……像四层封口胶布，一下把常委们的嘴儿封得紧紧的，再没人能笑出声来。

轮到燕宏宣布验收结果，他很委婉地再三表示歉意，说昨晚上市委袁书记指示，要严格要求，不能勉强过关。对不起了，只有宣布这次验收不合格。

燕宏走了，把问题留给了宕县县委政府。令狐阳埋着头被奉志训斥后，再被叫到刘强那里训斥一番。令狐阳不做任何解释，心想这点训斥算什么！他内心要的就是这个不合格。这些干普九，没见过县委政府那伙人着过急，像刘强那样不近人情的还在一旁设障碍，蒙混过关了大家得表扬，这不公平。

奉志和刘强坐不住了。两位都知道，这些问题既不是令狐阳造成的，也不是令狐阳能够解决的。光训斥令狐阳不起作用。

在检查组离开的第二天，奉志召开了专门会议研究普九问题。

说到活动场地，奉志问令狐阳普九标准是什么？令狐阳依实说道："高完中要有四百米圆形跑道，县设初中二百米圆形跑道……"

这些当官的那晓得这两项规定的难度，单就一个400米圆形跑道就占地24亩，比乡下一所中学的现有面积还大。

刘强抢先表态，自各区调整土地，就近划拨。

令狐阳一听，正中下怀，脸上稳起不言语。正是这一决定，全县新增校园面积上千亩。

议到缺教师时，奉志问今年回来了多少？令狐阳懊丧地回答："还是跑了几百人到沿海，只回来了七百多人。"

田智提醒:"这教师是个硬指标,不达标就通不过。"

令狐阳借势要求人事部门按国家规定的师生比确定编制,差多少补多少,免得超编不好管理。

刘强不干了,按那样算,不还要给你加几千个名额出来,谁来拿工资。

奉志稍许想了想,说明后两年,还按今年的方法再大量进两批,等国家验收通过再说。此后没过几年,教师工资统一由省级财政转移支付解决。刘强自己都后悔当初阻拦,若是放开手,多进些教师,啥事儿都解决了。

议到扫盲,常委一班人望着令狐阳,要他解释什么是尾巴过大。不怪他们不懂,普九以来,令狐阳从没把扫盲当回事,别说抓在手上,连领导面前也没提过。现在见他们一个个眼睛发愣,只得从头道来。

令狐阳笑笑说:"这事儿一两句话还说不清楚,只能说我们扫盲考试没搞好。龙寨乡廖胖子安排些初中生去替考,字写得太流利了。场外的真文盲看了都在发笑。40分钟的考试,5分钟不到就全部交卷出来了,不露馅才怪。"

大家听了哭笑不得。

奉志说这事不扯了,就交令狐阳好好总结教训。下次还办不好,你这局长也别当了。等省上检查时,各区乡的一把手亲自配合,不信过不了关。

最后一项是实验室和图书馆的达标。令狐阳说这事好解决,只要财政拨款就行,仪器图书买回来就达标。

奉志问要多少钱?一听上千万元,脑袋一晃不言语了。

刘强问:"是不是非要不可?我们读书那些年,没上啥实验课,不也读出来了?"

田智不赞成,说:"现在不同了,高考要考的。我们这些年高考上线率低,就在这上头丢分不少。

又是一阵沉默。

令狐阳怕会开僵了,少得不如现得,得到一点算一点。打破沉默开口建议:"全部按要求配齐肯定有困难。为了过关,就按普九验收要抽查三分之一的要求,配三分之一行不行?"

刘强暗中一算,也是好几百万,仍是摇头说:"没有钱?"

奉志拍板了:"这样子,再少一半下来,按15%配置。"

令狐阳心中暗喜,终于要到一点了,总比一分钱不给,自己还得想法去买。

没想到刘强连这点钱也不想给，提醒奉志："财政拿不出钱。"

奉志说："我知道，在教育附加中开支。"

听说在教育附加中开支，令狐阳霍地站起来，大声叫喊："奉书记吔，那钱是支建修款的哟！"

奉志把手一挥："先扯来用着，就这样定了。散会！"

令狐阳不甘心，还在大声叫唤："到时候揽头锁门，我没有法哟！"谁也没有理他，一个个夹起文件包走了。

2.

令狐阳刚出办公大楼，吕晓迎上来说："令狐叔叔，姑姑请你去吃饺子。"

令狐阳自被赶出家门后，再没回去过，朝那方向望一望都心酸。男人有泪不轻弹，只因未到空闲时。晚上孤灯独影，辗转难眠，实在睡不着，拿一本《象棋残局》硬往脑子里塞，用楚河汉界的硝烟掩盖眼前的烦恼。不知从哪儿得来信息，吕大姐三天两头叫令狐阳到自己家吃饭。伴着北方面食，总有老大姐的规劝："男人大量些，原配夫妻好，当领导要顾影响……"翻来覆去地念叨。令狐阳想，若是自己妈妈在，恐怕也会这样子说。好多时候不愿再听了，借口有应酬躲着不想去，又怕次数多了伤吕大姐的心。

今天派吕晓来堵住大门，料想推不掉的。乖乖地跟在吕晓的后面，进了吕大姐家门。

宦德和老伴早来了。见令狐阳进来，吕大姐赶紧招呼大家入座。把热腾腾的饺子端上来，放上两只酒杯，从哪儿找出一瓶土灶小曲，用围裙擦了擦，搁在令狐阳面前，说："宦大哥要到市上住了，你好好陪他喝几杯，有啥话多唠一唠。"

令狐阳打开酒瓶，将两只酒杯满上，端到宦德面前，恭敬地说："宦老革命要搬新家了，这杯酒祝贺你家乔迁之喜。"

两人将满满一杯酒一口咽下。放下酒杯，令狐阳问道："咋想起要到市上去住？你们走了，我们吕大姐还不惯呢。"

宦德夹着饺子刚放进嘴里说不出来，他老伴开口了："你还不知道呀？丹丹调市人事局了，我们跟着要搬去，这就来告个别。"

令狐阳将一个饺子放进嘴里，边嚼边问："那曹达去不去呢？"这些老革命的子女调动工作不新鲜，曹达跟自己是一个单位的，他的去留值得关心。

提到曹达，宦德将筷子重重一搁，端起杯子独自闷了一大口。吕大姐过来扯了扯令狐阳衣角，用眼神示意他不要提曹达。宦德的老伴淡淡地回了一句："丹丹与他分手了。"

令狐阳知趣，赶紧给宦德满上，端起杯子把话题岔开："宦老革命到市上了，别忘了常回来看看我们。"

宦德端上杯子又闷了一口，没言语。他老伴叹了口气，说："唉！到时候怕是你躲都躲不赢，额头撞破了都装作不认识。"

令狐阳着实不明白两位老人咋这样说，还在想咋回答。吕大姐接过话来说："令狐阳不是那种人，另说个人差不多。"

宦德又端起了酒杯，令狐阳赶紧端上杯子，说声："请！"陪着喝了一口。他老伴又开口赔起不是来："这些年，丹丹为曹达的事得罪令局长不少，还望别生她的气。"

令狐阳终于听明白了，两位老人是为宦丹丹赔不是来了。杯子轻轻放下，对两位老人说："看你们说哪儿去了，是我多少事没想周到，把你们和丹丹得罪了，赔不是的该是我。"

宦德嫌老太婆话多，杯子端起又放下，说："尽说些废话。"转过脸来对令狐阳说："我们今天来给吕妹子告别，把你找来，也是当面有个托付。过去承你帮了不少忙，今后还得要你多加照看。过去是丹丹不懂事，你也别记在心上。今后到市上来开会做啥的，还请到家里来做客。丹丹还可以和你多交流。"

令狐阳急忙表态："老革命，你们话说重了，我没有觉得丹丹有哪儿对不起我。吕大姐这儿的事，请你们放心。吕晓两姐妹毕业后，安排在城里教书，三顿饭都在家里吃。有啥事需得着我跑路的，吕大姐尽管跟我说，我会尽心尽力去办。请你们放心好了。"宦德的老伴听了很欣慰，说："你不计较就好，丹丹原本今天要来的，市上催着去报到，没来成。只有等今后她当面给你说了。"

宦德打断她的话说："年轻人的事，你瞎操心。令狐阳，听说你家里也在闹矛盾？"

令狐阳苦笑了下："被撑出来很久了。"

宧德问："也为那个女校长？"

吕大姐替他解释"不是，是为盛琳的妈死了，令狐阳工作忙没去送葬，盛琳就把房门锁芯换了，不准他回家。害得他像个叫花子似的，在外面打游击。"

宧德的老伴好同情，一连声说："哎哟哟，世上还有这样狠心的女人。男人有男人的事要做，顾不上家的事多了。我生丹丹那年，老头子还在山上搞运动，我半句怨言也没有。丹丹像我，就喜欢有事业心的人。"

宧德恨了她一眼，对令狐阳说："当领导呀！生活作风这关必须过，只要不是喜新厌旧，对那些拖后腿的女人无理取闹，组织上不会支持她的。"

令狐阳听出点味道来，满满给老爷子斟上，端起杯说："老革命，难得你们为我的事操心，谢谢了！"话完，一口干了。夹上一个饺子，正要往嘴里送，想想，又搁进自己碗里，对两位老人说："现在普九事多，我忙不过来，她怎么想，我不管，我呢，暂时不想理这事儿。"这个"她"既指盛琳，也暗指宧丹丹。不知两位老人听没听出来，连声说："那是，那是，年轻人事业为重。"

3.

从吕大姐家出来，令狐阳接到茶馆电话，老板娘在电话上吵震了："你还不快点来看看，茶馆被你家盛琳砸了。"

令狐阳给朱二娃打了个电话，叫他找几个人来茶馆。

朱二娃问："啥事？哪个不想清静了，惹令狐大哥不高兴。"

令狐阳说："你少废话，多找几个人来就是了。"

这朱二娃在城里包工程活，工地上有的是人。听说令狐大哥要用人，一个电话吆喝了一大帮人拥到茶馆。

令狐阳先赶到茶馆，只见屋里桌子东倒西歪，遍地是砸烂的茶碗碎片。长嘴铜壶被撂在街沿上，盖子滚在一边，长嘴还冒热气。余茗坐在门槛上叹气。老板娘正在呼天抢地地哭喊。几位棋友围着在劝。

令狐阳见状，问是谁干的？余茗气冲冲地说："还有哪个？除了你那个恶五妹，还有哪个敢啰！"

朱二娃一伙人赶来了，进门就直吼："人呢？人呢？"

旁边有人说，才走不一会儿。朱二娃吆喝起一伙人，嚷嚷着要全城去找。

令狐阳摆摆手叫算了。他叫朱二娃来，原本就不想打架，只想人多势众，把对方镇住。现在对方走了，也用不着这么多人大呼小叫的。他对朱二娃说，你留几个人把茶馆打扫一下，其余的人回去干活。

趁众人在收拾，令狐阳找余茗问个究竟。余茗气得说不出话来，还是旁边的棋友帮他说："就在刚才，余老板正安排棋友的午饭，盛琳气势汹汹地带着他哥哥、侄儿和娘家一帮人拥到茶馆。进屋就吼，令狐阳呢？令狐阳在哪儿？余老板出来，见是盛琳，才说一句'令局长没来'，话没说完，就被盛琳"啪啪"两下，左右开弓两耳光。指着他骂道，老娘说过，这耳光是要取回来的。余老板还没回过神来，只听盛琳喊声"砸！"跟来的人便噼里啪啦干起来。茶馆里的棋友哪见过这阵仗，四散避开。余老板提起半壶开水要拼命，被盛三青一把夺过来扔到街沿上。老板娘怕男人吃亏，死死抱住余老板不准他前去。待余老板挣脱，对方已扬长而去。"

街道派出所的所长来了，问清原因，再问令狐阳意见。令狐阳赔着笑脸说："这事儿就不麻烦你们了，我自己来处理。"

令狐阳把刘君找来，安排人清点损失的东西，尽快买来，保证下午营业。并再三叮嘱，质量要好的。自己到对面餐馆点了一桌饭菜，叫人送到茶馆，把余茗夫妇按在上席坐好，找来几个棋友陪着。开了瓶濛山精酿，满满敬上三杯，给大家压惊。

三杯酒下肚，余茗缓过气来，深有感慨地对令狐阳说："过去我总劝你肚量大些，别跟女人一般见识。今天看来，还是你的肚量大。十多年哪！你居然跟她过了十多年，我服你了。"

令狐阳苦笑着说："久了也就习惯了。事情总有个过程，这婆娘看来也不想跟我了，等这阵子忙过了再说。"

大家替令狐阳着急，见他也无奈，唏嘘一阵散了。

4.

令狐阳再也不好意思给余茗惹麻烦，租了间屋搬出来。这次令狐阳一点没脾气，不争不吵，态度好得出奇。好像盛琳该做，而且做得还不够的样子，以至连郝仁这样的炮耳朵，晓得了都自愧不如。

外人哪知道令狐阳的心思。正是盛琳这一顿棍棒把令狐阳打醒了，心中的纠结一下化解。一直难以选择的事，一下有了答案，心反而平静了。过去同她争，同她吵，那是因为要与她过日子，希望她改好，心里充斥着对她的各种情感。爱也好，怨也好，装得满满的，多一点就要爆发出来。现在一旦定下来不再同她过日子，她就是一个路人。心中那些沾有她气息的情感，顿时消失得干干净净，心胸一下开阔，还有什么容不下呢？

那天晚上，在新租的房间里，令狐阳再也不用看《象棋残局》，倒下便睡得呼呼响。

一阵电话铃声把他吵醒。儿子在电话里关切地问他在哪儿？令狐阳笑着逗儿子："你猜呢？"

儿子说："在茶园！"

令狐阳说："猜错了，爸爸从今往后再不到茶园了，免得连累人家受罪。"

儿子又问："那你几时回来？"

令狐阳平静地说："不回来了，我再也不想跟你妈妈争吵，就一个人清清静静过好了。"

儿子苦苦哀求起来："回来嘛！妈妈想你回家。"

令狐阳淡淡一笑说："真的想吗？"

儿子说："真的想，要不要她亲自跟你说。"

令狐阳又是一笑："不用了，她想我，是想打我，想骂我。斌斌，不说这个了，好好睡觉。"话完把手机关了，倒下又睡。

斌斌试着又拨了几次，手机关机了。斌斌也生气了，对守在一旁听消息的舅舅、表哥睐着眼吼道："你们也打累了，各自去睡！明天一早回山上去。今后我们令狐家的事，用不着你们来管。"

盛青受不了，辩解道："不是我们想管，你妈妈不逼着，哪个想来管你家里的事。"盛琳带着泪对她哥说："你一个大人同小孩争什么，各自睡觉去。"

盛青说声："妹子，你也睡吧。"拉着儿子进屋去了。

盛琳睡不着，几个月的冷战，让她瘦了十多斤。实在忍不住，才去把令狐阳的避风港捣了，就想逼他回家。哪怕是回家暴打自己一顿，自己都认了。再三吩咐盛青父子，令狐阳回来无论做啥，你们不能出来，装作没听见，实在受不了，出去住旅馆都行，让令狐阳出一顿气就好了。可是到现在，令狐阳跟没事儿一样，屁都不放一个。令狐阳想干什么？从电话里听出，他还有心思跟儿子说笑，这不像令狐阳的脾气。盛琳越想心里越没有底。令狐阳害怕了？盛琳自己都不相信，从跟他过日子来，就没见令狐阳怕过什么。是回心转意了？回心转意就该回家呀？他未必……她不愿想下去，最担心的就是失去令狐阳。能跟令狐阳钻一个被窝，这是她婚前最大的愿望，同时也成了她婚后最大的负担。总是担心哪一天他会离开自己远去。两人在一起，没几天清静日子过，总是争吵，十之八九是盛琳试探令狐阳引起的。她捉摸不定自己在令狐阳心中的分量，同时也想试试自己对令狐阳的感情能不能割舍。她实在想弄明白令狐阳爱自己啥？令狐阳恨自己啥？太多的捉摸不定，把一个女人的爱弄得变馊了。令狐阳成了她心中的一个宠物狗，高兴了，揽在怀里，拼命往它嘴里塞食物；捂久了打它几下，扔在一旁偏起头听它狂吠几声。盛琳把这看作是爱。这爱，爱得令狐阳直往后退，爱得令狐阳差点发狂。

这次令狐阳的反常让盛琳打了个冷噤，隐隐约约感觉到爱情游戏要结束了，分手再不是猜想，好像确切无疑会在明天发生。明天以后的日子会是什么？会是她的大米学校不再买了；会是她的课桌椅学生不再坐了；再没人追着她喊盛大姐；再没人拎着礼物上门求她办事儿；她将被人打起哈哈嘲笑，就像她从前嘲笑宦丹丹一样……

她一个激灵坐起来，不顾天老爷的脸是亮着还是黑着。从秦洁开始，纪青、何泽凤……甚至是廖胖子、吴媛，都挨个打电话，哭诉，咒骂，骂自己，骂令狐阳那个牛鬼蛇神……

令狐阳也没睡着。盛琳十几个电话打出去，这些人听了必然一个个又打给令狐阳。好在男人话短，令狐阳一句"她更年期提前了"便把所有人打发回去。

　　吴媛的电话让令狐阳淘神，她把结婚与离婚扯到一起了。反反复复教令狐阳不要闹急了，要讲方法，尽量争取婚要离，官不丢，她还望着调进城。当然，若是令狐阳为离婚被赶出了城，下乡干部她也愿意嫁。但千万不要闹得太露骨了，她不愿背个第三者的名。

　　令狐阳"唔唔"地应着，反复说不是他在闹，是盛琳在闹。眼前还不想摊牌，就怕普九验收不上，不当官都下不了台。

　　丢下电话，令狐阳摸摸头上，光光的没什么。搞不懂一个二个女人，嫁人时把男人头上的东西看那么重。

　　那年冬天没下雪，倒是蒙蒙细雨淅淅沥沥下个不停，让人心情一直没爽过。

二十一 "官""关"相连

令狐阳无所谓的样子，说："反正我这个局长，也是拉壮丁来的，我不在乎。都说教育是太阳底下最光辉的事业，我看没了人们的看重，就成了烫手的炭圆谁也不愿沾手。"

1.

上午散会后，刘强被市委袁书记叫去，几句话让他周身汗津津的。出门后没回宾馆，拦了一辆出租车，径直往莲花湖奔去。

莲花湖坐落在市郊凤凰山下，偌大一个人工湖，被十多座绿岛点缀成盛开的莲花状，湖水清澈如少女的眸子，将蓝天、白云、苍翠的群山尽收眼底。一只游隼掠过，湖水荡起层层羞涩，让水中世界全感动了。

莲花湖宾馆掩映在万绿丛中，三处建筑群依山而建，左边名逸闲院，右边叫聚缘楼，中间为慧趣堂，是休闲、私会、议事的好去处。这里的服务生调教得好，客人再多，经他们指引，各得其所，绝不互扰。

刘强的车在聚缘楼前停下，径直上了二楼最里处。

房门虚掩着，推门进去，宦丹丹扑上来吊住脖子，娇滴滴的声音直往刘强的耳朵钻："刘哥，我好想你。"

刘强也凑着她嘴儿"啵"了一个，说声："倒杯水喝。"

宦丹丹将水冲凉端来，坐在刘强的腿上，把水送到他的嘴边，待他咕噜了几口，嘴唇离开水杯，宦丹丹便急切地问："东西带来了吗？"

刘强从怀里取出离婚证书，正要递给她时，眼睛无意间瞥见楼外远处一辆出租车疾驶而来。

宦丹丹扑上来吊住脖子，娇滴滴的声音直往刘强的耳朵钻："刘哥，我好想你。"

刘强推开坐在腿上的女人，起身躲在窗帘后面。只见前妻打开车门下来，径直进楼。刘强悄声说道："她跟来了。"

宦丹丹接过离婚证，在手上扬了扬："有了它，怕她干吗？我还想去会会，活活气死她。"

刘强一把抓住她，轻声说："少惹麻烦。"

正说着，见前妻从楼里出来，坐车离去。刘强这才放下心来。

宦丹丹发觉刘强今天心神不定。若是往日，早已迫不及待动手了。她关切地问："你像有事样，恍恍惚惚的？"

刘强露了一句："袁书记找我了。"

听说市委书记找，肯定不是小事。宦丹丹一下坐正身子，急切地问："说啥了？把你急的。"

刘强故作轻松说："没啥，说省上验收普九的要来了，要保证一次过关，不能有任何闪失，给其他的县做个表率。"

宦丹丹摇头不信："这事有令狐阳顶着，值得你愁成这样？"

刘强终于说出，袁书记要他注意点，下面反映不好。

这下宦丹丹急了，是谁反映的？两人细细排查起来。

奉志？刘强说不可能。组织上已谈话调他到市上，他没必要临走时树敌。

令狐阳？宦丹丹说不可能。他那土匪气，宁愿杀人也不愿告状。

曹达！两人同时想到了他。只有他，最恨刘强。

刘强说："你们离婚时不是说好不闹的吗？"

"是说好了的呀！他若不闹，我们保证把他扶正。"宦丹丹说。

刘强生气地说："那他还告什么？"

宦丹丹一想："不对呀！婚都离了，再告对他有什么好处？未必不是他。"

刘强说："先不管是不是他，他手上有没有什么把凭？"

宦丹丹不解地问："什么把凭？"

刘强说："照片、文字、录音什么的。"

宦丹丹摇摇头说："不晓得。"

刘强说："但愿没有就好。"

窗外一阵风起，湖面波浪骤生，水中世界全东摇西晃变了形。

2.

谁家的菊花开了？金黄、鹅黄、乳黄、枯黄，还有红的、粉色的，竟还有紫色的龙爪菊。奉志站在窗前，看着对面阳台上盛开的菊花，兴致勃勃地从左往右数起来。电话响了，是令狐阳打来的，说要过来汇报迎接省普九验收的准备工作。奉志差点说用不着啦，有事找刘强吧！可转念一想，闲着也是闲着，让那小子过来聊聊。共事十多年了，还从未聊过工作以外的事儿。再不聊，今后难得再有这机会，这闲情。

令狐阳进门时，像狗一样，皱了皱鼻子，似乎嗅到什么，用诧异的眼光瞅着奉志的脸面不转眼。奉志摸摸自己的头，哦！想起笑了，自嘲说："昨晚无事，去理发店把它铲了铲。"

两人都是乡村干部上来的，胡子拉渣是常态，若有那天见对方脸面光光生生的，必定有啥好事。不待坐下，令狐阳压不住好奇心："你别笑了，肯定有啥好事瞒着我。"

奉志咧嘴儿一笑，说："就你眼睛贼亮，还有啥事瞒得过你。《通知》明后天就到，干得不好被抹了。"

令狐阳脸上也跟着一乐："哦哟！升了官嘛还故意说抹了呢！"

奉志纠正道："升啥？到市委做办公室秘书长，平级挪动。"

令狐阳说："唉！你这人咋想的，鸡头不当去做凤尾。也就名声大点。在这儿，人家给你提包包，到那儿，你给人家提包包，值不得。"

奉志没把令狐阳的嘲讽当回事儿。进城后碍于上下级关系，他面子上得端着架子镇住令狐阳这帮猴三，内心还是想听这些敞口话受用。人生就是一场戏，每个人都在不停地转换角色，红脸白脸都得唱，难得的是不装扮，演一回自己。不说违心的话，不做违心的事。有时真还眼红令狐阳玩世不恭的样子，那是多轻松惬意的心情。平日里刘强看不惯令狐阳，说他吊儿郎当，横看竖看脱不了土匪的原形。奉志不同意，甚至认为刘强是在骂自己。自己也是从乡村黄泥巴里摸爬滚打出来的，走泥泞路，没有几个好姿势，总是东倒西歪不好看。那些年，乡下就是贫困的代名词，乡下农民有吃的就是最大的幸福。乡村干部能让农民吃饱，就是最大的政绩。没多的心情来讲究自己走路说话好看不好看。就是后来到县上，一帮部局长走到一起，也是从学校出来的是一堆，乡下干起来的自然凑一堆。今天邀令狐阳过来，就是想解开衣襟，闲扯放松，巴不得听一听令狐阳不忌口地乱侃。

奉志说："把你那普九的事，搁到以后对刘强说去。今天我们就闲谈聊斋，就吹你娃儿怎样被婆娘扫地出门的。"

说是闲说，奉志还是牵挂着这个兄弟。刘强多次拿令狐阳的生活作风说事，奉志总以没凭据给推了。而今自己要走了，还是想借这机会从侧面提个醒，让他别为一个女人误了正事。

令狐阳听说闲聊，正合他口味。这些年，哥俩成了上下级，生分许多。令狐阳一看见奉志那张板着的"死人脸"，心里就凉了一截，没了亲热逗乐的兴致。端端正正说话，端端正正办事，脚手差点弄僵硬了。今天难得哥们间说点热乎的话，偏偏他又提起那烦心的事。大男人被婆娘撵出家门，丢人已丢大了，还要你谈"获奖感言"，这不哪只脚痛踩哪只脚！原本想借机奚落几句这个压着自己十几年的上级哥们儿，还未开口就被他拧住耳朵要交代。令狐阳得想法换个话题："不说这个，说点别的行不行？"

可奉志偏说："先说这个，完了再说别的。"

令狐阳挠挠头说："就是上次私购教材惹出来的事。就那几天，脚烂屁股肿，祸事一齐拢。我到省城去找人磕头作揖说好话，车走到半路上，又把人撞了。龙寨小学的肖凯自杀，家属闹得学校停课。盛琳那个妈也怪，偏偏选中那两天死了。我像个车车灯，一会儿省城，一会儿县城，一会儿龙寨，人累得头昏脑涨。等把龙寨的死人处理完，大家闹着要回城，我一上车就睡着了，糊里糊涂被拉回城里，忘了去给丈母娘送葬。就这事儿，被逐出家门，还闹得满城风雨。"

奉志悠闲得像听评书，等令狐阳话停了，小孩抽陀螺样，又甩起一鞭子，让令狐阳的舌头又转起来，他说："听说你到了龙寨小学都不到山上去，有人提醒你丈母娘死的事，你还嫌人家多事。"

令狐阳真像被抽了一鞭，舌头不停翻转，急赤白脸地辩道："你从哪儿听来这些话？我人都快累散架了，还有心思去嫌这嫌那？"

既是闲聊，没必要弄得十分清楚。奉志提醒令狐阳："娃娃都大了，别图一时之欢，害你一辈子。"

此话被令狐阳逮了个正着，抓住奉志早婚早育的后悔事，反过来讥笑他："你认为个个都像你那样，只图一时之欢，后悔一辈子。"

奉志也笑了，想不到一句正话，反被他拿来嘲弄自己。索性把话挑个半明，告诫他别再往前走。说："你别跟我打哈哈，有人正盼着你出事，到时看你还笑不笑得出来。"

令狐阳仍是满不在乎的样子，说："官大一级压死人，有好多年没在你这个领导面前笑过了。说到一时之欢，到底是指当官，还是指娶婆娘？我看两样都差不多。"

奉志见他抓住"一时之欢"不丢手，明是欺侮他娶了个乡下婆娘没工作。半是自嘲半是嘲笑令狐阳："我那个乡下婆娘，虽是没工作，也没胆子把老公撵出门去。你那个婆娘有工作，也有胆子把你娃儿撵出去。"话到此一转，"哎，我问你，盛琳当初咋看上你的？"

令狐阳想了想说："大概是图我胆子大，喔，对了，我学习成绩好！"

奉志禁不住笑了："胆子大我信，你娃恁野的人，还学习好呢？"

令狐阳自己也笑了，说："那是我妈怕我当土匪不走正路，编个苦方收拾我。生前给我一个信封，里面弯弯拐拐 6 个字，还再三叮嘱我，千万别让人晓得了。说等我有一天认得了，就够我受用一辈子。我当是藏宝图，不敢对人说，自己发奋读书。等我认得时，才晓得是妈妈一片苦心，上面就六个篆字，勿做匪，多读书。我现在又用来收拾儿子，还很管用。"

奉志哈哈大笑，问："这事儿你婆娘晓不晓得？"

令狐阳提到婆娘二字心里就梗，摆摆手说："不说婆娘的事了，说点其他的。你走了，哪个来当书记？"

奉志说："可能是刘强。先前市上袁书记还看不起他，最近态度变了，几次在会上表扬他，若不出意外，肯定是他了。"

听说刘强当书记，令狐阳默然不语。

奉志劝慰他："你注意一点就是了，我还在市上，他不会太过分。"

令狐阳说："我个人倒没什么，只是干事憋屈。今后他支持的话，我多干点。不支持的话，我少干点。实在不行，拍拍屁股走人。此处不留爷，自有留爷处。"

奉志劝道："想开点，无论谁当领导，都需要人干活。像你这种拼命干活的人，谁都会喜欢。"

令狐阳淡淡一笑："别人喜不喜欢，我倒不在乎。人活起只要自己乐意就行。你知道的，我没官瘾。只是生就一个倔脾味，遇事爱争个强，生怕干不好被人瞧不起。有时我也在想，这样做对自己有啥好处？混日子，当耍官，你当得来，我也当得来。可你不愿当，我也不愿当。这做人啊！古人说难得糊涂，其实就是糊涂不了。当年，你和郑书记想方设法把我哄到教育上，我迟迟不愿答应，就是把教育上的难处看得明明白白的。我要是不干，有的是理由，无权无钱无心干，谁也无法责怪我。大不了像郝仁那样，到头来挪个位置，照样生活得好好的。可一接手，见学校烂起那个状况，不干又看不下去，想把眼睛闭上都不行。这有点像下象棋，看人家下棋，明知输赢关自己屁事，可一看到下臭棋的，心里就鬼火冒，非得上去露几手才行。这人啊，真难糊涂。"

奉志"唉"了声，深有同感地说："你说的也是，人总爱显摆，婆娘长漂亮了，都要带到街上多转两圈。"

奉志接过之前话题继续讥笑他："你看看现在社会上，两口子分手的，十之八九是男人不要女人。唯有你稀奇，被婆娘一脚踹出了门。是我呀，吐口唾沫淹死算了。"

令狐阳厚着脸皮说："你别高看我，决不会怄气自杀。我自小不会怄气，这是跟我妈学的。我妈死那年，家里穷得啥都没有，她又病倒在床上。我和我妈谁都不哭，没钱弄药，妈咬牙忍着，再痛都要挤出笑来安慰我，说懒娘教出勤快儿子来，你看我们家阳娃儿什么都会做，娘多享福啊！我知道，娘怕自己哭出来，引起我哭，只有忍痛笑。我也得笑。我说娘，你说错了，是懒娘教出勤快女来。我是个大男人，是养家的。我得让妈知道，家中还有个男子汉撑着。山上不缺柴，不缺水，每天一早，我把火塘烧旺，把吊锅里的水掺满，端碗开水搁在床前，跟妈说声，就出门上学去。回家时，不管是到保管室借，到地里刨，或是林子里寻，还是到队里向其他人家讨，总要把吃的弄回来。哪怕是几个鸟蛋，煮好了倒上咸菜水，给妈端去。妈总是笑着接过去，一看有多的，她就吃下一半。若少了，她就推说没胃口，叫我吃。我就得出去想法再弄点什么回来，煮好了，娘俩再一起吃。捉山耗子的本事，就是那时学会的。"

奉志不信，说："你娃儿心硬不哭，我信。说你妈不哭，我不信。"

令狐阳伸出小拇指："这个才撒谎。我妈临走那天，不知咋的，她精神特别好。我说头天还有点洋芋。大冷天不想出门，可她总想支我走，说自己想吃点肉，叫我出去寻寻看。她越是催我，我越是赖着不出门。说来也怪，就这时候从下边院子传来一阵狗叫，跟着有人吼，狐狸拖鸡啦！周围都吼了起来。我拎起棒槌出去。你见过狐狸拖鸡吗？它不像狗样用嘴叼，那样它跑不动。它是把鸡咬死后，搭在背上，用那条大尾巴卷过来护着，伸直脖子奔跑。当时，那狐狸正向我坎下跑来，见我一下从屋里窜出来，它愣了一下。就那一瞬间，我一棒槌下去，把它打翻，再一棒槌下去，砸中脑壳，四只脚伸了几下，就不动弹了。我跑下坎去拎它尾巴，它的头突然一下弯过来想咬我，原来在装死。终因伤势太重，动作慢了点，被赶过来的队长补上一锄头，头一歪真的死了。我拖了几下，没拖动。队长皱着眉头自言自语：'野物跑上门来送死，不是好兆头。'突然对着我吼了一句，'阳娃儿，你还不回去看看你娘！'我当时没听懂他话的意思，欢天喜地跑回家。进门就喊：'娘！你有肉吃啦，我打了个狐狸，好大一个。'娘的声音很微弱，仍带着笑容，断断续续说：'无娘儿，天照顾，我阳娃儿傍着壁子都能长大……'她万般不舍地看着我，脸上仍挂着笑容。真的，笑着咽的气……"令狐阳说完，已泪眼模糊，声音哽在喉咙说不出来，低着头半天不吭声。

奉志也跟着伤感，最后还是打破沉默："过去的事不说了。我真服了你，遇事不知愁。不过，站起生娃儿，太大意了也怕不行，警防到时你想笑也笑不出来。"

令狐阳见奉志正儿八经说，也应道："这话我信，望我背时的人肯定有，丢官的事随时可能发生，只要不危及性命，我都认了。我妈说，只要我好好读书，不当土匪，干啥都行。没有非得要我当啥卵官。实在混不下去了，回去打山耗子吃，手艺还在。"

奉志听令狐阳这么一说，心情有些沉重。为转移话题，指着对面楼上的菊花说："你看对面菊花开得多好。"

令狐阳瞥了一眼，不以为然，说："还是山上的野菊好，药味足，清心利头。"

3.

奉志调了。刘强的任命是主持县委工作，如同下操时，喊了声"预备"。照理说，有人免职就有人任职，通常两项是一起研究，偏偏这次怪哉！任职的慢了半拍。

刘强缠住下来检查普九工作的郑华打听，经不住再三探问，郑华只得隐隐约约露了点口风，说有人反映他生活作风不检点。跟谁？他不好点明。更紧要的是，不知是谁把刘强在县长接待日出的那些事儿，当笑话摆给市委袁书记听了。据说当时袁书记皱着眉头说了句，这小子还差点火候。

刘强听了喊冤，说接待日早就取消了。要郑华一定在袁书记面前多多解释，说你是了解我的。

郑华安慰他说："已瞅机会解释过了，不然连主持工作都没你的分。关键要把工作主持好，特别是这次迎接省上对普九的检查验收，是代表全市，一定要做好，用行动来证明你的能力。"

郑华一句话，给刘强卯足了劲，把宕县普九迎检气势一下轰起来了。

刘强召开了专门会议研究。除了县上四大家领导，凡与普九沾边的国土、建委、财政、人事、公安、司法……甚至连广播电视都悉数叫齐，挤满一会议室。郑华亲自督阵，口号一个，万无一失！

会议先由田智照稿子细数这几年的工作成绩，特别突出郑华任县委书记时打下的基础。郑华不时点头或含笑表示认可。

然后是令狐阳汇报迎检的准备情况。令狐阳一直嚷着说，普九是政府的责任，要他来负责准备工作，是母鸡孵鸭蛋，管别人家的闲事，不晓得是哪些当官的喝醉了乱点鸳鸯。令狐阳多次反对，每次反对无效。他说该县长抓，人家还说他是不是嫌官小了。无奈，也只有癞蛤蟆垫床脚，憋着一肚子气来顶起。

听到刘强点名他汇报，他把去年市上燕宏来检查后的情况囫囵说了一遍，然后说："若是按文件要求，我们还差很远，是不是县长向上面申请一下，再干一两年后接受检查，那样过关把握大些。"

随郑华一起来的燕宏一句话斩断："这是省上抽签定的。延期的事儿谁都别想，好好说准备工作的事。"

刘强不满意令狐阳临阵缩头，斥责他："令狐阳你还有没有章法？上面来检查你的工作，你还要给上面定时间。干脆连标准、结果，你都一下定了算了，上面不来人更省事！"

郑华也诧异令狐阳今天咋了？从不怕事的人，咋会怯阵？说："办事最怕没信心，这么多年的工作摆在那里，全省都知道，你还担心通不过？若你都通不过，那其他的县不愁死了？"

令狐阳一句话被几位领导拧住耳朵教训半天。令狐阳不是怕事，更不是没自信，从来做啥都牛皮烘烘的，实在是不想普九早点结束。有这个压力，教育上要点啥，那伙人像被枪逼着，即使不情愿，挤牙膏样都要挤一点出来。若是说声合格，你恐怕连人影子都见不着一个，更不用说为学校要这要那。可眼前架势，像乡下姑娘出嫁，阴阳看了期的，不嫁都得嫁。令狐阳一脸无奈，说："实在要验收，随时都可以来。但要保证合格，除非刘县长亲自抓。"

刘强很不满意令狐阳今天的表现，装疯卖傻的故弄玄虚。眼神逼着令狐阳说："你要说什么，直接说，别拐弯抹角的。"

令狐阳心想推是推不掉的，只能小娃娃过年，抓住机会多要点"压岁钱"，放开胆子说："去年市上检查后，县委政府也是在这个屋里表的态，会后两泡尿一屙，全忘了兑现。"

刘强心里有数，当初没想到今天他会主持工作，会后是他打招呼下去叫慢慢来。现在令狐阳一提出来，无论他想做啥，到底是自己理亏，是得重新来一遍。对令狐阳说："过去的事，你该当着奉书记说。今天你只说你还差啥。"

令狐阳拿起桌上的本子，差的东西他都拟好，照着本子只管念。

教师还差近三千人。实验室和图书馆，除了公路沿线少数几个学校外，基本没配。教师宿舍差一半。学生宿舍基本没有。基建欠债三个亿……

刘强听到这些，整个脑袋连痛带涨直到麻木，打断令狐阳的话说："你别去背你那个烂账，没有哪个县能全部达标。我只问你，过关的最低要求？"

燕宏出来劝令狐阳："验收标准是一个奋斗目标，许多事儿不是一下就能达到的，如中学要四百米跑道，就是在省城也很难找到几所中学能达标。我们就眼前经过努力能达到的把它办好。只要我们尽了全力，省上领导也会高抬贵手。"

令狐阳白了他一眼，暗骂这个教育上的叛徒，不帮着教育上争取资源，反倒和起稀泥来。可眼前主要的对手不是他，忍住气说："就按刘县长说的最低要求，我们都办不到。"

郑华见令狐阳口气软了，饶有兴致地问："你说细点，最低要求肯定要保证达到。"

刘强见郑华开口了，马上表态："行！你就说最低要求，凡是能办到的，会后我安排宋书记给你落实，不办的，他用政治纪律治一治。你说。"停了一下，怕令狐阳口张大了，又补了一句："最低要求啊。"

令狐阳要的就是这股劲，教育上的数据都在他肚子里，张口就来："运动场地也不说四百米圆形跑道，最低每个学校都要增加才行，让人家看得见你做的工作在哪儿。"

刘强记起去年说过这事儿，问令狐阳："去年不是定了的吗？"说完又想起了，是有一些区乡来请示过他，他答复说叫令狐阳自己去划。不待令狐阳开口，对一旁的王伟说："这事你来办，通知各区乡书记，就近尽量调剂划拨，一周内完成。"

令狐阳补上一句："人家检查时要看土地证的。"

刘强转眼对国土局长说："这是你的事。划到哪儿，你办到哪儿。"国土局长答应爽快："县委定了就是。"

令狐阳接着说："教师缺这么多，不说全部配齐，至少你得保证在国家教育部复查时配齐。"

刘强丢下笔说："行，我汇报时当着省上领导的面保证。"

令狐阳说："人家要看文件的。"

刘强说："那也行，人事局张局长把文件拟好，尽快发出去。"

令狐阳继续提要求："教师宿舍，每人至少有一间寝室，结了婚的有套房。初中住校学生至少应有学生宿舍。全县一时达不到，最低要求公路沿线的要达到。"

刘强对钱友说："在教育附加中作重点安排。"钱友点头苦涩地笑笑。

令狐阳晓得他在应付，晓得了也没法，只好说下一步："实验室和图书馆，至少公路沿线的学校要配齐。"

刘强又是一指钱友，说："挤点钱出来解决。"钱友又在点头又在苦笑。

令狐阳说："还有十几个学校的饮水问题，要马上解决。"

刘强问："他们现在没喝水呀？"

"靠天上落。"令狐阳说。

"要多少钱？"

"五百万。"

刘强转头看着钱友，钱友说："只要不是验收必查项目，是不是往后推一推？"

刘强点头表示赞成，说："先出个文件，明后两年内解决。"说完又问令狐阳："还有啥？"

令狐阳说:"还差钱还债……"

不等令狐阳说完,刘强接过来说:"你下来找钱友,务必保证验收过关。"接着下结论:"我们是全市第一个接受验收的县,袁书记、郑市长、燕局长都拿眼睛盯着我们。只能成功,不能失败。令狐阳,今天你要人给人,要钱给钱,啥都满足了你。若还是不能过关,你该怎么说?"

令狐阳感到为难,你这是最低要求,万一省上要求高一点,我能保证个铲铲?心中这样想,嘴儿随口说道:"我该咋说?"

田智笑着补充:"就像戏剧中那样,你要立下军令状。"

令狐阳微微一笑,说"那好嘛,我就立个军令状,若是验收过不了关,就由刘县长喊一声'推出去斩了'!"潜台词是,过不了关总不会要我的命吧?!

第二天,令狐阳把涉及的学校校长、教办主任请回来开会。他把接收检查验收的各个环节,仔仔细细也做了安排,细到中午的招待咋个安排,要求有地方风味,上呷酒罐与当地名小吃。如龙湾区要上心肺汤圆,龙寨要上鲜菇、野兔等。

欧启从财政局回来,悄声在令狐阳耳边嘀咕了几句,说钱局长只表态划五十万过来,做什么他不管,包干使用。令狐阳咬住嘴唇没动气,这点还不够打发公路沿线要债的揽头。他问"买实验设备的钱,一分没给?"

欧启点头说是,并转告钱友的话,说刘强那里就别打电话了,给五十万就是他定的,财政实在挤不出线来。

散会后,令狐阳把刘君找来,叫他清一清,有哪些中学买了盛琳的大米?凡是没结账的,统一结算把线交给教育局应急。若盛琳问起来,就说钱交给她老公令狐阳了。

4.

又是一个月圆夜,令狐阳在出租屋没法入睡。几次坐起来,从枕头边找出《象棋残局》,翻了几页,死活看不进去。干脆熄了灯,圆睁着双眼看月光从窗外树缝透过,照在桌上一堆方便面空盒上,留下光怪陆离的黑影。时至初冬,苍白的月光平添几分寒意。令狐阳斜倚床靠上,桌上光影被风挑逗的不能自己,人也被光影撩拨得心乱。

刘强的食言和钱友的难处，他早就想到了。昨天，就是摆个姿态逼一逼他们，为教育争取一点是一点。令狐阳心里比眼前的月光还透亮，普九检查不过是走个过场，包括过去市上查的，现在省上要来的，以及今后国家的复查，没有他令狐阳照样会过关，可过了关又怎样？令狐阳眼前浮现出那些赤着双脚抬水的学生娃娃，水泥板上一堆稻草，草上几片竹席，乱堆着的一床床发黑的床被，墙角的老鼠洞……

就在刚才，盘山小学阮校长打来电话，要求令狐阳到他们山上看看。快下雪了，揽头听说省上头头要来验收，扬言若不支几万块钱救急，马上就锁门。阮校长带着哭音求令狐阳，无论如何解决点钱，不然教室锁上了，学生在寒风中可受不了哇！

令狐阳"唔"了一声，说一定想办法，话完关了手机。想到阮校长说的事，绝不会只此一个学校有。省上要来检查的事，保不住全县都传遍了，到时全县到处都锁门，不光是省上检查团面前难堪，学生娃娃在寒风中也受不了，用钱怕是搁不平，还得要有一些硬手段才保险。拿出手机给公安局兰局长打电话去，说："老兄，这次可要麻烦你了。"

兰局长很客气，说有事尽管吩咐。

令狐阳把心中的担忧向他说了。兰局长说："这好办，你明天开个名单来，到时候我叫各个所长，把揽头们叫到派出所来问事，保证没人去学校锁门。"

令狐阳赶紧打招呼："你不能乱关人啰，是我们欠人家的债。你这一关人，学校工程今后没人敢做了。"

兰局长打起哈哈说："老兄，哪能拿学校说事儿，那些狗日的揽头，毛病一抓一大把，什么赌博、嫖娼、斗殴都行，反正不攀扯你学校可以嘛。"

令狐阳嘻嘻一笑："拜托了！"

关上手机又觉不妥，压住揽头不是长久的事，我把这债务埋着也不行啊！又把电话打到盘山小学，问阮校长："你一年收的勤工俭学费用到哪儿去了？"

阮校长小心回答："一年就十来万块钱，山上穷，多少学生交不起。"

令狐阳不相信："龙寨乡也是山区，一年都有好几十万，你们两个学校学生数差不多，咋差别这样大？"

阮校长语塞了，这个这个支吾半天，终于说出来："我这儿教学质量差，初中別说收外地的高价生，连本乡的小学毕业生都到外乡去了。"

令狐阳问到质量为佤差时，阮校长抱怨起来："条件差，没有老师愿来。全乡教师中，十有七八是代课的，别嫌水平差，还拿钱找不到人。代课金全是学校自己解决。每年自收那点钱，给揽头支付一点，剩点钱支代课金就差不多了，什么班主任津贴，课时补贴，想都不敢想。"

令狐阳愣了一会儿，突然发问："省上检查的来了你怕不怕？"

阮校长嘿嘿一笑，说："令局长，你开啥玩笑，省上验收到我这儿来？那不把你的脸丢尽。若是依我的，我宁愿不当这个校长，都想请他们来看看，争取拨点款解决困难。"

令狐阳想起他那里吃水困难，上次给了五万元，不知问题解决了没有？问他："水解决没有？"

阮校长只管道谢不已，说："全靠令局长给钱，现在水引来了，以后冷天热天，学生再不用到山下河沟抬水了。"

令狐阳最烦人谢他，钱又不是他的，公家的钱办公家的事，谢他干啥？打断阮的道谢声："说了好多回，不要谢这个那个。再多的钱给你，只要好好用在学校上面，用不着谢哪个。除非像上次私人捐款，你才该谢。"听阮校长把"谢"字改成"好"字了，令狐阳说："你叫修学校的贺揽头给我来个电话。"

放下电话，阮校长的话还在耳边响："宁愿不当校长都想请省上领导来看看……"

窗外一阵风过，桌面上树影一阵寒战。令狐阳感到背脊寒意入骨。起身把台灯打开，拉上窗帘，将阴浸的月光和让人心乱的树影一并推出窗外，扯过被盖拢在怀里，闭着眼睛又想起了那句话"不当校长都想请领导来看看"。

令狐阳正纠结，"砰、砰"一阵砸门声，令狐阳立起身来，猛地拉开门，正要发作，见是盛琳恶狠狠地站在外面。令狐阳脸上的怒气转为厌恶，轻蔑地转身回到床边，依旧斜倚在床靠上，扯过被盖护住胸前，拿出一本棋书信手翻看，从眼里到心里都没有门外这个人。

盛琳自上次砸了茶园后，一直等令狐阳的讨饶声，不曾想令狐阳这里毫无响动。知道令狐阳搬了家，盛琳的视线也随之转移，只要听说吴媛进了城，她准会来这里悄悄守候，望着哪一天将两人逮个现行，借机降服令狐阳。大半年过去，守了无数次，只见出租屋的窗口灯亮灯灭，始终不见吴媛身影。昨晚又来，见情况有变，该开灯时却把灯灭了，该灭灯时又把灯开了，而且还拉上窗帘。盛琳认定这次不会落空，气势汹汹冲上楼来，一阵乱擂，正想着抓住这女人该先打脸，还是先踢她屁股。门开了，令狐阳的脸在她眼前晃了一下，转身把屁股给了她，是打是踢任由她。

屋子太小，一眼观尽，哪来女人影子？屋内散乱的景象处处散发着一个孤独男人的邋遢。

明知扑了空，盛琳仍不心甘，瞅着卫生间紧闭着的门直嚷："厕所在哪儿？老娘憋不住了。"不等令狐阳吭声，几步跑过去。推开门，里面更空。门也不掩，借势蹲下来挤了几滴出来。

令狐阳耷拉着眼皮，眼睛始终没离开棋谱，由她表演。听她脚步声从卫生间出来，用鄙视的口吻对她说："戏演完了，各自出去，我要睡觉了。"说着话，眼皮仍耷拉着。

盛琳最受不了令狐阳这不屑一顾的样子，恶狠狠地站在令狐阳面前，指着令狐阳吼叫："你以为我来请你，呸！老娘还没那么贱。我问你，你把我的米账收去做啥了？想给哪个野婆娘用？"

令狐阳白了盛琳一眼，没事似的说："教育局借几天，以后还你。"

盛琳跺着脚吼："老娘挣的钱，你说借就借了，老娘今天偏不借给你。"

令狐阳冷冷一笑，说："钱都用了，你不服，到法院告我。"

盛琳一下毛了："借你二爷那个铲铲！"呼的一声，将床头柜上一堆没扔的方便面盒，连汤带水全扇到床上。不等令狐阳回过神来，转身摔门而去……

5.

省厅的余佳丽处长而今升为副厅长，在宕县分界处被令狐阳接着。经余佳丽介绍，这次来的除了省厅的几位处长外，邻近的南郡市来了一位局长，外省来了一位副厅长考察。说是学习，与监督也没两样。

验收工作在晚饭后启动，刘君领着三个工作人员，各端着一个透明塑料盒子进来，里面分别按山区、平坝、城镇分类，装满写有学校名称的纸团，抽着的学校重点详查。工作人员跨过时，田智用肘碰了令狐阳一下，低声问："有把握吗？"

令狐阳点点头，偏过头低声说道："每个盒子里都只写有一个学校。"

出于礼貌，余佳丽请外省来的客人薛副厅长先抓阄。薛副厅长略加推却，伸手在第一个盒子里拈出一个纸团，打开念道："龙寨小学！"

众人禁不住"哗哗"鼓掌。礼貌、庆幸、狡黠，各种情感间杂，让掌声怪怪的。

轮到余佳丽，她微笑着将手伸进端上来的第二个盒子，两根手指轻轻拈出一个纸团，慢慢打开，笑容慢慢消失。她将字条递给旁边的薛副厅长看，薛副厅长笑了，说："余厅长洁白无瑕。"引起余佳丽脸上重现笑容，将纸片举起左右展现，原来是一个空字条。

众人先是一愣，见余佳丽满脸含笑，毫无责怪的意思，大家也报以一阵笑声，齐呼："重来！"

余佳丽又举起她那纤纤玉手，把已退后的工作人员招来，重又拈出一个纸团。展开高声念道："龙安中学！"话声落，一阵掌声爆响。

接下来是南均市的局长，他笑吟吟地伸手在第三个盒子中拈出一个纸团，展开弹了一下，朗声念道："龙安中学！"

刹时，全场肃静，眼光齐刷刷盯着令狐阳。

令狐阳几步上前去，解释说："装错了的，城镇的装到山区了，一时找不着，又补写了一个。"

刘强瞪了令狐阳一眼，当他的眼神扫过来时，曹达悄悄地隐在欧启身后。只听令狐阳连说："重来！重来！"

随着周局长"八庙小学！"的宣布声，掌声响起，抽签结束。

令狐阳出来，见曹达正在训斥刘君。刘君嘟着嘴，不敢言语，用眼神向令狐阳求救。令狐阳不想训人，眼前一大堆事要做。他对曹达说："这事以后再说，马上通知下面学校做好准备。"

在回去的路上，刘君忍不住向令狐阳叫屈："曹达亲自装的盒，出了错却来怪我。"

令狐阳正想安慰几句，手机响了，是刘强打来的，张口就是一顿暴训："一个字条都写不好，不是光板，就是重写。你们在搞啥名堂？明天再出现这类事，拿你是问!"

令狐阳淡淡一笑,没理会刘强的训斥,关了手机对刘君说:"曹达这样做算是客气了,只是出一个小洋相,他当真是乱写几个学校的名称在上面,你我今晚觉都别想睡了。"

第二天,令狐阳早早来到曲江宾馆,陪客人用餐后,把刘君拉到一旁问:"运仪器的车谁在落实?"

"是曹达在外面请的。怎么了?令局长。"刘君说。

令狐阳眼睛忽闪忽闪,提醒道:"你今天跟他一起,多个心眼儿,遇事跟我打电话。"

刘君摸摸后脑勺"唔"了一声,对令狐阳的提醒,仍是不解,嘀咕道:"未必有人来抢?"

令狐阳陪两位厅长做普查,沿着国道线上的学校挨个挨个地看。当走到第三所学校时,刘君来了电话,气急败坏地告诉令狐阳,运仪器的车坏了,正在等修理工来,问怎么办?

令狐阳微微一笑说:"听曹局长的。"

不一会儿,曹达打电话来说,运仪器的车坏了,下一个学校的仪器图书不能送过去。

令狐阳说了声:"抓紧修,好了马上打电话来。"挂了电话,令狐阳找到田智,悄声对他说:"运仪器的车坏在路上了,下一个学校会没有仪器图书看了,得想法子稳住客人。"

田智问咋办?令狐阳说:"这里过去不远是盘山乡,那里有几个汉阙,是国家重点文物。我们邀请客人去看看,稍作停留,等曹达那里车修好了,仪器图书布置好了,我们再往下走。"

田智想来别无二法,点点头说行。两人一同来到余佳丽面前,田智说:"今天还早,这边有几个汉阙,是国家重点文物,国内外不少人专程来参观考察,你们走到这来了,要不要顺便去看看?"

令狐阳鼓起腮帮子向客人吹嘘。汉阙是同故宫一批公布的重点保护文物,历朝历代当宝贝守护。旧时学子进京赶考,把阙上的铭文拓片,作为贵重礼品进奉京官。拓片在民国还卖 100 两银子一张⋯⋯听说这景观近在咫尺,众人自然乐得一观。一行人调转车头,离开国道进入县道,往盘山乡而去。

6.

来到阙前观看，果然精妙绝伦。阙的上部浮雕人物、车马、狩猎图案，四角力士背负，姿态雄伟。阙盖四角刻有青龙、白虎、朱雀、玄武，阙身饰有云气仙灵、珍禽怪兽。构思新颖，雕刻精美，刀技纯熟，刀法刚劲，图像生动、有趣。众人为汉阙的艺术感染力和浓厚的生活气息深深折服，赞叹不已。令狐阳又是解释，又是答疑，忙个嘴儿不停。

这些人毕竟是长官不是游客，久待不得。时间一分一秒过去，田智焦急地不停看表，眼看客人游兴已尽，去意渐显，可曹达的电话仍久久不来。田智把令狐阳找来，问："客人要走怎么办？"

令狐阳指指远处，说："那边还有一个双阙，过去再耽搁半个小时，然后就近找地方吃饭，下午再检查，到时啥事都办好了。"

两人又来到客人面前，不由分说把这客人径直带往双阙。

双阙在一个山梁上，旁边是一条古驿道。正当众人在观赏双阙时，盘山乡小学校长阮良和修学校房子的梁揽头不知从哪儿钻出来。不经招呼，对直拱到客人面前。一番自我介绍后，阮良热情得近乎哀求，千万请各位领导到学校坐一坐，喝口水歇歇气，指导指导工作。不知是谁的指点，梁揽头竟缠着薛副厅长说个不停。

薛副厅长问："你们学校在哪儿？"

梁揽头顺手一指："下去跨个沟就到了，教学楼的房顶都能看见。"

众人顺着他指的方向看去，只见对面山腰，一派苍翠掩映下，一栋大楼傲然独立，青瓦红墙，如一团火焰熊熊燃烧，兀的让众人眼前一亮，心头热乎起来。薛副厅长与余佳丽只当是主人刻意安排好的，交换了一下眼神，哪里都是看，就近看一看也可以。两人向田智招呼声："过去看看！"迈脚就转过去了。

田智拿眼神望着令狐阳，令狐阳回话："那个学校变化大。"

田智只好挥挥手，让阮良前头带路，直往盘山乡小学而去。

车子在坑坑洼洼的机耕道上挣扎了好一阵，终于喘着粗气爬进操场。近看大楼，另是一番景象。大楼坐北向南，四面红砖清水上顶，小青瓦大坡面防漏屋顶。木制门窗，清漆本色。三楼一底，每层四间教室，间杂两间教研室。楼前操场新辟出来，尚未硬化，裸露褐色石骨子，面积不大，将将就就划一个篮球场。中线为界，两个班正上体育课。两副篮板架横卧坑旁，坑里水汪汪晃动着过往人影。车门打开，双脚尚未踩实，阮校长就呱呱嗒嗒介绍开来："这是我们新修的教学大楼，这是我们新修的操场，这是我们新……"客人们的眼光随着阮良的手指不断新来新去。

余佳丽被跑步的学生们吸引住了，眼光随学生脚步转了一圈，颇有感慨地对令狐阳说："你看看这些孩子，没有几个人的衣服合身，不是大就是小。"

令狐阳见惯了这些，说："山区穷，一件衣服要穿好多年，头年大，二年好，三年自然小。细娃长得快，难得有合身的时候。"

余佳丽听后，默默离开。

随着阮良东指西指，一群人东看西看。

为节省时间，令狐阳提议：让客人们分头看。阮良陪薛副厅长看新楼。

令狐阳陪余佳丽看旧校舍。

旧校舍是座老庙，余佳丽在庙门前停下来，指着庙问："有多少年了？"

令狐阳说："不知道，县上列为文物保护单位，建新楼时不准动一匹瓦。"

他们步入庙内，里面是学生寝室。一间房门上写着"男生寝室"，见门虚掩着。余佳丽推门进去，紧靠壁子是一排用树棒棒拦成的通铺，稻草上面是一溜青篾席，被盖叠放整齐。

余佳丽走过去捻了捻微微发硬的老棉絮，问令狐阳："冬天行吗？"

令狐阳在山区长大，回道："实在冷很了，只有早点放假回去烤火。"

下课铃响了，学生蜂拥而出。伙房外很快排起长长的队伍。

余佳丽也凑过去看，大多数学生端出来的是洋芋、红薯、苞谷饼。碗中少有几颗米的。伙房在卖五分钱一碗的菜汤，打汤的人不多，大多数是到开水桶前接水，就着家里带来的咸菜下饭。

余佳丽弯下腰问正在接水的一个男学生："你不去买碗菜汤喝？"

男学生抬起头来，突见美丽的"阿姨"看着自己，脸瞬时红到耳根，重又埋下头走到一边，旁边的同学替他说了："他是超生子女，家里罚了款没钱。"

余佳丽带着歉意转向另一位喝白开水的同学，问："你呢？"

这位先还脸带笑意的男同学，一下默然，背过身独自走了。阮校长偏过身来悄声说："他妈跟人走了有好几年了。"

余佳丽愣了一会儿，见一位女同学过来接水，穿的花衣服没补丁，估计家境不太差，问阮良："那她呢？"

阮良对她招招手，喊道："那位女同学，领导问你话。"

那位女同学抬起头来，满脸羞涩，结结巴巴说："钱用完了。"

余佳丽关心地问"家里给了多少？"

"每周一块钱。"女同学见"阿姨"和蔼，说话也平稳下来。

余佳丽说："买汤该够了？"

女同学脸又是一红，说："交了勤工俭学费。"

旁边有同学插话"她是班干部，要带头交。"

余佳丽转了转眼珠，没让泪珠掉下来。取下眼镜用纸巾擦了擦，戴上后对阮良招招手。

阮良以为是问开水桶的事，炫耀说："这是我们新买的，新安了自来水，真正的自来水。山上接下来的泉水……"

令狐阳打断他的话："余厅长要问你话，你说了半天不嫌累呀！"令狐阳很不满阮的表现，让你诉苦呢，你却不闭嘴儿地炫耀，哪个没见过你的新开水桶。

余佳丽问阮良："你新买的这么多，哪来的钱？"

阮良这才回过神来，语调低了八度："嘿嘿，我们山上穷，从学生身上收点都不多。"指指令局长，"上面给一点，信用社贷一点，余下的就靠揽活路的垫了。"话完，也不管余佳丽同意不，冲着梁揽头喊起来，"快点过来，领导问你欠款呢！"

梁揽头小跑过来，还未开口，余佳丽摆摆手止住："不说我都相信，说了我也帮不了你大忙。我回去后给你们解决点钱，好给学生买床。"

阮良连忙说："你千万别拨钱来，拨来了我也要不成。"

余佳丽好生奇怪："为什么？"把头掉向令狐阳，想从令狐阳那里找答案。

令狐阳说："学校欠贷款，外面来一笔扣一笔。他想你直接买床给学校。"

阮良连说："就是就是！上一个信用社主任，就是为不扣款被抹了的，再不能害下一个了。"

回去的路上，薛副厅长问令狐阳："我没看见几个教师？好多班都在上自习。"

令狐阳心知肚明，老师是被抽到国道线上的学校充数去了。忙用话遮掩："这山区条件差，教师不愿来。"

薛副厅长笑着说："你没说老实话。我听学生说是听公开课去了。"

令狐阳索性哈哈一笑，说："他们也没说老实话！"

汽车偏偏倒倒晃悠着，将这笑声颠簸得零零碎碎。

7.

检查验收中的疏忽，很快被县上领导知道。到了晚上，田智提醒令狐阳给刘强那儿解释解释，不能代人受过。令狐阳微微一笑，说要解释你去解释。若是我去说，他更不愿听。田智不好强迫，只说声我去也好。

令狐阳还未跨进出租屋，刘强的电话追打过来，言语干燥得一点即燃，声音把手机震得发烫。令狐阳不敢挨着耳边，把它放在桌上由他一个人毛吼，时不时应一声。过了好一阵子，刘强终于吼累了，给令狐阳下令："……不管你使啥法，必须把影响挽回来，到时若从省上客人嘴里吐出来半个'不'字，撤你职是轻的，别以为全县人民几年奋斗的成绩，由你一个人抹黑就算了……"

令狐阳直等手机没声了才合上，拿在手中，掂了掂轻重，呼的一声甩到床上。人也倒下去，扯过被盖捂上，棋书也不看了，尽管睡去。

接下来的验收很顺，顺得让人惶然。两位副厅长有时连学校都没走完，就在"好，好"地给予表扬。

最后一个晚上，县上领导聚拢来给客人饯行。明天上午交换意见，照例宴会上应有个实讯。一直到宴尽人散，客人们仍是笑吟吟不吐半句。"好话"说了不少，就没有合格二字。

离开宾馆时，刘强把令狐阳叫到车上，态度软和许多，估计田智已解释过了。刘强说："那天我火气是大了点儿，你呢，也别往心里去。"停了下，又问，"情况怎么样？"

令狐阳说："试探好几次了，余副厅长总是说等检查完了再说。"

刘强不满意了："现在检查完了，今晚你必须去问个实话，我等你的回信。"

令狐阳找到田智，借口余副厅长是个女同志，一个人晚上去不方便，要他一同去。田智死活不干，说哪有几个人一起去送红包的，转身钻进车也走了。

令狐阳不好找局里其他人，人去多了也没用。一个人怏怏地上楼，敲开了余佳丽的房门。

余佳丽见是令狐阳来访，连忙让进屋来。知他是来打听消息的，笑着说："你别急，我们正说要找你来，你坐！我去把薛副厅长叫过来。"

薛副厅长笑呵呵地进来了，三个人掩上门，关了电视。

余佳丽示意令狐阳先说。令狐阳挤出点笑意来，说："县上领导要我来问个实话，能不能过关？"

余佳丽看着薛副厅长，薛副厅长说："女同志脸皮薄，你不好说我来说。"随即把椅子朝前挪了挪，压了压声音说："这普九呢，若要依《义务教育法》来衡量，你们再怎么努力，也达不到合格标准。义务教育要免费的，这一点做不到，只讲普及不讲义务，不算真正的普九。"

令狐阳不解地问："那你们还来检查做什么？"

薛副厅长头一偏，马上又偏过来，说："你就不懂了，这普九哇……"

余佳丽见他不了解令狐阳，插上一句："他哪会不懂，几年前就在省里大会上讲，普九就是争口气，不用考虑能不能过关，只消用这个口号改善办学条件。你说他懂不懂？"

薛副厅长把椅子挪回去，坐正身子看了看令狐阳："你知道了还问我？"

令狐阳的确没想那么多，真如他妈说的，他就是属狗的，走哪家，为哪家。到了教育上，就为教育抓钱抓物，巴心巴肝把它办好。至于免费不免费，认为那是国家的事，用不着他操心。现在经两位厅长一挤兑，反倒弄糊涂了，傻眉傻眼看看这个，又看看那个。

余佳丽怕令狐阳回过神来产生被蒙骗的感觉，会把他那土匪脾气惹发。耐心给他细说起来："有些话本不该在这儿讲，上面松一尺，下面松一丈。下来时曾厅长反复对我说，验收要宽严适度。太严了，硬逼下面会逼出事来。太宽了，又走不出当前的困境。只要下面尽心尽力了，就要放过关，不能死抠标准。你们算是尽心尽力了，特别是你当教育局长的，更是辛苦。我们没爽快说合格，就是看出来你有想法，不然你不会想方设法把我们往盘山乡引。现在你来了，我们想听一听你的想法。"

听了余佳丽的话，令狐阳心里畅快起来，想都没想，一下倒出："再干一年。

你们看见的，下面的问题还多，再逼一下县上领导，教育上日子会好过些。"

余佳丽又说："若是不过关，你的日子不妙哟！你想过没有？"

令狐阳无所谓的样子，说："反正我这个局长，也是拉壮丁来的，我不在乎。都说教育是太阳底下最光辉的事业，我看没了人们的看重，就成了烫手的炭圆谁也不愿沾手。普九对眼下的教育就如一把保护伞，遮日头挡风雨。宕县的教育可以没有我，不可以没了这把伞。只要说声合格了，刘强那些人再不会多看教育一眼。到时候，你去给他磕头，还不知他在哪个神位上供着。"

余佳丽摇了摇头，说："你想通了，我们的话还不好说。既不松口通过，又不能埋没成绩委屈了你，薛厅长，你是客人，你来说！"

薛副厅长哈哈一笑："行！我来说，不跟女同志耍小心眼。"

令狐阳回到家里，脱衣服时一摸，才发觉红包没送出去。想想，也用不着了。他坐在床上，给田智打了个电话，请他转告刘强，省上领导不收红包，说要拿回去平衡，有什么事儿，明天会给县上交流。他不想去沾惹姓刘的，犯不着与他斗气，自己也累了。

曲江起雾了，连带县城挟裹成一团，蒙蒙胧胧没个实样。

交换意见在常委会议室进行。薛副厅长放开嗓门，大谈感慨。他说："先看了你们沿国道的学校，好得我无法相信，就放在我们省城里也算好的。我坚信这是搞的样板，是各级用钱堆出来让人看的。后来到了盘山乡……"话到这里，薛副厅长端起杯子吮了吮茶水。刘强听他提到盘山乡，自己的心也提到嗓子眼，那是全县出了名的穷困乡，感觉情况不妙，闭上眼睛听他说下文。

薛副厅长继续说："我彻底服了，因为它真实。在盘山乡那样艰苦的地方，在斑驳的老庙前面，重新打造一个新学校出来，一切都真真切切，连操场都是裸露的。我相信他们说的每一句话，因为他们把差距、欠缺全给我们看了，还有什么理由不相信他们？我自省了一下，盘山乡做得到的事，我们也应该做到，可也得好好流一通汗水才能做到。我从你们基层干部群众，从学校校长、师生身上，看到了一股劲。我当时没想出来是什么，问余厅长，她说叫'不蒸馒头争口气'。那个叫阮良的校长说叫'三天不吃饭，都要充个卖米汉'。我认为还是令局长说得好，叫作'人好了，豁出命来给你撑起'。这个撑起的劲好！教育靠政府撑起，政府靠群众撑起。至于能不能过关？给多少奖励？那还得靠余厅长撑起。"

话未完，一阵掌声哗哗响起。

令狐阳使劲鼓掌，暗自钦佩这当厅长的真会说话，露屁股现了丑，他反倒夸出个又白又嫩，不让你难堪。

余佳丽最后表态："宕县的普九工作给我留下了深刻印象，下面同志们做了大量的工作，成绩摆在那里，谁也抹不掉。至于合格的事儿，原本不是大事，教育事业发展了，就是最大合格。为了今后评奖表彰，我们需要回去综合平衡，合格是正常的，不合格也是正常的，请县上的同志不要太在意，有了结果我们会及时告诉……"

今天的雾特别浓，会散了，雾还没有散。

二十二 蝶变棋王

人哪，可以不要名不要利，甚至可以不要命，没法不要的是父母给的本性。
真到了那一步，明知遍地是刺，你也会一脚踩下去，只要有口气，你还会往下走。

1.

下雪了，北风呼呼的，像把巨大的刷子，一层雪，一层月光，给整个世界上了厚厚的乳白胶，封住了鸟儿的口，封住了小溪的脚步。天上的星星也不再眨巴。只有情感没有封住，仍在血液中流淌。喜怒哀乐仍在人们脸上演绎人生。

刘强半边脸是怨，半边脸是恨。空调散发的热量与心中的热量对撞，大冬天他感到闷热。关过空调。关一次，秘书来过问一次，是不是机器坏了？不好说下雪天发热，只能又让开上。他好想出去站站，让北风给刷一层苍白再回来，始终没去开门，担心让保卫发觉失态。那叫个女人来吧，索性再来点发热发烧的事，待持续不下去的时候，温度自会降下来，燥热总比闷热好。掏出手机点了几下，又停下来。白晃晃的雪夜里，淫荡哪怕是个念头经过，也会留下污浊的痕迹。刘强用冷水搓了搓脸，把怨恨搓成一团烦恼，用两手攥着，坐回沙发上，慢慢地清理。

烦恼来自普九结果。经再三催问，省上答复没通过。市委袁书记点着名说："刘强也不强呀！一个普九检查弄得人灰头土脸的，我都不好意思向省上交代。"市委书记难堪之后，再提到刘强二字就没了笑容，不是严肃批评，就是意味深长地说，刘强不争名争利，见荣誉就"让"。普九安排第一批，偏要等到第二批共同过关。

刘强在常委会上说，对普九验收失误者，必须严肃处理，惩前毖后。在袁书记批评的当天晚上，常委会调整了教育局领导班子。不须研究，常委们都知道谁下谁上。令狐阳和曹达的事，刘强已闹了多年，终于名正言顺办了。谁也没有阻拦，只是对令狐阳的处分，谁也没有赞成。宋书记冷冷地说："给令狐阳什么处分都行，只是这个处分理由安个什么名？还请刘县长明示。"跟着又补一句，"奖赏点火的，处罚救火的，下面会认为我们是喝醉了开的会。"

从不多言的田智忍不住附和说："我在想，我如何给下面的校长老师们解释？"

事情终于定下来，不给令狐阳处分，就地免职，听候处理。

2.

还在那次常委会前，宦丹丹就在刘强眼里消失了。人见不着，电话也打不通。刘强见不着她的面很迷茫。什么叫迷茫，漆黑一团与亮得晃眼，一望无涯与举步维艰，淹没与突兀，获得与抛弃，看见了是迷茫，看不见也是迷茫。

幸好刘强没与宦丹丹见面，她的脸上更迷茫。她与刘强搭上，绕不开一个"官"字，先是为曹达的官位转正，后来直接看中刘强长势更盛的顶子。等曹达转正了，刘强的顶子发红时，宦丹丹眼前一黑，犯迷糊了。像人吃饱后，却忽然考虑起人为啥要吃饭一样。只为刘强身上太多的女人影子，晃悠得宦丹丹头晕，突然醒悟过来，原来这官帽上的辉煌绚丽，少不了女人的胭脂红。她开始回味刘强前妻的告诫。那是刘强离婚后，宦丹丹应约与刘强前妻见面。两个成熟女人很克制，不像两个情敌叫阵，倒像是办一个移交。移交的是从刘强身上得到的感受。刘强的前妻口述了一个清单，她坚信清单上的感受，刘强会一个不少地给予宦丹丹。

列在清单上的有冷漠。要不了多久，刘强的热情会"嗖"地一下掉进冰窖里。两人在一起的时间会越来越少，直到有一天不回家。他对你的记忆消失很快，你的生日、爱好、口味……都会忘个一干二净。最终，他会忘了你是他的老婆。

还有迷惑。他的形象会在你心中慢慢虚化成一个影子，在不同的灯光下变形，放大或缩小，彩色或黑白。会议上、电视中、舞厅里、餐座旁，你会看到不同的刘强。你开始迷惑，哪个是真？哪个是假？你开始拿不定主意，不知道该要哪个？

恐惧也不会少。每当你独自换洗衣服时，你总是惦记他的穿着是否清洁得体？可当他一身新装出现在你面前，你会陡然心生恐惧。自己如同他身上的衣服，是否也到了该换的时候。

最终你会纠结，这个男人你跟还是不跟？若是有了孩子，纠结更多一层。当你还在纠结，他会给你一个直接。

……

刘强前妻最后说："现在你该知道我为何平淡对你了，我相信有一天，你也会这样平淡对待下一个。"

对宦丹丹的神思恍惚，做父母的心里明白。两个老人开始在她面前念叨起令狐阳来，有意无意告诉女儿，令狐阳离婚了，令狐阳被曹达暗算了。绝不提刘强，知道女儿比他们更明白。

吕大姐也被请来，三个老人在电视机前摆令狐阳的龙门阵给宦丹丹听。宦丹丹听了一会儿，没像往常那样厌烦，只是回到卧室靠在床上，门却开着。三位老人见这事儿有门，谈兴更浓，川话加胶东话杂在一起，像剂强心针从宦丹丹耳朵往心里注射。

吕大姐说："令狐阳这娃命苦，娶那么一个凶神恶煞的老婆，离婚了，盛琳还到俺家里来数落令狐阳半天。俺还只有听着，话都不好回一句。"

宦丹丹妈接过来说："那个女人，也就仗着令狐阳的官位挣几个钱，令狐阳下了，没有了靠头，自然要跑一边儿去。只是苦了令狐阳，这下领导不当了，家也没了，一个人好凄凉。"

吕大姐说："俺看他像没啥事儿一样，照样有说有笑的。宦大哥，他这处分重不重？以后还有机会起来不？"

宦德呵呵一笑："没有处分，就刘强要凉他几天，说不定换个书记来，还会提拔他呢！"

吕大姐爱听这句话，说："就是，老王以前也说过，令狐阳就是能干，放在哪儿都行，叫什么来着？"

宦丹丹心里笑这几个老人，说一句丢一句，真想递一句出去，是金子终究会放光……

话未出口，外面老年人想起来了，宦德提醒说："人能，处处能。"

吕大姐一口接上来："对！对！叫作人能，处处能；草能，处处生。说不定令狐阳离开教育局还要当大领导呢！"

宦丹丹起身把门关上，什么大领导小领导，她不想听。自不搭理刘强后，她厌恶提到官或领导之类的话语。她关上门，苦思瞑想自己托付安身的那一半在哪？

她得想清楚自己要什么，是职务？是金钱？是智慧的脑袋？还是踏实的双脚？宦丹丹眼前飘忽着几个男人的影像，曹达，刘强，令狐阳。曹达那里她很难回去了，他当了局长，那是交易的结果，曹达渴望这个结果，却憎恨交易的过程。刘强是交易的另一方，与曹达相反，刘强在乎交易过程，最好是没有结果的过程。有了结果，这个过程结束，刘强的另一项交易又开始了。宦丹丹只能参与一个过程，若下一次还要她参加，肯定是刘强前妻的角色。她不愿参与下一个过程，不等刘强动手，宦丹丹要趁早脱离这个情感的轮回。

宦丹丹想到了令狐阳，自当年认识令狐阳来，他的形象从来没有眼前这样清晰过。令狐阳仿佛朝自己走来，仍是一个大孩子的满脸坏笑。又仿佛他在台上讲话，拳头举起又砸下，张开五指又收回来，把台下的听众鼓捣得欠起屁股直拍巴巴掌。宦丹丹的心已飘起来了，向那一头飘去。可令狐阳的心在哪儿？还在吴媛身上吗？宦丹丹忽然起身，向门外正说得热闹的三位老人嚷了句："吴媛调进城了！"

3.

吴媛调进城了，是在曹达当局长不久。外人说曹达采取了紧急措施，把她先弄到教育局做个副股长，搁在身边看着才放心。晓得令狐阳是个夜猫子，就怕他夜过巴州抢先动手。

进不进城？吴媛打电话征求令狐阳意见，令狐阳冷冷地说："你自己拿主意。"吴媛晓得他心情不妙，可了声："我想进城照顾你，你不同意就算了。"令狐阳平白无故毛了一句："我几时不同意，你要进城就进嘛！"吴媛轻轻地说："曹达调我进城啥意思，你晓得的。"令狐阳又硬生生一句："你要答应就答应嘛。"这话把吴媛气着了，带着哭腔说："令狐阳，你还是个人吗？我在征求你的意见……"可话没说完，令狐阳已关机了。

吴媛感觉令狐阳对自己的态度变了，不再是犯了错的学生规规矩矩对老师那样恭敬，是地地道道一个山里汉子对笨婆娘一样蛮横，全没把她放在眼里。撤职了没告诉她，离婚了也没告诉她，这些全是听廖胖子说才知道。这次她进城，明知曹达不怀好意，吴媛也装糊涂，只想趁此进城照看令狐阳。看他饥一顿饱一顿，吴媛心都碎了。打电话征求意见，猜想他会惊喜，哪料却是狗咬吕洞宾不识好人心。

隔了几天，她又打电话给令狐阳，说新校长都宣布了，不进城不行。问自己进城把新家安在哪儿？就搬到你那出租屋行不？令狐阳更是火了，说你嫌我清静了不是？晓得刘强收拾人还差个名头，你就给他送来。令狐阳的话，吓得吴媛赶紧缩头，只管说，行了行了，就当我没说行不？

吴媛终于知道令狐阳的气门在哪儿，自己心仪的女人由别人照看着，他是受不了。想叫自己拒绝曹达的照顾，他又不好开口。吴媛凭直觉感到，令狐阳过去对自己规规矩矩，那是尊敬一个客人。而今情感直率表露，那是把自己不当客人看了。想到这，吴媛美滋滋的。

正当吴媛为住处犯愁时，刘君把一套新房钥匙交到她手上，说是曹局长安排的。还说令狐阳不当局长了，再也用不着高风亮节让房子，分一套大的给他。吴媛不解，他的，你给我干啥？刘君说曹局长吩咐了，给你给他都一样。

4.

刘强在"预备书记"位子上苦等半年后，市委终于喊出了"明话"，从外县来了一位新书记，刘强交流到市委办公室任副职。奉志受袁书记指派，专程来接刘强上任。在车上，奉志对刘强说，有一个人执意要来送你，被我挡了，给你送的东西搁在后面的。刘强感到欣慰，问是谁？奉志狡黠一笑，说你猜猜看。大凡人失意后，有两种人最在乎，一是爱你的，一是恨你的。从奉志说话的神态看，刘强选择了恨他的人，令狐阳。奉志笑了，说你小子智商高。刘强脸阴下来，说该不会是子弹吧？奉志说，你想哪儿去了，是山上的野山菇，我要他还舍不得给。刘强不信，说我这几年没少敲打他，他不怨恨我了？奉志感慨说，他恨我，不恨你。令狐阳说当年安排他当教育局长就是我整他。说全靠你的敲打，普九上百个工程做下来，没一个校长进牢房。刘强宽心地笑了：这个令半罐！奉志认真纠正说，人家现在不是半罐了，是棋王。

令狐阳仍住在出租房里，没事正乐着，成天到棋园里找人厮杀。像读了《九阳真经》样，棋艺精进，四大护法再不是对手，想和一局都得沐浴净身，潜心修炼几天才行。更令人瞠目结舌的是在新一届"棋王争霸赛"中，令狐阳以三胜两和的不坏金身成为新棋王。余茗调侃令狐阳："令半罐，你几时拜了高人，把这半罐水装满了？"

令狐阳笑笑："人生如棋，我说了你也不懂。"

"人生如棋"这话是令狐阳借用的，原话出自龙文章口里。令狐阳罢官没两个月，龙文章把他叫到自己家里。几碟凉菜，一瓶高粱酒，两人边饮边谈。龙文章劝令狐阳看开些，第一句话就用的这句"人生如棋"。

令狐阳本是生来不知愁的品种，几杯酒下肚，坦坦然然说："是啊，人生如棋。乐趣本在过程。人们偏偏看重结果。说输赢不重要，没几人会信，拼死拼活要去争。其实道理很简单，好比把全国棋王胡荣华请来跟我下棋，输赢早就定了的，还得下。你说过程不重要，那让胡荣华不下棋就拿冠军，你看大家干不干？估计胡荣华都不答应。"

龙文章已端着的酒杯又放下，笑着说："你真的这么想就对了。人无论高低贵贱，都是赤条条来，赤条条去。开始与结果没啥两样，唯有不同的，就是这人生过程。无论贫富贵贱，人都得走完全程，你能看透就对了。"

令狐阳一口干了，放下酒杯，说："我还没有看透。这棋盘上的胜负，我算看透了，输赢一盘棋。这人生的胜负，我还没完全丢开，还请老师多多开导。"

龙文章笑着说："用不着我开导，听说你最近棋艺大有长进，想必悟出不少新东西了。"

令狐阳说："过去下棋想赢，总是绞尽脑汁算计别人，结果露出马脚让人轻轻一击就垮了，有点像社会上贪财的容易受骗。现在我不想赢了。过去一天下几十盘棋我还嫌慢。现在安心只下一盘棋，看你怎样赢我。静待对方犯错误。人家赢我不容易，就夸我棋艺长了。"

雪化了， 街上一片泥泞。 令狐阳从龙文章家出来， 把一串歪歪扭扭的脚印留给记忆。

龙文章说:"人生也是同一个道理,不图名利,就不为名利所困;不图制人就不受制于人。俗话说的,人不求人一般大,海水不流一样平。你说是不是?"

令狐阳若有所思,摇摇头说:"问题是一辈子不求人难,海水不流更是不可能。人哪,可以不要名不要利,甚至可以不要命,没法不要的是父母给的本性,真到了那一步,明知遍地是刺,你也会一脚踩下去,只要有口气,你还会往下走。"

雪化了,街上一片泥泞。令狐阳从龙文章家出来,把一串歪歪扭扭的脚印留给记忆。